台湾語で歌え日本の歌

陳明仁
酒井亨 監訳

Tân Bêng-jîn Tâi-gí Bûn-ha̍k-soán

国書刊行会

序文　文学人生を探し求めて

毎回出版のたびに出版社は作者に序文の執筆を求めてくる。だが私は何を書いたらいいかわからない。文学者は自ら選択したものであり、どんなに苦しくてもそれは自分で見つけた道だ。あるいはこの本がどれだけ良いものかを書くべきか？　私にはなんと書いていいかわからない。

私が文学者を志したのは、文学が何たるものかをあまりよく知らなかったころのことだ。昔の子供たちはそんなに楽しみがなかった。課外読み物があればそれを読むのが楽しみであった。たくさん読んだあとに、さて、勉強でもしようかといった具合に。中学生のころ、ヘッセの青春時代と望郷の小説をいくつか読んだ。自分自身もちょうど学業のために故郷を離れたころで、多く幻想を抱きがちな若者として、ヘッセを真似て小説などを書いて投稿したりした。すると驚いたことに、新聞の文芸欄に採用された。そこで自分は作家・文学者だと思ったのである。

年齢を重ねるにしたがって、雑務も増えた。だが文学への魅惑はむしろ強まった。時間とお金さえあればプロの作家になるのだが。しかしそれも単にそう妄想していただけだ。そして四十歳余になって、命には限りがあることを思った。このまま妄想にふけるだけでは後々後悔するに違いない。年寄りになってから「私は文学者になろうとした、しかし……」などと言っても始まらない。

友人がこうアドバイスをしてくれた。「文学は民族の大事業である。もし誰かがそれに全霊を捧げるなら、社会が養ってくれることもあるだろう。そんなに心配しなくても大丈夫だ。今の時代は餓死することはないんだから」と。その通りだと思った。「金稼ぎをやめて、母語文学のプロの作家になろう」、そう決心したら、あとは簡単だ。厚顔無恥になって、困ったときには友達に助けてもらえばよい。それで何とか生きていけるだろう。

個人文学選集を出すというのは、ベテラン作家に与えられた栄誉である。私はまだ五十歳を過ぎたばかりのひよっこに過ぎず、申し訳ない気持ちでいっぱいだ。確かに作品はそれなりに書いてきたつもりだ。お金が足りず出版できていないものも数多くある。そういう中でもこの選集は我が前半生の総決算である。叶うことなら、読者や社会からの激励をみたい。

これまで十五年間の台湾語文学の人生を振り返ると、多くの熱心な友人と出会えたと思う。それこそが私の人生において最高の成果だ。この機会を借りて私を支持してくれた友人たちに「ありがとう《ローラッ》」と言いたい。これからの半生に本格的な作家人生が始まる。願わくば神よ、私にもう少し時間をください、そして文学人生がずっと続けられますように。

日本語版序文

これまで語れなかったこと

一九五四年、私は台湾中部・彰化県二林鎮原斗里竹囲仔庄に生まれた。住民のほとんどは農家で、三人が農会〔農協〕、小学校で働いているだけだった。大多数は中高等教育を受けていなかった。主な作物は稲、サトウキビで、サトウキビは砂糖の原材料として使われ、製糖工場と契約していた。これは日本統治時代にできた制度だった。

女性は小学校に行かないのが当たり前だった。私の母親も制度的な教育を受けたことがない。けれど、とても優しく善良で働き者の典型的な台湾人女性だった。父は日本統治時代の公学校に学んだが、小学四年生のときに「非常時」〔戦争〕の空襲に遭い授業はなくなったので、漢字と日本語が少しできたにすぎない。しかし農民にとってそんなものは役に立たない。

父は長子で、弟四人、妹三人がいた。一番末の妹は私が生まれてから半年後に生まれた。小学校で私と同じ学年となったが、父の世代なので「おばさん」と呼ばないといけなかった。うちの母は父の実家で産褥期を過ごした。当時はそれも珍しくなかった。

私は長子で、祖父の初孫でもあった。日本の昭和天皇が儲けた明仁皇太子（当時）にあやかって祖父が私に「明仁」と名付けた。それほど誇りにし、喜んだということだ。

わが田舎は三分一が客家人《ハッカ》だった。苗栗県から移り住んだといい、四県訛《なま》りの客家語を話していた。われわれホーロー人とは台湾語で話した。私は子供の時から客家人と一緒にいたので客家語も使える。また大人は、ごく簡単な日本語を台湾語の会話に混ぜることがあった。たとえば「速く」「なりかた」「やはり」など。私は子供のころはそれを台湾語だと思っていた。

わが田舎には幼稚園はなかったため、誰も「国語」〔Mandarin、北京語〕はできなかった。小学校に入ると、その言葉を話さなければ処罰を受けることになった。私はそれが苦痛でならなかった。教師は私を北京語音で「チェンミンレン」と呼んだが、はじめ自分のことだとわからなかった。

当時は台湾にもともとなかった語彙は、日本語の漢字語を台湾語漢字音で発音して使っていた。「小使仔《ショーサイア》」〔小使いさん〕は、中国人は「工友」と呼ぶもの、「貸切仔《タイチェッラー》」〔借り切りの自動車〕は包車、包場と言っていた。語尾に「仔」をつければ簡単に台湾語の単語になった。これは便利な造語法である。ビジネスなどでは「割引」も台湾語漢字音で使っていた。一方、「相棒」は台湾語漢字音でなく、日本語の「あいぼう」という音で読んでいた。これはバスの運転手や車掌の隠語である。私の作品では、そうした日本語起源の単語をよく使っている。それも台湾語の一部だと考えるからである。だが現代の台湾人の読者には意味がつかめないであろう。

私は小さいときから「利発な子」と褒められてきたが、実際には愚か者である。神は機械、物理、化学、医学などの自然科学に関しては常人並みのセンスを与えてくださらなかったようだ。いまでも田舎の家であたりまえに使われる農機具などを使いこなせない。私が得意としたのは、思索、言語、文学であった。普通の人が単に使っているだけの諺《ことわざ》の類《たぐい》も、私はその意味をじっくり考え、正確さを心がけて使う。授業を受けるときには必ず質問し、教師を困らせたものだ。いまでもその習いが身についている。

幸いなことに私の中学入試は、「国語」と「算術」の二科目しかない最後の世代であった。なので、私は省立台中二中中等部に行くことができた。「国文」、英文、数学、歴史はついていけたが、物理、化学〔理化科〕、工芸などはまったくついていけなかった。

竹囲仔庄の大部分の人は貧しい農民でろくにお金もなかった。祖父が私を中学校に出してくれたのは、初孫だからといえば聞こえはいいが、私と同い年の祖父の末娘は中学校にやらなかった。村人たちが私が利発な子だからとほめそやすので、虚栄心を満たすがためだけに通った感じだ。台中ではルームシェアをした。一つのベッド、一つの机の部屋で一ヶ月に百十元だった。朝食が二元、昼食と夕食がそれぞれ五元の食事が一ヶ月で三百六十元、つまり一ヶ月に生活費が四百七十元はかかった。さらに、毎月一回の帰省に台中客運バスで乗り換えが必要だったので一回あたり十五元、よって計三十元、つまり全部で五百元あまりが必要だった。一角の小銭ですら無駄にはできない、かつかつの生活だった。しかも生活するのに必要な洗剤、歯ブラシ、歯磨き粉、チリ紙などもかかるので、その分は「打工」〔アルバイト〕しなければ過ごせなかった。

最初に行ったのは図書館の「工読生」〔学生アルバイト〕だった。バイト代が稼げて本もタダで読めるとあって欠員が出るとすぐさま申し込んだ。文学関係はほぼ読破しただろうか。『世界の名著』がまず最初に攻略したものだった。だが、なかには読んでもよくわからない作品もあった。たとえばプルーストの『失われた時を求めて』は何度も読み直したがよくわからない。また、原稿料を稼ぐために新聞の文芸欄にも投稿した。当時の夕刊紙に載ったこともある。このあたりのいきさつは中学校時代の片思いの短篇「青春謡」に書いた通りだ。

台湾の教育はまさに「支配するための教育」であった。日本の戦時中の「銃後教育」よりもさらにひどいものだった。早期の大陸への帰還、諸悪の根源たる共産党匪賊の消滅、蔣介石総統は世界的な偉人で民族の救いの星だ、三民主義で中国を統一するなど、論理性がまったくないものを教育のテーマにしていた。

世界文学のなかではそれとは異なる考え方ができた。私自身は考えることが好きだったから、教師にはよく質問した。教師はいつも怒っていった。黙って勉強しろ、変なことを質問するな、と。

高校はエスカレータ式で台中二中高等部にそのまま進んだ。そのころ中等部が閉鎖となったので、省立台中二中は高校生だけとなった。台西海口から来た友人とルームシェアをした。彼とは中等部のころからの知り合いで、実家は金持ちで、雑貨店を開いていた。帰省から戻ってくると、「総統」だの「宝島」などという銘柄の煙草を持ってきた。私も彼のおかげで煙草代をずいぶん節約できた。ちなみにいまでも煙草はやめられず、周囲の人間に迷惑をかけている。

彼の名前は林栄豊《リムインホン》といって、哲学オタクで、哲学者になりたいといって、ニーチェやショーペンハウアーなどをよく読んでいた。あるとき二人で誓いを立てた。彼は将来哲学者になり、私は文学者になると。

高校一年になって二ヶ月たったころ、栄豊は私に言った。担任が私の言行を記録し報告するよう命じた、と。もう一人の高校三年のルームメート――姓は余といい竹山出身で、社会学を自分で掘り下げていた――がいうには、私は学校のブラックリストに入れられていて、ただちにどこかへ身をかくせと。なんの手続きもせず、実家にも帰ってはダメだ、学校側は実家の住所を持っているからと。そこで私はすぐに台中を離れて台北にやってきた。

それは白色テロの時代だった。私は政治なんてわからず、単に文学思想をやっていたに過ぎなかった。白色テロについては後で知ったことだった。

台北でもやはり稼がなければならない。誰も知り合いはおらず、ただ仕事を探し歩いた。私は作家になるためにはいろんな仕事で経験を積まなければならないと考えた。中学生時代には将来なりたい職業として俳優、歌手、作家の三つを考えていた。それは文学書を読んでの結論だった。

神は私を憐れんでくれたのか、結局それをすべて経験した。大学一年生のころに映画監督（鄒亜子）と知り合いになり、脚本を頼まれたこともある。見習いとして、スクリプター、キャメラワークを仕込まれた。彼について映画を撮影し、脇役俳優が来ないときには私が代役を務めた。映画に出てくるバンドで歌を歌うこともあった。そして紆余曲折を経て、文学創作こそがわが人生で意味を見出す夢となった。

私は平凡で愚かな人間だが、神は私を見捨てずに、私に経験と苦労を積ませてくれた。大学では中国文学科で学んだ。私にとって映画の脚本書きは金稼ぎのためであって、中身など何もない流行話でしかなく、文学とは関係もなかった。

あるとき、同じ大学のマスメディア学科にいる曽台生が「我愛博士」という小説で文学賞を獲った。そして映画の脚本を手掛けたいといって私に教えを請いに来た。文学者と党外〔国民党批判勢力〕政治運動の世界では彼女は曽心儀と名乗っていて、私より数歳年上だった。彼女が私を党外活動家や党外の出版物に導いてくれたことで、私は幸運にも台湾近代史の真相を知ることができた。そして偽名を使って党外運動に参加することにもなった。また一九八〇年代初期には党外雑誌『深耕』の取材と編集に従事した。こうして私は今につながる豊かな人生を経験することになり、様々な運動の同志とも知り合いになり、それは台湾から海外へと広がった。

一九九〇年代に入ると、台湾独立建国連盟が私に、海外在住のブラックリスト者たちの台湾帰国の実行部隊として秘密任務を与えた。それには米国や日本にいる同志と連携する必要があって、私は尊敬すべき海外の先輩たちとつながりを持つことになった。少しずつ戒厳令が解除されていくなかで同郷である二林原斗生まれの紀元徳《キーグァンテク》牧師の紹介もあって、私はキリスト教長老教会の洗礼を受け、台北義光教会の会員となった。

私の人生にとって栄光とはむしろ自分の生命の卑しさを意味するものであった。私は政治犯として監獄に入ったときに、神の導きか蔡有全《ツォアユーツォアン》から台湾語白話字（ローマ字）を教えてもらった。これが台湾新国家建設を進めるにあたっての台湾語文学創作の出発点となった。

やがて政治、社会運動が公然化するにつれて、私の私密任務は終わった。引き続いて台湾語運動をスタートさせた。雑誌を創刊したり、セミナーを開いたり、読書会や文学キャンプを開くなどして、台湾語の運動団体を結成した。また大学生の台湾語サークルの設立を支援した。そうした運動のなかで、最も喜ばしかったのは、様々な場所にあって文学愛好家と知り合いになれたことだ。神に感謝する。

そのころ台湾語文学は新たな始まりを迎えていた。台湾には昔から台湾語の表記法が存在していて、中でも白話字は多くの文献の蓄積がある。そこに加えて台湾語文学を台湾を代表する文学とする考え方と、台湾語だけで文学を創作するという動きが、一九九〇年以後に始められたのである。このころから参加していた人はまさに先駆者といえる。

私は台湾語の口語を特に重視している。台湾の民衆が聞いてわかる文学こそが、台湾が国づくりをするための重要な要素となるだろう。英語、日本語、北京語、さらに西洋文学の観点も参考になる。日本の作家は古くから日本独自の価値観、生活観を構築し、きわめて特徴的な文化および文学のスタイルを完成させてきた。台湾も同様に台湾土着をテーマとして台湾語による台湾文学を打ち立てなければならない。他国から認定されるのではなく、われわれが力を合わせて台湾の国家文学を創造しなければならない。これが私が理事長を務める台文筆会（台湾語ペンクラブ）の使命の一つでもある。

私は作家を志してきたが、今やその目的はかつてとは異なってきている。それは台湾語文学を台湾独立建国運動の一環と考えていることである。

今回の日本語版の翻訳をおこなってくれた酒井亨氏は私の長年の友人であり、私の作品や行動の理解者である。このたび、共訳者とともに私の『陳明仁台語文学選』を翻訳してくれ、日本で出版されることになった。これは神の栄光である。

私自身は、台湾語を理解する人間に向けて書いてきたつもりだ。なので多くの単語、語感、その境地は他の言語話者には理解できないことだと思う。翻訳されると台湾語が持つ情感、美感などが失われるだろう。正直、外国語に訳されることは好まなかった。だが今回、酒井氏が友情と心意気から台文筆会事務局長の蔣為文と私の説得を試み日本語訳が出ることになった。改めて感謝したい。我々の友情を示すものだ。

『陳明仁台語文学選』の出版元社長の蔡金安氏にも感謝したい。さらに私の最初の台湾語詩集『走找流浪的台湾』および、朗読CD付き『拋荒的故事』を出版してくれた前衛出版社社長林文欽氏にも感謝したい。筆者は経済的に豊かではないので、この二人の支援がなければなしえなかった。そして台湾の様々な困難にもめげず働いてくれた同志たちにも感謝したい。台湾に対する友情を抱いている政府と国民を持つ日本は、台湾にとって最も重要な友邦である。神が豊かな恵みを与えてくださらんことを。

二〇一九年四月二十四日

台湾語で歌え日本の歌◎**目次**

小説・詩

台湾語で歌え日本の歌

＊（　）は補足、〔　〕は訳註。

小説・詩

大崙《トアルン》の阿太《アータイ》と砂鼊《ソアピ》

私は都市遊民である。「巣窟《ツァウクッ》」〔「反政府人士が集まる場所」を意味し、作者がかつて経営していた喫茶店の名前〕で人工の灯りの下、パソコンの前に伏せって一音一字と文章を書いていると、しばしば頭に故郷の様子が浮かぶ。村の入口のあの大崙《トアルン》は、私の記憶の中でそれは神秘的で……。

私のふるさとは一面野っ原で、高い山や林はなく、ただ村に入る所に丘が一つある。員林客員《ワンリム》バスを降りる橋仔頭《キオアタウ》から、南へ十五分歩くと見えてくるその丘を、私達竹囲仔《テクウィアー》の村人は「大崙」と呼んでいる。この丘は竹囲仔から橋仔頭へ行く途中にあって、丘全体の広さは一甲〔約一ヘクタール〕にも満たず、高さも五メートル、人三人分くらいだが、あの野っ原にあっては割と目を引く目印的存在と言える。

百姓というのは非常に物惜しみで、使える土地を荒地のままに放っておくことは決してしないので、もともと苗を担ぎながら走って行けたあぜ道は、今では手ぶらで歩いても田んぼに落っこちないか心配になるほどだ。というのも、あぜの両側の百姓が、どちらも鋤《すき》を入れてちょっとでも多く田んぼにしようとするからである。昔から言われる「譲り合えば余りあり、奪い合えば分け前なし」は、あぜの幅の変遷を見ればよく分かる。こういう性分の村人達が、この丘を遊ばせておくことなどあろうはずがない。

この近くの田園は台湾でも有名な穀倉地帯である。一甲で十割〔六トン〕以上の収穫高の肥えた土地の真ん中に、どうしてこんな砂がちな丘があるのだろうか？　地質学的にはひょっとしたら合理的な理由があるのかもしれないが、丘の上はアダンとススキ、それから生命力の強い雑草が少しあるだけで、それ以外は生えてこない。そうでもなかったら、今まで何百何千年の間に、この丘はとっくに百姓が平らに均《なら》して田んぼにしていたことだろう。とは言うものの、丘のそばにはいくらか平らになっている場所もあって、落花生を植えるのに使われている。

子供の頃は、この丘がとても大きく感じられた。毎年清明節〔日本の春のお彼岸のような祝日〕になると、うちは一家揃って墓参りに行った。私は時々起きられない振りをして、隣のお姉さんにおんぶしてもらいたいと駄々をこね、背中にへばり付いて女性特有の髪の香を嗅ぐのが、毎年の墓参りの楽しみになっていた。うちのお墓は大崙ではなく、南側の別の墓場にあって、そこが村の公有墓地であった。大崙には街に住むキリスト教長老教会の信徒の墓があり、彼らの墓は綺麗で芸術的な造形をしていて、まるで丘の上の公園のようだった。それに引き換え、村の非信徒の墓は陰気で、おどろおどろしい感じであった。うちの阿太《アータイ》、ひいひいお婆さんのことだが、彼女は二回嫁いでいて、一人目の夫は林《リム》という姓であった。当時は平埔《へいほ》族〔台湾原住民の内、平地に住み早くから漢化が進んだ人々の総称〕漢化の末期で、まだまだ女が不足していたが、うちの阿太はやり手の女性で、昔ながらの平埔女性の逞しさを持っており、その夫が亡くなってまだ喪も明けない内に、うちのひいひいお爺さんに嫁いだのであった。そういう訳なので、阿太が亡くなると、どちらの墓に入るかが両家の諍《いさか》いの火種になってしまった。最終的に、いっそ大崙に葬ろうということになったため、二人の夫はどちらも陰気な墓地に数百年間孤独に眠ることとなり、私達も墓参りは二ヶ所お参りすることになったというわけだ。阿太は二人の夫に嫁いだのに、死後はどちらにもそばに居てもらえないなんて、台湾語で「子供多くて父貧し」と言う諺《ことわざ》があるが、これでは「夫多くて死後寂し」ではないかと、よく思ったものだった。この寂しいは掛け詞で、「独りで穴に入る」と「孤独」の両方の意味がある。

私の荒《すさ》んだ少年時代には、お金が何よりも価値のある物だった。何をやってもお金お金、ネズミを捕まえれば尻尾を切って持って行ってもお金になったし、籾《もみ》を拾っても、サツマイモを拾ってもお金と交換した。くず鉄だってお金や水飴と交換できた。二年生の時、砂鼈《ソアピ》〔砂の中に棲む昆虫の一種〕の一種で、ほんのちびっちゃいやつ一匹を五角と交換した人がいるという噂があった。この虫は砂の中にいて、道具を使わずに素手で捕まえることができ、午後半日で十四以上捕まえて、十元近く稼いだ子がいるという噂もあった。当時の給料は、うちの父が草むしりに行って、半日で僅か六元である。うちの近所で砂があるのは大崙《ティアムゴアン》だけなので、その子はきっと大崙に獲りに行ったに違いなかった。

その日の放課後、添原と清祥《チンシオン》に大崙へ砂鼈を獲りに行こうと誘われた。添原の家は長老教会のキリスト教徒で、清祥の家は街で漢方薬店を営んでおり、小学校の勉強仲間だった。清祥が言うには鼈《スッポン》は漢方でとても滋養のある材料なので、多分砂鼈も滋養補給のために買って食べるのだろうということだった。添原は家の墓の近くで砂鼈を見たことがあるから、一人数匹ずつ捕まえれば、お金を出し合い漫画『地球先鋒号』を一冊借りて、みんなで一緒に読めると言うのである。

私達は砂鼈を入れるためのブリキ缶を求めて雑貨屋に行った。求めて、と言っても、実際は店主の目を盗んで勝手に持ち出したのであるが。出掛けたのは真夏で日が長く、四、五時でもまだ太陽が照りつけているので、堰の所まで行くと橋があるのだが、私達はそこを渡らず、わざと堰の板の上を渡って行った。私は元来臆病なので、幅の狭い板の上を歩けず這って行ったのだが、そうするとますます怖くなった。その上、添原がしきりに「落ちる！」と言っておどかすので、私はそれに驚いて本当に溝に落ちてしまった。幸い溝の水は澄んでおり、不潔な物はなかったので、服とズボンがずぶ濡れになっただけで済んだ。清祥は、砂鼈が獲れなかった時のためにスッポン（水鼈《ツイピ》）を獲りに行ったのか、何匹獲れた？　とからかい、添原はびしょ濡れの私がまるで水から出て来たばかりのスッポンみたいだと言った。

十分も歩かない内に、風に吹かれ、日に当たって体は乾いてしまい、歩いているとかえって涼やかに感じられてきた。清祥は引き返して自分も水に浸かりたいと言いだし、添原ときたら恩着せがましく、自分がおどかさなかったらこんな涼しい思いもできなかったろう、などと言うのだった。

道端の稲はちょうど花が咲いたところで、後は太って穂が実るのを待つばかりだった。田んぼには時々タイワンコジュケイがうろちょろしたり、ウズラが卵を産みに来て、産卵の重たい鳴き声が響いたりしていた。私達は下りて捕まえに行こうとも思ったが、清祥がやはり日がある内に砂鼈を獲りに行った方が良いから、他の物に気を取られている暇はない、と言うのだった。

砂の丘の上はしんと静まり返っていた。アダンの実はパイナップルによく似ていたが、もっと重くて大きかった。添原の家の墓はとても大きくて、表面には変てこなモヤシに似たアルファベットが書いてあり、うちの村の墓にある「穎川」や「西河」とかいう文字〔旧時先祖を祭る祠に付けた「堂号」と呼ばれる称号で、姓氏や宗族を表す〕とは違うのだった。墓のそばには確かに砂地があったが、この時間はまだ焼けるように熱くて、裸足《はだし》の私達はスズメみたいに飛び跳ねながら進み、とても砂鼈など探せる状態ではなかった。しばらく砂が冷めるのを待ってから探そう、と清祥が言った。ススキの中に何ヶ所かアシが茂っており、私達はいくつか取って来て笛を作った。鞄の中には鉛筆を削る小刀があったので、穴を開けるのにちょうど良かった。添原の家の隣に、キリスト教徒で洋楽隊を作り、葬送の音楽を専門に演奏する人がいて、添原も少しメロディを知っていたので、私達に死者を送る歌を教えてくれた。こんな歌も夕暮れ時の墓地で吹くと、まさにぴったりであった。

丘の上には砂地が何ヶ所かあって、私達は最初同じ場所で砂竈を探していたが、しばらく探しても一匹も見つからないので、最後は一ヶ所ずつ手分けして探すことにし、私は自然と馴染みのある道筋を選んで、阿太の墓の方へと向かった。空が暗くなって、夕焼けが糸のように薄く縮み、まるで誰かが空を引っ掻いて血が一筋たれたかのようになり、もう間もなく真っ暗になろうとしていた。夜霧が降りると、一つ一つの墓もあるのかないのかすら分からない。添原は砂竈が捕まらずふて腐れたのか、諦めてその辺りでアシの笛を吹いて、さっきと同じ葬送の哀歌を奏でており、まるで何十年何百年と眠り続ける死者を呼び覚まそうとしているかのようだった。

私は一匹の砂竈が砂の中にもぐるのを見たような気がして、その跡を追った。よく見えないので手の感覚を頼りに、這い回り手探りで探したが、ある墓のそばまで辿り着くと、そこで砂竈の痕跡は途絶えてしまった。その時、夜霧の墓の上に人影が現れたと思ったら、一人の老女であった。頭巾を巻き、ビンロウ〔噛み煙草に似た嗜好品〕を噛み、手には長い竹パイプを持っていた。老女は優しいしわがれ声で、「阿舎《アーシャー》、砂竈は挿青《ツァーチー》〔墓に青竹等を瓶に挿して供える平埔族の風習〕の瓶の辺りに隠れたよ」と言った。

私達の所では、多くの墓が漢人と平埔族の習合式で、漢字の堂号があり、墓のそばにはお参りに来た人が竹やサトウキビ、木の枝等を挿青する瓶もあった。考えるより先に瓶の下を探ってみると、本当に砂竈を掘り当てることができた。私はふと、あの女性は誰だったのだろう、どうしてそこに砂竈がいると分かったのだろう、どうして私の幼名「阿舎」を知っていたのだろう、と思い至った。私は初孫で、生まれた時から祖父に寵愛され、「阿舎」と呼ばれていた。若様とか坊ちゃんという意味である。この名前で呼ぶのは、うちの家族だけであった。

清祥と添原は砂鼈を捕まえられず、私だけが一匹捕まえることができた。清祥は、たった一匹では大したお金にならないから、ひとまず飼っておいて、もっと捕まえてから一緒に売ろう、と言った。私達三人は急いで夕飯を食べに帰るために二手に分かれ、私は砂鼈を入れたあのブリキ缶を持って帰宅した。

その晩イーアに、断わりもなく、放課後すぐに家に帰って来ないなんて、と竹棒で叩かれた。「イーア」とは私達の所でお母さんに対する呼び方で、平埔族語だそうだが、私も確かな事は知らない。罰として一食ご飯抜きになった。夜中になっても、お腹が減ったせいか叩かれて泣き過ぎたせいか、ずっと寝つけなかった。夢現を行き来しつつ、頭巾を巻き、煙をふかし、ビンロウを噛む、あの老女がずっと頭に浮かんで来ては、いい年をしてお母さんに叩かれてと、真っ赤な唇で私を笑うのだった。

何度も寝返りを打っていたら、イーアが手を伸ばして私の額を触り、そこで私が熱を出していることに気がついて、急いで起きると薬を持って来て飲ませてくれた。祖父も起き出して来て、私を可哀想がり、大事な孫の阿舎を叩くとは何事だと、イーアを叱った。母は叱られて泣いており、私は申し訳なく思った。

熱は何日も下がらず、父が学校に欠席届を出しに行ってくれた。近所の無免許医師を呼び、薬箱をしょってやって来て注射をしてもらったが駄目で、とうとうまじない師の「缺仔《コエア》」を呼んで来て収驚《シウキア》〔道士やまじない師に魂を呼び戻してもらう儀式〕をしてもらった。お碗に米をこんもり盛って布で包み、呪文を唱えながら線香で膨らんだ布の上を擦ってから開いて、米の表面に出来た模様で占うのである。缺仔によると、先祖の霊が現れており、話したい事があるのだという。誰か見知らぬ人に出くわさなかったか、と尋ねるので、私は大崙へ砂鼈を獲りに行ったことを話し、老女に出会ったと言った。祖父が言うにはそれは彼のお婆さん、つまり阿太で、彼女は生前この家のボスとして家計を切り盛りしていて、煙草とビンロウを好んだそうである。缺仔はそうに違いないと言い、阿太は生前二人の夫に嫁いだのに、死後はどちらとも一緒に眠ることができず寂しがっており、一番上の玄孫《やしゃご》である私を通して夫を求めているという。骨を拾い、墓を移す必要があるのではないか、とのことだった。

　家族会議の結果、骨壺を取り出そうということになり、林家の側と和解して、二人のひいひいお爺さんの骨と、うちのひいひいお婆さんを一緒に拾って一つの壺に入れ、両家数代に亘る恩讐を解いたのであった。阿太も百年越しに二人の夫の理解を得られ、骨壺の中で「双人枕頭（二人枕）」〔台湾の歌謡曲〕を歌っていることだろう。

　良くなってから学校に行くと、清祥と添原もあの日は家に帰って「肉タケノコ炒め」〔罰として竹棒で叩かれることの喩え〕を食らったらしく、また砂鼈を獲りに行こうとは言わなくなっており、誰かが砂鼈を買うだのという話もしなくなった。そして、捕まえた砂鼈は数日飼った後、とある夕暮れ時に、大崙へ持って行って放してやった。

（吉田真悟訳）

牛飼い少年の蛙普度《ポートー》

友人が家に遊びに来たのは、丁度、我々が昼ご飯を終え、まだ茶碗やら箸やらを片付ける前の頃合いだった。食卓の野菜と漬物を見るなり笑いながら言った。「お客さんでもないのに、ご馳走じゃない？」

私は何の気もなしに答えた。「そんなことないよ、あの……蛙〔青蛙、とくにトノサマガエル〕の普度《ポートー》〔無縁仏や先祖などの供養。日本のお盆とルーツは同じ〕をしていたんだよ！」

友人は何のことかさっぱり分からない。そこでようやく、私はこれが我々の村だけで一時的に行われていた行事であったことを思い出した。

私が小学校へ入学する前、まだ幼かった頃には、仕事をしなくてもよい特権があった。大人が田んぼに入り、真っ黒に汚れ、全身汗まみれで奮闘している間、私は妹をおぶり、弟と隣の客家《ハッカ》人の子供を連れてかくれんぼをしたり、ホーロー語〔いわゆる台湾語のこと〕訛《なま》りの客家語〔台湾語とは異なる漢語系言語。一割強と少数派だが、著者の故郷では半々〕を喋って、彼らと踢往 跳箍《タッオンティアウコー》〔ケンケンパに類似した遊び〕をして遊んだ。村の半分はホーロー人、もう半分は客家人で、客家人とホーロー人は互いの言葉を聞き取れる。少しぐらいの客家語なら、ホーロー人でも話すことができる。元より族群〔言語を異にする民族集団〕間に障害はない。小学校に入学した最初の日曜日に、父は私に、小学生になったのだ、もう大人なのだから、農作業の手伝いをしなさいと言って、牛飼いに出るよう命じた。

西部劇の、馬に乗る彼らを羨ましく思ったことはないだろうか？　年上の少年達が牛飼いに出掛けるのを見るたび、私は彼らにあこがれた。父が私に牛飼いを命じた時、とにかく嬉しかった。私は牛を牽《ひ》いてきて、その背中に這い上がろうとした。しかし背が低すぎて上ることが出来ない。父は、牛をかがませれば背中に乗るチャンスがあると言った。しかし、牛は元より低くかがみたくないし、背後から上ろうと後脚をつかむと尾っぽで私を打ち、振り返って睨《にら》み返してくる。父は私を抱き上げると、牛が水路でひっくり返って水浴びをするのを待つか、まず牛飼いに慣れ、牛と分かり合えるようになること、そうすれば指揮して歩けるようになると教えてくれた。

村の子供達は、一年を通じて毎日、牛飼いをしているわけではない。ある時はサトウキビの先端の葉を刈って与える。立春が過ぎ、草が青々としてきたら、牛を連れて春の散策に出掛けるのだ。これは田植えの時に重い馬鍬《まぐわ》、柄振《えぶり》、鋤車《すきぐるま》等の農具に加え、犂《すき》や牛車《ぎっしゃ》を牽くご褒美でもある。水路の水は清らかで静まり返っている。牛を水に浸らせると、時に喜びを体で表し、私に潜って見せる。私は学校で配られた教科書を携え、牛の背中に乗る。牛を自由に散歩させ、草を食べさせ、私は教科書を読む。何が起ころうと心配などいらない。ただ、人が植えた稲の苗を食べさせないようにしさえすればいいのだ。

田んぼ道までやって来ると、丁度、村内の多くの同世代や年上の少年達が牛に乗って出て来ているのに出会した。初めて私が牛飼いをしているのを見ると、皆、喜んで大声を上げた。「阿舎《アーシャー》も牛飼いに出てきた。また一人仲間が増えたぞ！」

牛飼いの少年はやんちゃ坊主が多く、一緒に他人の土窯《つちがま》を掘ってサツマイモの窯焼きを盗んだり、騎牛戦をしたり、時には野菜や葉っぱを摘《つ》んで、ままごと遊びをした。田んぼにはしょっちゅう野兎やタイワンコジュケイがいて、皆、競って捕まえた。中でも一番美味しいのは野ネズミで、その肉はとても新鮮で甘い。休日の牛飼いは私にとって胸躍る仕事となった。ある日、学校の放課後、知り合ったばかりの二人の同級生に話しかけると、彼らは興味津々で、日曜日に一緒に牛飼いに出掛ける約束をした。

その日の朝は、父に言われるまでもなく、率先して牛を連れ出した。台所から塩を一摑み持ち出したのは、何を焼くにしても、役に立つと考えたからだ。牛に跨《またが》り道を進むと、行く沿道は鮮やかな緑色を帯びている。ダンドク、ベニバナの青葉は艶《なま》かしく、風に弄《もてあそ》ばれてはうつむき、しなだれる。スズメは牛車の轍《わだち》に沿って飛び回り、地面をつつく。牛が近付いても驚かず、その脚がまさに来ようという時になって、ようやく飛び立つ。そして我々の後ろについてチッチと鳴いている。私は牛の背中に仰向けになると、後は牛の気の向くままに、青い空に幾つもの雲が泳いでいくのを眺める。牛犁歌〔農作業の合間に歌う民謡〕を鼻で歌いながら。

客家人、ホーロー人の親友を含む同級生らは先に揃っていた。彼らは仲の良い友達同士で、一緒に木の下に坐って火を起こし、チュウカトウコウ〔イナゴの一種〕を炙《あぶ》っていた。私が到着すると、そのいい匂いが漂ってきた。その内の知り合ったばかりの二人の同級生、添原《ティアムゴアン》と清祥《チンシオン》は街の出で農作業をしていない。牽く牛もいないので、私の牛を借りて乗りたがった。客家人の親友、阿朋《アーペン》と阿潤《アーユン》の二人は言わずもがな、牛に乗ってやって来ていた。添原はナイロンのシャツとズボン姿だったが、新しい綺麗な服を寝転んで汚したくない。都会っ子が田舎に来るなら汚れていい服を着て来なきゃ駄目じゃないか、と私は笑った。清祥曰く、添原の家はイエスを信仰しており、日曜日は教会の日曜学校に行かなくてはならず、綺麗なシャツでなければ外出が出来ない。今はこっそり抜け出して来たのだという。私はイエス信仰の教えが何なのかは知らない。この村では、皆、拝拝《パイパイ》〔道仏混合の廟におけるお参り〕をするからだ。すると添原はキリスト教牧師風の言い方を真似て話し始めた。

「神は言う。あなた方は皆、私の子です」

この言い草は添原にうまい汁を吸われた感があって皆の癪に障《さわ》り、ふざけて彼を叩く真似をした。そして追いかけっこが始まる。私は突然、かすかに「ゴッ、ゴッ、ゴッ」という鳴き声を聞いた。成熟した蛙の声である。皆に静かにするように言った。間違いなく、一匹の大きな蛙が用水路の脇の草むらに隠れている。六人はそれぞれ別の方向に分かれ、蛙の逃げ道を塞いだ。徐々に範囲を狭めていく。私は両手で挟み込んだが、蛙は飛び跳ねてすりぬけた。ちょうど添原の方に向かったのだが、彼は服が汚れるのを気にして、身体を地面に付けてまで捕まえたくはない。結局、逃げられた。諦めきれない私は必死に追いかけた。どうにかこうにか捕まえた蛙は、本当に大きな一匹であった。

阿潤は竹を折り、尖《とが》った端くれを取ってくると、蛙の腹を大きく開かせ、それを突き刺した。そして縦に裂き、腹を開いた。それから腹の中を手でさらい、川の水できれいに洗い流した。さっきチュウカトウコウを炙った火は、まだ消えていなかったので、扇いで火を起こした。その蛙を火にかける考えだ。するとホーロー人の親友阿栄《アーイン》は、絞めた蛙が地面にうつ伏せにして置かれているのを見て、人々が拝拝する、あの祭壇の肉山の大豬公〔お供えのブタ〕のようだと言った。蛙の四本の脚が開かれているのを見ると、なるほど、確かに廟で行われる普度《ポートー》の儀式の、豬公のようだったので、仲間に〝拝拝ごっこ〟をしようと提案した。拝拝をしたことがなかった添原と清祥は、いいね、と口を揃えた。そして我々は再び、更に多くの蛙を捕まえに出掛けた。

蛙の一番大きいものを我々は「ラウアー」、その次に大きなのを「トゥンナー」、まだ子供から大きくなったばかりのものを「シンナー」と呼んだ。三十分も経たないうちに十四以上捕まえたが、どれも「シンナー」、もしくは「トゥンナー」で、「ラウアー」は最初の一匹だけだった。細くて長いしなやかな草がまるでお線香のようなので、我々は「土の線香」と呼んでいた。蛙を何匹か絞め、腹を裂いて処理した後、数本の土の線香の前に並べた。阿栄は道教の僧に扮し、でたらめな経を唱えている。添原も負けじと聖典を唱え、気付けば皆が普度と蛙の神への祈禱を始めたのだった。儀式の後、蛙を火で炙って食べた。携えてきた塩は蛙の肉の味をより引き立てた。清祥の家は街中で漢方薬店を営んでいて、早くに知っていればトウキ、ニッキ、クコを持って来たのに、間違いなくもっと美味しくなる、と言った。

添原はあまり遅くまで遊んでいられなかった。父親の日曜礼拝が終わる前に教会に戻らなくてはならない。まにあわないと大変なことになる。太陽が頭上に昇る前に、彼は清祥と共に帰って行った。私は火を踏み消し、皆で川まで牛を牽《ひ》いた。そして口笛を吹きながら、また牛に跨《またが》り来た道を引き返した。

翌年の春のある日、私は阿栄、阿潤、阿朋と牛飼いに出掛けた。老窯《ラウヨー》村のある田んぼでは、稲作からトマト栽培に切り替え、大粒の実を付けていた。我々はこっそりいただくことにした。お尻が尖った赤い実を選んで食べた。皆、四、五個食べた頃になって、田んぼに赤い布の切れ端を結んだ竹枝が挿されていることに気付いた。ああ、しまった。これは農薬が散布されて間もないことを示している。我々は頭を抱えた。私は身体が弱かったので、まず吐き、それから腹を下した。続いて、阿朋も同じ状態になった。我々は苦しみ、そして途方に暮れた。一方で強健の阿栄はぴんぴんしていた。すると彼は、架空の話をでっち上げ、人様の野菜を盗み食いしてこうなったことを大人達には知られないようにしようと持ちかけた。四人の少年の知恵はなかなかのもので、去年の蛙の祈禱のことを思い出して辻褄を合わせた。家に帰ってもこのことは漏らしてはならない。

　母は、私が青白い顔をしながら牛に乗って帰って来て腹を摩《さす》っている様子を見るや、きつく抱きしめ、どこか悪いのかと聞いた。私は腹が痛い、でも何故こんなに痛いのか分からないと言った。母は薬袋を開け、腹痛の薬を一包取り出して私に飲ませると、寝床に入るよう言った。当時、農家に農業災害保険はなく、村には免許を持った正式な医者もいなかったので、全て市販薬で済ませていた。重症な患者が出て初めて都市の大病院に送られるのだ。薬は行商が運んで来て、長々待ってようやく回ってくる。そして不足した薬を補い、代金は冬の収穫完了後、稲で払う。口のうまい阿栄は、去年の今日、牛飼いに出掛け、田んぼで蛙の普度を行い祈禱したのだが、今年は行わなかったものだから、神様の罰で腹が痛くなったのだと家族に信じ込ませ、普度の儀式を行いたいと訴えた。彼の父親は、阿栄が大風呂敷を広げるのが得意なことを了解していたので、にわかには信じ難く、阿朋、阿潤、そして私に事情を尋ねたが、我々は口裏をあわせ、去年、本当に蛙の普度を行った、と答えた。大人達が話し合った結果、豚を一匹絞めてお供えをし、廟で公普度〔公共の寺廟で行う供養〕を執り行うことで神様の感情を鎮めることとなった。その夜、家ではまさにご馳走だったのだが、私の腹痛はまだ治まらず、醃瓜《アムクエー》〔キュウリなどの漬物〕を添えた粥しか食べられなかった。母は心配しなくても大丈夫と慰めてくれ、腹痛が治まったときに食べられるようにと、肉を一切れ残してくれた。私は寝床で横になりながら、ご馳走を食べられないのは残念でならないが、少なくとも嘘がばれて叩かれるよりはましだな、などと考えていた。

あの年、蛙の普度を行ったのが、どの日だったのか私は覚えていない。翌年、腹が痛くなったあの日は陰暦の四月十三日で、以降、我々の村では四月十三日が訪れるたびに普度の儀式を執り行った。別の村の人も招待したが、彼らは皆、どの神様に祈禱しているのかと聞いてきた。

「うちの村にあるのは蛙普度という儀式なんですよ！」

一連の事態は三回目の普度で露見した。添原の姉が我々の村に嫁いだことから蛙普度の経緯を聞き付けたのだが、弟はお腹が痛くなったことはないと主張し、更に初めて蛙普度を執り行ったあの日は、添原が日曜学校に参加しなかった日曜日であったことを覚えていた。万年暦から算出して、あの年の四月十三日は日曜日ではなかったことを主張し、私の腹が痛くなったあの日と、一年前の蛙普度の日は、同じ日ではなかったことを証明したのだ。我々の仲間達は、ここに至ってようやく、四人のやんちゃ坊主が村全体を騙した、この滑稽な話の一部始終を白状する羽目となった。

これから訪れる四月十三日、我々の村ではもう普度が行われることはない。ただ、もしご馳走を食べられる機会があればいつでもこう言うよ。「あの……今、蛙の普度を執り行っているところです！」


（小川俊和訳）

道中に少年時代の記憶を辿る

テレビで『青青河畔草』という古い映画を観た。子供の恋愛物語であることに加え、美しい田園風景を目にしたことで、私は突如、故郷の光景と少年時代の、あの筆舌に尽くし難い感情を重ね合わせて、いてもたってもいられず何の準備もなしに南下する汽車の切符を買った。故郷に帰って自分の少年時代の記憶を辿ることにしたのである。

員林《ワンリム》客運バスに乗り換え、故郷の村外れの街に到着したのは午後四時になろうとしている頃だった。バス停近くで名物の揚げ物「鹹仔炱《コッガテー》」一つと揚げパンを二つ買って食べながら歩いた。子供の頃に食べた、あの美味しかった感覚はなかった。あるべきはずの牡蠣も入っておらず、根菜が入っているだけだった。水門を過ぎ、大崙《トアルン》から更に進むこと大凡《おおよそ》百歩でポンプ小屋がある。出水口の鉄管はとても大きく、あの当時、汲み出される水は豊富で、雪のように白かったことを記憶している。夏、学校から昼食を食べに走って全身大汗まみれで家に着くと、とにかく嬉しい。まず両手で水をすくって顔と首を洗い、それからごくごく水を飲んで喉の渇きを癒す。冷たい水が体中に染み渡った。さっき食べた揚げ物のせいで喉がからからだった。ポンプ小屋は今もなお残っているが、現在は水を汲み取っていないため、飲める水もない。小屋の周りの田んぼは稲を植えず、葡萄園に変わっているので、水を引く必要がないのだ。しかもここ二年で公売局〔専売公社〕が改編され会社組織となったことから、葡萄は輸入に頼って栽培契約を廃止したため、葡萄もまた廃《すた》れてしまった。どの葡萄園も立ちいかず寂れていった。この酒を醸造するための葡萄は、子供の頃、私の家の裏手にも二本あった。青い葡萄は熟すと黄色に色を変え、その実を日に透《す》かせば太陽光を通す。口にすればとても甘い。父にこの葡萄は何という種類なのかと聞くと、「ゴルレン」と言った。その発音は覚えても、意味は分からず、後に英語と日本語を幾らか話せるようになって、ようやく「Golden」の日本語発音、つまり「ゴールデン」だと分かった。当時、公売局が大量に契約栽培し、「金香」葡萄に名称を変えた。

ポンプ小屋から故郷の村へ向かう道程は、どこもかしこも荒廃した葡萄園が広がっており、蝶や鳥は好都合とばかりに自由に枝葉の間隙を飛び回っている。道路はアスファルトに覆われ、昔の牛車の轍跡《てっせき》は見当たらない。サトウキビを運ぶ黄牛が掛けていた大鈴の音は、尚も私の記憶の中で鳴り響く。我々は牛車の後を付いて行くのが楽しみだった。運転手も子供心を察してか、見て見ぬ振りをしてくれ、サトウキビを一本くらい抜き取って食べても大目にみてくれた。ある時、客家人の友達阿朋《アーペン》は、十本ほど束ねられて積まれたサトウキビから、大胆にも一束分を丸ごと引きずり下ろした。すぐに運転手が降りて来て怒鳴り付けられた。運転手はその束から一本抜き取ると彼に与え、残りを積み直して去って行った。また荷台を空けて牛車が戻って来れば、みんなで乗り込んで、後は牛に牽《ひ》かれるがままであった。

水門近くのあの橋は上り口の傾斜がとても急で、牛車が重い物を運ぶ際、大きく踏ん張らないことにはよじ登れない。牛は息を抑えて力を込め、思わず糞を漏らす。急坂の上には牛糞が特別多いのはそのためだ。このような場所は台湾に多く存在し、どこも「牛屎崎《グーサイキャー》」と呼ばれる。もし重い荷物を載せた牛車が坂道を上る場面に出会したのなら、我々は迷わず一緒に押してあげ、牛の奮闘を応援する。

　村に差し掛かるとすぐに一面の刺竹林が目に入ってくる。この村は周囲四方向を刺竹林が取り囲み、餡《あん》のように村を包んでいる。台湾ではこのような村を「竹囲仔《テクウィアー》」と呼ぶが、この村もそうである。刺竹は多くに利用され、かつては太い竹を取って家を建てた。「竹管仔厝《テッコンアーツー》」と言われるものである。刺竹のタケノコ汁は調味料なしでもとても甘い。貧困の時代は肉や魚が不足していたが、暇な夜に叔父が竹籤《たけひご》に尖《とが》らせた太い鉄線を取り付けて〝落とし罠〟を作り、〝電石のバッテリー〟〔アセチレンランプ〕で夜道を照らしながら、ネズミを捕獲しに竹林に入った。ネズミは目を〝電石のバッテリー〟に照らされると呆然としていた。落とし罠にかかったのだ。確かな道具であるこの技術は、平埔《へいほ》族から受け継がれたものに違いない。家では女性陣が水を沸かして待っていて、ネズミの皮を剝ぎ、捌《さば》きと洗浄を手際良くこなす。鍋に入れれば、三十分もしないうちに煮上がって、その肉は新鮮で甘い。噂ではネズミの肉を食べた後、スモモを食べてはいけないという。甲状腺腫を患ってしまうためらしい。誰も試したことはないが、我々には疑う余地もない。

　刺竹林の道を通り抜けると道は二股に分かれる。一つは川に沿って村の外へと続く。無縁墓地を過ぎると、川底にはシオフキガイが多く生息し、空き缶を手に適当に探るだけで、すぐに一杯になった。運が良ければドジョウやナマズを手摑みで捕獲できた。もう一つの道は村に続くもので、沿道のホウオウボクの木々は、満開時には火よりも赤い炎の赤色を付け、人々の心を打った。シマキンパラとオウチュウは親戚兄弟なのだろうか、いつも一緒に遊び、「烏鶖嘎嘎啾《オーチュウカーカーキュー》（オウチュウという鳥が鳴く）」を合唱した。私は燕の方が好きなのだが、その尾っぽはまるでハサミで切り揃えたよう、二つに開いたラインは真っ直ぐに伸び、西洋人が好んで着る「燕尾服」そのものだ。燕は紳士に着飾った鳥だと思う。夕刻になると、いつも軒下で大声で鳴き、コウモリと鬼ごっこして飛び回っていた。

現在、村中の刺竹は幾らも残っていない。タケノコを採取するためにわざわざ植えられた麻竹《マチク》の方が却って多いほどである。燕は付き添うことはないが、村に残った、行くあても帰る場所もないスズメ達が、電線の上から変わりゆく農村のドラマを眺めている。川には一年を通じてほとんど水がない。あったとしても極僅かで、それはまるで土地から流れ出る涙のようだ。

かつて私が住んでいた家もレンガ造りに改築されていたが、後ろに流れるどぶ川は今でも残っていた。水の臭いが鼻を衝《つ》く。家から田んぼの方角には、今でも雑草やカヤが生い茂り、ススキの穂が白々としていた。古い廂房《しょうぼう》〔伝統的家屋の「四合院」などの脇部屋〕は取り壊され、あのセンダンの木もとっくに伐採されていた。センダンの木の下に私が子供の頃に埋めた記憶は、今ではアスファルトでかちかちに固められ、何一つ捜し出すことが出来ない。

家の後ろ手のどぶ川をはさんで、かつて薔薇の垣根で囲われた紳士〔有力地主〕の邸宅があった。ただ村人との交流はなかった。昔からここの村の人は農民で、教育を受けた者は少ない。私の直系先祖に漢文の先生をしていた人がいたと父から聞いたことがある。村で夜間学校を開いて漢字を教え、時に歴史の語り部をしていたそうだ。父曰く、私の小説を書く才能はそのご先祖様から引き継がれたものだろうが、祖父は字を学ぶことが好きではなかったため、中断したのだと。さて、その邸宅は村の紳士の家庭で、一世代前から教育があり、地方公職の鎮民代表を務めたこともあった。二人の息子があり、共にアメリカに留学して勉学を修めた後もそこに留まり、以来、帰って来ていない。その家の一番下の娘が小学校で私と同学年であった。品格漂う身嗜みは、我々、一般の村の子供達とは大違いで、まるでお姫様のように、学校では先生達が特別扱いし、同級生は皆、羨ましがった。三年生になった時、クラス替えがあり、私は彼女と同じクラスになった。先生が座席順を決める折、私は首席であったから、当然、第一列目に坐った。彼女は以前のクラスでの成績は単に普通だったそうだが、先生は贔屓《ひいき》して私と一緒の席に坐らせた。私は幼い時から同年齢の女の子の友達がいず、また異性との交友は禁じられていたので、彼女とは話がしたくても出来なかった。彼女を見ることすら憚られ、彼女が気付いていないすきに、視界の隅で盗み見るだけだった。

彼女が私に話しかけた最初の一言は、生涯忘れることはないだろう。

「椅子を揺らさないでくださるかしら」

私は謝ろうと思ったが、口ごもって、はっきり声に出せなかった。私はわざと椅子を揺すろうとしたのではない。我々の椅子が連結しているため、彼女の隣になった嬉しさの余りの小躍りが、伝わってしまったのだ。三年生になると、週末試験、月末試験、期末試験といった試験が頻繁に行われ、私は同じように首席を維持した。先生は賞品を授与し、それは一冊の練習ノートで、表紙には「賞」の印証が押されたものだった。私にはノートを買う必要がなかった。当時、ノートと表面を塗装された鉛筆は五角した。ある時彼女は、鉛筆が沢山あるから、鉛筆と私のノートを交換してほしいと言った。丁度、私の鉛筆は指先まで使い切っていて、ほとんど握れない状態だった。削ろうとした折に、短さの余り指先を削ってしまったほどである。私は交換することにした。

二日後の日曜日の夕方、私は牛飼いに出掛けて戻ってくると、日が落ちてしまわぬ前に庭で字を書いて勉強していた。あの頃、家にはまだ電気がなく、暗くなるといつも石油ランプを灯して勉強しなければならなかった。突然、父が外から帰って来るや、竹ぼうきを手に、私に跪《ひざまず》くように言い付け、そして叩いた。二年生以来、私はこれまで、一度も首席を逃したことがなかったのだが、父は何故か、今回はどうして成績を下げたのだと怒った。私にはさっぱり分からなかった。これまでと変わらず首席であることは間違いない事実なのに、どうして父は私にあらぬ疑いをかけるのだろう？　父に三回叩かれた後、父はようやく土地公廟前の大きなガジュマルの木の下で村の人達と交わした会話を話した。お隣の邸宅のご主人がそこで自慢してたのは、私がこれまで首席であったのは彼の娘が私と違うクラスだったからで、今回は違う、自分の娘が一位になったのだ。先生は一冊のノートを授与してくれ、表紙には「賞」の一文字が押されている。彼はそれを娘に字を書くのに使って欲しくないから、わざわざ蠟紙に包んで記念にした、というものだったらしい。父はクラスに二人の首席はいないはずだし、ましてや他の人がノートを持っていることが証拠であり、おまえが降格したのだろうと言った。私は新しい鉛筆を取り出して父に見せ、事の経緯を説明した。するとようやく、父は私が不当な扱いを受けたことを理解し、申し訳なかった、申し訳なかった、と一角の硬貨を差し出し、全ては誤解であったと詫びた。

私はこのことで、あの美人の同級生に対して気分を害することはなかった。一角あれば五枚のティッシュペーパーが買える。今度の衛生検査に備えて、方々、人に頼んで借りる必要もなくなったわけでもあるし。翌週の試験が終わると、当然、私はまた一等賞のノートを手にしたが、彼女は再び鉛筆と交換したいと言ってきた。私は三回叩かれたことを思い出し、断わりたかった。すると彼女は顔色を変え、もう自分とは口をきいてくれないのではないかと心配した。私は彼女がお父さんを騙していることについては言いたくなかったので、ただ、「引き合わないよ」とだけ言った。とうとう彼女は、もし交換してくれたら授業中に手を繋いでもいいわ、と言ってきた。ここで私が負けを認めたことは言うまでもない。冬、厚手の服を持っていなかった私の手は冷え切っていた。女の子の手は元より温かいのか、それとも彼女がモダンなナイロンジャンパーを着ているせいなのかは分からなかったが、彼女の手を握ると、何とも心地良いではないか！　私は学校の用務員のおじさんが、終業の鐘を鳴らすのを忘れてくれることを願った。

あの日は陰暦で三月十四日、土曜日は半ドンで、いま授業が終わろうという時、彼女が一枚のメモ書きを手渡してきた。今晩、彼女の家に招待したい、という内容であった。私は家に帰ると、父には言い出せなかったので、母を探して、同級生が夕食に招待してくれたことを伝えた。あれは私にとって初めて人に招待された日であった。母は父の比較的破れの少ないズボンをわざわざ仕立て直し、午後の間中、ずっと忙しくミシンを走らせた。私はベルトも持っていなかったので、母は更に布帯を縫い、腰に締めてくれた。私が穿《は》いてみると、やはりだぶついてはいるが、母は満足気であった。私は家の裏手のどぶ川に板を渡し、向う側のあの邸宅に向かった。薔薇の垣根の内側には様々な花や草木が植えられていて、その美しさを見るのに目が追いつかない。樹の上には芭楽《グアバ》の大きな実が生《な》り、その熟した実は誰にも摘まれていない。蓮霧《レンブ》も柚子《ゆず》もある。お金持ちの家はやはり違い、当時、村中でこの家だけが瓦屋根だった他は皆、竹で囲った家に草を覆って屋根とし、台風が来ると風で捲《まく》れ上がらないよう、石で押さえていた。邸宅の中は電灯が煌々《こうこう》としていた。考えてみればおかしい。我々の村ではまだどこにも電柱が敷設されていないというのに、どうして電気があるのだろうか。彼女が出迎えてくれ、まず私を母屋の近くの東屋に通した。そして坐るや、短く話を始めた。そしてこのことは誰にも言わないようにと、私の口を封じた。

その時まで、その日が彼女の誕生日であることを知らなかった。彼女の父親と母親は——彼女は「パパ」と「ママ」と呼ぶのだが、同級生を沢山、誕生日パーティーに招待しなさい、と言ったそうだ。けれど彼女は同級生達が、実は彼女が首席になったことはないと言い出すのを恐れて、本当は誰も招待したくなかったのだ。ただ一人も招待しないなどとはとうてい言えなかったため、私に隠蔽の協力を要請したのだった。彼女の母親は私を歓迎してくれ、食卓の上には、滅多に食べられないご馳走が並べられた。父親はひたすら私が彼の娘に成績を追い越されたことを自慢気に話しつつも、気にしないでくれ、沢山食べなさい、と言って、私を慰めてくれているようだった。彼女はだだをこねるような甘い声で、もうその話はよしてと父親に言う。すると父親は、娘はこんなに小さくても謙虚で、人の面子《めんつ》を立てる、とまた褒める。彼は、前学年、娘が賞品のノートを持ち帰った時にはいつも十元の褒美を与え、これまでに百元以上を与えたと言った。母親も、彼女はとてもいい子で、褒美は全て貯金していて、日本にいる叔母にお願いしてお人形を買って来てもらうつもりなのだと言った。同級生が百元以上も持っているなんて！　私はそれを聞くや、危うく気絶してしまうところだった。

　食事を終えると、彼女の母親は鶏もも肉と三枚肉をお土産に包んでくれた。同級生は、電石がなくても光り、〝電石のバッテリー〟に形も似つかぬ、細くて洒落た「懐中電灯」なるものを手に、薔薇の垣根に沿ったあぜ道を私に付き添って歩いた。星が煌《きら》めいている。まるで夜空に多くの懐中電灯があるかのようだが、遠く離れていれば、さすがに地面までは照らせない。夕暮れ時に、大小の蛙が鳴き始める。ラウアー〔老いた蛙〕の声は重く、低音を奏でているかのようだ。トゥンナー〔中型の蛙〕は中音、シンナー〔子供の蛙〕の声はか細く柔らかい高い音で、真っ暗な田んぼの中で平埔族の歌を奏でている。あぜ道は細く、彼女は転んでしまわぬよう私の手を掴んだ。歩くに連れ、二人の距離が近くなる。私はもっと彼女の近くに寄りたかったが、そうも出来ずに、なるだけ離れてあぜ道の端を歩いた。すると、私は田んぼに落っこちてしまった。つられて彼女も落っこちた。私は全身びしょぬれになった。幸い、彼女は私の体の上に落ちたので、水に浸ることはなかった。仕立て直してもらった長ズボンはびしょぬれになってしまったが、そんなことなどどうでもよい。彼女が私の体に乗った時の香りは、その月の間中ずっと消えることがなかったのだから。

　四年生になって、彼女の一家はアメリカに引っ越して行った。始業式の日に先生からそのニュースを告げられると、私は情緒が乱れ、喉が詰まった。ふと、涙がこぼれ落ちた。筆箱を開け、残り僅かまで削られた数本の鉛筆をノートの紙をちぎって包んだ。使わないで残しておこう。私は家に帰ると、彼女の名前と誕生日を書いた紙を、その包みと共にブリキ缶に収め、固く封をし、廂房の脇の、あのセンダンの木の下に埋めた。この秘密がここで葉を付け、大きく育っていくように、と。

　そうだ、陰暦三月十四日のあの日のことは、生涯、忘れることが出来ない。あの昔の映画の『青青河畔草』のような、ままごと遊びの恋心で言うのではない。じつはあの日は私の誕生日でもあったのだ。我々二人は奇遇にも、同年、同月、同日に生まれたのだ。このことは、あの日、私が帰宅すると、母が麺線《ミースアー》〔素麺に類したもの〕を半束茹でて待っていてくれていて、元来、「大人は誕生日に肉を食べ、子供は誕生日に殴られる」〔古い考え方では、子供の誕生日には、父母への恩を忘れさせないために子供を叩いた〕と言うが、私は紳士のように長ズボンを穿き、食事にも招待され、もう大人なのだと、母が初めて私の陰暦の誕生日を教えてくれたのだ。肉はなくとも、麺線でよいではないか。私は持ち帰った肉を母に渡し、弟と妹に食べさせるために包んでもらったと伝えた。すると母は急いで線香に火を付け、お釈迦様に感謝して拝んだ。以前に、私の誕生日にはどうか肉にありつけますようにと願を掛けたことがあった。その心配をしていたところに願いが叶ったと。

　私はまた半日かけて村を回った。どぶ川の向こう側へ渡ると、あの土地公廟と薔薇の垣根の邸宅は既になくなっていた。そこには大きな廟が建ち、参拝の人々は絶えることなく、線香が盛んに燃えている。廟前のあの大きなガジュマルの木は以前のままに残っているが、ただ年齢を重ねるばかり、その髭のように見える気根《きこん》が、ますます、長さを増している。

（小川俊和訳）

クソ真面目な水耳《ツイヒー》おじさん

わざわざ作者を困らせたかったのだろうか、この題名は台湾語で十分に表現がなされていないので気に入らないが、〝誠実な、もしくは馬鹿正直な水耳《ツイヒー》おじさん〟と言うべきであろう。これには説明を要するが、誠実、馬鹿正直というのは内面の評価である一方、真面目というのは単に表面上の印象に過ぎない。こう言っても、おそらく何のことかさっぱり分からないかも知れないが、大丈夫、私が水耳おじさんの事を話し終えたら、私の言う〝真面目〟と〝誠実、馬鹿正直〟の違いがどこにあるのかを理解してもらえると思う。

水耳おじさんは痩せていて、背が低い。両親は彼が小さい頃から、これでは将来、農作業に耐えられないだろうと心配したが、幸い、家で作る農作物は少ないため、屈強な嫁を貰えさえすれば、十分、対処出来ると考えた。農業に大量人口の労力を必要とした時代にあっては、男の子は十四、五歳になれば大人として扱われ、草取り、田植え、稲刈りを順々に手伝わなくてはならない。前者二つの仕事はそれほど力を必要とせず、せいぜい手足をゆっくり動かす程度、誰も嫌わない。一方、稲刈りは違って、彼と組んで足踏式脱穀機《だっこくき》を使う番が回って来ようものなら、相手はより多くの力を使って踏んばるはめになる。またでこぼこした田んぼの中を脱穀機を引いて移動する際には、相手の方がより力を出さなくてはならない。とうとう稲刈りで組みを作る時に、誰も彼と一緒にはなりたくなくなった。諺《ことわざ》にいう「一支草一点露（それぞれ相応に天の恵みは受けられる）」とは良く言ったもので、水耳のような、このような体格の者でも、相応しい嫁を貰うことが出来た。かつて他の村にある女性がいたのだが、二十歳になる頃合いになっても、見合いはしても貰い手がない。脚に障害がある訳でも、顔に傷がある訳でも、また特別に容姿が悪いという訳でもないが、違いは体格が大きく、また脚が大きかったことだ。女性物の靴が合わずに、ずっと男性物の足袋を履いている。田舎では農作業をする女性が不足しているので、身体が大きなことは誰からも歓迎されるのだが、あの娘の悪いところは話し声が大きく、俗に、このような女性は何事も悪くしか言わない、と考えられているのだった。五回程お見合いしたものの、どうしたって成功しない。そこである人が水耳の父親に彼女のことを伝えたところ、会ってみるなりすぐに気に入り、年半ばで結納を済ませ、春節の前には嫁に入った。

水耳奥さんは、女性一人の農作業で男性二人分にも匹敵する。嫁に入って丁度、一月になろうという頃、ある行商が豚を仕入れに村へやって来た。百斤〔約六十キロ〕はあろうかという若い豚を縄で縛って担ぎ上げて量《はか》りにかけようとしたが、必死の抵抗で暴れ、また、猛々しく吠えるので、なかなか縄をかけられない。すると、水耳奥さんはみんなに下がるよう言った。そして袖をまくり、大声で「よいしょ」とかけ声を上げるや、自ら豚を持ち上げ、そのすきに周りにいた人が急いで縄をかけ、事なきを得たことがあった。村の人たちは〝水耳はこんな勇ましい妻を嫁にしたのか、気の毒な人だ〟と噂した。本当は、この女性は気性こそ激しいが、夫の前ではとても温厚で、この小さな夫が東と言えば東に向き、一と言えば一と言う等、決して異議を唱えない妻であることなど、誰も知る由もない。ある日、村人が土地公廟のガジュマルの木の傍で噂話をしていた。〝運び屋〟と呼ばれる運搬人足が、水耳は使い物にならないと笑った。去年の稲刈り時、籾を入れた藁袋を運んだが、二往復もしないうちに脚が疲れてしまってダメだったと。この話が水耳奥さんの耳に届くや、その時、彼女は菜園を掘っていたのだが、鋤《すき》を置くよりも前に足は一目散にその運び屋の家に向かっていた。走りながら、鋤に付着した土が落ちた。運び屋は丁度、自宅の庭で、石で作ったアレイを持ち上げ身体を鍛えているところで、水耳奥さんが来たのを見るや、笑いながら言った。

「水耳奥さんとは珍しいね」

この猛々しい女性は一言も発することなく鋤を放り投げ、二個四十斤の石アレイを片手で高く持ち上げると、次にそれを地面に落とした。地面のへこんだ穴を見るばかりの運び屋は口をあんぐり開け、言葉も出て来ない。相手の剣幕に恐れをなして、以降一切言い訳もせず、しきりに平謝りするばかりであった。水耳奥さんは最初から最後まで一言も喋ることなく、また鋤を手に取ると、帰って再び菜園を掘る作業に戻った。このようなことがあって以来、村ではもう誰も好き勝手に水耳の皮肉を言わなくなった。

私にとっての水耳おじさんの印象は悪くない。かつて道で出会したことがあるが、彼はその時、私にどこの子かと聞いた。また、一三足す二四は幾つかなどと算数の問題を出した。間違えなく答えられれば、ヨウトウもしくはミカンを一つ褒美にくれた。私は小さい頃から村では「頭の良い子」と褒められていたので、いつも誰かが算数や簡単な謎なぞを出してくる。時に私がわざと間違えて答えると、相手は大喜びする。人から「天才」と呼ばれるこの子供を打ち負かすのは本当に鼻高々なことなのだ。ただ次に問題を出して私に計算させれば、今度は遠慮なく正解を導き出した。水耳おじさんも他の人と同様、稀に私を打ち負かすことがあれば、あちこちで自慢げに人に言い触らした。

水耳は本当に良い妻を嫁にした。三食きちんと温かく用意され、服も綺麗にしてくれている。良く食べて、仕事は簡単、力仕事はすべて妻が進んでやってくれるので、彼は村中で一番の幸せ者となった。しかし、ある者は「生活が変われば、盛りがついて遊び出す」とは世の定めと言った。ハイカラ頭を格好よくセットして、あちこち出向いて遊び回る。暫くして、妾を抱えたと聞いた。水耳奥さんはこの噂を耳にしても、不用意な暴露から夫を驚かせるようなことはしなかった。ただ家の屋根を草葺きから瓦葺きに修復したいけれどお金が足りないと言って、行商のための雑貨を仕入れて、彼に村中あちこち担いで売り歩かせた。こうすれば、暇を持て余して遊興にふけったり、波風を起こすこともなくなるだろう。私が覚えている、彼が売っていた物は、明かりを灯す用の灯油、服を洗う炭酸ソーダ、飴や煎餅等の子供のお菓子であった。当時、私の村にはまだ電気が引かれておらず、灯油は各家庭の必需品であった。衣服を洗う時には、茶の実の搾りかす、石鹸、洗濯粉がなければ、ある者は無患子《むくろじ》で洗ったが、炭酸ソーダを使う人が比較的多かった。

私が四歳半、五歳になろうかという頃、うちの田んぼの一つは醃瓜《アムクエー》〔漬物にする瓜〕に品種を変えた。種を買う時、真桑瓜《まくわうり》の種を混ぜたので、醃瓜畑では時に真桑瓜を見付けることが出来た。母が醃瓜畑の雑草取りに出かける時には私は喜んで付いて行き、まずは食べられる真桑瓜がないかどうか見て回ったものだ。私は本家長男に当たる孫であったため、祖父は私を可愛がり、わざわざ粋な縁なし帽を買って来て、外出の際には頭に被せた。私が初めて田んぼの中に入った時、何もかもが珍しく感じられた。母は知っている草木があれば、全て私に教えてくれた。田んぼの水路で初めて蛙を見た時、可笑しくて転んでしまいそうになったのを今でも覚えている。それまで私が知っていた蛙は、ラウアー

〔成熟した大きい蛙〕でなければトゥンナー〔中型の蛙〕といった比較的大きなもので、大人たちは捕まえてきて煮て食べた。その時、私が田んぼで見たのはずいぶん小さな蛙であったため、思わず笑いが込み上げてきたのだ。母は私に言った。

「お前のように小さな子供がいるように、当然、小さな蛙の子だっているのよ」

母が雑草を取っている時、私は傍らでオケラをおびき出した。土が盛り上がっているところを見付けたら、その砂をかき分けると穴が見付かる。空き缶を用いて、そこへ水を注ぐのだ。暫くすると水面には小さく波が立ち、これをオケラが顔を洗っていると言った。するとすぐに二本の髭が出て来て、そうすればもう捕まえることが出来る。またある時はカナブンを捕まえたが、開花したばかりの〝きびの花穂〟はカナブンが最も好んで休憩する場所だ。昼頃になると、私はうだる暑さに帰りたいと騒いだ。母は仕事がまだ終わっておらず、休みたくはない。丁度、水耳おじさんが雑貨を担いで田んぼの向こう側を通り過ぎた。母は一角硬貨を取り出すと、飴を買って食べなさい、と言った。

私は一角硬貨を握りしめ、重さを確かめるように上げ下げした。心がうきうきしていた。当時、硬貨には四種類あって、一角には二種、赤銅とアルミがあった。赤銅はやや重く、私が手にしたのはこれである。二角もアルミ製でやや大きめであるものの、価値は感じられない。五角は最も重量のある硬貨であり、銅で作られていてずっしりと重い。その時が私が生まれて初めてお金を使った時で、とても嬉しかった。私は走りながら大声で言った。

「水耳おじさん、飴をちょうだい！」

水耳おじさんはいつも心配顔なのだが、私を見るとようやく笑顔に変わった。私の一角をしまうと、自分で一粒選ぶように言った。そして母へ彼から一粒受け取ったことを伝えるようにと付け加えた。

そうして私は、彼の小さな身体が太陽の下で徐々に小さくなっていくのをはっきりと見届けた。

　母はまだ忙しくしていたが、私の口に一粒の飴が入っているのを見て、もう一つの飴はどこにあるのかと聞いた。私が水耳おじさんは一粒だけしかくれなかったと答えると、母はとても怒り、いい大人が初めてお金を使う子供を騙すなんて、本当にみっともないと言った。そして、明日、また醃瓜畑に来て水耳を待って、もう一つの飴をもらいましょうと言った。

　その夜、私は早いうちに眠りに就き、翌朝は空が明るくなる前には起きて、母が醃瓜畑に連れて行ってくれるのを待った。母は「馬鹿な子ね」と言った。畑に行くまでには、食器の片付け、餌となるサツマイモの葉を切り整え、豚にやるのを待たなくてはならない。きっと出発は八時過ぎになるだろう。ただ今はようやく五、六時になったばかり、二度寝することも出来る。私は寝過ごして母に置いていかれるのを心配し、台所で母がたきぎをくべるのを手伝った。

　その日、水耳おじさんは早くに田んぼ道まで来ていたので、私は力いっぱい彼のもとへ走った。母も私の後ろから追い付いてきた。母は水耳と会うなり罵倒し、子供のお金を騙すなんて、一角硬貨で二粒の飴を買えるのに、どうして一粒しか渡さなかったのかと問い詰めた。水耳おじさんは顔を赤らめ、ひたすら平謝りし、ついぼんやりしていて間違えてしまったと言って、私に一粒を補った。母はなおも放さず、誠意を見せ、償い方を考えなさいと言った。

　水耳おじさんはしばらく考えたのちに、村中の人に煙草とビンロウ〔噛み煙草に似た嗜好品〕を配って謝罪して回ると言った。母はそれでは申し訳ないと、そこまでのことはしなくてもいい、ちょっとの誠意を見せればそれでいいと答えた。しかし彼は、どうしてもそのようにさせてもらいたい、そうでなければ一生悔いが残ると言った。

村中の人に煙草とビンロウを配ることは実に恥ずかしいことである。元来、二種類の人がこのようなことをしなければならなかったが、それは盗みを働いて捕まった人、もしくは男女の不倫がばれた人だ。水耳おじさんがたった一粒の飴でこのような状況に陥るのは、実際、少々大袈裟である。翌日、水耳おじさんは頭を低く下げ、煙草とビンロウを持って村中を回った。そして出会す人々に煙草とビンロウを黙って差し出した。ご近所中が「水耳はどんな罪を犯したのか」と聞き、母は、彼が子供に飴を一粒少なく渡しただけのことを知らせた。水耳奥さんはそれを聞いて、ただ笑って言った。

「大人が子供を騙したのだから、罰せられるのは当然のことです」

二ヶ月後、父が隣村へ行き、松茸栽培小屋の設置の手伝いをしてきた。その夜、就寝前に父は母に小声で話し掛けた。私は彼らの脇で寝ていたが、眠ったふりをして、彼らの話を盗み聞きした。全てを聞き取れた訳ではなかったが、それは水耳おじさんの事を話しているのだと分かった。水耳おじさんは隣村のある女性と密かに付き合っていて、女性の旦那が、どういう理由かは分からないがそれを知ることとなった。女性の旦那は水耳を許すことが出来ず、彼の奥さんに話を付けると言った。水耳はそれだけは勘弁して欲しいと情に訴えて泣き付き、かわりに村中に煙草とビンロウを勧めて謝罪すると言った。すると、相手は自分の村では困る、もしそうされてしまうと、村中の人々の知るところとなってしまうと、水耳の村に帰って償うことを要求したのだった。つまり、水耳はとても頭が良く、一角で何粒の飴が買えるかなど知らない、私の初めての買い物を利用し、うまく謝罪する機会を設けたのだ。こうすれば隣村の相手側に対しても申し開きが出来る。私と母は、まんまと彼にはめられたのだ。上、彼の処分が厳重過ぎやしないかと、むしろ彼に対して申し訳ない気持ちにまでさせられていたのだ。

村の人たちは実情を知らない者として、「水耳はクソ真面目な人だ。子供に対して一粒の飴を騙したばかりに良心の呵責に苛まれ、村中に煙草とビンロウを配って謝罪したのだから」と話した。彼らがこう言うからには、私もやはり「クソ真面目な水耳おじさん」と言うしかないではないか。

（小川俊和訳）

爪の花

春休みを利用して、学生のティムビー〔政治大学台文サークルの林枕薇〕と彼女の故郷茄萣仔《カーティアーアー》〔現在の高雄市茄萣区〕へ遊びに行った。そこの人の話し方には二つの特徴があって、一つ目は関廟《クァンビョー》〔台南市関廟区〕訛りと一緒で、「ツ・チ」の子音は常に「ス・シ」で発音されることであり、「七《チッ》」は「シッ」と読み、「車《チア》」は「シア」と言う。もう一つの特徴は話の最後に「タ」を付けることで、例えば「来坐《ライセー》タ〔掛けていって〕」、「你欲去佗位《リーベキートーウィ》タ〔どこに行くの〕？」といった具合である。面白いなと思ったが、ここではそれについて話したいのではない。私が訪ねて行った日、ティムビーは舞台での発表のために、色んな所で爪〔台湾語でチンカ〕の手入れを専門にやっている女性を家に呼んでいて、私は急にふと故郷のあの「爪の花〔指甲花《チンカーホエ》〕」〔ホウセンカ。女性がその花びらで指の爪を染めたことから〕のことを思い出したのだった。

田舎の人の間には「清潔なのが美しい」という言葉があるが、ある意味これは田舎の百姓の生活の辛さを示している。青春で年頃の若い時分には、美しいものが嫌いな人はそういないが、美しく着飾って泥だらけの田んぼに這いつくばり、雑草や泥水、蚊や虫と格闘するわけにはいかない。シラサギにならまだいいとしても、ヒキガエルや虫けらに着飾って見せて何になる？ 身体中綺麗にして田んぼや畑に入ったって、あっという間に汚れるだけだ。田んぼに入らなくていい時、つまり廟に紙銭〔燃やすことであの世で流通すると信じられている偽物の紙幣〕を燃しに行ったり、芝居を見に行ったり、或いは用事があって街に出掛けて行くような時にだけ、綺麗な服を着るのである。今の時代と社会にあっても、美容師の類《たぐい》は田舎で食っていくのは難しかろう。

そうだとすると、あの頃アーチアンはどうやって暮らしていたのだろうか？ アーチアンはうちの村の人間ではなくて、私も彼女の身の上はよく知らず、知っているのは村で誰かが娘を嫁にやるか、もしくは見合いをさせる、結納をするという時に必ず来るということだけである。アーチアンは爪と顔の手入れを専門にする人であった。当時はまだ「美容師」という言葉はなくて、彼女のことはただ「爪の手入れの人」とか「顔の手入れの人」と呼んでいた。顔の手入れの方は割と少なく、というのも年配の女性の多くは自分で顔の手入れができ、道具も簡単で糸一本で済むからである。一方で指の手入れはより専門的な技術が必要で、爪を切り、ささくれをきれいにして、丸くなるまで磨いてからマニキュアを塗るといった具合に、手から足まで全てやらねばならない。道具もあれやこれやと一揃いあった。今日びの女の子は全部自分で揃えているのかもしれないが、貧しかったあの時代には、そんな贅沢な人は滅多にいなかった。

アーチアンの家は恐らく百姓ではなく、だからこうした技術を学べたのだろう。聞く所によると彼女の顔の手入れは痛みがあまりなく、指の手入れも丁寧だそうで、褒める人はいても嫌がる人は聞かないという具合だった。当時は保守的で、マニキュアは赤一色だけ、今のように色とりどり何色でもあるというわけではなかった。子供の頃よくままごとで花嫁化粧をして遊んだものだが、赤のマニキュアが無いと、代わりに紅亀粿《アンクーコエ》〔慶事や祭事の際に食べる真っ赤な饅頭〕の食紅を使い、食紅も手に入らない時には、ある草花の蕊《しべ》を摘《つ》み取って来て爪に塗っても、赤く鮮やかな色になった。この花のことを私達は「爪の花」と呼んでいたのである。うちの家の周囲にはぐるっと「灯籠仔花《ティンランアホエ》（猩々花《ショウジョウカ》）」が植わっており、この花も赤く、蕊が少し黄色くて、爪に塗ると赤く綺麗だったので、時には灯籠仔花のことを「爪の花」と呼ぶこともあった。

　私が五歳か六歳の頃、ある日の正午過ぎ、水路近くの刺竹の下で他の子供達と遊んでいた。私が花嫁役をしている客家《ハッカ》の女の子に「爪の花」を塗ってやっていると、丁度アーチアンがそこを通りかかるのが見えた。するとアーチアンは不意にこちらに近づいて来て、私が灯籠仔花の蕊を搾って服を赤く染めているのを見ると、道具の入っているトタン箱を開けて、本物のマニキュアを取り出し、私に手を出せと言った。私の手はとても整っているので、マニキュアを塗ったらきっと女の子の手よりも綺麗になると言うのである。私は笑われるのが嫌で、塗らせなかった。アーチアンは、あなたの手はまさしく芸術家の手ですよ、将来大人になったら、沢山の女の子があなたと手を繋ぎたがるでしょう、と言った。当時の私は正直「芸術家」がどんなものか知らず、夢は布袋戯〔伝統的な人形劇〕の主演演者になることだった。私は子供の頃から、お話を子供に話して聞かせるのが好きで、布袋戯をやれば、より多くの人に聞いてもらうことができるからである。

　百戸足らずの村であるから、村で起きる事は大小問わずみんなに知れ渡るものである。毎年一、二戸の家で娘の結納や結婚があり、その度にアーチアンがやって来るのを見た。その頃は電話がなかったから、どうやって知らせたのかは分からない。アーチアンは二十六インチの女性用の格好いい自転車に乗っていた。今風の言い方をすれば「ママチャリ」で、タイトスカートを穿《は》いて自転車に乗るその姿勢はとても美しく、村の若い衆の中には彼女に惚れた者も何人かいたそうだ。「人の美醜は計れない」と言うが、それはさておき、アーチアンのように毎日綺麗に着飾って、農作業で真っ黒に焼けたり肌荒れしたりせずに済むような女性は、村ではどこを探してもいなかったのである。けれども、この辺りのいくつかの村のどの若者も、アーチアンに見初められることはなかった。彼女が冷たいとか、田舎者を見下していたというわけではなく、百姓に嫁ぐのが本当に怖かったのだ。

　うちの裏手に一人の若者が住んでおり、名前を「勇仔《ヨンア》」といった。この名前の通り、背が高く立派な体つきをしており、顔立ちも精悍で、若い衆の中では品格も一級品だった。彼の姉の宝猜仔《ポーツァイア》が蘆竹塘《ローテクトン》〔彰化県南部竹塘郷の旧名〕へ嫁ぐ時、爪の手入れにアーチアンを呼んだところ、勇仔が一目惚れをした。仲人おばさんに頼んで話を持ち掛けに何度も通ってもらったのだが、いくら話しても首を縦に振らない。アーチアンは仲人おばさんに、勇仔に謝っておいて欲しいと言付けを頼み、自分は本当に田舎に住んで農作業をするのが嫌なのであって、勇仔に気に入らない所があるわけではない、と言うのだった。この仲人おばさんは、アーチアンの為人《ひととなり》が本当に素晴らしいと褒めた。というのも、アーチアンは複数の村を行ったり来たりしているので、どこそこの息子や娘が結婚相手を探しているという類の話には一番詳しく、それを逐一この仲人おばさんに報せていたのである。謝礼もきっと爪の手入れより良かろうに、どうして仲人を兼業しないのかとアーチアンに尋ねる人もあった。しかし彼女は自分がまだ嫁いでいないのに人の仲人をするのは良くないし、それに皆それぞれに仕事があるのだから、他人の飯の種を奪うようなことはできない、と答えていた。そんな訳で、仲人おばさんはアーチアンの肩を持つのだった。

　うちの近所の阿月仔姉《アーゴエアー》さんが内祝いの大餅《トアピャー》〔円盤状の菓子〕を配る日、アーチアンが爪の手入れに来ることが分かっていたので、私は彼女に会うために家の庭の端っこで待ち伏せた。アーチアンは阿月仔の部屋から出て来て私を見つけると、相好を崩して一言「芸術家さん」と呼び掛け、小学校にはもう入ったの、と尋ねてきた。私は来年の九月だけど、自分の名前は書けるようになったよ、と答えた。するとアーチアンがあのトタン箱を取り出したので、また私に爪の手入れとマニキュアをしようとしているのだと思い、逃げ出そうとしたが、彼女は箱から大餅を一つ取り出し、阿月仔の餅を一欠《か》けあげると言った。餅は好きだったが、その頃の大餅は肉餅が多く、餅の中に脂身が入っていて、食べ過ぎるともたれるので、私はアーチアンにあんこのやつの方が好きだと言った。彼女は笑って、来月ある人が自分の所へ結納をしに来るから、肉餅だけでなくあんこのもいくつか入れておくように言っておくわ、と言い、冬瓜糖《タンクエトゥン》〔トーガンの砂糖漬け。結婚式の引出物〕は好きかと訊いてきた。

アーチアンがお嫁に行くんだ。私はまだ幼かったが、子供心に若干えも言われぬ嫌な気持ちが湧きおこった。私よりも落ち込んだのは勇仔で、彼も今回ばかりは観念しなければならなかった。そうはいうもののやはり諦め切れず、あんな美しい娘を娶ることができる幸運な奴は誰だろうかと、勇仔はアーチアンの村に偵察に行った。相手の若者の家も百姓だったが、彼は農業高校を卒業して農会〔農協〕で働いており、人柄に品があって、アーチアンとはお似合いと言ってよかった。勇仔はここに至って「漁網蔵の火事」〔「漁網」と「希望」が台湾語で同音であることを利用した掛け詞で、望みが断たれる意の慣用句〕となり、一縷の望みも絶たれて、大きな体格が何日もしないうちに猫背になってしまった。

もうすぐ新郎になるこの農会の職員は、温和で美しい妻を娶ることのお祝いにオトバイ〔日本語「オートバイ」の借用語〕を買った。自転車の代わりに通勤で乗るようになって、時にはわざわざ遠回りをしてうちの村まで来ることもあり、私はこのベスパという男性用のオトバイをそこで初めて見た。アーチアンは後ろに乗って、長い髪を風に靡《なび》かせ、それはもうイカしていた。私も乗ってみたかったが、その幸運な男に対して内心気に食わない気持ちもあり、逆に勇仔には同情していた。

アーチアンはお嫁に行ってからは、例のトタン箱は片付けてしまい、もう他人の爪の手入れはしないと言った。彼女の最後の仕事は自分の爪の手入れで、嫁いでからは、それらの道具は家の中で自分で使うために残しておいた。アーチアンはこういう仕事をしていたから、もともと自分の爪も綺麗に手入れをして真っ赤なマニキュアを塗っており、うちの村の若い衆は、裏では彼女のことを「爪の花《チンカーホエ》」と呼んで、「アーチアン」の名は滅多に使わなかった。

アーチアンは約束通りあんこの餅を持って来て一箱私にくれ、もう一箱を勇仔に渡して欲しいと言った。自分で持って行くと彼に対して失礼なようで、申し訳ないからと言うのだった。私はアーチアンの目の前で餅を手で割って食べながら、何故だか涙が零れて来た。アーチアンは、どうして泣いているの、餅が口に合わなかった？　と尋ねてきたが、私も自分がどういう理由で泣いているのか分からなかった。勇仔のことが可哀相だったのだろうか？　それとも自分のことで悲しくなったのだろうか？　まだ小学校にも入っていない子供の私には、土台分かるはずもないのであった。

結納が済んで一月余り経った頃、お婿さんになるその人は、オトバイに乗っていて街で大型トラックと衝突し、病院に着く前に息を引き取った。聞いた所では、アーチアンは一人家で何日も泣いていたそうだ。その男の出棺の時には、新婦になる時に着るはずだった綺麗な服を着て、例の道具が入ったトタン箱を持って式場へ行き、参列者の面前で爪の手入れをして赤い爪の花を塗った。縁の無かったお舅《しゅうと》さんに向かって、「未亡人」として山の上まで送らせて欲しいと頼んだそうだが、お姑《しゅうとめ》さんもお舅さんも認めなかったという。後日、先方はアーチアンの持って生まれた運勢が悪くて息子に災いしたのだと考えて、息子の死後も彼女を家に迎え入れなかったのだと噂する人がいた。またある人は、双方の年長者が相談の上で決めた事で、死んでしまったものは仕様がないのだから、まだ嫁入り前の娘さんの一生を巻き添えにすることはないとの判断だろうと言っていた。私はどちらかと言うと後者の理由の方を信じている。

その時から、アーチアンは本当に他人の爪の手入れをすることはなくなり、外出する時も地味な格好で、三年後に勇仔に嫁ぐ時でさえも、徹頭徹尾その指に真っ赤な爪の花を見ることはなかった。

（吉田真悟訳）

牽尪姨《カンアンイー》

阿忠《アーティオン》は勇仔《ヨンア》の親友である。子供の頃、阿忠の牡牛が発情して暴れ回った時、勇仔が牛を追いかけて行く手を遮り、牛の背に乗ったまま恐怖で死にそうな状態の阿忠を助け出して以来、二人は道士とシンポエ〔二枚一組の三日月形の占い道具ポエが表と裏になる状態で、肯定を表す〕、ズボンとベルトのように固く結ばれたのだった。勇仔は屈強で体格が良く、元来悩み知らずである。見掛ける時は常ににこにこ笑っていて、何かあっても無表情のまま一言二言捨て台詞を吐くくらいで済む性格であった。それがここ数日は、会うといつも難しい顔をしているのだから、本当に心配になる。

勇仔は昨年妻を娶っており、名前はアーチアンと言った。嫁ぐ前は爪と顔の手入れの仕事をしていたが、結婚してからはやめていた。アーチアンはもともと田舎の農家には嫁ぎたくないと思っていたのだが、運命の悪戯《いたずら》か、婚姻とは時に巡り合わせで、避け難いこともあるものである。

みんなから「爪の花」と称されていたこの美しい妻を、勇仔はとても大事にしていた。きつい畑仕事には一切手出しをさせず、全て自分で頑張っていたので、こう言って笑う人もいた。

「綺麗な嫁を貰うってのは、田舎もんがセビロ〔日本語「背広」の借用語〕を新調するようなもんだ。立派には違いないが、結局のところ家に飾って眺めるだけさ」

勇仔は怒ることもなく、笑ってこう答えた。「構やしないさ。家にセビロが飾ってあれば、着なくたって気分だけはいいもんだ」

アーチアンは勇仔にとって一番大事な宝物と言えた。この一年、勇仔は苦労を惜しまず、妻に少しでも良い暮らしをさせてやることを一心に考えてきた。そのことを阿忠は知っていたから、今こんな浮かない顔を目にする筈はないと思うのである。尋ねても答えようとしないし、本当に心配になるのであった。

村に「缺仔《コエア》」という名の老女がいた。何と説明したらいいのか、畑仕事はしていないのだが、生活はできていて、牽尪姨《カンアンイー》〔口寄せ、降霊〕と収驚《シウキア》〔恐ろしい目に遭った時に魂を呼び戻す儀式〕を専門に行う人であった。このご時世、この手の職業が昔の台湾人にとってどういう意味を持っていたか知らない人もきっといるだろうから、語り部兼解説員である私が、お節介にも少し説明させてもらおう。尪姨は恐らく平埔《へぃほ》族の風習における身分の一種で、現代の言葉で言えば「降霊術師」に当たる。亡くなって間もない肉親を連れて来て、「面会」〔日本語の漢字借用語〕させ、話をさせてあげるのを「牽亡《カンボン》」と言い、亡くなってしばらく経っているか、或いはその人と肉親関係のない人を呼び出して質問するのが「牽尪姨」である。収驚は「小児科専門」で、子供が怯えて泣き喚き、物は食べない、寝付かないで、全く落ち着かない時、医療があまり発達していなかった時代は、収驚してもらいに連れて行ったのである。薬や注射は使わず、辛さや痛みもない。ただ米をお椀にこんもり盛って、子供が着た服でしっかりと包み、それを持って子供を連れて行く。収驚をする人は線香を三束焚き、膨らんだ服の上から擦りつけ、呪文を唱える。その後服を剥がし、米の表面についた模様を見て、子供が何に怯えているか、また祟られているかといったことを判断するのである。牽尫姨は礼金を受け取るが、現金がなければ物品で代えることもできる。収驚は見料は取らず、使った米が謝礼となる。現代で喩えるなら牽尫姨は昔のポスト・モダン情報業と言えるが、パソコンやインターネットもあの世と交信することまではできないだろう。収驚をする人は、勿論お医者さんの業界所属である。缺仔は一釐〔約二坪〕の土地も耕さずに、一年を通して米櫃が空になったことがなく、どうやら商売はかなり安定しているようだった。

缺仔は溝下《カウエー》村の外れの方に住んでおり、勇仔の家は溝頂《カウティン》村の入口辺りにあったので、もともとアーチアンと缺仔の二人はそれほど繁く往来があるわけではなかった。ある時、缺仔が牽尫姨をしに村を出ようと、勇仔の家の前庭の端を通りかかった。その日は日差しが強く、アーチアンは爪の手入れやマニキュアの道具をずっと使っていなかったことに思い至り、取り出して庭で虫干しをしていた。勇仔に嫁いでからというもの、この仕事で飯を食ってはおらず、全く使うことがなかったため、カビが生えないようにと思ってのことである。缺仔はそれを見掛けて気に入り、帰りにわざわざアーチアンと話をしに訪ねて来た。

田舎では男だろうと女だろうと皆畑仕事をやらねばならないので、顔を綺麗にしておくのも儘ならず、ましてや指の手入れなどしている余裕などあろうはずがない。アーチアンも夫の勇仔が泥水にまみれる仕事はさせなかったとはいえ、比較的楽な家や庭での仕事は手伝っていた。また結婚前のちょっとした事情もあって、爪の手入れとマニキュアを塗る道具一式を持ってはいたものの、使っていなかった。そんな中この缺仔は、尫姨をやっていて元々少し人とは違ういで立ちと装いをしていたし、また畑仕事をする必要もないものだから、指を綺麗にしてみたくなり、アーチアンに指の手入れと一緒に、変わった色のマニキュアも塗ってみたいと頼み込んできたのだった。

アーチアンは初め、もう人の爪の手入れはしたくないと言っていた。すると缺仔は交換条件として、爪の手入れをしてくれたら、亡くなってどのくらい経つ人であろうと呼び出してあげようと提案した。アーチアンは勇仔に嫁ぐ前、ある人と恋をして、大餅《トアピャー》を贈り結納まで済ませたことがあったが、なんとその相手が交通事故に遭い、若くして亡くなってしまったのだった。彼は今あの世で達者にしているだろうか？　また自分とは縁のなかった妻が勇仔に嫁いだことを、喜んでくれているだろうか？アーチアンは、彼と話をして確かめたかった。缺仔は、牽尪姨はむやみやたらにできるものではない、時と場所を選ばなければならないし、また色々な道具を使う必要があるからと言い、アーチアンに二日待って、月明かりがない晩に溝下村の外れまで自分を訪ねて来るように、と伝えた。

元来アーチアンは滅多に外出せず、せいぜい実家に帰るくらいのもので、それも必ず勇仔に付き添ってもらっていた。村人だって用水路の見回りでもなければ真夜中に出歩いたりする者はいないから、アーチアンが月に一度、勇仔が眠るのを待って外出するなんて、考えられないことであった。ある晩、勇仔は寝る前に白湯を飲み過ぎて、夜中に起きて小便に行き、そこで初めて妻がベッドにいないことに気が付いた。家の中はもちろん周りまで探してまわったが人影一つ見つからず、探せば探すほど不可解になるばかりだった。翌日目を覚ますと、アーチアンはいつもと変わらずほかほかの朝ご飯を用意して待っており、昨晩どこかに行っていたというような話もしないのだった。それから数日は毎晩普段通りで、勇仔も一時は、あの晩自分が寝ぼけていたのではないかと思った。

何ヶ月かして、勇仔はアーチアンが月に一度、必ず陰暦の月末にこっそり外出していることにようやく気付いた。勇仔は妻が外で浮気をしているのではと疑ったが、いつもあんなに大人しく、勇仔のことを優しく気遣ってくれるアーチアンに限って、そんな事があるだろうか？　これが勇仔が浮かない顔をしていた原因であり、阿忠には話しようもないのだった。

ある晩、勇仔は眠らないでおいて妻が起きるのを待ち、後をついて行き「尾行」〔日本語の漢字借用語〕してみた。溝下村の入口まで来ると、不思議なことに、アーチアンが缺仔の家に入って行くのが見えた。しかも部屋の中には蠟燭の火が灯され、缺仔が戸を開けて出て来ると、アーチアンは何も言わずに中へ入り、明らかに約束してある風であった。まさか缺仔が不倫している男女のために情事の場所を提供しているのだろうか？ 勇仔は咄嗟にかっとなって、乗り込んで行って現場を押さえてやりたい衝動に駆られた。だが同時に、早まってもし間違いだったら、取り返しがつかないことになるのも怖い。どうすることもできずに、窓辺に隠れて聞き耳を立てつつ覗き見て、アーチアンが毎月一晩こっそり抜け出してはどんな良からぬ事をしているのか、見守ることにした。

蠟燭の火が消えて真っ暗で何も見えなくなると、すぐに缺仔が何だか分からない呪文を唱えるのが聞こえて来た。しばらく唱えると、缺仔の声が男の声に変わって、アーチアンとやり取りをしだし、ここへ来て勇仔は悟った。アーチアンは缺仔に牽尪姨をしてもらいに来たのであり、かつてアーチアンと婚約し農会〔農協〕で働いており、後にベスパに乗っているところをトラックにはねられて亡くなった、あの男を呼び出していたのだと。

妻が外で浮気をしているのではないと分かって、勇仔は気が楽になり、阿忠に笑って話をした。勇仔は相棒に、自分の妻をむやみに疑うべきじゃなかった、彼女は缺仔の所へ牽尪姨をしてもらいに行き、縁の無かったあの男と話をしていたんだ、考えようによっては、情け深い話じゃないかと言った。阿忠は、生者が死者と争ってはいけない、この世の中で死者にやきもちを焼いたなんて話は聞いたことがない、気を大きく持てと言って、勇仔を慰めたのだった。

しかし事はこれで終わらず、それからというもの、勇仔は考えれば考えるほどにやり切れなくなってきた。生きている俺がこんなに愛し、慈しんでいるというのに、お前は満足せず、毎月死んだ奴の魂を訪ねに行く。死人がお前を養ってくれるとでも言うのか？　アーチアンの心はまだ他の男と繋がっているのである。もう死んだ人とはいえ、生きている人間が死人と争わないとは限らない。愛情のこととなれば、人は何とだって争うことがあるものだ！　勇仔はアーチアンに正直に自分の不満を伝えた。するとアーチアンもアサリ〔日本語「あっさり」からの借用語〕したもので、もう缺仔の所に牽尪姨をしてもらいには行かないから、そんなに心配しないで下さい、と言うのだった。

二ヶ月が過ぎ、缺仔は新牛村《シングー》へ引っ越すことになり、牽尪姨と収驚の仕事は全て、自慢の弟子であるアーチアンが引き継ぐことになった。缺仔はアーチアンが自分よりも素質があると感じ、毎回牽尪姨をしながらやり方を教えていたのである。それと交換に、アーチアンが持っていた爪の手入れとマニキュアの道具あれこれ一揃いを譲ってくれるよう頼んだのだった。

アーチアンが爪の花から尪姨になって、勇仔の家は稼ぎの助けが出来たことで、聞く所では少しお金も貯まったらしく、勇仔も前ほど必死に働かずに済むようになった。アーチアンは牽尪姨をする時、勇仔は生辰〔生まれた年月日及び時刻〕が合わないから側に居てはいけないと言い、魂が寄って来なくなるから、阿忠と遊びに行ってらっしゃいと言うのだった。阿忠は勇仔がますます浮かない顔をして眉間に皺を寄せているのを見て、お前はまだ死人と争っているのかと訊いたが、勇仔は認めようとはしなかった。この手の症状は、親友でも手の施しようがないものである。

アーチアンの牽尪姨の名声はますます轟き、他所の村からも人が訪ねて来るようになって、数週間前から予約しておかないと順番が取れないこともしばしばだった。子供の収驚の仕事は利潤がご飯一杯にしかならないので、引き受けるのを止めた。勇仔は、アーチアンは純情だから、きっとあのベスパの奴も呼び出して話しているに違いないと思うと、かつて彼女がバイクの後ろで長い髪を風に靡《なび》かせ、楽しそうな笑い声を道いっぱいに響かせていた様が頭に浮かび、その映像は考えれば考えるほど鮮明になるのだった。それからまた一年が過ぎ、阿忠は滅多に勇仔を見掛けなくなった。噂によると、勇仔は街で賭博ばかりして村にほとんど帰らず、酒場の女を愛人にして、そこに二人で家を借りているとのことだった。

アーチアンは尪姨を始めて三年ほど経った頃、お客も増えたので、より賑やかな街に移って営業するようになり、勇仔に愛人を連れて戻って来させて一緒に住まわせ、正式に妾にした。アーチアンは変わらず温厚で気立てが良いままで、正妻と妾の諍《いさか》いもなく、変わったことと言えば程なくして、妾の方もアーチアンについて牽尪姨を学ぶようになったことだった。

（吉田真悟訳）

シアウ徳仔《ティガ》の牛選び

私の一番好きな食べ物は牡蠣とサシミ〔日本語「刺身」の借用語〕、ステーキである。ふるさとである鹿《ロッ》港《カン》、二林《ジーリム》、芳苑《ホンワン》からずっと海沿いに雲林《フンリム》県の麦寮《ベーリャウ》、台西《タイセー》、四湖《シーオー》、口湖《カウオー》までは、台湾で最良の牡蠣の漁場で、ここ一帯の牡蠣は肉厚だが、アメリカのものほど大きくはなく、本当に世界でも稀に見る美味《うま》さである。別に牡蠣に関する話がしたいのではない。うちの家族は全員牡蠣が好きで、それもよいのだが、イーア〔平埔族の言葉で「母」のこと〕は、私がサシミとステーキを食べることは良しとしなかったのである。

サシミは魚を生で食べるので、母は生番《チーホアン》〔漢化が進まなかった原住民を蔑んだ旧称〕みたいだと言い、食べて身体を壊すのを心配していた。そこまでは理解できるのだが、ステーキについては話が厄介である。百姓と牛の関係は、ちょっとやそっとで語り切れるものではないので、気違い《シアウ》〔侮蔑的ニュアンスも含むものの、人を罵る時等に頻繁に用いられる〕徳仔《ティガ》の牛選びの話を聞いてもらえば、百姓がいまだ頑なに牛肉を食べようとしない心情が分かってもらえると思う。

徳仔の家は土地を一甲〔約一ヘクタール〕ほど持っていたが、これっぽっちの土地を七人兄弟で守るというのはなかなか苦しい話である。そもそも彼の家は代々ここに住んでいるのに、どうして人より土地が狭いのだろうか？　聞いた所によると徳仔のひいひいおじいさんの時代には、彼ら荘《ツン》家の土地はこの辺で一番大きかったのだが、その後代を重ねる度に男子が多く生まれ、財産を分割し続けてきたのだそうだ。ひいおじいさんは五人兄弟なので一人五分の一、更におじいさんは六人兄弟だったので、それを六分の一に分け、徳仔は伯父（父の兄）が一人、叔父（父の弟）が四人いたので、そうなると彼のお父さんもその六分の一しか分け前はないわけである。得意な人は計算してもらえれば分かるが、五分の一の六分の一の六分の一で、徳仔のお父さんが継いだ財産はひいひいお爺さんの一八〇分の一となり、これっぽっちになるのも無理のない話である。

七人兄弟で一甲余りの土地を耕すとなると、どのように暮らしているのだろうか？　しかもじきに全員嫁を取れるような年頃になれば、遅かれ早かれ生活を分けるわけで、そうなれば一人の分け前は二分〔約五九〇坪〕にも満たない。これが徳仔の親父さんの最大の悩みであった。徳仔は長男として、弟達よりも責任が重いので、若い頃から土地を買おうという志を立てており、仕事を見つけては働き、不眠不休と言ってよいくらいだった。そんな訳で村の人は陰で彼をシアウ徳仔と呼んでいたのだが、これは完全に誹りや当てこすりというわけでもなく、称賛の意味も含まれていた。

徳仔は十三歳の時から野良仕事をしており、牛を御《ぎょ》すことをはじめ、鋤《すき》、耕運機、ロアタン〔田を均す筒型の農具〕、鋤車、馬鍬《まぐわ》などの農具を使うことまで、何でもやった。人が有能なのではなく、実際に引いたり耕したりするのは牛である。徳仔自身は細々した作業をやるだけで、大部分の時間は外に仕事を探しに行っていた。子供の頃に牛の世話ができるようになって以来、徳仔と彼のあの牛は運命の綱で結ばれたかのように、一日二十四時間ぴったりとくっついて離れなかった。

どうして二十四時間かって？　土地が狭いと家も小さく、人の寝るのは窮屈でも構わないとしても、牛はどうしても牛舎が必要になる。徳仔はその牛を大切にしていたので、牛舎をとてもきれいにしており、尿や糞をしたらすぐに掃除をし、蚊が湧かないようにしていた。当時は戦後間もなかったから、日々の暮らしも物騒で、泥棒をする者もいた。都市ではお金をすられるし、田舎には金目の物がないから、ニワトリや家鴨《あひる》が盗まれるのは日常茶飯事である。牛を盗んで行くとなると大泥棒の仕業だが、そうした盗品の牛は牛市に連れて行って競りにかけられないため、ばらばらにされて食肉として売られることもあった。その頃隣村で牛がいなくなった人がいるという噂があって、徳仔は心配で夜も眠れず、一晩中牛舎で番をしていたが、終いにはその場に蚊帳《かや》を吊って、むしろを敷いて寝るようになったのだった。

徳仔は人が嫁にするのよりも手厚く、優しく牛を世話していた。牛が暑そうにしていれば、まるで人の体を洗うように水浴びをさせてやり、外に行く時も長い柄杓を携帯して、川がある度に水を汲んでかけてやるのだった。今時の「清潔ちびっ子」〔子供の衛生教育のスローガンだと思われる〕のように「清潔牛」を競うコンテストがあったなら、徳仔の牛は確実に入賞していただろう。シアウ徳仔は二十歳を過ぎても結婚せず、彼にとっては嫁より牛の方が大切なのであった。

昨今は「口蹄疫」というものがあるが、この時代にも家畜が疫病に罹《かか》ることはあって、ただその言葉が無かっただけである。徳仔の牛も不幸にして感染してしまい、食べることも眠ることもできず、手足に力が入らなくなってしまった。獣医を呼んで「注射」〔日本語の漢字借用〕をしてもらっても効き目がなく、徳仔も一緒に食わず寝ずの生活をしており、牛よりもこたえていた。シアウ徳仔はひょろひょろに痩せ細り、六人の弟と三人の妹達が心配する有様だった。医学のことは百姓には理解の及ばないもので、注射に投薬と日夜世話を続けたものの、牛の命を救うことはできなかった。

牛の亡骸が車で運ばれ焼かれる日の朝、徳仔は一人で川岸に坐っていた。水がゆっくりと流れ、風が竹のてっぺんからそよそよと吹き下りてきては、川底に映る雲とコン色〔紺色。日本語「紺」の借用語〕の空を一筋、また一筋と撫でていくのを眺めていた。ここは徳仔が毎日牛を水浴びに連れて来ていた場所であった。彼は声を上げて泣き、まるで親を亡くしたかのような泣き声が、早朝の田園を悲しみの霧に包み込んだ。

何日かして徳仔に、竹囲仔《テクウィアー》で牛が売りに出ているから見定めにいったらどうかと言ってくる人がいた。売りに出している家はキリスト教徒で、何戸もの家が合同でブラジルに移民開拓に行くことになったのだという。向こうでも牛は必要なのだが、到着まで数ヶ月かかるので牛に切符は売れないと、船乗りに言われたとのことだった。全部で六つの家のそれぞれが牛を一頭ずつ持っており、その内二頭が既に売約済みであった。四頭は見たところどれも丈夫そうで、値段も適正であり、村から一緒に行った人は皆して徳仔に一頭買うように勧めた。徳仔は四つの家を走り回り、全ての牛を見定めて、それでも一日では決められず翌日もまた見に行くものだから、お見合いだってこんな念入りにはしないぞ、と言われる有様だった。

一週間経っても徳仔がまだ決心できずにいる内に、三頭は人に買われ、残り一頭になってしまい、もう選ぶ余地もなくなった。その牛の飼い主は人が良く、手元不如意であるのならまけてもいいと言ってくれた。飼い主は徳仔が牛を大切にすることで有名な話を耳にしていたので、彼に売れば安心だと思ったのだ。この牛は見目が悪くて買い手がつかなかったわけではなく、飼い主が簡単には手放せなかったのだが、これまで牛が家に貢献してくれたことへ報いるためにも、牛を妻や子のように可愛がる徳仔になら、安く売っても構わないと考えたのだった。

近所の人々は、こんなに安くて丈夫な牛は牛市に行っても滅多に手に入らない、所詮牛は牛なのだから、丈夫で農作業に堪えられればそれでいいだろうと言って、徳仔に買うように勧めた。けれども徳仔はぼんやりとした様子で、一頭の牛は一生連れ添うものだから、簡単に買えるはずがない、それに自分は亡くなったあの牛と同じような牛が買いたいのだ、と言うのだった。普通「過身」〔亡くなる〕という言葉は人に使うものだが、徳仔は自分の牛が死ぬことを「過身」と言っており、牛が彼の心の中に占める位置がどのようなものかが分かるだろう。

一ヶ月経っても、徳仔にはまだ農作業に使う牛がいなかった。百姓仲間は皆笑って、牛は人の仕事を助けるために使うものなのに、徳仔は牛に情が移ってしまい、まるで妻を亡くして三年は嫁を取れないと言っているかのようだ、同じ草を食べても育つ牛は色々なのだから、元の牛と同じような牛などいるはずがないだろう、と言うのだった。近くの宝斗《ポータウ》や南へ下った北港《パッカン》には、俗に「牛墟《グーヒー》」と呼ばれる大きな牛市があり、徳仔はどちらにも行ってみたが、意に適った牛を選ぶことはできなかった。通常牛を飼う時には、まず半日かけて近所を回ってお金を融通してもらい、飼い葉代の足しにするものだった。

徳仔の親父さんは彼に訊いた。「その牛が丈夫なんだったら、連れて帰って来ればいいじゃないか。たかが牛一頭で、何をそんなに悩まなきゃならん？　牛がいなきゃどうやって野良仕事をするんだ。お前がここしばらく仕事を探しに行かなかっただけで、いくら損してると思ってるんだ？」

徳仔はこう答えた。「牛には牛の性格があるんだ。丈夫なだけで性格を分かってなきゃ、言うことを聞いちゃくれない。人は話すことで互いの性格を知ることができるけど、牛は話ができないから、性格を知るのが難しいんだ。そう何日もかからないから、もう何頭か見させておくれよ。値段が高いのどうこうを言ってるんじゃなくて、気性の悪い牛を買っちまったら面倒だから、それを心配してるんだよ！」

ある日曜日の昼近く、竹囲仔の飼い主が一家揃ってその牛を連れてやって来て、徳仔に差し上げたいと言う。飼い主によれば、その日の朝礼拝に行き、牛のことを教会の牧師さんと仲間に話したのだそうだ。あいつは生まれてからずっとうちにいるので、一家全員にとって身近な存在で、皆家族の一員と思っている、ブラジルに連れて行けないのはとてもつらい、売って万が一にも悪い飼い主に当たり、牛を惨めな目に遭わせるのが心配なんだ、と。教会の人達は皆、徳仔が牛を大切にしていることを知っていた。徳仔も牛を御する時には手にトウの蔓を持ってはいたものの、誰も彼が牛を叩いているのを見掛けたことはなかった。牛一頭は確かにとても高く売れるが、どんなに高くても妻や子を売る者はいない。一家にとってその牛は、そういう存在だったのである。

田舎の人間は実直であるから、縁もゆかりもない人が牛を一頭くれるとなったら、受け取る方は申し訳なく思うものである。三日後、徳仔は劇団を竹囲仔村に招き盛大な芝居を催した。ふるさとを離れ遠く場所も分からないブラジルへ行く六家族の送別のためということだったが、牛を貰って気持ちが収まらず、感謝の印にやったことなのは皆よく分かっていた。舞台下の大きな木のそばに徳仔は牛を連れて来て、舞台上でとりどりの楽器が鳴り響く中、ずっと牛と話をしていたが、何を話していたのかは、彼以外知る由もない。飼い主の子供達は芝居には興味を示さず、牛と徳仔が仲良くなるのを見ていて、我先にとサトウキビの葉を牛にやろうとするのだった。夕暮れ時になり、徳仔が牛を連れて帰る際には双方涙を流し、ある人は牛も涙していたのを見たという。飼い主の一家が家の軒先で徳仔と牛の姿をじっと見守る中、西に沈む真っ赤な夕陽がその影を長く遠く引き伸ばすのだった。

その牛を貰って来てから、徳仔は以前と変わらず鋤入れをして牛を御し、牛を叩いたりすることもなかったが、前のあの牛に抱いたような親しみは感じていなかった。人も一緒に居ると気持ちの上での違いが出て来るように、牛に対してだって、気持ちの差は出て来るものだ。少なくとも徳仔はもう牛舎で寝ることはしなくなった。嫁を取ることになったのである。

徳仔は二十五歳になってやっと結婚した。仲人おばさんが仲立ちをしに来て言うには、お相手は川向こうの人で、徳仔の村からそう遠くないらしく、徳仔に暇があればこっそり見定めに来るか、日時を決めて顔合わせをしに来るように言った。徳仔は一度だけ見に行き、しかも遠くから若い娘の姿をちらっと見ただけで、こう言った。「人はお互い嫌いじゃなけりゃそれでいいさ！」

仲人おばさんは当初、こいつは牛一頭選ぶのにもあんなに時間がかかるのだから、嫁を選ぶとなれば一年は必要に違いないと思っていた。しかし意外にもこんなに簡単に事が運び、成婚の謝礼も労せず貰えたので、満面の笑顔でこう言った。「まあ徳仔ときたら、嫁より牛を選ぶ方が念が入ってるんだから、シアウ徳仔と呼ばれるのも無理ないよ！」

このような事は、あの野暮ったい時代にはたぶん珍しくもなかったはずで、そう考えると、うちの親世代が皆牛肉を食べたがらなかったのも、理解できるのである。


（吉田真悟訳）

濁水清《す》んで清水濁る

流行曲は揺るぎない愛情を歌う時、決まってこう言う。「たとえ海の水が枯れようとも、岩が朽ち果てようとも、僕は決して変わらない」。地殻変動が起これば、海水は枯れることもあるし、岩も歳月を重ねれば、朽ち果てることはあるが、何れも人間の短い命で見届けられるような時間ではない。愛に対するこれほどまでに固い決意を聴いて、感動しない人などいるだろうか？　恋をしている人は誰だって、相手にこんな愛の宣言をされて嫌とは思わないであろう。人間の大自然に対する理解はひょっとするとそれほど完璧なものではないのかもしれない。大自然は時に癇癪を起こして、我々には理解の及ばない大変動を生み出すことがある。例えば私の所では、「濁水清《す》んで清水濁る」という話がある。

今は濁水渓《ローツイケー》〔台湾最大の川〕の水源地が南投《ラムタウ》県で、下流で彰化《チョンホア》、雲林《フンリム》を経て海に出ていることは誰でも知っている。ただその昔濁水渓の本流は今と異なり、彰化と雲林との境辺りで南投を出てから、もっと北側に向かって流れており、主要な流れは彰化県内にあって、当時は清水渓《チンツイケー》と呼ばれていたことを知っている人も、もしかしたらいるかもしれない。その分岐点にある渓州《ケーチウ》の一帯は、上流からの水の濁りが沈殿し、堆積して出来た土地であり、肥沃で何を植えてもよく育つ。そこから先の川の水はとても清んでいたため、川岸の水田で利用するにはもってこいであった。

これが濁水が清んだという歴史的背景であるが、最後には清水渓はどんどん幅が狭く、また浅くなって、ついには一筋の小川となった。濁水渓の本流は交代して、西螺渓《サイレーケー》が濁水渓の本流となり、清水は再度濁った。地理と歴史は本来行ったり来たりと繰り返すものだ。これはこのお話をするに当たって、まずおさえておかねばならない基本的な考え方である。

うちのイーア〔平埔族の言葉で「母」のこと〕の実家は、西螺渓のほとりの村から引越して来た家だった。私はかつて母方の祖父に、どうして故郷を離れたのかと訊いたことがあるが、その頃の私はまだ子供で、実際のところの話は数年前にようやく知った。

母方の祖父には息子が六人と娘が二人いたが、私の母方にはおばが一人とおじが五人で、一人足りず、私は子供の頃から不思議に思っていた。三番目のおじさんの次が五番目となり、四番目が抜けているのだから！　母が言うには、四番目のお兄さんは母より二歳年上で、元来兄弟姉妹の中で一番頭が良く働き者で、皆からも一番可愛がられていたそうだ。当時祖父は自分の土地を持っておらず、人から田を借り受けて小作農をしており、息子達の中には農場で仕事をする者も、あちこちで日雇いの仕事をする者もいて、また一人は牛車《ぎっしゃ》を牽《ひ》き荷物運びをして賃金を得ていた。

当時西螺渓にはまだ橋がなかったので、南北に行き来するには必ず川底を歩いて渡らねばならなかった。普段は水が浅く踝《くるぶし》まで浸かるくらいなので、まだ行き来もできたが、台風や雨季になると上流から水が押し寄せて、川全体がまるで海のようになり、とても危険だった。日本統治時代には「自動車」〔日本語の漢字借用語〕が現れたが、水が少し深くなると、車は足を取られて動けなくなり、そういう時は牛車で下りて行って引っ張ってやり、自動車を助け出さなければならない。その作業は一回につき五円で、当時の物価指数に照らして比べると、現在の高速道路でのレッカー代よりも高く、牛車牽きのおじにとっては最も稼ぎの良い臨時収入であった。

この四番目のおじは若い頃から農場で日雇いの仕事をしていた。田んぼや畑の仕事なら何でもやり、まるで農場に売られた常雇いのように、仕事のきついも楽も選ばなかった。そこの農場主は地方の有力者で、当時の日本の大人《タイジン》〔日本統治時代の警察官のこと〕とも付き合いが深く、村長も兼任しており、とても力があった。家には五人の息子と二人の娘がおり、聞くところでは母親は違うらしい。一番上の娘は高名な家庭に嫁に行ったのだが、その際結納品を運ぶ隊列だけでも西螺渓の幅を超えてしまい、先頭が川を渡り終えても、最後尾はまだ渡り始めてもいないという有様だった。家ではわざわざ立派な所から「先生」〔日本語の漢字借用語〕を何人か呼んで来て、子供達の家庭教師をさせており、漢学と漢字を教える先生や、現代の天文地理を教える先生、また勘定をするための数学や日本語を教える先生がいた。息子娘らは決まった時間に授業を受け、まるで家で私塾を開いているかのようであった。

私が会ったことのないこのおじは、好奇心旺盛な若者で、仕事があまりにつまらないか、一段落ち着いたかすると、農場の主人の子供達と一緒に勉強しに行き、先生が教えるものは何の科目でも熱心に聴いた。主人もそれを知っていたがやめさせることはせず、先生も彼の勤勉さを見て、この飛び込みの生徒を歓迎してくれたのだった。

祖父は、おじが大きくなったら家に帰って来させて、兄について別の日雇い仕事をさせるつもりだった。だがおじは、農場でただで勉強できることに味をしめて、賃金は良くなかったがそこを離れることができず、あっと言う間に何年も経ってしまった。おじは実直な人柄で性格もおとなしく、その数年の間よく周りから褒められていた。農場の主人もどんどんおじを重用するようになり、農場の大小様々な仕事を彼に全て任せていたため、おじは農場にいる時間が家よりも長くなり、農場に来て日が浅い職員などは、彼が農場主の子息だと勘違いするほどであった。

ある日おじは帰って来ると、祖父にもう農場には行きたくない、と言った。理由を尋ねたが、いくら訊かれても答えず、ただ三番目のお兄さんについて牛車を牽きに行きたいと言うだけだった。祖父もおじの性格が頑固で、言い出したら聞かないことを知っていたので、好きなようにさせることにした。二日後、農場の主人自らおじを訪ねて来て、賃金が安いのが不満なら上げてもいいから、仕事を辞めないでくれと言ったが、おじは頑として行きたくない、給料の高い安いとは関係ないと言うのだった。主人は祖父に頼み込んでこう言った。みんな同姓同族の者同士、おじのことは自分の息子のように思って接しており、同じ釜の飯を食い、息子と同じ本で勉強している、何かあれば何でも相談に応じるから、と。祖父はひたすら謝り、後でゆっくりと言って聞かせるからどうかご勘弁を、と伝えた。

三日後、おじと三番目のおじはスイカの運搬のために出払っており、家に居なかったが、一人の変わった身なりの娘さんが訪ねて来て、おじに会いたいと言う。祖父はよくよく眺めてようやく、その娘さんが農場のお嬢さんであると気がついた。彼女は授業が新しい単元に入り、新しい本が配られたので、おじの分を持って来たのだという。その時ちょうど祖母が洗濯をしていたので、彼女はしゃがみ込んでそれを手伝い始め、おじの帰りを待つと言うのだった。祖父が訝《いぶか》しんでいると、おじが牛を牽いて入って来て、娘さんを見るなり顔を赤らめ、牛を家の角の柱の辺りに繋いで、彼女を外に連れ出した。

祖父と祖母は頭を悩ませた。様子を見る限り、二人はどうやらお付き合いしているようであったが、祖母は両家の家格が離れ過ぎているのを理由に、それはいけないことだと言った。祖父の考えはより周到で、どちらも姓が鍾《チオン》で、同族とは限らないとはいえ、いずれにせよ同姓で縁組はできないから、これは放っておいたら、遅かれ早かれ問題になる、と言うのだった。

その日、おじは夕飯が終わってからようやく一人で戻って来た。祖父は他の息子達の面前でおじを呼び出して、あの娘さんと良からぬ事になっているのではないか、と問い詰めた。先方はお金も権勢もあり、経営者で、おまけに同じ鍾姓の家だ、我々裸足の人間は、革靴を履いたあの人達とは釣り合わないもんだ、と。おじは、それは誤解だ、お嬢さんと自分とは世に言う同窓関係みたいなもので、学業の上で互いに切磋琢磨しているのであって、祖父が考えているような仲ではない、と言った。

約半年間、おじは農場に行くことはなく、農場の主人も諦めたと見えて、もうおじに手伝いに来て欲しいと言ってくることもなくなった。おじは牛車を御する時、いつも手に本を抱えてそれを読んでおり、普段はしかめっ面《つら》をしていて、人と口をきこうとしないので、誰も彼が何を考えているのか分からなかった。ある時、日本人を乗せた乗用車が一台川にはまってしまい、おじが牛車を使ってそれを助け出した。日本人はおじの手にあった本を見て日本語で何事か尋ね、おじも日本語で答えた。それから二人は対岸の西螺渓の川辺で地べたに坐りこみ、半日話し込んだ。終わってから、三番目のおじが二人に何を話していたのか訊くと、その日本人は文学者で、彼と文学談義をしていたという。それは田舎の人間にはとても奇妙な事であったが、おじは牛車を牽いた文明人だったのである。

事の起こりは、ある人が農場の娘さんに縁談を持ち掛けたことがきっかけだった。娘さんが首を縦に振らないので、親父さんはお前もいい年だし、お相手も相応しい方なのに、どうして嫌がるんだ、もしや別に意中の人でもいるのか、と詰問した。娘は度胸が据わったもので、うちのおじに嫁ぎたいと答えたのである。身分不釣り合いはさておき、当時の社会において同姓の者同士の結婚は絶対に不可能であったから、これは由々しき事態であった。農場の主人はおじを問い詰めにやって来た。この恩知らずめが、働かせてもらっておきながら、人の娘を拐《かどわ》かすとは、「飼いネズミに袋を噛まれる」〔「飼い犬に手を噛まれる」の意〕とはこのことだ、鍾家の御先祖様にどう申し開きするつもりか、と言って罵った。おじは黙ったまま一言も答えず、平身低頭して罵られるがままであった。主人は捨て台詞にこう言い放った。

「うちの娘を嫁にしたけりゃ、濁水渓の水が清んでから来やがれ！」

夏は台風が多く、その年は大水になった。上流から沢山の物が流れて来て、ベッドまでが川面に浮いていた。一番多かったのは山に生えていた巨木で、台風で根こそぎ抜けた広葉杉《コウヨウザン》の木が流れて来たりして、川辺の人々はこぞって薪集めに行った。価値のある木材が沢山あったのである。おじも太い縄にかぎを付けたものを使って、みんなと薪を拾っていた。すると突然大きな「ヒノキ」〔日本語「檜《ヒノキ》」の借用語〕が流れて来た。おじは引き揚げようとしたが、流れが速く、おじと水の力比べが続いた。とうとうおじは木に引きずられて濁水渓に落ちてしまい、遺体となって戻った時にも、まだ踏ん張った表情をしていたという。

側にいた人がこれはまずいと思い、おじに手を放せと言って、縄を引き剥がそうともしたが、おじは手を固く握りしめ、目を見開いて手を出すなと言った。その時もし手を放していなかったら、その人達もおじと共に水に呑まれていたかもしれない。彼ら曰く、おじは薪に執着していたというより、自ら死を選んだかのようだったとのことである。

台風と大水が終わると、西螺渓の水は綺麗に清んだ。まるであの大水は天の神様がこの世の穢れを洗い流し、綺麗な天地を取り戻すために起こしたものであるかのようだった。川で仕事をしていた人が水の中に何かを見つけ、川を渡って近づいてよく見ると、それは農場の娘さんであった。もう水深は浅く、人が溺れ死ぬことはあり得なかったので、死を決意して、自ら頭を水に突っ込んだに違いなかった。

後に風の便りで、娘さんは身ごもって三ヶ月だったことが医者の検死で判明したという噂が広まった。その医者は農場主の友人だったので、軽々しく人に話すとも思えず、もちろん真偽の程は定かではない。

おじの出棺の際、農場の主人がやって来て祖父に、若い二人を一緒に葬ってやりたい、葬儀の段取りは全て自分に任せて欲しい、と言った。祖父にも異論はなく、誰も何を恨むでもなかった。これがそれぞれの運命、恨むのなら二人が鍾家に生まれたことを恨むより他なかったのである。

それから長い月日が経ち、川辺の人々は川の水が清んでいるだの濁っているだので文句を言うことはなくなった。結局のところ、濁った大水が私の会わずじまいとなったおじの命を奪ったのも、彼が自ら望んだことだった。清んで浅い水も、娘さんの決意を阻むことはできなかった。濁水清んで清水濁るの真の意味とは、そういうことである。

（吉田真悟訳）

愚直の清仔《チンア》宝くじ購入で大賞を獲る

台湾の舞台劇団である屏風表演班により演じられる『長期玩命』系列の第三劇は、『空城状態』というものであるが、劇中、高雄《コーヒョン》で宝くじが発売されることになったことから、ある老人がわざわざそこに引っ越して住む、というくだりがある。当然、これは作られた物語に過ぎず、実話ではないが、それでもあるメッセージを表している。人類は、たとえその実現の可能性が小さくても、また、それが如何に不可能に近いことであっても、希望のために生きているということである。私は、その昔、故郷の村で〝愚直の清仔《チンア》〟が宝くじを買った時の話を思い出した。当時の一等はたったの二十万元でしかなかったが、現在の価値に換算すれば幾らになるのだろう？

私にも正確には分からないが、子供染みた計算をするならば、当時、一番高級な小豆棒アイスは一本、五角した。現在、街で棒アイスは一本十五元で売られているので、計算してみれば、丁度三十倍に当たる。よって二十万元は六百万元ということになる！　これは正しいだろうか？　このことが重要ではないが、どのみち、大金ということである。

当時の宝くじは「愛国奨券」と呼ばれていたが、意味するところは「当たらなくても愛国献金と見做され、無駄な消費ではない」というもの。同じ番号の宝くじ券がシートに連なっていて、確か一シートに六枚あったと思うが、一枚五元で売られていた。棒アイスと同じ要領で計算するならば、十本の小豆アイスが恐らく現在は百五十元、一枚百五十元に換算できる宝くじの一等が六百万元であるから、この論理に従えば、高雄の宝くじは一枚百元なので、一等は四百万元であれば理に適う。しかし、実際の賞金額はたった五十万元だ。少々、無慈悲すぎはしないだろうか。ここで専ら賞金が幾らなら公正なのかを論ずるつもりもないが、ただ、この〝愚直の清仔〟が宝くじを買った話をする前に、基本的な背景を確認しておきたかっただけである。

人は〝愚直の清仔〟に対して辛辣な皮肉を言うが、愚直というあだ名は彼の事実に合わない。父が喘息を患って仕事が出来なくなってから、彼は、たった一人、七分地〔約二千坪〕余りの土地で稲作に従事してきた。十七歳の子供が牛のように勇ましく大人の仕事をこなし、暗くなったことさえ気が付かずに田んぼで精を出している。村の人が彼に言った。

「清仔、そんなに頑張ってどうするんだ?」

すると彼は真面目に答える。「嫁をもらう資金を貯めるために、もっと頑張らなくちゃいけないって、父ちゃんが言うんだ」

こうして、村中の人達は皆、清仔は嫁を貰うことに心を奪われている、嫁のためにあんなにも苦労する、と笑う。清仔の父には持病があったため、母は三人の息子と二人の娘を生んだ後、身体が虚弱体質となっても、家の内外の整理や畑仕事をしなくてはならなかった。ある時、田んぼで田植えを手伝い、ほんの少しの作業で危うく卒倒しそうになった。彼は長男で、一番上の妹は彼より二歳年下である。一番小さい弟はまだ満一歳を迎えていない。皆、口はあるが人手にはならず、彼が頑張らなくて家族はどうして生き延びていくことが出来よう? 彼が早く嫁を貰いたい理由には人手を得ることを見込んでのこともあり、ただ嫁を貰うことだけに心を奪われているのではない。当時、社会は物資が不足しており、子供を一人養育するのも簡単なことではなかった。女の子が嫁に行く時、必ず結納金を必要としたが、これは両親が欲深いからではなく、実際に生活が苦しかったためである。

　清仔が十九歳の年、家には三万元ちょっとのお金があった。清仔は隣村の、ある娘とお見合いをしたことがあった。双方共に気は合ったものの、相手側も生活が苦しい家庭であったことから、引き出物の喜餅や金の装飾品は貰ったものと見做して、結納金として、五万元の現金で承諾すると言われた。田舎ではお金を用立てしたい場合、農会〔農協〕や銀行は相手にしてくれないので、自力で何とか解決するしかない。その時に「会仔《ホエアー》」〔互助会、頼母子講の一種〕を立ち上げることが最も簡単な方法である。現在の「民間互助会」は金銭の「会仔」であるが、当時のものは皆、稲を用いた「会仔」であり、百斤〔約六十キロ〕を一単位とした。入札の規則は現在のものと変わらないが、違いとして毎回、入札のたびに発起人が宴席を設けて会員をもてなすことで、これを「食会《チャーホエ》」と呼んだ。清仔の母親は発起人として互助会を立ち上げ、結納金との差額を補うと言った。しかし、その年、台湾で名立たる八七台風と水害が発生しようとは思いも寄らなかった。それは柔《やわ》な作りの家の屋根を吹き飛ばした。清仔の家は太い竹を用いて建てられた〝竹管仔厝《テッコンアツー》〟と呼ばれるもので、屋根は草を葺《ふ》いたものであった。当然、耐えることができず、家中が水浸しとなった。入り込んだ水はその後、何日も乾かなかった。

　大水が過ぎると、隣近所は皆、新しい家を建てた。清仔も〝竹管仔厝〟は元より柔なので、この機会に建て直そう、嫁のことはまだ先でも構わない、やはり家族で住む家が先だと思った。そして貯金と「会仔」で集めたお金を、全て家を建て直すために使うことにした。仲人おばさんには隣村へ出向いてもらって、あの娘へのお詫びと、結納の延期をお願いし、結納金が貯まったら改めて話をしたいと頼んだ。

こんな一句がある。「焼酎は置いておくほど、香り立つ、生娘《きむすめ》は置いておく程、年を取る」。またある人は、「世の中にはたった二つだけ待ってくれないものがある。それは税金と娘の年齢」と言う。しばらくして、結納金五万元を必要としたその娘は嫁に行った。清仔はこの知らせを聞くと、何だか妻を失ってしまったようで心が苦しかった。しかし、生活への責任は、ますます彼の肩に重くのしかかり、恨みたくてもその時間すらない。家を建てるのに使ったお金は当初の想定を大きく上回って、お金も足りない。借りられるものは借り、小さな額でも融通してもらえるものは融通してもらった。物は時間と共にその価値を目減りさせるが、借金は長く置けば増えていき、積み重なるたびに深刻となる。腐ってなくなるわけもなく、どんどん収拾がつかなくなり、この青年清仔を追い詰めた。

ある時、街の農会へ肥料を受け取りに行った際、宝くじ売りの娘に出会した。彼女は五元で二十万元の希望を買うことが出来る、と彼に言った。その場は、貧乏なので、そんな余裕はない、と彼は答えた。用事を済ませ、家に帰ろうとすると、その娘はまだ農会の玄関口にいた。建物から出てきた清仔を見つけるなり言った。

「世の中で本当の貧乏人とは希望すらなくした人です」

この一言は清仔の心に深く突き刺さった。確かにそうだ、今の働き方は、ただ牛馬のように一生あくせく働き、借金から逃れることもできず、まして結婚、弟や妹の人生のことなど考えられない。元よりこの問題について考えたこともなかった。気が付かなかった訳ではないが、現実問題として向き合いたくなかったのだ。もう少しで召集令も届く。彼は長男だが、父が病気なので、少し遅めに出向くことも頼めるだろう。しかし、政府に借りを作っても、その義務から逃れることは出来ない。遅かれ早かれ兵役には行かなくてはならない。その時、この家はどうしたらいいのだろうか？　二十万、もし二十万元あったら、全ては解決するではないか！　彼は袋の中の、丁度、払い終えたばかりの肥料代の余りから、一枚の赤茶色の、所謂、「赤牛仔《チアグーアー》」と呼ばれる五元札を取り出すと、娘に希望を買いたいと言って差し出した。宝くじ売りの娘はセールスが成功したことを知り、とても喜んだ。そして美しい笑顔で、どの番号が良いかと聞いた。これまで清仔は若い女性と接する機会はほとんどなかった。このお下げ髪の娘が熱心に一緒に番号を選んでくれる様子を見て、この娘は宝くじを売りつけたかったのではなく、本心から言ってくれていたのだと、この五元は決して無駄ではなかったことを思った。

農民にとって、元来、繰り返される日々に何ら意義はない。なにか希望がある者にとっては、例えば、昔あった『三六九小報』と呼ばれる新聞を心待ちにしたように、ある特別な日時に大きな意義がある。これは毎月、三日、六日、九日、十三日、十六日、十九日、二十三日、二十六日、二十九日の各日に出される新聞であったが、文学を主とするかわいい刊行物であった。愛国奨券は毎月五の付く五日、十五日と二十五日と、月に三回、抽選が行われた。また後に流行した「大家楽」〔愛国奨券の当選番号を基にした非公式賭博〕という博打《ばくち》も、同じ五の付く日に熱狂を帯びた。清仔の買った宝くじは、その月の十五日を待って当選番号の確認が出来る。さて、その日になってみると、その村では誰も新聞を読んでいる人がいなかったため、どこで当選番号の確認ができるか分からなかった。村の人に教えを請いたいものの、笑われるのが怖い。お昼近くになり、いても立ってもいられずに自転車に跨り、新聞を探しに街に向かった。ただ、誰が新聞を持っていて、当選番号の照合をしてくれるか分からない。走りに走って、一周りして農会の入口にやって来ると、都合良くあの娘がそこにいた。清仔は顔を赤らめながら、宝くじ券を取り出すと、どうやって当選番号の確認をしたらよいのかと聞いた。親切な娘は、今日は抽選日だけれど、当選結果を掲載した新聞は明日、十六日にならないと販売されない。もし明日、もう一回来てもらえれば、店頭に貼り出された当選番号を確認しに、宝くじ屋に連れて行ってくれると言った。

もし今日当選番号の確認をしたいのであれば、夜ラジオでも出来る。ただラジオでは一等の発表しかない。だいたい清仔の家にラジオはないし、宝くじを買っていることを知られるのも恥ずかしいから他人の家では聴きたくない。また、明日は農作業があるし、村から街まで自転車で一時間以上かかるため、時間がもったいない。こうして宝くじ券を娘に託し、明日、彼の替わりに確認してもらいたい、もし当選していたら知らせて欲しい、と頼んだ。

翌朝、清仔は早くから田を耕した。太陽もまだ出ていない。農作業をしたところで、ややもすると目は道の方に向いてしまう。お昼頃まで、ずっとそうしていたが、まだ宝くじ売りの娘は見えなかった。お昼時、妹が田んぼに食事を持って来てくれたが、やはり食べながらも目は道の方に向いてしまう。なおも長いお下げ髪の娘の影は見えない。五元で二十万元を当てようなんて、そんな虫のいい話はない。太陽が刺竹林の向こうに隠れる頃、希望は希望でしかない、必ずしも当たる訳ではないことを悟った。そして、辺りが次第に夕暮れに染まろう頃に、とうとう諦めた。牛を牽き、暗い夜道を帰ろうとしていた、その時である。あの娘が向こうの方からはあはあと、慌てふためいて走ってやって来るのが見えた。そして、娘は清仔を見つけるなり、喘ぎながらも笑顔を作って言った。「当たりました、当選しました！」

田舎町には専門の新聞配達員がおらず、郵便局が手紙と一緒に配達していた。一日に一回の午後二時過ぎの配達で手にする新聞で、街の宝くじ屋はようやく当選番号を確認することが出来る。娘は番号の照合をした後、自転車に乗って村まで行こうとした。しかし道中、自転車のチェーンが外れてしまい、長い時間をかけようやく直した。ただ少し漕ぐとまた外れてしまう。手が真っ黒になって奮闘し、川を探し、その手を水で洗っても、なかなか綺麗にならない。とうとう空が暗くなってきたのを見て、きっぱり諦めて自転車を道路脇の竹林の中に放り投げ、歩いてやって来た。こうしてこの時間になってようやく到着したのだった。清仔は娘が大声で「当選しました」と言うのを聴くや嬉しくなって、自分はついている、本当に希望を持てばチャンスはあるものだと思った。後になって二十万元が当たったのではなく、末尾二桁の数字が合致する、百元だけのものであったことが分かった。五元を支払って百元が当たった訳であるから、そう悪くはない。清仔はこの百元を全て、次の宝くじ券に換えようと思った。二十枚なら、より当たる可能性が高い。ところが娘は彼をなだめた。買うたびに多くなり、賭け事のようになっていってしまうのは良くない。運があれば一枚でも当たるものは当たると言った。清仔もこれに大いに納得し、一回につき五元を差し引いて、毎回、一枚の宝くじに引き換える方式で、その当選金を管理してもらいたいと頼んだ。こうして百元はその娘に預けられることとなった。その夜、清仔は娘を乗せて竹林に行き、チェーンの外れた自転車を探した。そして自転車を拾い上げ、それを直してあげると、もう暗いからといって、彼女に付き添って街まで送った。

その後、六日、十六日、また二十六日になると、清仔は暇があれば街に行って娘に当選番号を確認してもらった。また農作業が忙しい時には、娘の方が新聞を手に村へやって来て清仔に照合してくれ、彼を騙してなどいないという誠意を示してくれた。百元は半年以上かけてようやく使い切った。末尾二桁でさえ再び当選することはなかった。村人はしょっちゅう清仔を訪れる長いお下げ髪の街娘を見て、それがとても美しい娘であることを知ると、まさに「黒い瓶に黒色の醬油を詰める」〔つまりその心は「何が入っているか外から見てもわからない」「まったく人とは分からないものだ」〕とはこのことだと噂し、苦労人の清仔にもとうとう神のご加護があったと、いくらか羨ましく思った。

召集令が届く一ヶ月前、清仔は結納金も必要とせず、その宝くじ売りの娘を嫁に迎えた。

（小川俊和訳）

入口番と弁士

人生には予期できないことが沢山起こるものだ。私は元々作家になりたかったわけではなかった。後々時代の変遷により、子供の頃見ていた夢は結局実現しなかったのであるが、今になってそれを振り返ってみるのも面白いものである。私は小さい頃から話し方が明快な方ではなく、どもる上にお喋りで、恐らくあまり弁の立つ奴ではなかった。今ラジオ番組をやっているなど、当時からしたら思いも寄らないことであるが、考えてみれば、子供時代に「弁士」〔日本語の漢字借用語。無声映画の進行解説者〕になる勉強に行った時に受けた訓練が関係しているのではないかと思う。

私の生まれた田舎はとても貧しかったから、人間の一切の願望は全て土の中にあった。土をほじくり返して食べ物を探すのは、何もカモがミミズを探すのに限ったことではなく、人も鋤《すき》や鍬《くわ》といった道具の助けを借りて、土をほじくりにほじくって、人の命を繋ぐ食物を生み出すのである。中にはほじくり疲れて、活路を求め外へ出て行って、一日中手足がきれいなまま天国のような日々を過ごせるようになる者もおり、烏松《オーシオン》おじさんがまさにそういう風にして弁士になった人であった。おじさんはうちの村の人ではなかったが、いずれにせよ田舎であり、田舎はどこへ行ったって吃驚《びっくり》するくらい貧しいものだった。彼は父の兵役時代の友人で、退役後も行き来があった。私が小学校の四年生に上がる年の夏休み、おじさんが紳士〔「地方の有力者」という意味もある〕のような身なりでやって来て、今は「烏松」ではなく「里見《サトミ》」という名前だと言う。それがおじさんの弁士名で、彼が初めて「マイク」〔日本語「マイク」の借用語〕を握って弁士を務めたのが日本映画の『里見八犬伝』だったことから、記念として付けたのだそうだ。

その時父がおじさんに、私を町へ連れて行って弁士の見習いをさせてくれるよう頼んだのである。父は生涯恵まれなかった人で、長男として生まれたために、田んぼに留まって野良仕事をしなければならず、息子である私は勉強ができて利口だったので、畑仕事をさせるのが勿体なかったのであろう。すると烏松おじさんは本当に私をテストした。何のテストかって、もちろん台湾語である。この事は、私が現在台湾語でものを書くのを選択したこととこともきっと関係しているのだと思う。

聞く所によると昔の映画は本当に音がなかったため、話の筋を観客に解説して聴かせる人が必要で、それが弁士の始まりだという。後に沢山の西洋映画や日本映画が入って来て、それらにはもう音があったけれど、字幕が読めない観客には依然台湾語で翻訳してくれる人が必要で、弁士はますます重要になった。烏松おじさんは漢字を何行か書いて私に台湾語で読ませ、これをイーア〔平埔族の言葉で「母」のこと〕やおじいちゃん、おばあちゃんといった台湾語しか分からない人に聴かせて分かってもらわないといけない、と言った。「入口番と弁士」で起こる事柄を話すには、まずこうした細かい話をしておく必要があるのである。

里見先生は二林《ジーリム》街のとある戯園〔劇場〕で弁士をしていた。昔の戯園とは今でいう戯院で、二林街だけで三軒もあり、台湾人がいかに観劇好きかがわかる。一軒の戯園には少なくとも四人の人がいて、一人は映写室で映画を映し、一人は同じく映写室にいる弁士、もう一人は戯園の外に面した窓口にいて切符を売り、最後の一人が入口番で、お客さんが入場する際に切符を確認する。大人同伴でない子供は半額券、学生と兵隊さんは、制服を着ていない場合も証明書を見せれば優待券を買うことができた。入口番は必ず自転車番も兼ねていた。当時は車で映画を見に行く人などいなかったし、オトバイ〔日本語「オートバイ」の借用語〕すら滅多になかったから、戯園の側には雨や日に晒されないよう屋根付きの自転車置き場が必ずあった。自転車を預ける際、番をする人は三枚一組の券から、一枚を自転車のハンドルに貼り、一枚は預けた人に渡しておいて、その券と引き換えに自転車を引き渡すようにする。最後の一枚は控えとして残して、その日全部で何台預けられ、何台取りに来ていないかが分かるようにするのである。元々は自転車を預かる専門のおじさんがいたのだが、後にその人が加齢のため病気になって以来、雇わなくなったのだった。

映写技師と弁士は専門の技術職であり、全員男性であった。切符売りはお金の管理も兼ねており、仕事は楽だが責任は重く、戯園の主人直属の人が担当していた。入口番は接客をしなければいけないので、我慢強く、賃金も安くて済む女性であった。阿蘭《アーラン》は十七歳からここで入口番を始めた。あっと言う間に三年が経ち、仕事柄お客と顔を合わせるので、彼女を知っている人は沢山いて、地域では有名人と言ってよかったと思う。私が初めて阿蘭を見たのは、学校の行事で「東京世運会〔オリンピック〕」の映像を見に行った時だった。千人近くの生徒が戯園に入場し、一人一元で、彼女は入口で人数を数えるのにてんてこ舞いで汗だくになっていた。それでも表情は笑顔で、生徒達がこの映画を見に来たことを喜んでいる様子だった。

里見先生について戯園に行った初日、阿蘭は「里見先生のお眼鏡に適ったのだから、さぞや優秀なお弟子さんなのでしょう」と私を褒めた。弁士は映画の上映が始まるまで仕事がないので、私は戯園の入口で入口番の手伝いをし、その間に阿蘭は自転車預かりの仕事をしに行った。田舎の戯園では幕間の場内清掃は一般的でなく、いつでも入場して次の回まで続けて見ることができ、最後の回が半分終わると、戯園の小門を開けて切符を買っていない人でも入って見られようになる。俗に言う「芝居のけつを拾う」とは、このような事を指すのである。阿蘭は自転車預かりの仕事を終えると、手伝いのお礼として、わざわざ戯園の前で鳥梨仔糖《オーライアートゥン》〔小さなナシのような果物を飴にしたもの〕を一串買って来てくれた。彼女の色っぽい笑顔を見ていると、十歳の子供だった私ですら魅せられてしまうのだった。

その晩、里見師匠は三六九食堂でご飯をご馳走してくれて、阿蘭もお相伴であった。「食堂」は今で言う「レストラン」で、三六九は屋号である。当時は電話がある所はまだ少なかったため、地方の電話番号は皆三桁しかなく、二林局の三六九番だったのがその由来である。お蔭で電話を掛けて出前を取る人は「電話番」〔日本語「電話番（号）」の漢字借用語〕を調べる必要がなかった。ここでもう少し解説しておかなければならない。戯園は午後一時に一幕、三時に第二幕があり、第一幕は弁士が付かず、字幕が読める人が自分で鑑賞する回であった。第二幕と夜七時、九時の回にはどれも弁士が付くので、午後五時から六時半が言わば休憩時間であり、食堂に夕飯を食べに行く暇のある唯一の時間であった。私はレストランで食事をしたのはその時が初めてで、おまけに色っぽい阿蘭さんが料理を取ってくれるので、自分の弁士としての明るい前途を見たかのような気分だった。

私に課された課題は映写室での見習い実習で、師匠が外国映画の内容を台湾語で語るのを聴いていることだった。劇中の人物の話す台詞も台湾語で、役者の話し方をまねて語らねばならず、女性の声や老人の声、子供の声まで演じ分けるのだった。外国人の名前は変てこでやたらと長いので、阿雄《アーヒオン》や阿恵《アーフィ》といった台湾式の名前に変えて話すのだが、師匠が最もよく使う女の子の名前が阿蘭だった。私はもしや師匠と阿蘭は恋仲なのではないかと思っていた。夜は師匠の家に寝泊まりしたが、師匠は結婚しており、奥さんはとても美しい人だった。弟子は奥さんの代わりに師匠の下着を洗わなければいけないと聞いていたが、師匠の奥さんは逆に私のシャツとズボンを洗ってくれた。師匠も奥さんと仲が良いようだし、阿蘭と何かあるなんてことがあり得るだろうか？　私は考えれば考えるほど分からなくなってきた。大人の世界は複雑で、私などがいくら考えたところで分かる筈もないのだった。

私が初めてマイクを握って喋ったのは『桃太郎』という日本映画だった。主人公が子供で、師匠は前日に主人公の台詞を覚えるよう私に言い、翌日第二幕のその子供が話す所で私を声色《こわいろ》出演させた。なぜだかあまり緊張はしなかった。たぶん生まれつき肝《きも》が据わっていたのだろう。師匠からは、弁士の勉強をするには勿体ない人材だ、役者になった方が割に合うだろう、と言われた。初めての出演が終わった後、阿蘭はお祝いにわざわざ「ナムネ」〔日本語「ラムネ」の借用語〕を一缶奢ってくれた。桃太郎の後、私が主人公の弁士をやる機会は無かったが、一つ一手に引き受けていた仕事があった。戯園にはしばしば誰かを探しに人が来ることがあり、今であれば字幕を出すところだが、当時は皆字が読めないので、弁士が声で呼び出しを掛けなければならなかった。「何々さん、お呼び出しです」とか、時にはもっと緊急のものもあって、「阿国《アーコク》さん、奥さんが出産間近です、お父さんとして急いで戻って下さい」、或いは「雑貨屋の阿生《アーシン》さん、お店にお客さんがお見えですが、奥さんが商品の値段が分からないそうです、紅亀粿《アンクーコエ》〔慶事や祭事の際に食べる真っ赤な饅頭〕の押し型は一つおいくらですか？」。こういったことを私が叫ぶのである。このサービスはお金を取ってやるもので、一回の呼び出しで一元だが、戯園の主人に渡す必要はなく、師匠はそのお金を小遣いとして私にくれていた。一日に大体二、三元になり、とてもおいしい仕事であった。

朝は特にやることがなくて、師匠はよく釣りに行き、私は家に残って学校で出された宿題をさせられた。師匠曰く、勉強ができなければ弁士にはなれないのだそうだ。ある日の昼近く、師匠の奥さんが買い物から帰って来ると、突然私に阿蘭の事について尋ね、彼女の為人《ひととなり》をどう思うかと訊いてきた。私は悩んだ。大人の事情はよく分からないとはいえ、私も軽々しく口にしてはいけないことがあるということは多少なりとも知っていたので、黙っていた。奥さんも無理に答えさせようとはせず、台所へ行って料理を始めた。私は内心奥さんに申し訳なく思ったが、こればかりはどうしようもないことであった。

師匠はいつも二時半過ぎ頃まで戯園に来ないので、私は先に来て阿蘭を手伝っていた。私達二人はどんどんチームワークが良くなって、阿蘭が別の仕事で忙しい時には、私は率先して入口番をやり、時々戯園の主人が来て「阿蘭はどうした？」と訊かれたら、言い訳を見つけてその場を取り繕ったりしていた。その日はどういうわけか、半日番をしていたが阿蘭の姿が見当たらず、第二幕が始まる時になってようやく、彼女が目を赤くして走って来るのを目にした。師匠も難しい顔をし元気のない様子でその後を歩いてついて来た。私はもぎった半券を阿蘭に渡し、師匠について映写室に入った。ニュースと予告篇を流し始めた時、師匠が自分は気分が悪いから、代わりに喋れ、と言ってきた。私はその映画はよく知らなかったが、師匠は問題ない、どうせ喜劇だから、お前の感じたまま話せばいいんだ、と言う。私がそれでも躊躇していたら、ちょうど戯園の主人が入って来て、結局師匠は自分で喋ることになったが、喜劇をとても元気なさそうにやったものだから、主人の表情はとても不機嫌そうだった。

その晩私が師匠の家に帰ると、師匠と奥さんが喧嘩をしていた。奥さんが戯園の主人の所へ行き、阿蘭が破廉恥で、師匠といかがわしい関係にあると訴えたので、主人が二人を呼び出したといういきさつだった。師匠は、阿蘭とは全く何もない、お前が疑り深いせいで、阿蘭に悪い評判が立ってしまった、この先どうやってこの街で暮らしていかせるつもりなんだ、と言っていた。奥さんはただ泣くだけで一言も答えず、次の日には実家に帰ってしまった。

翌日、阿蘭も戯園の入口番には来なかった。戯園の主人によれば彼女は仕事を辞めたそうで、五元渡され、明日別の入口番を探すから、ひとまず代わりにやってくれと言われた。私は五元儲けてもあまり嬉しくはなく、頭の中では午後の間中ずっと阿蘭さんのことを心配していた。

一週間経ってから、師匠は奥さんを連れ戻しに行った。そして私は、今度は南部のとある戯園に働きに行くことになったから、お前のことは連れて行けない、帰ってしっかり勉強しなさいと言われた。弁士という職業は早晩流行らなくなる、お前のような利口な子は将来きっと大成するから、と言うのだった。

その後、私がその戯園に映画を見に行った時には、入口番は別の女性に替わっていて、私のことは分からなかったが、切符売りの人がまだ覚えていてくれて、切符は要らないよ、と言い、入口番に私を通すように伝えてくれた。弁士の喋りはとても老人臭くて、聴いていて耳に馴染まなかった。映画を半分見終わったところで、私を探している人がいるという呼び出しが挟まり、なんと阿蘭であった。私を知っている人が、私が戯園に入るのを見て彼女に報せたそうで、とても懐かしいと言ってくれた。

阿蘭はかき氷屋でご馳走してくれて、今は車掌をやっており、運転士の人と婚約し、三ヶ月後にお嫁に行くのだと話した。私はずっと、本当にあの里見師匠と恋仲だったのかを訊きたかったが、少し考えて、やはり訊くのはよそうと思った。けれど車掌と運転士、看護婦と医者と同じように、入口番と弁士の恋愛もよくある事ではあった。

昨年、父が私のラジオ番組を聴いて私に言ってきたことがある。

「鳥松おじさんのことを覚えてるか？　あいつも前ラジオで昔話をやってたよ！」


（吉田真悟訳）

来惜《ライシオ》と罔市《ボンチー》の結婚話

人には安心感や信頼感というものが必要だ。しかし、あまりにも順調な人生というものは、嫌気がさしてきて、別の刺激を求めたりする。だがその刺激も度が過ぎてほしくはない。とかく生きていることはとても厄介なものだ。気が向いたらこれから話す「来惜《ライシオ》と罔市《ボンチー》の結婚話」でも聞いておくれ。これが実話だと思わない人は、まあたわごとだと思って聞いてほしい。

来惜はその家の一番下の娘だった。当時、市内に住んでいたが、その家は田舎にも田畑を持ち、小作人を雇う地主だったので、まあ金持ちだと言えよう。来惜はその家のただ一人の娘だった。父親はそのあだ名を使ったように（「来惜」というあだ名は、「可愛がる」という含意がある）、目に入れてもいたくないほどかわいがっていた。来惜の上の兄たちも妹をかわいがり、子供のころから家に何かが届けばまず来惜に与えるなど、みんなでちやほやしていた。来惜はまさにその家のお姫様か女帝のようであったが、来惜の方は分をわきまえ、家族や両親や兄たちを愛していた。来惜にとって人生は、幸福、美麗という以外の何者でもなく、なんの憂いもなかった。最も悲しかった出来事は、飼い犬が死んだときで、ひとしきり泣き、夕食ものどを通らないほど思い出に浸った。

そのころの娘は十七、十八歳くらいで嫁に行った。早く嫁に行くほうが、結納金が入り、娘を食べさせる必要もなくなるし、一つ物事が片付くからであった。そうした考えもその時代では当然であった。来惜は少女時代に、外の男子と接する機会がなかった。何の悩みもない彼女は、普通の少女たちの悩みを経験することもなかった。世の中で一番良い男性とは父親や兄たちだった。とはいえ、どんなにかわいがっていても、そのまま娘を置いておくわけにはゆかない。二十歳過ぎても嫁に行かないことは不可能だった。ちょうどそのころ、見合い話を持ち掛けた人がいた。相手は家柄や人格からいっても申し分のない相手だった。父親は躊躇したがついに承諾した。来惜は相手とは会ったこともデートしたこともなかった。確かに良縁であり、ケチのつけようもなかった。このままであれば、来惜は将来気楽な人生を約束されたも同然で、ここで物語は終わる。だが問題は嫁入り道具の準備のときに発生した。

最愛の娘が嫁に行く際には、家では嫁入り道具の準備をする。一家はその支度に追われていた。来惜の新たな人生の門出が良いものであるようにと、来惜には金も惜しまずに使わせた。問題は誰も運び手がいないことだった。運び手がいたら、百貨店や服装店のものはすべて買い上げることができる。ある日、ある生地店の店先に、格子柄の布地が見えた。とても艶やかな色であった。来惜が店の中に入ってみると、質素な服をきた少女がその生地を見ていた。来惜も手を伸ばして触ってみる。確かに品質が良かった。そこで値段を聞いたところ、そばにいた女性店員は言った。

「本来なら一ヤードあたり十五元なんだけど、そこの娘さんは値切るのがうまいので、十二・五元に値引きしたんだよ。でもまだ思案しているようなので、あんたが本当に欲しいなら同じ十二・五元でいいよ。セビロ〔日本語「背広」の借用語〕の値段と同じくらいだ」

来惜はその少女に買うかどうか聞いた。もし買わないというなら、自分が買おうと。その少女はしばし考えてから、頭を振った。来惜は店員にお金を渡し、包んでくれるよう言った。振り返るとその少女は涙を流して出て行くところだった。来惜はすぐに追いかけて呼び止めた。

その娘は罔市《ボンチー》といった。田舎に住んでいて、やはり嫁入り道具の準備のため市内にやってきたのだという。生地屋で格子柄の布地を見つけ、とても気に入った。それは一ヤードで十元強が相場だ。だがそんな金はないからと値切っていたという。もし来惜がやってきて買わなかったら、十元で話がついただろう、それなら買えた。しかし仕方がない、それも人それぞれの運命なのだから、と。来惜はそれを聞いて、愕然とした。世の中には嫁入り道具を買えないくらい貧しい人がいることを知って、同じ嫁に行く身でありながら、なんという差だろうかと思った。同じように艶やかできれいな女性。一人は来惜とかわいがられ、もう一人は罔市といって、家族を養っている。不公平な話だ。来惜は、その生地を罔市にあげると言った。罔市は応じず、知らない人から好意を受けるわけにいかないと言った。来惜はそこで自己紹介をした。自分もやはり嫁入り時で、罔市とは友達になりたい、これは友達のしるしだと。罔市は、お返しができないから、受けるわけにいかないと答えた。しかしその生地は欲しいのでしばらく考えてからこう言った。自分はその生地で服を作るから、余りの生地でハンカチを作るので、それを来惜の嫁入り道具の一つにするのはどうかと。

来惜は家に戻ってから悩んだ。自分はお金持ちの家に生まれたが、もし罔市のように貧乏な家に生まれていたら、相手は結婚してくれただろうかと。婚姻はその家がお金持ちかどうかで決まるものなのか？　いつも自分の快楽しか考えていなかった少女は、このときはじめて心配顔になった。結婚する前は、家を離れるのが心配でいろいろ悩んでしまうものなのか？　二日後、罔市がやってきて、ハンカチを渡した。来惜はとても喜び、部屋に呼び寄せて話をした。罔市が嫁に行くのはどんな人で、罔市はその相手をどう思っているかと聞いた。罔市は言った。結婚は両親が決めたもので、一回しか会ったことがなくあまり印象がない。でも、娘というのはそういうもので、両親が養ってくれて結納をもらって嫁に出すもの。相手を気に入っているかどうかは関係ない。相手の家も貧乏で、結納金のために頼母子《たのもし》からお金を借りたくらいだと。だがそれも後で噂を耳にしただけだという。

来惜は自分が嫁に行く相手のことを考えた。嫌ではないというだけだ。絶対に結婚しなければいけないほどの感情もない。そんな結婚なら罔市とどこがどう違うのか？　もし互いの相手を交換したとしても大した違いはないのではないか？　金持ちも貧乏人も同じ人間である。金持ちの子供が必ず成功するとは限らないし、貧乏人が幸福な家庭を築くこともありうる。だとしたら、自分の家は少しお金持ちなのだから、貧乏人に嫁いでその援助をしたらどうだろう、罔市がお金持ちに嫁げば、結納金が実家に入る。そうでもしなければ金持ちはますます金持ちに、貧乏人はますます貧乏になるだけではないか？

そこで来惜はある計画を立てた。その計画では罔市が義理の姉妹である必要がある。罔市はちょうど自分より二歳下だ。罔市を自分の両親や兄たちに紹介し、妹とみなしてもらおう。両親は来惜を甘やかしてきたので、娘の突然の豹変にも、そのまま従い、罔市を娘とみなすことにした。そして礼儀として、日を選んで罔市の両親と顔合わせすることになった。計画が半ば成功して来惜はひそかに喜んだ。

罔市の両親は、娘が都会のお嬢様と義理を結んだと聞いて驚いた。田舎娘が都会人と付き合えるわけがない。娘と何を話していいかわからぬまま、来惜の来訪を待った。そして、この綺麗なお嬢様には悪意はないと知ると、とても喜んだ。自分の娘が「貴人」〔占い用語で「助けになる人」〕と知り合いになったのは、嫁入り前の一種の福であり、また来惜を娘の一人として接した。

ある日、来惜は計画通り罔市の田舎の結婚相手と、自分の結婚相手の四人で出かけることにした。それぞれの歳も近く、親しくなるのに時間はかからなかった。ただ田舎の少年は内気で顔を赤らめてあまり口を開かなかった。弟が欲しかった来惜は、その少年のことをかわいいと感じ、その人と結婚しても悪くはないと思った。来惜は、他の三人に自分の計画を打ち明けた。三人ともそんなことをする人がいるのかと驚き、みな押し黙り、そして顔が真っ青になった。しばらくして都会の青年が反対した。あとの二人もそんな計画はダメだと言いたげであった。婚約しているのにあり得ない話だ、お笑い草だ、家人もみんな反対すると。

来惜は言った。であれば双方の家人が同意するなら、三人とも反対はしないということね。もし反対するなら私は結婚もしないし、罔市と姉妹の契りもやめると言った。罔市は、これは大ごとだ、来惜が不快になることだけは避けたいと思って、計画に同意した。そうすると他の二人の男性も頷くしかなかった。

来惜はここまで大きくなるまで、父親から叱られたことはなかった。デタラメだ、こんな恥ずかしいよたごとがあるか？　もし将来義理の父母になる人が聞いたらどう思うか？　来惜は甘やかされてきたので、父親の怒りが響かなかった。婚約解消に比べたらたいしたことではないし、妹と相手を交換するだけのこと、犯罪にでもなるのかと。もし同意しないなら、私は結婚せず、生涯独身を貫く、と言った。こうなったら、家人がそれを阻止することはできなかった。兄たちも筋が通らないと言ったが、何を言っても来惜は意見を変えなかった。一家はみんな発狂しそうであった。

他の三人は、家に戻ってもこの話を言い出せなかった。来惜が自分の家で問題を解決してから話しても遅くはないと思っていた。ただ心中はいたって戦々兢々だった。世の中に、婚姻をままごとのように扱う、そんな大胆な考えをする娘がいるなんて。

最終的には来惜の父親が譲歩した。娘は慈悲と好意から、妹の貧乏生活を見るに見かねたのだ。うちは義理の契りを結んだ実家になるのだから、罔市のために嫁入り道具の支度もしてやり、現金のほかにも、三分の土地を与える。そうすれば妹夫婦の生活も楽になるだろう。来惜も安心できる。

来惜は結婚する前に、将来の夫の都会の青年に尋ねた。こんなめちゃくちゃになって、そちらの父母は気分を害してはいないかしら。青年は両親に話してないので、誰も婚姻に問題が起こったとは知らないと言った。青年はさらに続けた。来惜は本当に最良の女性だ、これほどまでに貧乏人に対して慈悲の心を持つ妻を嫁にできるひとは幸せだ、不愉快なんてとんでもない。

もちろん罔市のほうは喜んだ。その父母が言ったように、罔市は運命の「貴人」と出会ったことになったのである。

（酒井 亨訳）

純情王宝釧《オンポーツアン》

テレビで歌仔戯《コアーヒー》〔京劇や歌舞伎に似た台湾歌劇〕の番組が始まったが、私は興味が持てなかった。テレビカメラに合わせた演出のため、観客をないがしろにし、臨場感がないうえ、アドリブもないためであった。なのであまり見なかった。帰省した折に、廟で象棋〔中国式将棋の一種〕を打っていた父を探しに行った際、ちょうど廟前の広場に舞台がしつらえられ歌仔戯をやっていた。誰も観客はおらず、離れたところの庭端の大きな樹木の下で老人がたくさん象棋をしたり、十胡仔《ツアプオーアー》〔カードゲーム四色牌の遊びの一つ〕をしていたり、象棋の駒で「自摸《ツーボン》」〔一種の遊び〕をしていた。だれも劇には興味を向けなかった。劇をやっていた人もたいしてやる気がなかったが、私が庭の真ん中にしゃがんでいるのを見かけると、突然元気になって劇を続けた。

歌仔戯が一時の隆盛から衰退したのは、観客に原因がある。観客が歌仔戯の盛衰を決めているのだ。私の故郷では、阿霞《アーハー》という人がいて、以前は歌仔戯役者だったが、わが郷里に住むようになったのには深いわけがあった。

阿霞（何明霞《ホービンハー》）は海口《ハイカウ》生まれであった。私の記憶では、初めてわが村に来たのは、『苦命王宝釧《オンポーツアン》』を演じたときだった。その演目は、台湾では老若男女問わず有名で、王宝釧が十八年も窯《かま》を守ってきたという苦難劇だ。若さたけなわの少女が経済的に貧しい田舎にいて、夫を十八年も待ち、その間食べるもの着るものもひどいものだった。軍で名をあげた夫の薛平貴《シーピンクイ》が戻ってきても、ちゃんと対応できるのだろうか？　阿霞のこの役は堂に入ったもので、観客はみんなすすり泣いた。台下の田舎人はみんな言葉遣いが粗野だった。その時、舞台上に赤紙が掲示されていた。「荘書文《ツンスーブン》氏賞金八十元感謝」とあった。当時女性は人にやとわれて草刈りをしても一日に十元ばかりであった。実は、荘氏というのはこの村一番の金持ちであった。

それは村の廟による敲軍《コークン》〔民間信仰の行事の一種〕であった。わざわざ大芝居を招いた。そのころ都会では台湾語映画がはやっていた。一年で三篇も作られた『薛平貴《シーピンクイ》と王宝釧《オンポーツアン》』という映画は、麦寮拱《ベーリヤウコン》楽社《ロクシャー》歌仔戯団団長陳澄三《タンティンサム》が、何基明《ホーキービン》を監督に招聘して作らせた歌仔戯映画であった。台北《タイパク》の大きな映画館では、ガラスの扉が熱狂的な観客によって割られる事態となるなど、社会現象となった。だが田舎には映画館はなく映画は見られない。麦寮海口はわが村からそう遠くはなくて、劇団を一度村に呼んだこともあったが、今回、廟の主持〔廟の管理者〕が話に行っても、拱楽社は人気がありすぎて、もはやわが村には呼べない状態になっていた。仕方がないので、別の劇団に『王宝釧と「石《チョー》」平貴《ピンクイ》』をやってもらおうと考えた。そう、薛平貴ではない。姓が薛なのか石なのか、どうせ平貴はうちの村の人ではないので、そこで争っても意味がないと不問に付した。聞いた話では「真秀園《チンシウフン》」という劇団の苦労する女性役の何明霞が演じる王宝釧は、拱楽社の呉碧玉《ゴーペクギョク》と遜色がないということで、二日間にわたる公演の契約金を払ったという。

それは一九五六年末のこと。私はまだ数え歳で三歳の、右も左もわからない子供であった。後で村の阿財《アーツァイ》から聞いた話である。阿財は子供のころに荘氏の家にやってきたが、彼の両親は貧しく、荘氏の使用人として売り飛ばされたのであった。彼は十歳から二十五歳まで働いてやっと自由の身になった。荘家では一代前から学校に通っており、田畑も多く、大きな邸宅に住んでいた。地元一番の名士で、荘書文は現在の当主である。阿財がやってきた当初は、重い仕事は任されず、令息専属の使用人として働いていた。まだ五歳だった書文の勉強や遊びに付き合った。そして父親が書文に家業を継がせたころになって、阿財が二十二歳になったときだが、それから七〜八年の間は重い仕事を任せられるようになった。使用人とはいえ、当主との関係は良好だった。阿財が十五歳のとき書文は結婚し、阿財が十八歳になると彼に嫁をあてがうことになった。阿財には外向きのことを、その嫁には家の仕事をやらせるつもりだった。阿財は一生、そこで過ごすことになるのか？　阿財は使用人であるが、野心が強かった。「乞食の身で皇帝の口（身分が低くてもよいものを求める）」のようなものだ。「嘴《くちばし》が曲がっている鶏でも、質の良い米を求める（不幸な人でも好いものを求める）」ようなものだ。実際何人かの娘の名前を挙げたところで阿財は、どれも気に入らないという。村人は笑った。

「この阿財ときたら、使用人の分際でなんということよ。主人が好意的に接していても、それでも乞食は乞食だ」

　阿財は所詮は乞食のようなもの、雑草の花のようなもの、妻があるだけでもよしとすべきなのに、皇帝が妃を選ぶように選り好みをするとは！　そう言って阿財を非難した。

　公演の一日目の午後は、武場〔各種打楽器と哨吶によるチャンバラ〕の『十八路反王』である。程咬金《ティアーカーキム》、秦叔宝《チンショクポー》の場面だ。夕方は正戯『王宝釧苦守寒窯十八年（王宝釧が十八年荒れ果てた窯を守ってきた）』の開演である。周辺の村からも椅子や長椅子を持ってきてわざわざ見に来た。廟の庭はすべて満員。何明霞による王宝釧の演技は活き活きとしていた。荘氏が財をひけらかすように八十元も出した意味がわかった。その夜の終演後、廟では軽食がふるまわれた。それは地方一の名士荘書文氏が特別に用意したものだった。一日の劇ならばそこらへんで寝て翌朝帰るものを、二日にわたる公演だったので廟に泊まらせてもらうことにした。。荘氏は「真秀園」の劇団員との食事の最中に、劇団長に、十一月は廟の土間で寝転がるには寒いでしょうと言った。団長は、かまいません、劇団員は慣れていますし、毛布も持ってきています、と言った。荘氏は自分の邸宅に泊まらせたい、そのほうが廟よりも暖かいからと言った。だが劇団員の方は廟で寝ると言い張った。あまり良いものを食べると、後々ものが食べられなくなりそうだから、と。

村人たちは、荘氏が何明霞を気に入って、そこまで好意を示したのだと噂した。食事を用意し、宿泊もさせて、ご祝儀も出すと。二日目の夜、王宝釧の劇は続篇を演じた。前晩よりもさらに観客は増え、盛り上がった。王宝釧が米がなくてスベリヒユを食べている場面のときだ。観客の一人がお金を舞台に投げ入れた。貧しい村ではいくばくかの硬貨を出せればいいほうだった。このとき赤紙が張り出された。なんと二百元のご祝儀とは！　その人の名は「林財《リムツァイ》」。みんな呆然とした。この付近の村にそんな名前の人がいたか？　するとある人が言った。

「使用人の阿財だ。阿財が二百元を出した」

劇に集中している人がいる一方で、一部の人は注意がそれて、台下でぶつぶつと言った。

「阿財のような使用人が二百元も持っているのか？　なんで二百元も？」

勘のいい人間はすぐに彼の主人が出したものだと気づいた。荘氏は妻子がある身だ、妙な噂が立つのはまずい。それゆえ、使用人の名前を使ったのだろう。二日目の晩の劇が終わらぬうちに、映画の第三部のように、劇団長が三日目の公演を予告した。地方の有力者がお金を出してくれたのだ。村人たちは、この村でそんなお金を出せる人は一人しかいないことを知っていた。その晩、荘氏は軽食を団員にふるまった。

　村人たちが想像したとおり、荘書文は確かに何明霞の苦労する女性の役に夢中になっていた。ご祝儀をもってわざわざ舞台裏を訪ね、そして演技が終わるのを見計らって話しかけようとしていた。劇団員にとっては、熱烈なファンは珍しい存在ではない。阿霞が荘氏に散歩に連れ出されても、誰も妙な蔭口はたたかなかった。「真秀園」は海口から来ている、麦寮拱楽社ではない。海口のように貧しい村では、劇を学ぶのはやはり貧しい家の子供たちだ。女は一生役者を続けることは難しく、縁があればすぐに結婚する。阿霞は荘書文にはすでに妻があることを知らなかった。そして、彼の邸宅の大きなこと、その器の大きなところ、着ているものも上等で、書文《スーブン》の名前のとおり、上品《スーブン》なことを見て、好感を抱いた。村での公演は三日間だけだったが、荘氏とは何度も話をした。今後の公演先についても荘氏に話した。そして荘書文はどんなに遠い場所であろうと、阿財とともにそこへ行ったのだった。

　阿財は主人とともに「真秀園」の劇を追いかけた。いや、何明霞を追いかけたといっていい。半年にわたって、多くの村を回った。ある夜、劇がはねたあとで、劇団長が荘氏に言った。

「荘さん。毎回うちの劇を見に来てくれて、ご祝儀もたくさん下さって、私らは本当に感謝に耐えない。阿霞は本当に良い娘だ。あなたさまが本当に好きだとおっしゃるなら、いっそのこと、嫁にとっていただけないだろうか。阿霞は借金もなく、自由な身だ。劇団に借りもないから、いつでも辞められる。阿霞はうちの劇団にとって最良の役者なのは事実だ。だが本当にあの娘の大事を思い、あの娘が幸せになるのなら、そんなことはどうでもいい」

　荘書文は心苦しかった。寝食を忘れるほど好きでたまらないのは事実だったが、自分には妻がいる。

劇団員はそのことは知らないようだ。だからこそ、自分が阿霞にここまで接触するのを許したのだろう。もし妻子持ちだとばれたら、阿霞は交流を断つにちがいない。しかし団長がここまでいうからには、阿霞と結婚しなかったら誠意がないし、女をもてあそんだに等しい。劇団員から反感を持たれるだろう。これはどうしたものか？　阿財に相談した。五分の土地を与える代わりに、結婚してやってくれるかと。そうしておいて、阿霞と劇団員には荘書文が阿霞と結婚する旨を伝える。そして結婚した後になって阿霞に真実を話す。つまり名義上は阿財の妻で、実質的には荘氏の妾として、飯炊き女となるのだ。そのときに後悔してももう遅い。

阿財は使用人で、売られてきた身の上だ。主人に言われたらいやとはいえない。この半年もの間、主人についていろんな場所を回った。阿霞は歌仔戯の人気役者であるとはいえ、実際には純朴な海口娘に過ぎない。だが阿財はとても心惹かれていた。しかし、彼我の身分差が大きい以上、主人とは争えない。とてもではないが、阿霞が好きなどとは口には出せなかった。使用人の身では、分をわきまえる必要があった。

荘書文は、退廃した世の中なんだから形式にこだわらず、物事は簡便にしたほうがよいと言った。阿霞の両親に十万元の結納金を贈るが、そのお返しの嫁入り支度は要らないと言った。嫁入り支度は新郎側が全部用意し、日を選んで嫁入りをする。婚礼の前日になると、荘氏は阿霞に真実を話した。名義上は阿財の妻だが、実際には荘氏の妾なのだと。さらに何日か後に、正妻にも事情を話し、阿霞を正式に荘家の門をくぐらせた。一方で阿財は、阿霞に手は出さない、あくまでも主人の奥方として接すると誓わされた。

阿霞にしてみたら、とんでもない話であった。少女の純情は穢された。みんな結婚することを知り、友人たちから結婚祝いも贈られた。そうなったら、嫁に行かないわけにはいかない。だが、結婚するといって実際に妾になるなど考えてもみなかったことだ。しかも表向きの婿は阿財だという。実に不当な話であった。

結婚式の夜、村人たちがやってきてにぎわった。みんな実情を知らず、阿財がとても幸運だとうらやんだ。まさに「乞食の身で皇帝の口」。王宝釧役の美人妻だ、と言った。客たちが去ると、阿霞は阿財に本当の夫婦になりたいと申し出た。阿財はとても善良な人だ。使用人という身分であっても一生成功できないわけではない。二人で一所懸命働けばいい暮らしもできるはずだ。そのほうが、妾として体面も悪く、よい家庭を築けなくなるよりは良い。

荘書文は、二人の関係が嘘から出たまことになってしまったことを知り、激怒した。しかし阿霞は阿財の妻であるとみんなに言っている手前、何も言うことができなかった。しかも自分が言い出しっぺである。阿霞を無情だとなじるしかなかった。阿霞は答えた。

「私の劇は純情なものばかりで、あなたも歌仔戯を長く見てきたのに、ひとりの女が二人の夫を持てないことをご存知ないとでも？　私は阿財の妻。あなたと一緒にはなれません」

阿財は使用人を二十五歳の満期まで務めた後、阿霞を連れて荘家を出た。そして荘氏が与えた田畑に家を建てて、田を耕し、村の住民となった。

（酒井亨訳）

ヤクザの松さん

テレビのニュースでは、あるヤクザの親分の死を伝えていた。式場には数多くの扁額《へんがく》、輓聯《ボアンレン》〔死者哀悼の対聯。文字を記した紙飾り〕、花輪があり、それが道路にまではみ出していた。出山の陣頭、花車がその道をふさいで、交通渋滞が発生し、大変盛大なものだった。一般の有力者とも遜色ない規模だった。私の故郷はきわめて純朴だった。とても趣深い場所であるが、やはりヤクザは存在した。同じ社会だ。どんな場所にもいろんな職業がある。ヤクザもふつうの職業となっているのだ。同じように、ヤクザの松さんの葬儀もやはり大変な騒ぎだった。

ある時、帰省した際に、渋滞が発生していた。誰かの葬儀の列のためらしい。すると父がその葬列の中にいた。初め親戚の誰かがなくなったと思った。父が私に葬列に入るように言った。

「こんなににぎやかな葬列なんて、ヤクザの松さんだけだろうな」

子供のときからヤクザの松さんのことは知っている。その本名は誰も知らない。覚えているのはある朝のこと、私がカバンを背負って学校に行ったときのことだ。その日は私の当番の日だった。早めに登校して掃除をするため、村を出たのはちょうど日が出た直後だった。松さんが自転車に乗って向こうからへなへなとやってきた。私の目の前で停止すると、誰のガキだ、なんて元気なこった、こんな早くから学校に行くとは、と話しかけてきた。村人たちは知っていた。彼は夜な夜な二林街《ジーリム》の酒場に行って、人と酒を飲み、博打《ばくち》をして、朝になってから村に戻ってきて寝る。私は彼に父親の名前をこたえ、今日は私の「当番」なので早くに家を出たと言った。彼は、よいガキだ、勉強がんばれ、俺みたいな大人に、ヤクザになるなよ、と言った。そして、景気づけにおやつ銭をやると言った。しかしポケットに小銭がないことに気付いて、わるびれた風に言った。

「昨日の晩は博打運が悪かった。大負けに負けた。今回は借りだ。次に勝った日にはカネをくれてやる。俺が忘れていたら、会ったときに言ってくれ」

下校後帰宅すると、父親に松さんと会ったことを話した。父は子供がそんなことを言いふらすもんじゃない、これからはその人のことは「松おじさん」と呼ぶんだ。松おじさんがそう言っていても松さんからお金をもらってはいけない、と言いつけた。

村の東のほうに老窯《ラウヨー》村があった。そことうちとはそんなに遠くない。どちらにも通じる場所に墓があった。道端の田んぼは、老窯とわが村の人が半々だった。阿楽《アーロク》の家が耕している田んぼは老窯村の歁章《カムチョン》〔アホの章《チョン》〕の田んぼと境を接していた。そのころは田の水はまだ不足していて、ジアカウという小川の上流にある濁水渓から水を引いていた。老窯に先に流れ、そこからあふれた分だけがわが村に来る。半夜に当番が水の巡邏《じゅんら》をすることになっていた。田んぼの先に穴を開け、水が田に入るようにするのだ。さらに濁水膏窟《ローツイコークツ》〔泥を沈殿させる穴〕を作り、水がその穴に入るようにする。水に含まれた土砂がその穴に沈殿し、水だけが田んぼに流れるので、水がよどまない。よどんだ水は稲に厄介なのだ。上のほうの田に進水して満ちると穴が閉じられ、下の田に水が来る。不十分な水位だと水穴は塞がらない。あまり水位が高いと稲は腐ってしまう。阿楽は胡琴を奏でるのが好きで、田作業には身が入らなかった。父親がそれを見とがめ、ある夜に田の水の見守りをさせた。

その夜、阿楽は次の日に鼓笛隊に参加しなければならないこともあって、隣の歎章の田の水が程々だとみると田の穴をふさぎ、自分の田に水があふれるようにした。しばらくして歎章がやって来た。田の様子を見て激怒した歎章は、水穴を掘る用の鋤《すき》で阿楽をたたいた。阿楽は地面に倒れ、全身血まみれになった。そして這って家に帰っていった。日が昇らないうちに近所のみんなは起きだして朝食を食べ、田に向かう。村人は阿楽が老窯人にいじめられたと知って、不満が嵩じた。そして、みんなで老窯村に行って歎章に復讐しろ、と叫んだ。そのとき、ある人が言った。

「歎章は気が荒い。俺たちではどうにもならん。松さんを呼んだらいい」

まだ、松さんは家に帰っていなかった。阿楽の父と近所の数軒の人が道で松さんの帰りを待った。しばらくして、松さんが戻ってきた。話を聞いた松さんは、自転車の向きを変えて老窯村に向かった。村人たちはあとをついていこうとしたが、松さんは言った。「これはお前らには関係ない。おれが行けばいい」

その後の詳しい経緯を村人は知らない。老窯村の人たちも自分たちの不始末について話さなかった。後で、同じクラスにいた老窯村の友だちが私に話してくれた。歎章は大男だった。老窯村の中ではとても横暴で知られており、仲も悪かった。その朝、松さんがその家に着き、玄関先で叫んだ。「歎章、出てこい!」

松さんは歎章を、善良な人間をいじめるのはけしからんとなじった。歎章は松さんが家に押し掛けたのを見て、急いで出てくるなり、松さんに殴りかかった。松さんの腕っぷしが強いことを知らなかったのだろう。松さんは歎章の拳をつかむと、逆手をとり、引き落とした。歎章は次の手を出せないまま、地面に叩きつけられた、松さんは歁章に向かって、竹囲仔村《テクウィアー》に来てみんなにビンロウ〔噛み煙草に似た嗜好品〕と煙草を配ってごめんなさいと言って回れ、と言いつけた。松さんは帰ろうと、踵を返して自転車に乗った。すると後ろから歁章が熊手を手に取って突いてきた。肘に当たった松さんは自転車から転げ落ちた。熊手のとがった先が目の前に向かってくるのを見た松さんは自転車を持ち上げ、それを武器に熊手に立ち向かった。しばらくの乱闘の末、歁章の熊手は自転車のハンドルに絡まって叩き落とされた。松さんは自転車を地面に投げ捨て、熊手を取って歁章の腹を突いた。歁章はすかさずひざまずいて叫んだ。「やめてくれ」。そしてビンロウと煙草を持って阿楽に謝ることに応じた。松さんは口で衣服の袖を引き裂いて、もう一つの手で細く引き裂き、口と手で結わえて、肘の出血を止めた。そうして自転車を引き起こし、竹囲仔村に帰っていき、寝た。

松さんは村に戻ってから何も話さなかった。その夜も二林街にいって、酒を飲み、博打をして、次の日の朝、自転車で二林街から出ようとしたところを刑事に逮捕された。老窯村の歁章が傷害罪だとして通報したのだった。脇の傷で証明したという。松さんは警察署で原因を話さなかった。歁章を傷つけたのは確かで、武器は歁章の家にあった熊手だと言った。松さんは態度が良く、刑事に協力的だった。だが傷害罪の累犯だったことから、六ヶ月の懲役となった。武器として熊手が押収された。

松さんが投獄されるとき、派手な服を着た女性がわが村にたびたび訪ねてきた。二林の酒場の女だという。毎回何人かとつれだってやってきた。松の母は三度の食事も摂れないだろうと心配して、食材や米を買いこんで料理をつくった。松さんは母に心配はいらないと言った。松の母は不運な人だった。若いころに夫を亡くし、二人の息子はみんな不良になった。一人はヤクザになって人から後ろ指をさされ、もう一人は売春宿のポン引きになった。母は七十歳だった。もともと背中が曲がっていた上に、村を歩くときに面を上げては歩けなかった。それは身の上が恥ずかしいという意味であり、哀れを誘った。

　松さんは半年の刑期のはずだったが、前の事件で仮釈放中の身で事件を起こしたのでその分も付け加わり、一年の間収監された。これは「寄罪」と呼ばれた。阿楽とその父が面会に訪れた。すると、松さんに怒鳴られた。ここはふつうに農民をやっている善良な人間が来るべきところではないと。一人の人間は人生一つ、命も一つだ。農民はとても大変だ、牛よりも疲れる。おれは自分の責任も反省できず、我慢もできない人間だ。人生の道がそれてしまい、先祖に申し訳ない。阿楽は楽器が好きなのか、それは良いことだ。チンピラやっているよりもよほどまともだ。家に戻ってがんばって、竹囲仔の村人の名誉回復に立ち上がってくれと言った。

　村人は松さんの日常を知らなかった。それも不思議ではなかった。というのも普段、松さんは村人と付き合わなかったからだ。松さんは出獄しても、すぐに家に戻ってこなかった。どこか別の場所に行って、他人の博打銭を稼いでいるとのことだった。二年が過ぎ、私は松さんの姿を見かけた。その朝は、試験のために、早めに登校した。村を出たときに、オトバイ〔日本語「オートバイ」の借用語〕の音がした。松さんが乗っていた。私を見かけて、行く手をふさいだ。私は父からの言いつけを思い出して、「松おじさん」と呼んだ。彼は記憶力が悪いらしい、また誰の息子か聞いてきた。父の名前を言った。すると、いい子だ、行け、と言った。私が数歩歩いたところで、彼は振り返って言った。あるガキに以前博打に勝ったらおやつを買うカネをくれてやるといったことがあるが、それはお前だったか？　私は父の話を思い出して、答えなかった。ただ頭をぺこりと下げた。松おじさんは、ガキが約束を守らないようではだめだ、ガキのほうから思い出させろと言ったはずだ。俺は記憶力がよくない。

お前みたいなガキも記憶力が悪いとは。そう言って、後ろのポケットを革の財布がないかまさぐり、私に突きつけると、持っていけと言った。私は受けとらなかった。お前がもっていかないなら、俺はまた博打に負けてしまうかもしれない。であればお前に生活費や学費をくれてやったほうがましだ。

私は革の財布を父に渡した。中には三千いくらかが入っていた。そのころの稲刈りの賃金が一日三十元ほどだった。父は私に一元だけくれた。そして、松おじさんにお金を返しに行こうと言った。おそらく酒の飲みすぎで、こんな大金を渡してしまったのだろうと。

松さんは出かけていた。松さんの母親は松さんのことは自分と関係ないと言った。どういう理由であれ、その財布を受け取るわけにいかない、明日松が戻ってきたときにまた来てくれと言う。

次の日、松さんは戻らなかった。後で聞いた話では、二林街で、ある人が博打に負け、カネをだまし取られた。松おじさんはその人のために喧嘩をし誤って相手を殺してしまった。その場で警察に取り押さえられ、今回はさらに重い判決が下された、と。

父はそのお金に手をつけようとはしなかった。だが、私が小学校を卒業して、都会の省立中学に受かったとき、入学金が足りなかった際に、そのお金を使った。そして収監されている松おじさんへの感謝を忘れないため、革の財布も記念に取っておこうと言った。その後私は都会で学校に通い、生活してきた。松おじさんが釈放されたのは、その数年後のことだった。

私はこれを、松さんを英雄に仕立てるつもりで書いたわけではない。かといって、ほかに妙な理由があるわけではない。単に私が知っていることを書きとめただけのものである。

（酒井 亨訳）

十姉妹事件の記録

アメリカ、テキサス州のある女性が、一度の出産で八人の子を産んだと新聞に出ていた。世の中、珍しいこともあればあるもの、何一つ確かなことなどない。その八人が全員女の子ということはあり得るのだろうか？　ちょっとした間に、そっくりな顔をした八人の女の子が目の前に立っていたとしたら、一体、どんな感覚なのだろう？

これからの話は、男女の出産とは関係なく、突然、思い出した十姉妹という鳥の話である。私も子供の頃に飼ったことがあるのだが、あの年代を過ごした人であれば、少なくともこの話の一端を誰もが一度は耳にしたことがあるだろう。

多くの子供達がこう訴える。「お父さん、お母さんはいつもこう言うんだ。当時の生活はとにかく大変で、僕らの時代の子供達はどんなに恵まれているのかって」。これもおかしな話で、同じ生活を経験していない世代ならば、異なった価値観を理解することは困難な筈だ。あの当時、私はようやく六歳になったばかり、何が大変なのかもよく分からなかった。どのみち、ご近所中が皆、同じような生活をしていた訳であるから、比較の術《すべ》もない。私はただ、叔父さんが五間《いつま》建《だ》て〔一庁四室〕の構造を持つ伝統家屋〕家屋の端部屋前の軒下に鳥の巣箱を打ち付けて、十姉妹を飼うのだと言っていたことだけを覚えている。

十姉妹を飼うことと生活苦にどのような関係があるのか？　これは本当に複雑な問題で、二言、三言では語り尽くせない。やはり順を追ってこの話をしていこう。

三叔《サージク》〔三番目の兄弟で、父親の弟〕が、まだ、街中の劇場で無声映画の弁士の修業をする以前、彼が兵役から戻って数年が経過した頃の話である。重労働の上、金にならないことを理由に代々の農作業を嫌い、家では二人の兄が農作業に従事していたのだが、彼は家を出て、自分で活路を見出したかった。まず、南部の集落の、水底寮《ツィテーリャウ》に行き、他の人と共同で豚の飼育を行ったが事業は採算を割った。次に北部へ行き、石炭の販売を学んだが、やはり商売の才覚を持って生まれる者は少なく、誰もがこの道で食べていける訳ではない。聞いた話では、彼は多くの仕事に携わったようだが、何一つとして才を発揮できるものはなかった。どうすることも出来なくなり、村に戻って食い繋ぐしか道がなくなった。彼は、ただ田んぼの脇で鬱々とした日々を過ごした、あの友達が家にやって来るまでは。

あの日、イッバーおじさんは、セビロ〔日本語「背広」の借用語〕を着た見知らぬ人を我が家に連れて来て、私に言った。「お宅のお客さんが道に落ちていたから、俺が拾ったんだ。阿舎《アーシャー》〔ボンボンという意味のあだ名〕、三叔に印鑑を持って来させて受け取らせな！」

イッバーおじさんの話はいたずらっぽいが、私は子供の頃から聞き慣れている。三叔を探しに来たお客さんが路上でイッバーおじさんに道を聞き、その人を連れて来たのだ。私はその客人を大水路下の田んぼの脇にある樹木の下へ連れて行き、いつものようにそこで昼寝をしている筈の三叔を探した。

その見知らぬ人は、三叔が以前、台北《タイパク》で知り合った人だった。もともと、日の目を見ない人であったが、友達の抜擢のおかげで、今日、こんなにも艶やかなセビロを着られるまでになったのだという。

私は三叔のこの友達が、わざわざ儲けとやりがいのある仕事をもってやって来てくれたのだと思った。三叔はとても感動して、どんな良い仕事があるのか、本当に生活の助けになるのかと聞いた。客人が言うには、これは叔父を助けるに止まらず、ひいては村のご近所中の人達をも庇護するものだという。

　情報はこういうふうに伝えられ、何でも日本人が今、鳥を飼うことに熱中しているのだと言う。雛から育てる時間がないらしく、台湾からの輸入に頼るのだそうだ。丁度、その客人の友達の会社がこの種の事業を展開しているらしく、彼は鳥を飼育してくれる人を各地で探す任に就いていると言うのだ。村人は鳥がお金になることを聞くと、皆、とても喜んだ。この広大な田地の半分以上に稲が植えられているのだが、スズメが好んで食べてしまうため、とても困っている。だからこそ〝稲の鳥〟と名付けられたのだが、どの区域の田んぼでも〝兄弟〟に頼ってはいるものの、その効果はますます薄くなってきている。〝兄弟〟とはつまり案山子《かかし》を指すが、我々、農民が案山子と言っても、賢い鳥は驚かないため、皆、より本物の人間らしく聞こえる〝兄弟〟と呼ぶ。ここで笑い話となるが、スズメはこれら〝兄弟〟に驚かないばかりか、つれだって鑑賞し、案山子の出来栄えの品評会をしている。農民は指をさして罵倒するだけで、スズメの方はというと、チッチと鳴いてただ返してくるだけだ。農民達が考えたことは、他の事はまだしも、鳥の事となれば自分たちはよく知ってるから都合がよい。どこにでもいるし、難点は少々、捕まえ難いことだけである。

　客人は笑いながら解説して、スズメを必要としているのではなく、日本人に好まれるのは、文鳥、キンケイ、十姉妹等の鳥だと言った。それを聞いた村人は唖然とした。農村ではスズメは言うまでもなく、オウチュウ、シマキンパラ、ムクドリ、アオハウチワドリ、燕、メジロ、ズアカエナガ等々、多種多様、何でもいるが、文鳥、キンケイ、十姉妹など聞いたこともない。客人は何枚かの写真を取り出すと、どれが文鳥で、会社が一羽六十元で買い取る、どれがキンケイで一羽九十元、どれが十姉妹で一羽二十元等々、どれもトゥンナー〔成鳥になる前の鳥〕になるまで育てれば売りに出せる、などと説明した。また、会社は卵から雛を孵す専門の人材を雇用しているから、我々は会社から雛を買って育てることが出来るともつけ加えた。

　村の農民たちは、鳥一羽に何十元も値が付くことを聞いて、皆、驚きの余り口がきけなかった。当時の人件費として、一つの田んぼの田植えで三十元にしかならない。いっけん、まだ鳥にもなっていないようなものに、どうしてそんなに高い値が付くのか？　村中が騒ぎで沸き返った。その客人が別の村に宣伝に出かけている間、村人たちは〝この仕事なら出来る〟、〝今の稲やサトウキビの一甲地〔約一ヘクタール〕当たりの収穫では、費用を度外視しても、幾らの儲けにもなりはしない〟、また、〝鳥を飼うのは重労働ではないし、きっと天の神様のご加護でこのような良い儲け話がまいこんで来たんじゃないか〟などと話し合った。ただ唯一、村内で最も人受けが悪く、嫌われている〝「破格」〔占い用語で凶のこと〕の成《シン》〟だけが嘲笑して言った。

「世の中にそんなうまい話があってたまるか。正気に戻れよ。どうして我々にまで儲け話が回って来るんだ！　派手なセビロに騙されるなよ。恐らくあいつはペテン師だ！」

　三叔は頭にきて、怒鳴りつけた。「この嘘つき成が。あの人は俺の友達だ。俺とお前ではどっちの方が彼をよく知っていると思ってるんだ？　お前は貧乏神が取り付きそうなほど、貧乏なのに、まだ人の蔭口を言うのか！　金持ちか貧乏かは、どのみち、お前の問題だ。ここででたらめなことを言うんじゃない。〝破格の成〟は不吉野郎だ！」

　数日後、その客人が再び村にやって来ると、彼は三叔と数人の近隣住民を連れて雲林海口《フンリムハイカウ》という村に出掛けた。そこでは以前、この商いで十姉妹を飼い始めた村民が儲けを出したそうだ。三叔らは皆、自転車に乗って出かけて行った。そして帰りには鳥で一杯になった幾つもの鳥籠を載せて帰って来た。そのお宅の話を聞き、いても立ってもいられなくなったのである。何でも、そのお宅では実際に一度に五十羽の十姉妹を飼い、その全てを千元で売り、それを元手に雛を一羽五元、合計で二百羽を買い求め、三ヶ月育てた後に売却したという。それは当時、四千元となり、田んぼ一甲地の収益を上まわったそうだ。更には、資金が十分に揃うのを待って、もっと儲けの出る、一羽二十数元の文鳥、もしくはキンケイを買って育てるつもりだと言うではないか。

　村人達はそれほどの持ち合わせがなかった上、半信半疑でもあったため、まずはそれぞれが五十元を払って、一人につき十羽の十姉妹を買って帰った。三叔は、いきなり百羽の十姉妹と、文鳥とキンケイをそれぞれ五番《つがい》買い求め、足りない金額はツケにしてもらい、売却して得たお金で返済すると言った。

　私は当初、鳥はそこらの虫を食べていれば良いのかと思っていた。まさか会社から鳥専用に作られた餌を買わなくてはならないとは思いも寄らなかった。それは米とトウモロコシを混ぜたもので、人と同じく、一日に三食与えなくてはならない。また、毎朝、鳥の巣箱を綺麗にし、餌を添え、水を綺麗にし、糞の掃除をしなくてはならない。私はこの手伝いが楽しみでならなかった。文鳥、キンケイ、或いは十姉妹は、皆、身体が細く、毛はまだ産毛《うぶげ》で黄色く短いが、その鳴き声は、静かな明け方には特別綺麗に響き渡る。

　鳥たちは日に日に大きくなった。友達の阿生《アーシン》と、客家《ハッカ》人の友達阿朋《アーペン》、阿潤《アーユン》らは皆、とても羨ましがり、いつも家に来ては鳥たちを眺めていた。彼らは鳥に餌を与えたがったのだが、私は、それは駄目だ、適当に飼っているわけではないと言った。その時の私は得意満面だった。やがて鳥たちの毛は成長と共に長くなり、そして綺麗になっていった。文鳥は白く、毛は白光りしている。キンケイは青に白が混ざり、更に美しい。十姉妹もまた小柄で愛くるしい。鳥たちが大きくなるに連れ、三叔もますます、嬉しい。一方の私は、ますます、思い悩むのだが、この愛くるしい鳥たちは、じきに叔父さんに売られてしまうのだ。

悩みに悩んだ末、トゥンナーになったら、やはり売らないことにはお金にならないと、私は割り切ることにした。その日、客人と会社の人間二人がトラックに乗ってやって来た。客人は、彼と同じようにセビロを着ているのが会社のマネージャー、もう一人は運転手だと紹介した。鳥を飼育している者は皆、庭に集まった。するとマネージャーが、価格は前回の取り決めと同じではない、と口を開いた。それは日本側の市況の関係だと説明した。飼育家達は動揺の声を上げ、悪い予感にとらわれた。

〝破格の成〟は傍らで冷静に言った。

「俺には分かるよ。問題が起きたってことだろ!」

マネージャーは、以前、一羽九十元の買い取り価格だったキンケイは、現在、一羽八十元になったと知らせた。文鳥も値が落ち、以前の六十元から現在は五十五元に下落した。三叔は一種十羽ずつしか飼っていなかったから、幸い、損失は多くないと言った。一番の関心は、十姉妹がどれほど、値を下げたかということだ。村人達は皆、十姉妹しか飼育していなかったので、全員が耳をそばだてた。

そして、マネージャーが言った。

「どういう理由かは分かりませんが、十姉妹は普段と違う動きをしていて、むしろ五元値を上げ、今は一羽二十五元が我々の買い取り価格です」

皆はとても喜び、〝破格の成〟だけが顔を赤らめている。マネージャーは鳥を全て車に積んであった鳥籠の中に収めると、お札を取り出し、皆に支払いを始めようとした。すると三叔は、また飼育をしたいと訴え、雛を乗せた車はまた来るのか、と聞いた。マネージャーが言った。

「もうありませんよ。もしまた雛を買われたいのでしたら予約登録が必要です。明日にはお届けしましょう。しかし、価格は先に取り決めなくてはなりません。文鳥とキンケイは一番《つがい》当たり二元値下げしますが、十姉妹は一羽につき五角値上げしなくてはなりません。ただ、既にお買い求めいただいている方々へは感謝を込め、本日の売却代金を雛とお引き換えいただくのでしたら、価格は同様に一羽五元で結構です。更なる追加購入、或いは新規にご購入される方々は一羽五元半でお買い求めいただけます。ご希望の方は本日、予約登録を行ってください。明日、必要な数量をご用意いたします」

ある者は、急なことで持ち合わせがないと言ったが、マネージャーは先に予約登録し、雛の受け取り時に支払いを行えば、それで構わないと言った。今回ばかりは、誰よりも頑固に眉唾物を毛嫌いし、何事も悪くしか言うことがない〝破格の成〟でさえ百羽の十姉妹を予約登録した。そればかりか、隣村から噂を聞いて駆け付けた者も競って予約したため、昼過ぎに始まった登録作業は日が暮れる前になってようやく全ての処理を終えた。

翌日、一気に三台のトラックが雛と餌を乗せてやって来た。計算してみると、餌の代金を含めれば、総額二十万元にもなる取引となった。また、村中が十姉妹を飼うことになり、阿生、阿朋、そして阿潤も皆、もう私の家に鳥を見に来る必要がなくなった。

当然といえば当然のことなのだが、そのようなうまい話などある筈もない。三ヶ月経って、その会社の人を見つけることは出来なかった。鳥たちは誰に売られて行くのか分からないままである。誰もが三叔を探しに来たが、彼も彼で、その友達がどこにいるのかも分からない、以前、台北で会ったのも二回だけだった、などと言う始末である。

〝破格の成〟が言った。「俺には分かるよ。愚かな田舎者ってことだろ！」

すると、三叔が罵倒して言った。「お前も五百五十元損をしたんじゃなかったのか！　全てはお前が運んできた災いだ。前回はお前が買わなかったから、みんなが儲けられたじゃないか！」

今回の十姉妹事件、我々、村の結論は「〝破格の成〟がもたらした損害」というもの。

（小川俊和訳）

発《ホアッ》おばさんのお見合い話

学生が私に興味深い話をしてくれた。彼女は婚約することとなり、わざわざ田舎に戻って祖母に報告した。祖母が聞いた。

「それであなた達はいつお見合いをするの？」

「おばあちゃん！　今時、誰もお見合いなんてしないわよ！」

「どうしてよ？　今の女の人は昔の人より惨めね！　昔はまず先に一目見て、嫁ぐ相手が丸いのか平たいのかくらいは知ることが出来たけど、あなた達にはお見合いすらないだなんて、本当にかわいそうね！」

この可愛らしい祖母の話を聞いて、私は友達の母親、発《ホアッ》おばさんが話してくれた、彼女の生娘《きむすめ》時代のお見合い話を思い出した。

発おばさんの家は街中で毛糸店を開いていて、手編みセーター用の毛糸を専門に販売していた。発おばさんの生娘時代の名は「青紗《チンセー》」というが、これは青い毛糸という意味である。青紗の父は実にこだわりのある性格の商売人であるが、三人の娘を持ち、一番上の娘には「紅線《アンスアー》」と名付けた。これは、その頃、廈門《アモイ》語〔福建南部の言葉〕による広東劇が上演されていて、その劇名が「紅線女」であったのだが、彼はこの劇を観て帰ってくると、生まれたばかりの娘にその主役と同じ名前を付けた。二番目の娘は紫綿《チーキム》、青紗は末娘である。姉の紅線は適齢期に達しても、仲人が入らず、店の会計係兼店員と恋に落ちた。父は店を継がせる息子がいないことを考えて、紅線に婿を取らせることにした。その店員は自分の姓の前に彼女の姓を加え〔「冠夫姓」という制度。男性が女性に婿入りする場合、男性を「林さん」、女性を「陳さん」とすると、「陳林さん」となる〕、店長となった。二番目の紫綿は旅客バスで車掌をしていたが、適齢期の良いタイミングに、ある小学校の先生が、彼女へ好意を持った。そして毎日の通勤でわざわざ彼女の便に乗車し、二人は結ばれることとなった。

ご近所中が皆笑ってこう言う。「毛糸屋のあの添丁《ティアムティン》は世の中で最も善良な人。名前を添丁というくせに〔家族に男が加わることを俗に「添丁」と言った〕、自分では一人も男の子を作らず、ただ他人に奥さんがいないことを心配し、専ら娘ばかり作って、彼らに新婦を用意している」。また、こうも言う。「良い行いは報われる。お蔭で娘たちは皆、仲人に一銭も費やすことなく、ちゃんと自分達で旦那を見付けてくる！」

これらの話は半ば皮肉でもあり、添丁にとっては耐え難い。青紗を厳しく干渉し、彼女が外でぶらぶら散歩するにも変な男に目を付けられるんじゃないかと心配した。良家の慣習に倣い、青紗は必ずお見合い、結婚という段取りを踏まなくてはならない。ご近所にまた蔭で笑われるようなことがあってはならない。世間から面目を失ってしまう。青紗は元来、内向的な少女で、部屋の中に籠り、種々様々な毛糸で少女の夢を編むのが好きだ。父は多くの日本の本を買ってあげたが、全ては手編みセーターの良き図案集であった。彼女はセーターに刺繍を施すことが出来て、古跡であったり、汽車であったり、時には店先に吊るして見本とし、客の購買意欲を掻き立てた。このように手芸が好きな青紗は、もともと外に出ることが好きではないため、自由恋愛など出来る筈がない。

青紗は二十一歳になった。この年頃は成熟の年齢である。青紗に付き合っている人がいないと分かると、仲人おばさんが往来を始める。最初の人は百貨店の店長の息子であると告げられた。気が弱く、家に籠りがちな孤独な人のようだ。向こうの家では結婚相手として、てきぱき動き、何でも巧みにこなし、後にその店を支えてくれる女性を娶りたかったようで、青紗はそのような柄ではなく、双方で折り合わず、お見合いに発展しなかった。よってここまで、互いに勝ち負けもない。

台湾の伝統的な仲人おばさんは職業病とでも言うべきだろうか、仲介の謝礼は仕事が確実に行われて初めて手にできるもので、また、何としても手放したくないものでもあるため、もし、そのお相手が好みでなければ、またすぐ別の人を探す。この精神は現代のサービス業に携る者は真剣に学ぶべきものである。最初の縁談は成立しなかったので、すぐに二人目の紹介に来た。市場内の豚肉店の息子で、身体が大きく、見た目も横暴な感じで、添丁も驚いたほどだ。次は公務員の人で、後で警察官であると分かった。添丁は、前から警察は危険な仕事であるといって、この職業と運転手は好まない。口では青紗自身の目で見て、自分で選ぶようにというが、結局、全てにおいて父の意見が多く、元より多くある猫の毛よりも多いほどだ。そのようであるから、たとえ仲人おばさんが五、六人を紹介したところで、全てお見合いにまで発展せず、添丁によって御破算とされてしまうのだった。

仲人おばさんも、彼女は彼女でうまくいかないことなどあり得ないとばかりに、また次の連絡にくる。今度の人こそ絶対にお似合いよ、などと言って、次のお相手は役所で働く人に決まった。そして街で一番の高級店である三八六食堂に予約を入れた。この頃の食堂は全て電話番号を店名にしていた。添丁夫婦、紫綿夫婦と紅線、そしてお見合いする本人の青紗は当然、出席しなくてはならない。紅線の夫だけが残り、店番をする。相手男性側は総勢五名、それに仲人おばさんを加えて、丁度、一ダース十二人が集まり、大きな円卓に着いた。青紗はまだ生娘で恥ずかしく、終始、うつむいて、ただ仲人おばさんが双方を紹介するのを聞いている。青紗は男性側の他の四人が父母、叔父、そして姉であることを知った。双方は社交辞令として互いにご機嫌を伺い、そして質問をし合い、若干ながら双方の背景を知った。その男性の返答を聞く限りにおいて、上品で、話も明瞭、青紗の印象は悪くない。相手の人となりを見てみたいと思ったが、恥ずかしさから顔を上げることが出来なかった。仲人おばさんが青紗に言った。

「女の子には恥ずかしいことでしょう、でも今日は二人のお見合いだから、あなたもよく相手を見なくちゃ。もう恥ずかしがっては駄目よ。相手をよく観察してみて！」

　青紗はこの時、ようやくゆっくり顔を前に向け、男性の白いワイシャツ、端正な顔立ち、恐らくはデスクワークをする人で、滅多に日焼けをしない、真っ白な顔を見た。この時、丁度、相手も見つめ返してきたので、青紗は相手方の、これまで見たこともない、何とも説明しがたい眼差しを見た。仲人おばさんが言った。

「もしこの男性側に疑問点があれば、どんな事でもご近所に聞き込みをしてみてください。〝少しでも良くないところ〟があれば、いずれすぐに分かりますから。潔白で後ろ暗いことのないようにしておかなくてはいけません。仲人は口八丁と言われますが、私はありそうもないことをべらべら喋ったり、いい加減なことを言って人を騙すようなことは致しません。よろしいでしょうか、彼は政府の仕事をしていて、また、こんなにも男前です。青紗さんは花よりも美しく、毛糸編みが得意な、女性らしい品性を持ち合わせています。二人は本当に結ばれる運命、とってもお似合いですよ！」

添丁はこの男性に対して好感を示し、娘に聞いてみると、初めは口を開かなかったものの、ようやく小声で答えた。

「お父さんが決めてくれれば、それでいいわ！」

添丁が言った。「私は理解の無い偏屈親父じゃない。やはりお前自身が望んだことじゃなきゃだめだ。私が見る限り、相手は間違いなくお前を気に入っている。デートの約束をして、何度か良く相手を見てみなさい。そして本当にお前との縁があるようだったら、その時にまた言いなさい」

その後、何日待っても何ら音沙汰がなかった。本来なら進展があって然るべき、二人はデートに出掛け、お茶を飲んだり、映画を観たりしているはずだ。どうして誘いの一つもないのだろうか。仲人おばさんに探りを入れてもらおうと考えていた矢先、噂をすれば影、丁度、仲人が家に入って来て大きな声を上げた。

「おめでとうございます。先方は婚約の日取りをいつにしたらよいかと話していますよ」

添丁は腑に落ちずに聞いた。「お互いデートの一回もなしにですか？　理解を深める前進の一歩になるんじゃないですか？」

「必要ありませんよ。青紗さんだってすぐにぴんと来たじゃない。もう考える必要なんてありませんよ。あなたも知っての通り、相手は家柄も良く、息子さんは良い職業に就いています。生涯、政府のために働いて、才能も外見も素晴らしいのです。喜ばしいことこの上なし、何ら不満はないじゃない？」

添丁はもともと、承諾しようと考えていたが、思い直して言った。「やはりデートをさせて、青紗と彼にもう一度だけ話をさせてあげましょう。お互い、より性格を分かり合えますから」

仲人おばさんは約束を取りに行くと言った。その日の午後、取引上の客人があって、たまたま先方のその男性と同郷であることが分かった。添丁が探りを入れてみると、客人は暫く彼を称賛した後、こう切り出した。

「脚がちょっと不便なんだけど、それでもすいすい歩くことが出来ますよ」

添丁はこの時初めて、先方は脚が不自由なことを知った。なるほど、あの日も先に食堂に行って我々を待っていたし、解散の時も起立して挨拶をするだけで、見送りがなかった。なんて頭に来ることだ。仲人おばさんを呼び出し、怒鳴り付けてやらん。仲人は口八丁とはよく言ったものだ。おまけに脚のことを騙してまで稼ぐ謝礼なんて、良心は痛まないのだろうか？

仲人が答えた。「濡れ衣ですよ、どこで人を騙したって言うんですか？　彼の容姿はご自分の目でお確かめになったでしょ。役所の仕事だって明らかな事実じゃないですか。家柄、家風も、どこが悪いというのです？」

「彼の脚が悪いことを隠していた。これは騙したことにならないんですか？」

「ちゃんと言いましたよ。私は最初から、〝脚が良くない人《カーボーホーエー》〟〔「少しでもよくないところ《カッボーホーエー》」と発音が似ている〕であることは、いずれすぐに分かりますから、どんな事でもご近所に聞き込みをしてみてください、って。こんなにもはっきり言っているのに、濡れ衣を着せるなんて！」

添丁は青紗に先方は脚が不自由だから、やはり止めにしようと言った。青紗が父に答えた。

「お父さんの考えに従うわ」

添丁は、この仲人はとにかく弁が立ち、遅かれ早かれ図り事で騙される恐れがあるから、むしろ他の人に頼んだ方が、間違いが起こらないと考えた。よって、お礼を包み、二度とこの家の敷居を跨がせないことにした。そして、他の仲人おばさんを探してみることにした。

青紗の方はというと、これではまるで脚が悪い人を忌み嫌っているようで、あまりに人を傷つけてしまう。彼女は隣村の役所に用事を装って出向き、先方の男性に謝罪した。その青年は青年で青紗に、騙すようなことはすべきではなかったと謝った。彼は、脚のせいで何度もお見合いが成功しなかったものだから、今回もはっきり言うことが出来なかった。もしそのまま結婚して家に入っていたら、もう取り消そうとしてもすでに手遅れ、諺《ことわざ》にいう「生米はご飯に炊けてしまう」〔後の祭りの意味〕ところだったと言った。

その青年の名前は発《ホアツ》さんといった。青紗はその後、何度か彼に会いに行き、二人は話をする毎に意気投合した。発さんは歩く時に身体を左右に揺らしながらであるが、それでも普通に歩くことが出来た。彼は職に就いており、農作業をするのではない訳だから、何ら不自由などあるものか。

半年後、先方側は村長を伴い、婚約の許しを請いに青紗の家にやって来た。添丁はこの時になってようやく、娘が付き合っていることを知ったが、最早、駄目だとは言えなかった。

添丁は妻に恨み言を言った。

「俺の娘たちは皆、自由恋愛で相手を見つける、と人は噂する。根も葉もないことだが、本当に良く言い当てたものだ。青紗まで自由恋愛とあっては、人様に顔向け出来ないな」

添丁の妻が答えた。「誰が自由恋愛しているっていうの？　謝礼を出した、あの仲人が二人をお見合いさせたんでしょう？」

添丁はこれを聞くや、満面の笑みをたたえ、青紗の嫁入り道具を準備し始めた。これが発おばさんのお見合いの物語である。

（小川俊和訳）

アーツン

人からなぜ台湾語運動に進んだのか問われたら、こういう理由をこたえることにしている。それは母語の大切さであり、文化財の保存につながるということだ。しかしそれは口先だけで実際には何もしなかったことであって〔文字通りは「どうしようもないことで口がよだれだらけになる」〕、本当の理由はアーツン〔原文でもローマ字でA-chhun5、漢字はない。「アー」は「阿」と同じく人の愛称で名前の一字をとってその前につける。以前の台湾の農村地帯では、漢字で表せない人名や地名が多かった〕である。

アーツンの家は私の隣近所〔文字通りは三軒先〕であった。美しい娘さんだった。学校に上がる前からアーツンの美しさを好きになることができたくらいだ。学校とは小学校のことだ。私の子供のころには幼稚園などというものがあったのかは知らない。アーツンは当時十七〜十八歳くらいだったろうか。とても艶やかな女性だった。村のひとたちはアーツン、あるいはツンナと呼んでいた。漢字ではどう書くのかは知らない。今になってもツンという台湾語を漢字ではどう書くのかわからない。高校のころ、私に台湾語漢字字典を勧めてくれた人がいて、それが嘉義梅山の沈富進編纂になる『彙音宝鑑』であった。台湾語の漢字はなんでも調べられるということで、ツンの第五声〔声調の一種〕にあたる漢字を調べようと、開いてみたところ、いきなりローマ字で音が書いてあった。読めないので、教会の牧師さんにローマ字を教わってから、改めて『彙音宝鑑』を引いたところ「ツンの第五声」には三つの漢字があることを知った。だがいずれもみたことがない漢字だった。一つ目は「毛」と何か関係がある漢字で、二番目は皮膚の反応と関係するとのことだった。三つめは人偏に尊であった。尊敬するという意味らしい。私はこれまで何十年も考えてきた。はたして村のひとたちは、世界中でも何人も知らないような漢字の名前で呼んでいたのかと。こうしてアーツンをどうやって漢字で書くかが気になり、台湾語研究者になったという次第だ。

しかし読者諸君、私がこう書いたからといってアーツンは鳥肌が立つくらいの超美人だと思わないように。田舎の子供にとっては、色白で笑顔が素敵な妙齢の女性がいるというだけで美人だと感じたものである。農家の娘なんて皮膚も黒っぽく日焼けしていて、手足もきれいなわけではない。美しいといってもすごく惹かれるという話ではない。

アーツンも私も同じ荘《ツン》という苗字だった。数代にさかのぼれば同じ父系家族どうしだったようだ。アーツンには兄が一人いた。在仔《ツァイア》（在さん）と呼ばれる兄とともに五分〔千五百坪〕強の土地を耕していた。在さんはとても実直でまじめな人で、村では評判が良かった。兄は妹をとても可愛がっていた。揺鼓《ヨーコー》売り〔でんでん太鼓売り。サイダーなども売る〕が来たら、妹に農作業を休ませて、毛糸玉、白粉、ゴムバンド、髪留めといった女性用品を買いに行かせた。諺《ことわざ》で「人は化粧をし、神様は神輿に乗る」というように、化粧が必要だ。アーツンの美しさは、装飾することでより引き立った。

農民の女性はふつう早めに結婚する。在さんは二十歳過ぎに結婚を勧められたが、未婚の妹と妻のそりが合わないのも可哀そうだといって、妹が結婚してから自分はすると言っていた。またアーツンはアーツンで兄が結婚しないなら先にお嫁にいけないと言った。近くの村でアーツンが好きな若者はそこらじゅうにいると言われていた。同じ村の口が悪い世話焼きおばさんのツエーさんが来ても、「しない」といったら「しない」と言って、アーツンは一歩も譲らなかった。

　在さんはアーツンを溺愛していた。アーツンは田んぼを耕しているときに誰もいないとよく大声で歌を歌った。一番のお気に入りの歌手は、紀露霞《キーローハー》と林英美《リムインビー》だった。よく聞いた曲は「恋の曼殊沙華」「純情心」「詩情恋夢」、いずれも少女の夢を歌ったものだった。私は子供のころ、アーツンの歌を聴くのが大好きだった。ある時、アーツンの歌を聞いて家に帰り、父親にアーツンをお嫁さんにしたいと話したことがある。しかし父は、苗字が同じで同じ父系の同じ家系だから結婚できないと答えた。それを聞いて私は部屋の隅で何日も泣いた。

　そんなことがあっても私は、やはり時間を見つけては急いでアーツンの家の軒下に行って、ラジオを聴きながら流行歌を歌う姿をながめた。私の隣家の新丁《シンティン》おじさんの家にもラジオはあった。だが日中聴いていたのは、中声放送局の徐秀鳳《チーシウホン》が呻吟《しんぎん》するように歌う歌仔戯《コアーヒー》〔台湾歌劇〕や布袋戯《ポーテーヒー》〔人形劇〕で、私はそれらにはもともと興味がなかった。そうした劇の言葉が文語的で、我々が日常使っているホーロー語〔台湾語〕の口語とは異なっていたからだ。流行歌の場合は口語的で、女が歌おうが男が歌おうが、耳で聞いても歌詞の意味がわかった。アーツンの声質は繊細で、張淑美《ティウーショクビー》の歌い方を思わせた。あるとき、あまりにも歌声に引き込まれてしまい、ご飯が冷えてしまったくらいだ。

　そう、私はしばしばご飯をもってアーツンの家まで行っていたのだ。軒下にしゃがんで流行歌を聞き、ご飯を食べた。そしたらアーツンに見つかってしまった。私のお椀の中は番薯簽《ハンチーチアム》〔イモケンピに似た、サツマイモの切干〕に、申し訳程度にキュウリ漬けとたくあん漬けを添えただけだった。アーツンはかわいそうに思ってか、二つばかりおかずをくれた。それはタチウオだったりエソだったりした。今にして思えば、アーツンを訪ねに行って、本当のところなぜ会いに行っているのかもわからず、ただ流行歌を聞いたり、ひたすらおかずがもらえるのを期待したりしていた。

一九六〇年代の台湾の農村は、「耕者有其田」という名の農地改革により、我が家も一甲〔約一ヘクタール〕強の土地を受けたが、その土地代は二十回の分割で粟で納付するという条件だった。早稲と晩稲を刈り取った後で、漬け物干しをする。政府に収穫の七～八割を上納し、さらに翌年の種苗を保存したら、一家二十数人が満足に食べられるほどの食糧は手元に残らない。そこで、鶏、家鴨《あひる》、イシモチ、それに粗糠や米糠をありあわせたものを食べるしかなかった。一年を通して節句の時だけが、ご飯茶碗にサツマイモを混ぜていない清米〔他の雑穀を混ぜず純米だけの飯〕にありつけるチャンスだった。残りの日は、他人と一緒に田植えをしてよい米を作ったり、草刈りをしながらも、二度の軽食と昼食だけで飢えをしのいだ。アーツンは女性なので金がかかる。家の中の仕事をまかされていた。豚やその他の動物を飼育し、三食作り、洗濯をする。一方、在さんは一人で五分ほどの土地を耕す。嵐や時雨《しぐれ》が急に来るというのでなければ、妹を田んぼの中に浸からせたがらなかった。

アーツンと兄は夕食を食べた後は、すぐに戸締りをした。通りの店の前に出て世間話をすることはあまりなかった。ある日私が父を探しにその店に行った。父は食事を終えると村をぶらついて、ちょっとした賭け事をするのが習慣だった。打虎《パアホオ》〔象棋＝中国式将棋の遊び方の一種〕、四色牌《スーシエクパイ》〔カートゲームの一種〕で抽対仔《リウトウイアー》をするか、十胡《ツァップホー》をするのだが、私も見ているうちにやり方を覚えた。私は父が友人とサツマイモの賭けをするのを見るのが楽しみだった。サツマイモを一蔓取り上げて、みんなで賭け銭を出して、一番値段が近かった人がサツマイモをもらえる。ある時、阿漢《アーハン》が一家の年寄りに呼ばれて家に帰ってしまったので、賭けの員数に一人足りなかった。そのとき、番仔溝《ホアナカウ》からやってきた跋檄《プアーキャウ》仙仔《シェンナー》〔「博徒」という意味のあだ名〕がその場にいない在さんをからかった。兄妹の二人住まいで、いつも早く寝てるなんて、二人でセックスでも楽しんでいるのかい、と。父はそれを聞いて「博徒」を大声で怒鳴った。

「あんた自身、ろくでなしのくせに、この村にわざわざ来てまで、そんな戯言を言う。飯をおかわりできるときに、おかわりはダメだという偏屈者だ。在さんは善良な人だ。妹を家で一人ぼっちにしておくのが心配だから、家でじっとしているんだよ。あんたが出鱈目《でたらめ》なことを言いふらしているだけだ。二人はまだ結婚前の身だ。そんな二人の名誉を傷つけるとはけしからん！」

その店にいた人はみんな「博徒」を口々に非難し、今後この村に来るな、とののしった。父との帰り道、父はあいつのいうことを信じちゃだめだ、聞き流すだけにしてたらいい、でないと在さんと妹は悪人になってしまう、と言った。

それから数日して、入口そばの庭先で、私は火口《ほくち》のための盛り草をひとつまみほど採ったところ、アーツンがちょうど前を通りかかった。桑の実をもぎ取って私に手渡しながら、番仔溝の人が私たち兄妹の悪口を言っていたそうね、と言った。私は答えなかった。アーツンは、番仔溝の人は私のことを大事にしてくれたのに、私はその人のことを大事にしなかった。きっとそのせいで残念ね、と言った。それを聞いて私はむらむらして大声を上げた。「俺は大きくなったら、あの野郎を叩きのめしてやる！」

その日の夕刻、サツマイモ畑に行って家鴨に食わせるウシハコベを取ってきた。田んぼで在さんに出くわした。在さんは、今朝アーツンと話していたようだけど、何のこと？　と聞いてきた。私は頭を下げて何も答えなかった。在さんはそれ以上は問いたださず、「君とアーツンは流行歌が好きな者同士だよね。晩稲を刈り入れて、少し手がすいたら、電蓄とレコードを買ってくるつもりだから、気軽に遊びに来たらいいよ」と言った。

私のいた村は二林《ジーリム》街から十キロくらいのところにあった。当時オトバイ〔日本語「オートバイ」の借用語〕はなかったが、二林までの行き来は自転車でもそんなに時間はかからなかった。だが二林まで行く人はほとんどいなかった。たまに行くのは、村では手に入らないものを買うためか、有名な映画が上映される時か、歌手のコンサートがある時だった。日用品は、村にやってくる行商人から仕入れていた。病気になると、薬売りが薬を持ってきてくれた。醤油は一回あたり桶に詰めて持ってくる。生地売りも自転車でやってきた。鉄鍋修理、ハサミ磨き、犂《すき》、豆干《タウクワー》〔豆腐の煮干し〕売り、それから魚・肉売りは、それぞれ馴染みの行商がやってきた。一番多かったのは、揺鼓売りであった。それは自転車の荷台に小物を入れた箱を積んで持ってくるのだ。目立つように、たくさんの揺鼓を手にして、自転車を漕いでやってくる。それぞれの行商人はそれぞれ違う道具で客寄せをやっていた。なので、どんな音がするかで誰が来たかわかった。もし道具を持っていない場合は地声で叫んだ。

揺鼓売りはどうやら遠くから来ていたらしい。一人で二十の村を回っていたとか。毎日どこかに回り三日に一度わが村にやってきた。歌が好きなようで、揺鼓そのものを客引きにはあまり使わなかった。自転車を漕ぎながら歌ってくるのだ。人が集まり、歌声が響き渡る。歌のほうが鼓を使うよりも人寄せできた。遠くから歌声が聞こえるとアーツンが家から出てきて何か買う。アーツンには毎回箱の中を引っ掻きまわされるので、そのうち新しい商品があれば、先に取り出して見せるようになった。アーツンは値切るのがうまかった。何分間でも粘る。みんなアーツンの値引きが一番大きいと知っていた。値切りがアーツンの日ごろの暇つぶしとなっていた。

二林街は有名歌手の洪第七《アンテーチッ》の出身地だった。中低音が素晴らしく、「離別的公用電話（離別の公衆電話）」は、わが村の人なら大抵の人が歌えた。揺鼓売りの歌でうまかったものは、「離別的月台票（離別のホーム入場券）」「懐念的播音員（懐かしのアナウンサー）」などで、まるで洪第七本人が歌っているかと思うほど、見事だった。アーツンはよく洪第七とは揺鼓売りの偽名なんじゃないの、と冗談を言っていたくらいだ。

小学校卒業後は、アーツンの家に行く時間が減った。我が家は節電のため、学校から帰宅後すぐに宿題をやれ、夜間に電気を使うなと言っていたからだ。ある日となりにある塗人厝村《トーランツー》の同級生を訪ねたことがあった。あの揺鼓売りの声が聞こえてきたのでびっくりした。歌っていたのは「詩情恋夢」という女性歌手の歌だった。私は同級生に聞いた。あの揺鼓売りだけど、いつもは何を歌っているのかと。同級生はいつもその歌だが曲名は知らないと言った。

村への帰り道、自転車を漕いで土手の下の小さなトンネルを駆け抜けたとき、ふと気づいた。揺鼓売りがわが村に来た当初はあの歌は歌っていなかった、あれはアーツンが好きな歌だと。そう思いついたとたん、溝に落っこちてしまった。全身ずぶぬれになった。折悪しく、新しい短パンを穿いていた。そこへちょうど揺鼓売りが「離別的公用電話」を歌いながら通りがかった。私が溝に落ちているのを見ると、近寄ってきて手を差し伸べ、自転車のそばに起こしてくれた。私は違う村では違う歌を歌ってるんですね、と尋ねた。揺鼓売りは、なんでそんなことを聞くのかと言った。私は隣村の塗人厝で「詩情恋夢」を聞いたので、と答えた。すると、自分の歌をそんなに気にかけている人がいるとは思わなかったといって恥ずかしそうにした。そして他言は無用で、とくにアーツンには言わないでくれと言った。さらに口止め料として五角くれた。

その年の七月半ば、みんなは牛稠仔《グーティアウアー》廟で開かれた芝居を観に行った。私は興味がなかったので、アーツンの家にレコードを聴きに行った。するとアーツンが目を赤くしていた。私は理由を尋ねた。すると番仔溝のあの不良が来て、結婚を迫った。さらに仲人おばさんの「大柄のツェー」さんも三、四回やって来たと言った。番仔溝の人は、この付近では一番の金持ちで、父親が議員をやっていて政府とも付き合いがある。もし応じなければ考えがある、と脅してきたというのだ。このころ村の人たちは白色テロという言葉を知らなかったが、ある村で大した理由もなしに政府に逮捕投獄された人がいる話を聞いていた。また村の中で兵隊に行った人で、士官の不興を買って思い切り殴られたうえに、なんでも銃殺されたとかで、軍から三百元が見舞金として支給されたという話も聞いた。アーツンはそれを思い出して怖がり、兄にも危険が及ばないかと心配していた。

その夜、アーツンは在さんが新しいレコードを買ってくれたと自慢した。それは林英美と張美雲《ティウービーフン》の『純情心』と『青色的馬路（緑の大通り）』というアルバムで、中に例の「詩情恋夢」もあった。私はうっかり揺鼓売りがこの歌を歌っていたと話してしまった。それは彼との約束を裏切る行為だった。アーツンはなんでそんなことを知っているの？　と聞いた。しかし私は五角もらったので、言えないといった。するとアーツンは、もう五角をあげるから言ってちょうだい、と言う。そこで塗人厝で聞いた歌の話をしてしまった。アーツンはふいに涙を流しはじめた。私は人が泣くのは、誰かに怒鳴られたり、死人が出たりしたときだけだと思っていたので、なぜアーツンが泣いているのかわからなかった。ひょっとして揺鼓売りと関係でもあるのか？　私は揺鼓売りから後で報復されたり、物を売ってもらえなくなると困るから、五角はもらえない、と言った。アーツンは私の手を握り、あの揺鼓売りは良い人だから、人をいじめたりしないと言った。ふと私は思った。揺鼓売りがよく歌う「詩情恋夢」は、この村ではアーツンより下手だと思って歌わないのかな、と。そう私が言ったところで、アーツンは「揺鼓売りも、とても上手だわ」と言った。

アーツンは泣き止まなかった。私は訳がわからなかった。私は、「あなたほどうまいわけではないですよ」と言うほかなかった。

帰りがけにアーツンは私に一元〔一元は十角〕くれた。揺鼓売りがその歌を歌っていることを誰にも言わないで、と言った。アーツンの家を出たところ、私は図らずも五角儲けることになった、その歌をアーツンが歌っていた。

南に星一つ　夜通し輝いている
東の雲が厚く垂れこめる　月はそれでも輝いている
私はあなたの真心を知っている　あなたの心はもつれている
ああ、断腸の歌を切なく歌う　私の心は迷いに迷う

それから二日が過ぎて「夏休みの宿題」をやっていたときのことだ。母が家鴨の餌に池のそばの水草をとってきて与えろと言った。私が好きな作業だった。諺《ことわざ》にある「一兼二顧、摸蝌仔兼洗褲〔二つのことを同時にこなすこと〕」よろしく、私は水草を摘みながら池で泳いだ。ちょうど背泳ぎができるようになったばかりだった。冷たい池で泳いでいると、気持ちがよかった。すると遠くから洪第七の「痴情的夜快車〔痴情の夜行列車〕」が聞こえてきた。揺鼓売りがやってきたのだ。私は五角を取り返しに来たんだと恐れた。当時は五角でも大金だ。私は揺鼓売りとの約束を守らず、アーツンを泣かせ

てしまった。歌声がどんどん近づいてくる。私は池のそばの刺竹の中に身を隠し、揺鼓売りが通り過ぎてから、また水草を摘もうと思った。

その池は村を囲む竹垣のそばにあった。村の外には墓があり、木が生い茂っていた。ただ私で樹木の名前がわかるのは、ガジュマル、センダン、ソウシジュ、アダンぐらいしかなかった。木の下にはやはり花や草が生い茂っていた。そして「ジアカウ」という小川が流れていた。ジ（ji）とはこの辺りにかつていたマレー系先住民バブザ族の言葉が由来で、魚の意味だそうだ。二林《ジーリム》は語源がバブザ語でジリム（ji-lim）、魚の港の意味だという。港はリン（lin）とも発音した。つまり、ジアカウは魚が多いところである。のちに用水を引き、水路を開いた。景色はよかった。村の人たちは田の作業に忙しく、普段はあまり行き交う人はいなかった。

揺鼓売りは池のそばに来ると、自転車をそこらへんに放置して、竹垣のそばに歩いてきた。私は彼が私に気付いたと思った。だが小便して一休みしたかったらしい。用を足しながら口笛を吹いた。唄がうまい人は口笛もよく響くようだった。小便を済ませると、池のたもとに坐り込み、一休みしはじめた。私は水草を掬《すく》う杓や竹盆をそのままにしておいたままだった。それを気づかれたら、近くに人がいると感づかれてしまう。幸い、それには気づかず、足袋を脱いで足を池の水につけた。水面を見ながら小声で歌っていた。またも「詩情恋夢」を歌っていた。私はここで踊り出たなら、口止め料がまたもらえるかもしれないとも思ったが、先日の約束を破ったことも恥ずかしいので、思いとどまった。

その日、裸のまま竹の茂みに長らく隠れていたので、風邪をひいてしまった。夜になって帰宅すると熱が出て、くしゃみと鼻水が出た。揺鼓売りが自転車で池のほとりを去るとき、涙を流しているのを見た。なぜ大人がそんなに泣けるのかわからなかった。無免許の町医者の清さんが薬箱をもってやって来て、私に注射をしたときでも私は泣かなかったからだ。

それから三日連続で赤包の薬〔白包は軽い病気用、赤包は重い病気用〕を飲んだが、とても苦かった。竹管の貯金箱から一角硬貨を取り出して、駄菓子屋で飴玉を買った。そこで、新丁おじさんところの嫁の幼気《ユキ》と、店番の阿雪《アースァッ》の仲良しコンビから、揺鼓売りがここ二回ばかりこの村に来ていないのは病気にでもなったのかね、という話を聞いた。幼気は、自分のおじさんのズボンの紐が欲しいのに、と言った。阿雪はアーツンと関係がありそうだと言いかけて、私の方を見て話をやめた。私は三、四日前に揺鼓売りを見かけたと言った。幼気はいや来ていない、その日は特に注意していたけれども、だれも見かけていないと言った。私がアーツンなら知っているかもしれないと言うと、阿雪は、子供は黙っていなさい、アーツンと揺鼓売りについて何であっても口に出してはいけないよ、と言った。でなければアーツンは今後、お嫁に行けなくなるし、ここで生活もしにくくなると。私は一角で飴を買おうとしたら、彼女は飴玉を二粒くれた。そして、学校では彼女の息子阿生《アーシン》とは「方言」〔台湾語のこと〕で話をしないで、そしたら五角の罰金を払わなくて済むから、と言った。

「登校日」がやってきた。阿生は夏休みの宿題をあまりやってなかったので、先生がチェックする際に、私の宿題帳の名前を自分の名前に変えて見せていた。そのお礼に二角くれた。このときは台湾語を使わなかったので、先生に五角を払わなくて済んだ。ほかの同級生も同じようにしてくれたら、私は儲かってしょうがないだろう。だが、他の宿題をやってこなかった生徒はお金をもっていなかったので、私は宿題帳を貸してあげなかった。その後、クラス担任はみんなで教室周りの草を刈ろうと言った。阿生は私に目配せして、校門前の店に漫画を見に行こうと言った。少年誌の最新号に載っていた漫画『地球先鋒号』〔『鉄人28号』のパクリ作品〕は「ライト兄弟」と戦っている話だった。面白い。すると店の主人に、貸し賃の一角を払わないなら、これ以上は読んじゃダメだと言われた。

二人は学校に戻った。もう他の生徒は下校していた。阿生は芭楽《グアバ》を取りに行こうぜ、と言った。阿生は二角持っていた。私は、それは店の引き出しから盗んできたものか、と聞いた。すると阿生は、今回は盗んでいない、ある人からもらった、と言う。誰からもらった? と聞くと、「言えない」と隠そうとする。そこでちょっと脅かしてみることにした。白状しないなら次の「登校日」では宿題帳を貸してあげないし、学校でもわざと「方言」で話すことにするぜ、と。それでも彼はしばし考えてから首を振って、言えないという。だが私はお金を稼ぎたい気持ちもあったので、池のところに連れて行き、問い詰めた。「揺鼓売りがくれたのか、それともアーツンか?」

阿生はシャッポを脱いだ。阿生が言うには、昨日自転車で家に帰る途中、家で必要なものを買うため、村を通った。そこで干しマンゴーと梅を盗んで食べた。その時人に見られてしまい、告げ口されると思って、竹垣の池のほとりに身を隠した。するとアーツンと揺鼓売りが竹林の中に坐っていた。阿生は二人で何か良からぬことをやっていたのだろうと問い詰めた。二人はただ泣いていた。そして一元を差し出し、このことは誰にも言わないでと言った。なので、阿生がもし口外したら、その報いで腹をこわしてしまうと言うのだ。

私は阿生をなだめるためにこう言った。それは私が想像していた通りだから、阿生がばらしたことにはならないだろうと。むしろ心の中では、阿生のほうが約束を守る人間だと感服していた。

夏休みは二ヶ月ある。田舎の子供たちにとっては嫌な時期だ。夏休みじゃなかったら学校があるので、田んぼに行かなくて済むからだ。七月初め、夏休みに入る前日のことだが、先生は生徒に夏休みの計画を尋ねた。するとみんな笑い出した。先生は若くて都会から来たばかりだから、田舎の子供たちが休みの日には田んぼを耕すことを知らないんだ。計画というなら、早く学校に戻りたいということなんだよ、と言った。

このころは早稲の収穫が終わり、晩稲の種まきはまだ始まらない。その農閑期は、サツマイモを蒔く時期だった。その準備として、サツマイモを蒔くための土盛りとその下の雑草取りをしないといけない。静かで、風もなく、湿った天気だった。するとにわかに雷が鳴って雨が降り出した。すぐさま、水をぱったんぱったんする水車小屋のところに走って行って、雨宿りをした。するとアーツンが小屋の中にいた。私が全身ずぶぬれなのを見て、スカーフを取り出し、私のびしょぬれになった頭を拭いてくれた。そして拭きながら歌う。だがその歌はこれまで聞いたことのないものだった。外の雨は強かった。しかしその歌声を聞いていると、まるでこの世は二人だけしかいないように思われた。

うちの田舎は、田作は重労働で、畑作は軽労働だった。このころ村の大人たちは稲刈り班を北部に派遣してお金を稼いだりしていた。在さんと私の父、母はそれで北部に行っていた。一ヶ月弱ほどしないと戻って来なかった。そんなときは村には老人と子供と何人かの女性だけが残った。在さんはアーツンに重労働をさせたくなかった。アーツンは夜は廟の土間に寝て、溝の水で体を洗い、家にいた。

その夜アーツンは私の祖父に頼み事をしに来た。私を自分の家に貸してくれないかと言った。アーツンは私と一緒に寝ることに何の懸念も抱いていないようだった。そうして私はアーツンと十日以上一緒に寝泊まりすることになった。アーツンは私の生涯で唯一、家族以外で一緒の寝床に寝た女性となった。

今にして思えば、その十日ばかりは至福の時間だった。一緒に朝食をとり、目玉焼きをいくつも食べられたし、米やおかずもたくさんあった。番薯簽《ハンチーチアム》は少なめ、米が多めの食事ができた。夜になると、レコードを聴いた。私は宿題をやり、彼女は服の修繕をする。歌える歌があれば一緒に鼻歌を歌った。後で阿生が、アーツンはお前の妻のようだ、と冷やかした。私は怒ったが、心の中ではうれしかった。

寝る時間になって、私は在さんの寝床で寝ると言った。アーツンは一緒に寝たほうが安らぐと言った。昨晩、真夜中に外で誰かが口笛を吹き、イヌが吠えているのが聞こえた。アーツンは、番仔溝の例の不良がやってきていたのだろうと言った。アーツンの部屋は見栄えがよく、良い匂いがした。それに比べてうちは父母兄弟姉妹が同じ寝床に寝て、しかもそばには便桶が置いてあったので臭かったのだ。

アーツンに聞いた。名前は漢字でどう書くのと。すると、むしろあなたに教えてもらいたい、私は学校に行ったことがなく漢字が読めないと言った。子供のころに父親を亡くし、小学校に上がるころに母親も死んだ。もし、私が学校に通ったら、兄に食事を用意する人がいなくなる。兄は一人で田んぼをしている。それができないと二人は暮らしていけない。兄は私が学校に行かないことを責めたが、私は後悔していない。兄は一人だけ、在さんは私をかわいがってくれる唯一の兄だもの、と言った。

先生にもツンの漢字について尋ねたことがあった。女性の名前なら「純」だと考えられるが、純の音は「スン」、ただしこの村の人は音がなまってツンになったのではないかと言った。だが、アーツンは言う。アースンではないと。父親が戸籍登録で役所に行ったときにアーツンと呼んでいたからと。姓が荘で名前がツン。それなら戸籍を見てみたいと思った。アーツンは兄がそれをもって出かけている、戻ってきたら見せてあげると言った。というのも、在さんも学校に行っておらず、漢字が読めないので、出かけるときには「戸口名簿」〔住民票のようなもの〕を持ち歩かないといけない。でないと、警察に誰何《すいか》された際に捕まってしまうのだという。

十日あまり一緒に寝泊まりした。毎晩長い時間おしゃべりをした。アーツンが歌える歌は、すべてラジオやレコードを聴いて覚えたものらしい。それにしても記憶力がよく、歌詞もよく覚えている。なぜ結婚したがらないかと聞いた。最初は冗談気味に、あなたが大人になるのを待ってるのよ、と言った。そうした後で、兄を一人にしておけない、兄が結婚してからにする、と言った。私は揺鼓売りとの関係について質《ただ》したかったが、五角の口止め料を思い出して、聞けなかった。

それから数日しても、揺鼓売りは村にやって来なかった。村の人たちは半日くらいあれこれ言っていた。病気かもしれないと噂した。アーツンの家で寝泊まりし始めてから一週間くらいのころ、アーツンは手紙を持ってきて、何が書いてあるか教えてほしいと言った。封筒には二林街の住所が書かれていた。中を開いてみると、差出人は洪牽《アンカン》であった。アーツンは、それは例の揺鼓売りの名前だと言った。揺鼓売りは近く兵隊に行く、と書いていた。洪牽は小さいころに家族によって許嫁《いいなずけ》が決められていた。洪牽はアーツンと付き合いたかったが、親不孝になると考えて言い出せなかった。アーツンにはそのあたりのことを理解して、忘れないでほしい、と。

アーツンは目を赤くしていた。泣いてはいなかった。洪牽とは何もなかったと言った。二人とも歌が好きだっただけだと。洪牽は歌がうまいので商売の助けにもなった。洪牽と話すうち、両想いだということがわかった、そうはっきり言ったわけではないが。二人の間では、洪牽はアーツンを林英美と呼び、アーツンは洪牽を洪第七と呼んでいた。ただし、二林には洪姓は多く、牽と第七に親戚関係はない。二人はよく親しげに話をしていたから、村ではすぐ噂になってしまった。良くないとは思いつつ、それでも会うと、また話がはずんだ。これ以上他人に見られるのはまずいと、池のほとりで密会した。それでも何度か人に見られ、アーツンは池に行くことをやめた。一度池のところであなたが水草を摘んでいたのを見かけたので、洪牽が来ても顔を見せなかったことがある、と言った。

その夜、アーツンは水車小屋で私に聞かせた歌を歌った。曲名は何かと聞いた。アーツンは、すべては運命かもしれないと言った。歌えるようになって間もない歌だが、曲名は「最後一封信（最後の手紙）」だと言った。ちなみに、「一封信」は北京語の書き方であって、台湾語では「一張批《チッティウーポエー》」と言う。アーツンが言うには、この歌を知った直後に、本当に最後の手紙を受け取った。これはまさに運命ではないか、と。

それから三、四日たち、うちの弟が熱を出したので、母に家にいて弟の面倒を見るように言われた。そこでアーツンは一人だけで家にいた。朝、日が出たらすぐにアーツンの家に行った。するとアーツンは寝床の端で泣いていた。なぜ泣いているのかを聞いたところで、アーツンは私を抱きしめた。そしてさらに泣き叫び、寝床を叩きながら、私を罵倒してまた泣いた。私にはわけがわからなかった。

あとで、村の人たちが言うには、番仔溝の例の博徒が、私がアーツンの家にいないのを見計らって、しつこく付きまとい、アーツンを犯そうとしたのだと。人によっては、本当に手を出した、いや、手を出していないと言うが、いずれにしてもそういうことだった。村人がその男から聞いたのには、これはアーツンが自ら招き入れたことなのだと。アーツンは揺鼓売りと関係ができていた。博徒は体を重ねたことで、アーツンが処女でないことを知った。博徒ははじめはアーツンと結婚しようと思い、大柄のツエーに頼んで結婚を迫っていた。だが、今は結婚しようと思わない、なぜなら、他人が摘んだ後のものなど欲しいと思わないからだ。

そんな噂が広まった後、在さんと妹は引っ越していった。引っ越し先は遠く後山《アウスアー》〔台湾中央山脈の向こう側の台湾東部〕の花蓮港《ホエーレンカン》という話だった。五分の土地を新丁おじさんや、うちに安く売り払ってくれた。その間、アーツンは家に閉じこもって誰とも会おうとしなかったし、私も会いに行こうとは思わなかった。引っ越していった後、会ったことはない。

　そして今も考え続けている。私と寝床を初めて共にした女性のアーツンは、漢字ではなんと書くのだろうかと。

（酒井 亨訳）

二二八事件

二二七か二二八か？

今になってよくよく考えてみるとそれが発生したのは一九四七年の春だが、二月の終わりごろだということがわかっているだけで、それが二十七日なのか二十八日なのか、まだ議論のあるところだった。

クリアーという人は、生涯あまり評判が良くなかった。死んでもいつ死んだかはっきりしない。政府が死亡証明の公文書を書こうとして、クリアーの嫁の「大柄《トアコー》の錦《キム》さん」に聞いたところ、真夜中だったことだけは知っているが、家の中には時計もなく、十二時の前か後かはわからないとのことだった。そこで役所の阿猴《アーカウ》〔サルの意味のあだ名〕が問い詰めた。

「あんたら呑気なこと言っているけど、はっきりしてくれ。十二時前なら二月二十一日で、十二時過ぎていたら、二月二十二日と書かなきゃいけない。日付がわからないことには、こちらとしてもどう書いていいかわからないんだよ。証明書がなければ葬式も出せないんだよ」

錦さんは熟考したが、本当に何時かわからなかった。そこで隣の人に聞いた。みんな事件に巻き込まれるのを恐れて、気づかなかったと言った。もし間違ったことを言えば、警察に引っ張られてお仕置きをされるにちがいない。なので、みんなに誓って言うが、その日は早めに寝たので、真夜中はちょうど熟睡していたはずで、何があったかは知らない。そのとき、ハルミ〔日本人的な名前、春美から〕だけは顔を真っ赤にして緊張しているらしかった。錦さんはその表情を見て、ハルミはまだ寝ていなかったと喝破し、話せと迫った。ハルミはみんなが凝視しているので、ここそこ逃げようとした。錦はその大きな手でハルミを捕まえて言った。

「ハルミ、知っているなら早く言ってよ。私を困らせないで」

ハルミは叫んだ。「全部、うちのあの不死鬼《ブッスークイ》〔ろくでなし〕野郎のせいだよ！」

阿猴はそれを聞いて、クリアーの死は何か裏があると感じた。そこでハルミにさらに聞いた。

「あんたの旦那のせいって？　その話をちゃんと説明してくれないか。でないと、あんたを役場に引っ張って行って尋問することになるぞ」

ハルミは大ごとになり、もはや隠し通せなくなったと気づいた。

「食器を洗い終わり、サツマイモの葉をそろえて、阿財《アーツァイ》に添い寝して寝かしつけた後に、うとうとしかけたところ、あの不死鬼野郎が今夜はあまり寒くないと言って、わざわざ水浴びをしてから、わたしにべたべたしてきた。わたしゃうとうとしたままだったが、野郎にいちゃつかれて、起きてまた洗い物してたんだよ。真夜中まではまだ寝ていなかった」

「クリアーは何時にこと切れたかわかるのか？」阿猴は取り調べをする勢いで問い詰めた。

「水が冷たくて、体が震えてたんで、隣で何があったかなんて知るわけがないよ！」

「知らないんだったら、知らないと言えばいいじゃないか。ああだこうだ言う必要はないだろう」

「お役人様、あなたたちが言えと言っているから言っているだけじゃありませんか。私は何もそのことについて話しているんじゃありませんよ、とにかくあの不死鬼野郎！　あなたのことじゃない、あの阿添《アーティアム》のことですからね」

「わかったよ。クリアーの嫁さん、十二時前か十二時過ぎか、どちらか決めてくれ。そしたらこの件は終わりにしよう」

錦さんは「終わりに」と聞いて恐れをなした。それで余計に話ができなくなった。手足をブルブル震わせた。近所の人たちが早く言えよ、他人を巻き込むのはやめてくれ、と言った。錦さんはついに決心して言った。

「ちょうど十二時さ！」

阿猴は卒倒しそうになった。二月二十一日の夜十二時とするか二十二日の午前零時とするか、困って錦さんに懇願するように言った。「一分前か一分後にできないか？」

錦さんの決意は固かった。

「ちょうど十二時で間違いない。こと切れたときにちょうど慶《キン》さんところの時計の鐘が鳴った。十二時を告げる十二回だ。少しも前後していない」

阿猴は誰にもこれ以上問いただすことはできなくなった。錦さんは、夫が生前ケチで知られていたので、死んでから、棺桶を担いでくれる人がおらず、初七日に鶏をふるまう近所の知り合いがいるのかも心配になった。しかも鶏だけでなく、棺桶担ぎの人にも、一斤の三枚肉をふるまわないといけない。そして、問題の事件は初七日の日に起こった。なので、二月二十七日なのか二十八日なのかがわからない。いずれにしても関係ない人にも被害が及んだのは明らかだった。

事件の背景

一九四七年は戦後二〜三年目のころである。台湾人はそこでよい暮らしができるものと考えた。陳《チェン》儀《イー》が抜擢されて、大量の物資をシナ大陸に運び去り、物価上昇を招いていることを、誰も知らなかったのである。「一日三市五市」「インフレで一日に三度も五度も値段が上がること」も珍しくなかった、基本的な生活用品も不足していた。だがこうしたことは、田舎の人たちへの影響はあまり大きくはなかった。当時は農村のほうが都市部よりも暮らし向きは良かった。田畑があり、食べものもあった。家畜も育てていたので、少なくとも飢えるということはなかった。

田舎では毎日死人が出るということはなかった。死者を葬る専門の土工や棺桶を担ぐ専門の人もいなかった。みんな近所で助け合っており、ご褒美の肉が目的なのではなかった。いずれにしろ、お隣の台所も見えるところにあり、日ごろの家事も助け合っていた。

クリアーの初七日の日、錦さんがお願いをして回り、夕刻になると、そのあたりにたむろしている男は十名ほどで、一つの円卓に坐っていた。錦さんは一升強の米をすくって洗い、大皿一つ分のタケノコを煮て、豚の太ももを煮つけ、大きな鶏肉三斤あまりを煮詰めて二皿に分けて、鶏スープで長年菜を煮て、宴席料理を作った。それから子供に五斤太白《タイペ》酒を買いに行かせた。そしてテーブルの上にバナナ印の煙草を二パック置いた。随分と大盤振る舞いである。

清水《チンツイ》さんとコーローアー舅《しゅうと》さんの妹婿は、食事をつまみながら、一期作あたりどれくらいの肥料を与えればいいか話をしていた。歁忠《カムティオン》と火旺《ホエーオン》は妻が姉妹の配偶者であるが、二人して妻の悪口を言い合っていた。阿添、貴仔《クィア》、超仔《チャウア》と、竹根《テククン》・竹茂《テクモー》兄弟は黙々と数杯食べて、さらに二皿の鶏を争うようにかき込んでいた。葬家はクリアーの兄、聾人の成《シン》さんが喪主を務め、客人をもてなした。成さんは「もてなす」といえば聞こえはいいが、実際には聾者でどもりなので、食べるだけだ。それもただ自分で食べるだけで、客と挨拶をかわすこともままならない。くちゃくちゃ食べて、人に食べることを勧める。そして歯間につまった食べかすを、舌でぬぐい取る。

　超仔は目の前にある鶏をつついていた。お椀にはひと塊、口の中にもひと塊、箸もひと塊つまんでいた。加えて目では皿の中を見据えていた。他の人が残った鶏の尻尾をつまむと、先んじられた超仔は言った。

「それは俺のものだ。尻尾が好きなんだよ！」口の中にはまだ鶏が入っていて、もごもごしていたので、何を言っているのかわからない。

　尻尾をつまんだのは阿添で、口の中に入れようとした。すると超仔は箸で妨害し、それを口に入れさせまいとした。しかし取り返すことはできず、尻尾はどこかに行ってしまった。ちょうどその辺にいたクソイヌが、尻尾を咥《くわ》えて向こうへ行くのが見えた。超仔はイヌに持っていかれたと知ると狂ったように阿添をなじった。

「俺は尻尾が好きだと言っているじゃないか。なんでお前がイヌに食わせてんだよ！」

「お前こそ犬野郎だ！　尻尾が好きだと！」阿添はやり返した。

「くそったれ！　おれをなじるのか！」超仔は火に油を注ぐことになった。

「俺が言っているのは、あの犬野郎が尻尾が好きだったということだ。お前は尻尾が好きだと言っても、先につままなかったくせに、俺が食べようとしたら難癖つけて、つべこべ言っているだけ。お前の言っていることはまったくわからんね。お前がそんなに好きなら、手を出さなんだよ」

成さんは耳が悪いのに、そうした話は耳ざとく聞こえるようだ。阿添がぶつくさ言っているのを見て、笑いながら、どもって返す。「お、お、俺はね、もともとね、聾、聾者なんだが、お、お、お前は、おれをなじって、わけわからんことを、何が言いたい！」

「あんたには関係ない」超仔は大声で言った。そして阿添のほうを見て言った。「お前が寝言を言っている間に、俺は箸で一つつまんだままだ。次のがつまめないじゃないか。一人で箸を二膳もってもいいというのかい？」

二人はますます大声になった。成さんは自分の噂をしていると思い、これ以上の侮辱には耐えられないといって、喧嘩に加わった。コーローアーは言った。

「もうやめろや。尻尾を食べようとして、イヌにも一回くらいお相伴に与《あずか》らせてもよいではないか」

「くそったれ！　あのイヌめ。尻尾が好きとはな！」阿添はまだ怒っている。

「お前、それ以上ぶつくさ言うなんて、くそガキと同じだ」超仔は罵った。

「俺が怒っているのはあの犬ころだ」

「くそったれ。ゴチャゴチャ言うなら、殴ってやる！」

超仔は立ち上がって阿添に殴りかかろうとした。阿添は逃げた。超仔は手も足も大きく体も大柄だ。もともと乱暴者だった。村でも日ごろ腕相撲をやったり、米俵を使った重量挙げでは、誰もかなうものはいなかった。それに対して阿添は小柄で、超仔の敵ではない。超仔が殴りかかろうと追ってくるのを見て、クリアーの護龍〔小物を置く脇の部屋〕のそばまで逃げてきた。そこで鋤《すき》を見つけて、それを手に掲げて超仔に見せつけた。だが、超仔の腕力は強く、にじり寄ってきて、片足をぐるぐる回して上に向かって蹴り上げた。阿添はよけることができず、地面にたたきつけられた。そのはずみで鋤が手から離れてしまい、超仔に取られた。阿添はそれで叩きつけられた。阿添は素手のまま逃げようと必死だった。すると肥溜めのところに糞をつまむ熊手を見つけて抜き取った。それでもって超仔の鋤に対抗した。二人は道具をもってにらみ合う。まるで犀牛《さい》の対決のようだった。

みんな、罵りあいは、すぐに収まるものと考えていた。手が出ても想定内だった。だが道具まで持ち出している。これは終わらせないといけない。竹根・竹茂兄弟が肥溜めのところに行って引き離そうとした。それを囲む人たちも竹根兄弟に加勢するように言った。「もういいかげんいいだろ」

喧嘩している当人は誰かが仲裁しなければどうにもならないが、かといって声がかかるといきり立つ。阿添は竹根兄弟が来たのを見て勇気が湧いた。そして熊手を超仔めがけて突き出した。超仔は鋭い刃先を見て劣勢だと思い、それ以上は攻撃できない。そこで五間尾《ゴーキンボエ》〔台所から五番目の物置部屋〕に行って別の道具を探した。そして右手にスコップ、左手に馬鍬《まぐわ》を持ち、振り回しながら阿添に近づいた。一つの武器対二つの武器のにらみ合い、その場の空気はいやがうえにも張り詰めた。

錦さんは三本のお香に火をつけて霊前に置こうとして、卒倒しそうになった。お香をもって参加者のほうを向いて拝拝《パイパイ》〔道仏混合のお参り〕をして言った。みんなで喧嘩をやめさせて、と。清水、歓忠、火旺は箸をおいた。貴仔だけは、そんなことは知ったことではないと、炙《あぶ》り肉と酒をむさぼっている。みんなが二人を仲裁している間に、慶仔《キンア》がやって来た。大柄な超仔が二つの武器を持っていたのに、阿添は一つしかもっていないのを見て不公平に思い、馬鍬を手に取った。阿添は、慶仔が超仔の助っ人をすると勘違いをした。熊手を構えて阻もうとした。慶仔が足を上げたところ、ちょうど間が悪いことに、熊手でふくらはぎを殴ってしまい、そこから血が噴き出した。慶仔は泣きそうな声を上げた。みんな赤い血を見て呆然とした。それを見て、阿添と超仔は喧嘩する気が失せた。武器を投げ捨て、慶仔の傷の手当てをした。

慶仔は阿添を押し倒して言った。「くそったれ、意味もなく俺に攻撃してくるとは何事だ!」超仔は待ってましたとばかり、慶仔を煽った。「くそ! 阿添をやっつけてやれ!」

錦さんはタカワラビを探してきて止血した。別の人は布切れを持ってきて傷口を縛った。このとき人々は玄関先で騒いでいた。クリアーの生前には経験したことがない賑わいだった。

ハルミは阿財に母乳を与えているところだった。そして阿添になにかあったと聞いて、乳飲み子を抱きかかえたまま急いで現場にやってきた。熊手が当たって出血多量のことで、ハルミは焦った。阿財が乳首をしゃぶり、上下に揺すってあやしてやっていたのだが、ふと、乳首から口が離れてしまい、泣き出した。乳をだらだらと垂らしながら泣いていた。ハルミは阿財を乳首に引き寄せながら、つられて泣き出した。それは死んだかもしれない阿添を弔うような調子だった。けれどけがをしたのは慶仔であって、夫の阿添ではないことを知ると、涙を拭きながら言った。「仏様は誠に霊験あらたかだ。私の夫でなくてよかった」

現場には多くの人が集まっていて、情報が錯綜していた。ある人は警察に通報して処理してもらうべきだと言い、またある人は大したことではないんだからわざわざ呼ぶまでもないと言った。みんなの意見はばらばらだった。仲裁者が当事者になってしまった慶仔は、血をだらだら流しながら、あえいでいた。新調したばかりのズボンがボロボロになったのは悔しい。そしてつぶやいた。

「このズボンで田んぼに入るのは惜しい。今日は田んぼにつかる必要がないと思ったのに、穴だらけになった。女房に叱られる！」

　錦さんは座椅子をもっていき、慶仔を坐らせてから言った。「尻の骨がもう少しで折れるところだったというのに、ズボンのことを気にするってのかい！」

「まるで、妻が死んでも、糞桶を捨てられない」〔いつまでもうじうじとこだわっている意〕超仔は誰かにこう笑われたことに、ますます腹が立った。「阿添は凶暴なやつだ。慶仔をまるで肥溜めか何かだと思って突き刺すとはね！」

　ハルミは、阿添の名を耳にして言った。「うちのろくでなしと何の関係が？　勝手に巻き込んでんじゃないわよ！」

　貴仔は言った。「もともとはあんたの旦那が他人を突いたのが原因じゃないか。関係ないとはなんだ？」

　ハルミはそれを聞いて天を仰いだ。「なんだって？　仏様、霊験あらたかな仏様、わたしは旦那が他人に突き刺されるのに耐えるしかないのでしょうか」

　そのとき、隣の慶仔の家で誰かがラジオをつけたのだろう、ラジオから大声が聞こえてきた。

「事件が発生した！　一大事である！」

二二八事件の処理過程

　クリアーの野辺送りをしたちょうどその直後、台湾社会には混乱が訪れた。田舎では都会で何が起こったのかはっきりはわからなかったが、大地震や赤い雨に匹敵するなんらかの天変地異であることだけは薄々気づいた。何事なのか知りたかったが、どこから糸口を見つけたらいいかわからない。挖仔《ワッラー》という村でも、重大な事件が起こったようだった。それは「在《ツァイ》さん」の父親、阿春《アーツン》のところの雄牛の失踪事件以来の、その村にとっての一大事であった。その失踪事件はアーツンがまだ生まれる前の出来事で、二二八事件当時はアーツンはすでに生まれて歩けるぐらいの歳だった。伝統的な台湾人は、役所に何かを報告することを恐れていた。家畜が誰かに盗まれたとか小さな事件などがそうだが、普段は報告することはあまりなかった。諺《ことわざ》に、「見官見官、了家会親像崩山（役人に会うたびに賄賂を贈って破産する）」とある。子孫代々まで禍根を残すような一大事でもなければ、役所と関係したいとは思わなかったのだ。

慶仔は阿添にけがを負わされたことも、報告しないで終わりにしようと思っていた。阿添は慶仔の薬の代金を支払い、ビンロウ〔噛み煙草に似た嗜好品〕と煙草をもって村人にお詫びをして回った。しかし、阿猴に騒動が知られてしまった。阿猴は慶仔に対して、騒動は役場が知るところとなったので、そのまま終わりにすることはできないと脅した。目下の情勢は、地方で抗争がどんどん激しくなっているので、正式に報告しなかったら、みんなが厄介なことになる。慶仔は「厄介なことになる」と聞いて心臓がバクバクした。仲裁者が当事者になってしまったこと自体が不運だが、これ以上の厄介となると、二重損だ。阿猴は、慶仔は被害者であり、落ち度はないと言った。阿添を告訴すれば、慶仔には累を及ぼさないし、阿添から多額の賠償を受け取ることもできると言った。

とはいえ、いずれも何代にもわたった隣近所であり、田んぼでもたびたび出くわす。慶仔は阿添を告訴するのは忍びなかった。慶仔の嫁のクイモイもこう意見した。

「やめとき。ハルミは私らに親切にしてくれている。うちらに赤んぼが生まれて一ヶ月家で休んでいる時も、いつも手伝いに来てくれたんだから。お菓子があったら男の子《アーセーコー》（客家語）にも必ず分けてくれた。しかも阿添は、昨年の台風のときには屋根を直してくれたじゃないか。それでも訴えて、阿添を陥れるなんて、ダメ《ツォームーテッ》（客家語）だよ」

慶仔は言った。「お前ら女《ギャー》はわからんのだよ《ムーティーラ》（客家語）。誰がそんなことやりたいと思うかね？　でもね、阿猴が役所に訴えなければ俺にも災いが及ぶと言ってんだ。うちら百姓がどうやってお上と対決できるというんだい？」

「だとしても、あんたはそんな乱暴なことやっちゃいけない。ひどい《アンコーモー》（客家語）！」クイモイはなんとしてもやめさせたいようだ。

「この野郎！　俺が乱暴？　去年は奴の田んぼの水がいっぱいなときに、下流にあるうちらの田んぼは干上がっていたんだぞ。なのに奴は水をこっちに寄こさなかった。誰が乱暴だって？　あいつが乱暴ではないって？　だったらなんで熊手を俺に突き刺してくるんだ？」慶仔はぜいぜいしながら怒った。

　超仔はフユアオイ、オオバコといった薬草を刈ってきて、慶仔の傷の手当をした。慶仔はクイモイに鮭の缶詰を開けて、卵二個のスープを作ってくれと言った。また男の子《アーセーコー》にも一斤の太白酒を買ってこさせた。それを飲みながら、二人でぶつぶつ言っていた。さて、どういう芝居を打ったらよいか。クイモイには聞かれまいとした。

　慶仔が阿添を訴えるという噂が流れた。村人は良くないことだと思いながらも、それを口にはしなかった。なぜなら阿猴が村中を回って、文句を言ったら厄介なことになるぞ、と脅して回ったからである。それでみんな恐れて、エビのように腰を曲げ萎縮した。そして訴える方は、どんどん増長した。

阿添は怖くなった。ハルミは慶仔にやめておくれと懇願した。慶仔は、いまさら何を言っても無駄だと言った。そしてもし和解するなら、阿猴に相談しないといけないと言った。クイモイはハルミに言った。「今更どうしようもない《モーホアットゥーラ》、ごめんなさい《アンスッリー》」（客家語）

阿添は妻が家に戻ってきて、今さらどうにもならないことを聞いた。そこで阿猴にお願いすることにした。神様にお願いに行くように、一斤の豚肉、一羽の鶏を準備した。そして夜中にひそかに阿猴の家を訪ねた。阿猴は言った。「直接訪ねて来るのはよろしい、それこそが礼儀というものだ」

阿添は言った。「つまらないものですが、お納めください」

「阿添さんはあまり遠出したことがないでしょう。さあ、お茶を出しなさい」と妻に命じた。

「いえ結構です」阿添は固辞した。「すぐにおいとましますんで」

「そんなに急ぐ必要はないでしょう？　ゆっくりしなされ」

「慶仔のことで、お願いしたいのです」阿添は人がいいので、これ以上は何も言い出せなかった。

「私も仕事をしている人間だ。公務は公務として行う。慶仔は訴えるそうだ。近所のみんなはそんなことしないでほしいと言っている」阿猴は偽善的にふるまった。

「お役人さまは度量が広いお方だ。大所高所に立って、私を助けてください。私は何も悪いことはしてません。あなただけが頼りです」

「しかしそれは私にもなんともできないのでね。もしこれを取り扱うというのであれば、土産も受け取れない。すぐ帰ってくれ」

阿猴の妻はひそかに聞いていたが、顔を出して言った。「人は道を歩くときに誠意がないといけない。受け取らないというなら人の好意に仇《あだ》することになる。ここは私が受け取ることにするから。そんな水臭いことを言うもんじゃないよ」

「私はこの件でこのようなものを受け取れないと言っているんだ。お前ってやつは」阿猴は妻を叱った。

阿猴の妻が豚と鶏を受け取って奥に持って行ったのを見届けると、阿添はお礼を言ってその場を去った。

それから数日が過ぎて、阿猴が弁護士を雇って裁判所に文書を送達した。ハルミは自分の実家に行って、援軍を募った。ハルミの兄は農会〔農協〕で小使いをしており、人脈があった。妹の夫が裁判沙汰になったと知って、急いで村にやって来て、長い時間対策を打ち合わせた。その中で豚と鶏を贈ったことを知った。

ハルミの兄は言った。「役所に関わることは一大事だ。何斤かの肉を贈っても、何もならない。こんな話を聞いたことがないのか？『裁判は訴えのあと銭子《チエンツ》〔北京語で現ナマ、当時悪い意味を持つ表現には、北京語をわざと使った〕こそが通用する』」。ハルミの兄は農会に長らくいるので、現ナマを贈るべきだと知っていた。

阿添は言った。「お金を渡すのは違法だと知っているが、鶏や肉を贈るのはオミヤゲ〔日本語の借用語〕やオセイボ〔日本語の借用語〕の一種だから、罪にならないのでは？」

ハルミの兄は言った。「時代がかわって二年になるのに、あんたはまだ日本統治時代に生きているつもりかい。日本人はオセイボといったが、シナ人はオーセーという。オーセーとは、ピンハネのことだ。あんたが阿猴に豚肉を贈ってもなんの意味もないよ」

「あの人は肉を受け取ったよ。何も助けてくれないなら、なぜ肉を受け取ったんだい？」

「景気が悪いんだよ。貧乏を避けるには何でもほしいだけだよ。単に受け取ったというだけだ」

「そんなひどい！」ハルミは口を挟んだ。「だったら、どうしたらいいんだい？」

「ここまで来たら、これ以上阿猴に頼んでも助けにはならない。なので……」ハルミの兄は少し考えてから言った。「番仔溝《ホアナカウ》に知り合いが一人いてな。その人は政府に顔が利くらしい。政府の上のほうにオーセーを贈って掛け合ってもらうようにしよう。そしたらうまくいくはずだ」

「いくらくらい必要なんだい？」阿添は心配になった。

「今は混乱しているので、普通の紙幣では受け取ってもらえないだろう。これのほうが効果がある」と口を開けて金歯を指さした。

ハルミは言った。「わかったわよ、兄さん。やるべきことはやる。あんたが行ってうまく処理しておくれ」

当時、黄金価格は高騰していた。金持ちも黄金を売りたがらない。阿添は、尻の穴に溜まった糞を押し出すかのように、二分の土地を黄金と交換した。ハルミの兄がそれを番仔溝の有力者のところに持って行った。さらに豚一頭をハルミの兄への謝礼として用意した。

慶仔はその話を耳にし、相手方に有力者が味方についたと考えた。そして阿猴にどうしたらいいかを相談した。阿猴は笑いながら言った。「諺《ことわざ》で言うには、『裸足のやつ〔農民〕は靴を履いたやつ〔紳士〕を恐れるものか』だ。あんたは小作人の身だ。阿添が一甲〔約一ヘクタール〕あまりの先祖から受け継いだ土地を持っていても、あんたは負けないはずだ〔逆の意味の皮肉〕」

「しかしこれ以上どうしたらいい？　こちらはすでに訴状を出している」

「あんたら田舎者は、正直だ。だが裁判所は訴状をみて判決を出すわけじゃない」

「訴状を見ずに、どうやって判決を出すんだい？」慶仔はますますわけがわからなくなった。

阿猴はもったいぶるように言った。「神に会うこともあれば、人《ジン》に会うこともある」

「神となんの関係が？」

「神とは現ナマのことだ。あんたは諺にいう『カネさえあれば魔物や幽霊だって止められる。人は着物を着飾り、神は黄金を着飾る』だ。神も黄金で飾らなければ、霊験はないということだ」

「神様には紙銭を焼いて祈ればいいのでは？」慶仔は理解できない様子だ。

「紙銭を上げるのは死んだ神様に対してだ。俺が言っているのは生きている神のことだ」

「ではあんたがいう人ってなんだ？　生仁《シンジン》〔落花生のこと〕を供《そな》えて祈るときの仁《ジン》のことか？」

「俺がいう人とはその仁の意味ではない。まさにヒトのことだ」

慶仔はこれを聞いて理解した。「ヒトということはわかった。だがそこからどうやって人《ジン》に会うというんだい」

「私がいうヒトとは普通の人ではない、有力者のことだ」

「わたしゃ単なる農民なんで、有力者なんて知りゃせんよ」

「私が兄弟の契りを結んだ兄貴分は、公学校〔日本統治時代の小学校〕の教習だった人だ〔台湾人は正規の教員になれなかった〕。政府幹部との付き合いもあるので、本当の意味での有力者だ。その人にやってもらえば、番仔溝の柳何某とかいうボンボンよりも、もっと大きな力になるはずだ」

「あんたが言っているのは、例のトシさんのことかい？　わたしゃあの人のことは知らないんだが。身分がこんなに違っているんだから、相手にしてくれるかな」

「あの人は、今は名前を変えて、蕭俊《シャオツン》といってな。契りを結んだ兄貴分で、私とは親しい。ダイジョウブ〔日本語の借用語〕だ」

「それじゃ、いくらくらいの現ナマが必要なんだい？　わたしゃ小作人だから先祖から受けついだものもそうありはしない。節約してきたけど、息子《アーセーコー》の嫁をもらうときに何も……」

「やっぱりあんたは阿呆だ。この訴えが勝てば、阿添は一甲ばかりの土地のどれだけかを賠償に渡さないといけなくなり、あんたの息子《アーセーコー》は死ぬまで金の心配はない。妻への財産分与だって心配ないだろ？」

日本統治時代には、「元成」という名前の首相がいた。退いてからは天皇が台湾に三百甲あまりの土地を下賜した。北・中・南部それぞれに百甲ずつだ。挖仔村はほとんどが元成さんの土地だ。阿添みたいに先祖伝来の土地を持っている人はほとんどいない。阿猴は自作人の出だから、あわよくばこの件で田畑を手に入れられるともくろんでいる。この機会を逃せば、阿添の土地をピンハネする機会もなくなる。なので、この問題を手放すはずがない。今は政府もそんなにうまく行っているわけではないようだ。大きな街では騒乱が起こっている。役所もそんなに持たないかもしれない。この話で利得が得られなければ、バスに乗り遅れるというわけだ。阿猴は死んでも慶仔と阿添の一件にしがみつかないといけないというわけだ。

二二八事件の後

二二八事件は台湾社会では忘れられない事件だが、政府はそれを話題にすることを禁じ、一般庶民も口をつぐんだ。長らくそのようにして、台湾社会は安定した。ただ、暮らし向きはあまりよくなく、経済力の低い一般庶民は、犂《すき》を牽《ひ》く牛のようになるしかなかった。ぼろを着て、黙々と働き、政治のことは政府に任せればよく、一般庶民は三度の食事のうち二度サツマイモが食べられればよしとする有様だった。そこでは人間の尊厳や民主政治なんてものは語られるべきものではなかった。そんなことしなくても、地球は回るし、お天道さまは今日も西に沈み、明日にはまた昇ってくる。豚や犬や他の畜生が日々を送るように、人間も日々を送るだけだ。ほかになんの話をする必要があろう？　いずれにしてもお天道さまに天気を祈り、国の繁栄と人々の安寧を祈るしかないのだ。

挖仔村では、阿添と慶仔が互いに互いを告訴していた。その始まりもちょうど二月末だった。世間で知られている二二八事件とは違う事件ではあった。村の中でひときわ注目を浴びたのは、この訴えが挖仔村史上初めての訴訟だったからだ。だが、この位置づけについては、アーツンの父親の阿春《アーツン》は同意しなかった。阿春が言うには、挖仔村はもともと抗日運動の聖地であり、バブザ族の番人としての精悍なる精神は受け継がれており、日本人が勝手に支配することはできなかったという。そのころ、仁《ジン》さんという学のある若者が隣のジアカウ村に住んでいて、挖仔村の歴史を研究していた。ある時、仁さんにこの村の抗日の歴史について尋ねたことがある。仁さんが言うには、確かに阿春は日本と戦ったことがあり、当時の台湾語の流行語で言えば、「轟轟烈烈たる戦い」だったそうだ。仁さんが書いたところによると、阿春は少なくとも三回は抗日行動を行ったそうだ。最初は、子供時代に日本人が公学校に通学せよ、と命令を出したときだ。反抗的な阿春は生涯学校に通わなかった。二回目は、日本人の家の内外をきれいに掃除せよ、との命令を拒否した。このとき阿春は日本人野郎の警官に横っ面《つら》を張り倒された。そして三回目は、日本軍の召集に応じず、自分の指の骨を折った。阿春はそうすることで台湾人としての立場を堅持したわけだ。そこで尊敬《ツンツン》（chun-chhun5）された。息子ができると、堅持するという意味の「在《ツァイ》」と名付け、娘にはツン（chhun5）と名付けた。

阿春の勇猛果敢な話はひとまずこれくらいにしておこう。話を戻すと、阿添と慶仔が相互に訴えたことについて、挖仔村の人たちはとても面白がって、店先の世間話で必ずこの話題になった。陰暦正月が過ぎて、田んぼに種をまき、雑草を刈るにはまだ早いころ、気温は少しずつ暖かくなっていった。若者たちは、強さを見せびらかせるように裸になって、超仔の家の前で竹棒を使ってトゥーツァイ〔子供の遊びで、棒を臍の近くに乗せて落としたら負け〕をしたり、コンクリート塊をバーベルの重りにして、地面に掘った穴の中で重量挙げ競争をしたりした。超仔が号令をかけ審判をやった。若者たちの教練としてはなかなかのものだった。村人たちは半分からかいと半分称賛の意を込めて、超仔をガキ大将と呼んだ。挖仔村一帯には七つの集落があったが、超仔はその中で一番ガキ大将にふさわしかった。十四歳のときに、番仔溝村の王爺廟に三太子役で宋江陣《ソンカンティン》〔武術パフォーマンスの民俗芸能〕のメンバーとして選抜されたが、みんな彼との対戦を恐れ、あまり本気を出さないでくれと拝み倒したこともあった。

阿添の妻ハルミが、阿財を抱いて、玄関に入ろうとすると、若者たちが気づいて大声で叫んだ。

「阿添の奥さん、どこに行ってきたの？　なぜそんなおめかししてるんだい？」

「阿添の奥さん、こんにちは」

ハルミは顔を赤らめて、「昨日の晩、阿財がなんだかわからないけど、ずっと泣き叫んだんだよ。

どんなにあやしても泣き止まない。そこである人にあやしてもらいに行ってきたところなんだよ」

ハルミは頭を下げて家に入った。超仔はその後ろ姿を見守り、なんだかぼーっとしていた。若者たちは盗み見て笑い、目配せした。村人はみんな超仔がハルミのことが大好きなことを知っていた。昔、大柄のツェーさんがジアカウ村に見合い話をしに行ったことがある。しかしハルミの家は、阿添のところの収穫の手伝いをしていた。ハルミは成長するにつれて美しさを増していった。阿添の父親はハルミの父親に、阿添によくしてやってほしいと頼み込んだ。それは一つに阿添の家に田んぼがあること、二つに阿添の人柄がよいことだった。ハルミの父親は死ぬ間際に息子に対してこう遺言した。

「他人の稲刈りを手伝うのは生業《なりわい》ではない。農会の小使いさんに欠員が出たのでやってみるがよい。妹には阿添と結婚することを許した。ほかの人にやるべきではない」

ハルミは結婚してから、超仔にはなんとなく申し訳ない気持ちだった。そこで阿添には、超仔の誠意を受け止めて、温かく接してやってほしい、わだかまりを持たないでほしいと、頼んだ。阿添もまた義理固い男だった。妻の言うことを聞き、村の中では役立たずと言われていたが、超仔に対しては優しく接した。すると人々は阿添と超仔が妻を共有していると蔭口をたたいた。だが、どんなお人よしでも三分の意地がある。時間がたつにつれて二人の関係は徐々に悪くなっていった。そして二二八事件である。超仔は阿添が悪いと言い続けた。そして慶仔と阿添を焚《た》きつけ続けた。

超仔は若者たちが自分のことを笑っているのをみて、三十斤もの重さのコンクリートバーベルを地面にたたきつけた。若者たちは驚いて黙りこくった。ちょうどそのとき、誰かが食事の時間を告げた。若者たちはこれを奇貨《きか》として離れて行った。超仔は悶々としていた。近くの店にいって半斤の酒を買いこみ慶仔を訪ねた。井戸のそばでクイモイが洗濯をしていたが、超仔を見つけると、息子《アーセーコー》を呼んだ。

「おとっつあんを呼んでくれ《ヒー・ハム・ギャー・パー》。友達が来たって《キー・ケー・ペンユー・ロイ》」（客家語）

慶仔は田んぼから戻ってきて、昼食を食べ終えたところだった。苗を洗い、水を切って倉にしまった。超仔が酒をもって来たと知って、クイモイにスープをまた温めなおして持ってくるように言った。二人は博打《ばくち》を始めた。

「今期の肥料は受け取ったかい？」慶仔は超仔に聞いた。

「昨日取りに行ったよ」超仔は慶仔に酒を注いだ。「昨日農会に行って、秋生《チューシン》と柳家のボンボンが何かこそこそ話していたぞ」

「柳家のボンボンって人は知っているが。番仔溝の王爺廟のボスだ。秋生？　それは聞いたことがない名前だな」

「ふむ、秋生ってのは、ジアカウの人で、農会で小使いをしているそうだ」

「ああ、わかった」慶仔は言った。「ハルミの兄といえばすぐわかったものを。何の話をしていたか、聞こえたかい？」

「阿猴とあんたの名前を出していたのを聞いたね。俺の顔を見てすぐにどこかに行ったよ」

「ついていかなかったのかい？」

「それはできなかった。俺のこと二人とも知ってるんだし」超仔は続けて言った。「俺は若いころ、あそこの廟で三太子をやったんだ。陣頭〔廟の祭りで行われるパレードの音楽隊〕では柳家のボンボンは頭旗〔先頭の幟旗〕を持つ役だった。秋生と私は……」

「わかった。あんたに縁のない舅だ」慶仔は笑った。

超仔は酒缶をまた開けた。この世の憂いをすべて酒で晴らすかのようだった。慶仔は超仔が未婚なのはハルミを横恋慕するあまりであることを知っている。今もどうして慰めたらいいかわからない。そこで黙って酒に付き合い、半斤を二人で飲み干した。

清郷（粛清）運動

阿猴は、弁護士を雇うと、告訴の準備をした。だが裁判所は員林《ワンリム》にあり、その年の三月、裁判所はその地の青年によって占拠され、そこにいた裁判官と職員は青年たちにつるし上げられた。こうして出勤する人は誰もおらず、一ヶ月あまり開いていなかった。実はこのとき、文言をめぐって、「裁判所は暫定休業」にすべきか「暫定営業」にすべきかで議論があったが、これはこの物語とは関係がないので、立ち入らないことにする。いずれにしても言えることは、このころ、裁判所に訴状を送っても意味がなく、だれも受け取らないということだった。

弁護士は張乞食《ティウーキッチャ》という変わった名前だった。弁護士になった後、名前が野暮ったいとして改名した。つまり、私はデタラメな人間ではなく、高明の士であるとして、「張高士《ティウーコースー》」と名乗ったのだった。ところが、それも「負けてばかり《ティアー・コー・スー》」とか「すぐに拗ねる、そして負ける《ティウー・コ・スー》」などと茶化された。そのため、弁護士事務所を訪れる人はほとんどいなかった。いたとしても土地の名義に関する仕事ばかりで、弁護士というよりは代書屋、行政書士、まさに商売あがったりだった。そこへ阿猴がやってきたのは幸いだった。弁護士として雇いたいという言葉に、嬉しさのあまり、手数料は阿猴に上げてもいいし、訴状も寝ずにすぐ準備する、と言った。そして裁判所がいつ再開するのかと毎日見に行った。

すると、劇が始まるのを待っていたら、ちょうど劇が始まったかのごとく、裁判所が近く再開することを知った。再開日の朝、早速いそいそと出かけて登録をした。

裁判所は確かにその日から再開するはずだった。だがちょうど所長が交代する時期で、新しく来た推事〔古い制度での判事〕と書記官の「就任」があっただけで開廷せず、そのまま就任祝賀会に向かうので、仕事の話は酒場でする、と言われた。留守番として小使いが数人残って事務室の整理、電話番、書類受付をしていた。書類受け取り室の小使いは地元員林出身の女性だった。ちょうどテーブルの上にたまった吸い殻の掃除をしていた。その真っ黒な手で訴状を受け取ると、登録番号一番、おめでとうございます、と言った。

一週間が過ぎ、張弁護士は通知を受け取った。髪を整え、きちんとしたセビロを着て、事務カバンをもって裁判所に向かった。書類発送室の女性に、この案件は第何法廷か、と聞いた。すると、法廷の配分ができておらず、どこかわからないという。すると別の職員が出てきて、待合室に連れて行った。そして、裁判官が案件の内容を確認しないと法廷が決まらないと説明した。

張高士は裁判であまり勝ったことがなかったが、まじめな弁護士だった。日本統治時代に開業して以来、裁判所が法廷の配分について弁護士の意見を聞いたのは初めてのことだった。そのため、どう答えていいかわからなかった。事務員が言うには、裁判所は長期休廷していたので、案件が山積みで、短時間のうちには精査することは難しい。よって裁判官が緊急案件と普通案件に仕分けて、まずは緊急案件だけ処理することを決めたという。

張高士は不思議に思った。裁判所はずっと閉まっていたというのに、どんな案件が山積みだというのか。実はこのとき、二二八事件が発生したせいで、案件の中に審理半ばのものや、以前からの審理が進んでいないものがたくさんあったのだ。というのも、事件があってから裁判官の中には巻き添えを恐れてシナ大陸に戻ったものや、台湾人裁判官で捕まって失踪したもの、投獄されたもの、それから聞くところによれば、銃殺されたものまでいたのだ。また日本に密航したものもいた。つまり死んだもの、逃げたものも多く、残っている裁判官は新たに任命されたものであって、以前の案件については何もわからない状態だったのだ。

弁護士自身しばし考えて、申し訳ない気持ちになった。政府は事務効率を高めようと、緊急と普通に案件を分けたのだ。これは国民の便宜を考えてくれている政府ということだ。この政府を尊敬できないとなると非国民である。職員は張高士の顔色をみて、これは小さくない案件だと思った。そして微笑みながらこう言った。「張大先生の案件は大したものだとお見受けします。おそらく緊急案件です。だからこそ今朝の登録でも一番になったのだと思います」

張高士は顔を赤らめ、耳も火照って、小さくどもり気味に答えた。「い、いえ、いえ。そんな緊急のものではありませんって。ああ、そうです。うちの田舎の人たちの話で……」

職員はそれを聞くと立ち上がり、見送ろうとした。すると、大弁護士先生は、頭を下げて言った。「ああ、その、うちの田舎の二二八のことでして」

職員は二二八と聞き驚いて、坐り直した。「二二八って？　二二八っておっしゃいましたよね？　二二八と何か関係が？」びくびくしながら聞いた。

「そうです、二二八です」張高士は考えながら言った。「いや、そうとは限らない。発生したのは二月二十七日か二十八日かはっきりしない。わたしが見るに二十七日のほうが可能性が高い」

「そうであればそうなのでしょうね。二月二十七日で間違いないんでしょう！」職員はよろこんだ。

「それは緊急案件です、絶対に！」

「私の案件が緊急案件ですって？」弁護士は職員がふざけているのだと思った。

「当然、緊急案件ですよ。張大先生の案件は、本当に大きな案件です」

張高士は酒に酔ったかのように頭がくらくらしたまま裁判所を後にした。ただわかったことは、自分が弁護士服を着て法廷に立てる日が近いということだった。

職員は上司に報告した。これは大ごとであり、緊急案件として優先処理すべきであると。裁判官一同は緊張した。裁判所が再開した後、案件を二種類に分けた。一等案件は、金も稼げて出世につながりそうな案件であり、それを緊急案件と呼んだ。あとは普通案件と呼んだ。二二八事件の後、上部はこう訓示していた。騒動を起こした奴らは、辺鄙な田舎に身を隠している、と。政府はそうした連中が田舎で扇動し、群衆を組織し、反抗することを恐れていた。そこで「清郷運動」を展開せよ、という秘密指令を出していた。二二八事件に関係する人間はすべて厳重に処罰せよ、と。処理する人間が多ければ功労も大きい。こんな機会はめったにない、現金は小銭も含めてぶんどれるかもしれない。案件をどうやって分類しているか、職員は張弁護士には説明しなかったのだ。

張高士は事務所に戻ると、阿猴がすでに待っていた。阿猴は「訴えはどうでした？」と聞いてきた。弁護士は裁判所の事務手続きについて説明し、今日は開廷には至らなかったと言った。阿猴は、訴訟というのは一〜二日か、長くても一週間程度で終わる戸籍名簿の作成作業とは違って、きわめて煩雑なものなのだろうと思った。そして弁護士に、今後はどうなるのかと尋ねた。しかし弁護士にもよくわからなかった。日本統治時代の弁護士業務についてなら、すべての流れは熟知している。だが今は事情がまったく違う、裁判官ごとにやり方が違い、弁護士はそれを待って、裁判所に呼ばれたら出廷するだけだ。阿猴は、これは有力者の出番だと考えた。

阿猴は慶仔と手土産を買いに行き、蕭俊さんを訪ねた。慶仔はその紳士の邸宅の、路地裏奥にある西洋式畳楼〔数階建ての屋敷〕の壁が苔むしているのを見た。入口から入ると、ガジュマルが絡まり、まるで老人が長いひげを生やしているような姿であった。木々があり、その下には草が生えていて、緑や赤が鮮やかな色どりをなしている。中には怪しげな雑色の花もあり、お日様の下で存在感を示していた。敷石が敷き詰められた道は下り坂で、その先に玄関がある。横には池が二つあり、その中で花よりも鮮やかな鯉が泳ぎ、時々水を吹きだしたりしていた。二つの池は水路でつながっていた。水路の端には石でできた橋がある。慶仔はその光景を見て呆然とした。そして、橋の階段の、最後の一段を踏み外してしまった。阿猴はすぐに引きずり起こして言った。

「手土産はつぶれていないか？」

慶仔は嬉しそうに言った。「大丈夫。膝頭を少し打っただけだ。ちょっとあざになって、腫れただけだ」

「気をつけなよ。しかし農民はしょっちゅう上り下りしているのに、こんななんでもない道で転ぶとは」

慶仔は阿猴にけなされて恥ずかしい思いをした。そのままびっこを引きながら、阿猴の後について客間に入った。

腰巻をした使用人が、熱いお茶を各人の前に出して小声で言った。「お茶をどうぞ。いま、うちの旦那は書斎で新聞を読んでおりますが、すぐに出てまいります」

慶仔は土産物を両腕で抱え込みながら、呆然となって椅子に中腰の姿勢で腰かけた。一方、阿猴は役人暮らしが長く、人脈も広く、視野も広い。熱いお茶をすすり、まるで自分が主人かのように慶仔にお茶を勧め、心配するな、と言った。そして壁につるされた書画と机の上の花瓶を指して言うには、「これは全部骨董品だ。一つずつでも数分〔一分は三百坪〕の土地ほどの値段だ」。

慶仔はそれを聞いて口をぽかんとさせた。それから壁の横にある甕と桶に注意を向けて尋ねた。

「こんなお金持ちが、漬物を作ってんですかね？」

「あんたは、真珠をネズミの糞だと思い、豚肉を漬物の値段で測るんかね？」阿猴は知ったかぶりして言った。「これらは秦とか唐朝《トンティアウ》時代のお宝だよ」

「籐条《トンティアウ》〔籐でできたもの〕？　これは磁器ではないのかい？」

このとき俊さんが咳払いをした。阿猴はすぐに立ち上がっていった。「すみません、お邪魔しております。このものが以前にもお話をした蔡水慶《ツォアツィキン》です」

慶仔はどっかり腰をおろしたままで言った。「旦那様、私が慶仔です」

主人は田舎者の無礼をとがめることはせず、笑いながら言った。「いやいや、そのように呼ばないでください。私が蕭俊です」

慶仔はその言葉の意味が理解できなかった。先ほどの使用人はお茶を持ってきたときに、旦那様だと言っていたのに、本人はそうではないという。ちょっと考えてみたが、どうしてかと聞く勇気はなかった。

阿猴は張弁護士が裁判所で聞いた話を、この尊敬すべき先輩に伝えた。蕭俊はインテリであり、新聞記事を読んでいる。そのため、村外で二二八と呼ばれている事件が発生し、政府が司法という手段で反対勢力を処分しようとしていることを知っていた。それは「白色テロ」や「清郷運動」などと呼ばれるものであった。また、新たに赴任してきた裁判官は、全員外省人であり、術策を弄して、なんでも「銭子」〔現ナマ〕で解決というタイプだと知っていた。そこで阿猴と慶仔に対して、訴えるのは良くないし、できればやめたほうがよいとアドバイスした。

阿猴は、裁判所は受理し、近々開廷されるのでもはや手遅れだと説明した。俊はこれは民事裁判なのでいつでも取り下げることができる。清郷運動に巻き込まれる人も多いので、あまり目立ったことをしていると、あなたもそうなるかもしれないと言った。

阿猴は俊の強い態度を見て、どうにもならないと悟ってその場をすぐに離れることにした。慶仔を連れて玄関を出たところで、慶仔がまだ手土産を持っているのに気付いた。そうだ、俊さんにまだ手土産を渡していなかった。阿猴は慶仔のことを、ぎゅっと礼儀知らずだ、だからお前は誰にも相手にされない、とののしった。慶仔は戻って渡したいと言ったが、阿猴はしばし考えてからこう言った。「いや、いい。私によこしなさい。私が別の日に届けよう」。俊さんにその土産物が渡ったかどうかは定かではない。

次の日、台湾にマラリアが発生して死人が出たという噂が流れた。そして政府が各郷鎮〔町村〕に命令を発して、家の内外、及び蚊とボウフラが発生しやすい溝などをすべて殺菌清掃するように命じた。またネズミをすべて捕まえ、捕まえたネズミの頭数によって褒美を与える、と言った。こうして台湾全土で「清郷運動」が展開された。

反乱陰謀は厳罰に処す

この日、みんなで廟の前に集まり「平安戯《ピンアンヒー》」について話し合いをした。クリアーの野辺送りの後、祭りをしていなかった。コーローアーは炉主〔一番偉い仕切り役〕となり、竹根と聾人の成さんは頭家〔序列二位の役目〕となったので、献金を多めに出さないといけない立場だった。さらに劇団の寝食も提供しないといけない。阿添は係争中なので無事を祈って、献金を少し多めに出すことにした。こうして、劇を開催するための費用はすぐに集まった。このとき慶仔が遠くにやって来るのが見えた。阿添はすでに帰ったところだった。二人は大げんかをしてからというもの話す機会はなかった。みんな二人の関係を知っているので、引き留めはしなかった。

コーローアーは慶仔に向かって、いくら献金してくれるのかと尋ねた。慶仔は上演する劇による、もし武侠劇なら多めに出してもよいと言った。貴仔は言った。今回は「拱楽社《コンロクシャー》」という、小生〔若く優秀な男性の役柄〕と苦旦〔苦労している女性の役柄〕による愛情劇で有名な劇団だ。金光戯《キムコンヒー》の劇団は来ないことになっている。慶仔は、「真秀園《チンシウフン》」をなぜ呼んでくれないのか。あそこの「十八路反王」のチャンバラはとても面白いのに、と言った。竹根は言った。最初は考えたんだが、超仔が「王宝釧と石平貴」でなければ金を出さないといったので、変えたのだと。聾人の成さんは「王……王宝釧の苦労話、貧乏窯を守った、十、十、十八年も」とどもって言った。

慶仔は、成さんの飲み友達の超仔が劇団を決めたと聞いて、負けたくないと思った。そしてさらに他人がどれだけ出そうがかまわないが、阿添より少額にだけはなりたくないと思った。阿添は何元か出すだろう、負けないようにしたい。阿添がどれだけ田畑を持っていようが関係ない。コーローアーは慶仔に言った。「同じ村の人なんだから、田んぼや道端で出くわすこともあるだろう。たった鶏の尻尾のことじゃないか。なぜそんなにこだわるんだい。お互いに訴えあっても得るものはない。もうやめたらいい」

慶仔は言った。「ここまで来たら、阿添もまだまだ頑張って、謝りもしないだろう。熊手でケガを負わされたのは俺のほうだ。あんたらは公平なつもりかもしれないが、俺は何も言ってはいかんのか？」

竹根も言った。「うちの妻から聞いたんだが、ハルミがあんたの家を訪ねたんだろ？」「男が自分で来ずに女に行かせる。誠意なんてありはしないね」。この慶仔の言い分も理屈が通らないので、和解すべきだとみんなは思った。阿添が慶仔に対して一言申し訳ないと謝れば、すべて円満解決なのではないか。慶仔は言う。「もう手遅れだ。阿猴が俺を俊さんのところに連れていって頼み込んだのだ。俊さんは有力者だ」

慶仔はみんなの注目を集めているのをみて、この件をもっと話せば味方になってくれると思った。

「その蕭という方の屋敷がどんなに素晴らしくどんなに金持ちか、あんたらは知らんだろ」

「あんたはその家に入ったのかい？　金持ちってどんな格好だ？」貴仔は好奇心から聞いた。

「立派な数階建てに住んでいて、庭には丘や池もある。それくらいなら珍しくはないが、家の中には坩堝《るつぼ》やら甕やらがいくつもあって、しかもそれが漬物を漬けるような代物ではないんだとさ」

「壺や甕だって？　漬物？　大根漬けかい？」

「一つだけでも何分の土地と同じ値段だそうだ」慶仔はますます胸を張って言った。まるでその屋敷の大きさに負けないくらいに。

「そんな高い甕なんてあるわけがない。何寝言を言ってんだ」貴仔は信じなかった。

「あんたが思っているのは普通の甕のことだ。あそこのそれはね」慶仔はなんと言ったらいいかとっさに思いつかなった。「籐条《トンティアウ》だったかな？　いや、忘れた。豚小屋《ティーティアウ》や牛小屋《グーティアウ》ではないことは確かだ。なんとか朝《ティアウ》の宝だ」

「わかったよ。まだはったりを言うのかね？」貴仔は言った。「それなら、うちの豚小屋のそばにも肥溜めの甕はあるさ。あんたに見立ててもらって売ってやってもいいぞ！」

　するとその場にいたみんなは笑い出した。慶仔はみんなが信じようとしないのを見て、井戸の水で暮らしている田舎者には話が通じないと思い、その場を離れて超仔を探した。

　村で祭りがあったその日、阿添の家は一番にぎわっていた、ハルミが一人で忙しそうに何匹もの鶏をさばいていた。幸い大柄の錦さんがやってきて手伝ってくれた。ハルミの兄の秋生が番仔溝の柳家のボンボンを連れてきた。コーローアー、清水、竹根・竹茂兄弟など近所の人がすべて集まってきた。阿添と慶仔の和解をどうするか。柳家のボンボンに頼みにいったり、阿猴に頼みにいったり、村の祭りという機会をとらえて、膝を交えて人情に訴えれば解決するのではないかと、みんなは考えた。

　阿猴はこの案件を利用してひと財産手にしようと考えていた。あの「負けてばかり」というあだ名の弁護士が先週出廷し、裁判官が審理しているうちに、その案件が世間でいう二二八事件とは何の関係もないことがわかった。しかも田舎者は誰もお金をもっていなかった。一方、裁判所の係長である職員は、いまさら何でもない事件だと上司に報告しづらいと考え、突如方針を変えた。張弁護士を逮捕し、二二八事件の反乱分子であり、反乱の陰謀を企てたとでっちあげたのだ。そして、張弁護士に共犯者を自供しろと迫った。張高士には何が反乱だか、だれが共謀者だか、皆目理解できなかった。しかし裁判官は、「お前は蕭俊というのを知っているね。そいつは自分が日本にも留学した知識人だと思っている。明らかに反乱分子だ。なぜそれを言わない?」と言った。

とうとう張弁護士は拷問に耐えかねて、反乱は蕭俊からの依頼を受けたものであり、反乱集団をかくまっていたが、今は後悔しており、政府に寛容なる処分をお願いする、との自白書をしたためた。蕭俊はその夜のうちに逮捕されて、厳罰に処された。阿猴はそれを聞いて青ざめた。そして巻き添えを食うことを恐れ、田畑を手に入れるなどという企ては放棄し、役所の仕事もやめてしまった。今は命を守ることが第一だった。

食事のときに、村人たちは、阿添に代わって慶仔に過ちを犯したことを謝った。慶仔は応えた。

「もう一人がいいというなら、俺もそれでよい」

阿添はそれが超仔のことを指していると思って、言った。「超仔が来ていないなら、俺もなにも言えない」

コーローアーは火旺と歎忠に、超仔を家から連れてきてくれるよう頼んだ。しばらくして火旺が一人で戻ってきて言った。「超仔は来ない。歎忠はまだ説得している」

竹根は言った。「俺が呼んでくる」

火旺は、「いやいい。超仔が言うには大羅神仙〔最高神〕に頼んでも無駄だ。二人きりで話をしたい。それで終わりにしたいと言ってる」と言った。

柳家のボンボンは言った。「やつにメンツを与えるべきだ。俺が行ってくる」

火旺は言う。「無駄だ。ハルミに行ってもらったほうが来るはずだ」

阿添はびくびくしていた。「くそったれ、イヌめ。話にならん」

秋生は、「事件からこんな時間がたったのに、まだ言うのか。乳児の阿財だってもうこんなに大きくなっている。なんでこんな話にこだわっているんだ」とたしなめた。

ハルミはいつになったら超仔が来るかわからぬとばかり、阿添に言った。「阿財をちょっと見ていておくれ。すぐに戻るから」

それからしばらくして、超仔が歎忠と一緒にやってきた。クイモイは台所でさらに一皿分の鶏料理の用意をしていた。阿添が尻尾に手を伸ばして超仔のお椀に入れた。「あんたは尻尾が好きだったよな」

超仔は喜んで尻尾をつまみあげ、ほおばった。そして机の下にやはり犬がいるのを見つけて、その尻尾を投げ与えて言った。「お前にもおすそ分けだ。くそ犬野郎め、尻尾が好きだなんて！」

みんなから笑い声が起こった。ちょうどそのとき、慶仔の家で時計の鐘がなった。みんな聞き耳を立てた。間違いない、ちょうど十二時だった。十二回時報が鳴った。

（酒井亨訳）

番婆《ホアンポー》殺人事件

「台北《タイパク》から来たのかね？　私も住んだことがある。警察官てのは、しょっちゅう転勤があって、辞令一本でその土地に赴任しなきゃいけない。警察官は他の職業とは違う。あんたは小説を書いているって？　わかった。作家というやつだ。昔、作家と関係する事件があった。その事件について報告したんだが、相手にしてもらえなかった。上司はね、作家は記者より地位が高くて、議員や芸能人と同じくらいの格だってことで、絶対に問題があっちゃいけないって。そこで局長が処理して、その作家の人はおとがめなしだった。作家ってのはとても高貴な仕事のようだね。そんな作家様が、いったい何のご用件でこんな田舎にお越しで？」

私が住んでいるところは、二林《ジーリム》街からさらに遠くにあるところだ。交通手段がなかったから、それは地元の人たちが「橋仔頭《キオアタウ》」と呼ぶ場所だが、そこからバスに乗って行かねばならない。当時、田舎に住んでいる人は、車でなければバイクに乗ったものだ。ある日、私は二林図書館で本を借り、その帰るところだった。二林から田中央《ツァンティオンシー》に向かう路線には乗客は私一人だけだった。出発しようというときになって、老人が乗り込んできた。その人は立派ないでたちだったが、乗客が私一人だとみるとそばに坐ってきた。そして見たことない顔だね、と言って、世間話をした。いや世間話といっても私はたった二言話しただけで、あとはその老人が話していた。橋仔頭で私は降りようとしたが、老人は話をやめなかった。すると、私に住所と電話番号を渡した。バスの運転手はよく我慢してくれたと思う。老人がゆっくりと紙に書いて渡し終えるまで待って、やっと発車したのだから。

作家というものは、よく自分の話を書いてほしいという人に出くわす。そういう人たちは自分の話が世界で最も珍しいとか、最も悲惨だとか、とかく言いたがるものだ。まるで「男性的苦恋（男性の失恋）」の歌詞のように、「世間の不幸は、すべて私のもの」だ。警官経験者の老人については、すぐに忘れてしまった。しかし一週間ばかり後、図書館に本を返しに行ったところ、たまたまその老人が新聞を読んでいた。その場から逃げ出すのも間に合わずに見つかってしまった。老人は私をお茶に誘った。老人はちょうどよかった、話があると言った。ただちょっと考えてみれば、老人は話があるというよりは単に付き合ってほしかっただけだ。私は黙って老人の警察官時代の話を聞いていた。これはそのお話である。

＊

我が家の田んぼはそれほど広くはなかったので、師範学校を受けて教師になって村を去ろうと思っていた。しかし頭が悪かったので、何度受けても受からなかった。警察官のほうが受かりやすいうえに、教師よりも儲かると聞いて、我が生涯の仕事が決まった。警察官時代のことを思い出すと少し緊張もするし、そのうえ刺激的な話だ。退職後の今となって、少しずつ世間に話をしてきた。卒業後、なんのゆかりもない、貧しい漁村に赴任した。主な任務は「共産党」が海から潜入することを阻止することだった。漁師は字を知らず、臆病なので、特に何か事件があるわけではない。だが、意外なことに殺人事件が起こった。それは私が警官になって最初の事件で、下っ端の新米警官として漁村に来たばかりのことだった。

私は何の前触れもなく、一通の命令で二林海口《ハイカウ》の漁村で警官となった。当時はまだ日本統治時代の名称である「巡査」とか「大人《たいじん》」と呼ぶ人が多かった。派出所に所員は三人だけ。上司で駐在所長代理で孫姓の外省人巡佐〔警部補もしくは巡査部長クラス〕と、掃除とお茶出しの海口の女性と、私であった。その女性は日本統治時代の教育二年と戦後の国民学校を受けた人で、雇員という職称のいわゆる小使いさんだった。彼女はいわば「同僚」であり、日常の文書の処理をしていた。私の日常業務は、朝と夕方に駐在所を出て、自転車で漁村を一回りすることだった。海辺まで行くと、その向こうは国防部海防司令部の管轄範囲で、警察とは関係がなかった。私が赴任する前は、巡回は巡佐の仕事だったはずだ。しかし、「上に管理されたものが、さらに下を管理する。鋤《すき》も塵《ちり》とりより上にある」の諺《ことわざ》のように、上司は小使いにやらせていた。だから巡回の仕事を私がやるようになって、漁村女性の負担は減って、彼女にとっては、私という仲間が来たことは歓迎すべきことだったはずである。

この村の名前は「タッバー」〔架空の地名〕といい、二林街から六～七キロ離れている。「タッバー」の「タッ」の部分は平埔《へいほ》族の言葉で、海魚の一種を指すという。この辺はこうした魚がたくさんいたのだが、実際にどの魚を指すのか、だれも知らなかった。タッバーは早口だと「タバー」になり、さらに漢字では「塔馬《タマー》」と書かれるようになった。三十数戸あり、林姓の人が比較的多く、みんな海を生業《なりわい》にしていた。ある人は海辺で牡蠣を養殖したり、花腳蟹《ホエーカーチ》〔シマイシガニ〕や雑魚を網で採ったりしていた。舟で近海に網をかけていたので、村一帯は塩や魚の臭いが充満していた。

その日私は、例によって自転車に乗ってタッパーの巡邏をしていた。特に異常はなかった。ふと見ると、薬売りの牛仔頭《グーアータウ》が一戸ずつ薬を交換していた。ほかに人はいない。海辺に行ったころにはすでに暗くなりかけていて、空に浮かんだ赤くなった霞雲が海風に乗ってイカの内臓のような色に染まった雲に吸い込まれていた。波が立っていて浜に押し寄せようとしていたが、潮の力に押し戻されていて、波は打ち寄せるたびに大きな音を立てていた。沖のほうを見ると黒を帯びた赤色に染まっている。じきに真っ暗になった。まるで何か怪物がいるかのようで、そのうち出てきて人でも食いそうだった。風が強く、きちんと握っていないと自転車が風に吹き飛ばされそうになった。風はお前には何もできやしないとあざ笑うかのようだった。風の音は網を縫う針のように鋭く、強い風が針のように網を突き刺し、私の心を揺さぶった。私は音のするほうへ近づいていった。それは風が笑っていたのではなく、歌声だった。これまで聞いたことがない歌だった。砂の丘の後方に人影があった。海に向かって歌を歌っていた。歌声は高く安定しており、穏やかな調べだった。ただ、とても哀愁に満ちていた。私はしばらく聞いていたが、頭がふらっとした。

私を育ててくれた海、もうこれ以上怖がらせないで
神様は魚を二匹放ち、あなたが数を増やした
あなたのおかげで魚は泳げる、あなたのおかげで岸べもある
あなたのおかげで舟が動ける、あなたのおかげで生命がある
私を育ててくれた海、私を離さないで
あなたが与えてくれた食料のおかげで、毎日育っていける

あなたの子供である鯨も、水を吐きながら有難うと言っている
我が子があなたにさらわれたように、ある日あなたに呑み込まれても仕方ないかも
神様、私はどうしたらいいのですか？
海よ、海よ、私の子供は楽しんでいるでしょうか？

海防司令部の人たちは村人と親しくしていたが、この日は誰も来ていなかった。私は歌を歌っていた人を家まで送る道すがら、その歌は何かと尋ねた。その人は嫁入り前の実家で昔、歌っていた歌だよ、と答えた。その人が歌うのは決まった調子だが、気の向くままにテンポや高低を変えたり、歌詞を適当につけ加えたりしていた。学校に通ったことはあるのか、文字は読めるのか？と私は訊いた。学校には行っていないが、勉強はした、文字も読めるが、その文字はシナ文字ではなく、白話字《ペーウェージー》〔台湾語の教会ローマ字〕だと答えた。私は意味がわからなかった。白話字ってなんだろう。しかもその人の言葉遣いは普通の台湾人と違う。私はタッバーの人たちの習慣なのだろうとそのときは考えた。

それが私が番婆《ホアンポー》という名前の、一人暮らしの老婆との出会いだった。私は事務所に戻り資料をひっくり返した。彼女の名前は林巫番婆《リムブーホアンポー》といった。小使いの幼気《ユキ》（原註：日本統治時代にユキと呼ばれ、雪という意味だが、戦後の役所の登記で幼気と書かれた）が言うには、番婆は番仔田《ホァナツァン》出身だった。番仔田は戦後香田《ヒョンテン》と改名されていた。そしてタッバーの林家に嫁に来て、一粒種の男子を生んだ。その旦那は二十数年前に漁に出かけ、舟がひっくり返って魚の餌になったという。また五〜六年前に息子は結婚適齢期になったが、強風にさらわれてしまった。番婆の実家はキリスト教徒だった。嫁に来たこの村にはキリスト教信者はおらず、夫も子も亡くし、たった一人で住み、一人で二林教会に通っていた。タッバーで

唯一のキリスト教徒だった。

数日後、村内を巡回していると、番婆の家の扉が開いていて、外には誰もいなかった。特に不思議に思わなかった。村人は昼間扉を閉めずカギもかけていないのだ。例によって海辺で歌を海に向かって歌っているのであろう。だが海辺に行ってみても誰もおらず、ただ数匹の野犬が波に向かって大声で吠えているだけだった。初めはすぐに退勤しようと思っていたが、一人ぼっちでいるのも悪くないと思い、先日番婆が歌っていた場所に腰を下ろした。海風を受けると心が千々に乱れた。なぜか私はこれから一生ここで海を眺め涙を流し続けなければいけないかのように思われた。空が少しずつ黒く染まり、雲が私の息を止めるようにのしかかってきた。遠くを見たが何も見えない。犬が夜に遠吠えするような、惨めな声で鳴いていた。番婆の歌を思い出し、うなるように歌いたかった。しかし曲調を思い出せず、何となくなく適当に歌い始めたところ、いつのまにか「再来的港都（再来の港都）」になっていた。海鳥がわが友だった、のくだりまで歌ったが、次の歌詞が思い出せず、別の番目の歌詞を歌った。夜霧が港を包んでいる、私の心は悶えている。ところがその先が歌えなかった。私はなぜこの歌を歌っているのか、海口にいるのだから「希望的首途（希望の初船出）」を歌うべきだったのではないかと思った。

翌朝出勤すると、ユキは床を掃き、お茶をたててくれた。正確にはお茶ではなく白湯だったのだったが。そこへ海田仔《ハイツァンナ》が慌てたようにやってきて報告した。網をあげると死体が引っかかっていたという。顔は青ざめ、ぜいぜいいっていた。ユキにお茶を出すように指示し、海田仔に落ち着いてゆっくり話すようにうながした。海田仔は小銭をためて小さな船を買い、近海に網を張って雑魚を採ることで生計を立てていた。毎日一番の引き潮を狙って出港した。村の中ではまあまあ生活していける方だった。この日の朝も、星がまだ消えぬうちの未明に船を出した。岸辺近くは魚が少ないが、烏線《オースアー》（原註：近海と沖の間の海の色が変わる地点）の沖合いに出ると魚は多いとみた。網を入れたところすぐに重いものが引っかかった。引き揚げるとなんと番婆の遺体であった。そのまますぐに岸に戻り海防司令部に連絡した。すると、番婆はタッパーの人であり、共産党ではないし、私たちとは関係がないと言った。海田仔は、どうやって処理すればいいか聞いた。すると、こちらではどう処理すればいいかわからない。手に負えないなら、また海に投げ捨てて見なかったことにすればよいと言ったというのだ。

所長代理は午後になってから出勤する。海田仔といっしょに海辺にある死体を見に行った。私にとって初めて見る死体だった。警察学校で訓練を受けたときに殺人事件の死体（原註：法律用語では「客体」という）の処理原則を習った覚えがある。だが、そのどれとも一致しなかった。ひとつは、ここは発生現場ではないので、現場の原状確保はできない。死体の傷跡は明らかに犯人がつけたものではなかった。おそらく番婆が死んだ後に海の中で魚に食われてできたものであろう。もしかしたら魚が犯人かもしれない。それなら水難事故であり、殺人事件の定義には当てはまらない。何人かの村人に声をかけて駐在所に死体を運ぶのを手伝わせようとした。しかし誰も手伝おうとしない。海田仔は棺桶を担いでくれたら紅包（報奨金）と三角肉（手伝った人だけに与える葬式用の肉）をやるように言った。死体運びというのは縁起が悪いものだから、報奨金も弾まなければならないと。しかし私の手持ちにそんな大金はない。駐在所にもそんな予算はなかろう。そのまま何もできずにいたら、ちょうど海防司令部がやって来た。そこで海防司令部の兵士に死体運びを頼むことにした。すると、その小隊長は銃をぬいて海田仔や漁民たちに突きつけて、死体を駐在所に運べと命じたのだった。従えないのなら「全員この場で射殺する」と北京語で言った。

ユキは番婆の死体が駐在所に運ばれたのを見て、死体の臭いに我慢できず、嘔吐した。私はこんな大それたことをすべきではなかったと後悔した。私が警察学校を出たばかりの新米で死体を見たことがなかったから、こんな無様なことをしでかしてしまったのだ。これは、分を超えた、下手なやり方だった。だが、とにかく孫巡佐の出勤を待って指示を仰ぐことにした。

ボスは昼過ぎにやっと出勤してきた。しかも酔っぱらった顔をしていた。死体を見るとすぐに私に罵詈雑言を放った。だがどこが間違っているのか具体的なことは言わなかった。かといって口答えもできなかった。つまり、私が面倒事を持ち込んだことを怒っているのだった。海防司令部も関わり合いになりたくないものを彼らに責任をなすりつけることもできず、ユキや私に当たり散らすしかなかった。ユキのほうが古株なので、私を放っておいた。上司様の怒りが収まったところで、どうすればいいか指示を仰いだ。巡佐は遺族に知らせ、死体を引き取って埋葬させるよう言った。ユキは死者には遺族はいない、一人暮らしだ、と答えた。上司は私に番婆にもっとほかの身よりがないか徹底的に探せと言った。そしていろいろと善後処置をして、二日以内に解決しろ、と命じた。

タッバー住民の中で番婆について詳しいことを知っているとしたらローカーオーモー以外にはいない。というのも番婆とよく話をしていた近所の人だからである。ローカーオーモーを訪ねたところ、ちょうど海岸での薪拾いから戻ってきたところであった。一見するとこの田舎者は乱暴で、罵詈雑言を投げつけてくる人間だと思った。五尺にも満たない小柄な男なのに、ローカー〔長い脚〕と呼ばれているのは何かの皮肉なのか？　その男の漢字名は「林烏毛《リムオーモー》」で、番婆とは夫の親戚であり、曽祖父を同じくする遠い親戚だった。年のころは六十過ぎだろうか、いや四十～五十歳かもしれない。漁師というのは老けているので、年齢を正しく推定できない。ローカーの話はとりとめがなかった。もしローカーの言っているそのままを読者に伝えたとしたら、だれも話の筋がつかめないだろう。事件と関係ない話は、聞かないでいた。番婆の夫、その父、息子はいずれも男子一人っ子であった。ローカーの祖父と、番婆の夫の祖父は、兄弟であった。三代続けて海で死んだ。番婆は海を恐れる人ではない。海で溺死したのは、単に蛮勇の海の人間だっただけのことだ。海で生きている人間が海に食われただけだと言う。確かに一理ある。つまり、番婆が水死したのは意外なことではない。また、老婆は一人暮らしで誰とも怨恨があるわけではない。そもそも番婆は人間もできていて、ほめる人は多くともけなす人はほとんどいない。小さなことでの確執もないだろう。誰かが番婆を殺すとしても、さっぱり思い浮かばないのだ。林烏毛が言うには、番婆は息子が死んでからは毎日曜日の朝には二林キリスト長老教会の礼拝に参加していた。ほかの村人はみんな道仏教で、番婆と話をすることがなかったので、番婆の生活実態について知っている人はいなかったという。

私は林烏毛が話した事柄について報告書にまとめた。その中でポイントをいくつか指摘した。一つ、林巫番婆は不幸にして海に落ちて死んだわけではない。二つ、番婆は村人と怨恨はなかっただろうから、怨恨殺人の可能性は薄い。三つ、死者の暮らしには、村人が知らない側面があった――キリスト教信仰で、毎週二林の教会に通っていた。それを孫巡佐に報告し、二林教会に行って捜査すると申し出た。孫巡佐は北京語で「おめこ野郎」と外省人の罵倒表現を投げつけてきた。死んだんだから、とっとと埋めて事件を終わらせろと。お前はわざと問題を作っているだけだから、月給に上乗せもしないからな、こんなことにいつまでも関わり合うなと。私はまだ新米だから何も口応えできなかったが、内心では反感を持った。警察の仕事とは、殺人事件の捜査をすることではないのか。捜査しないなら、月給取りもごくつぶしだ。私はユキに向かって言った。自分で二林に捜査に行く。実はユキも所長が

「摸魚」〔北京語で「さぼる」〕することには不満があり、私が勝手に捜査することは上司には黙っていると約束した。

私は自転車に乗って二林に行った。まず教会に牧師を訪ねようとしたが、ちょうど不在で、彰化《チョンホア》の中会〔長老派教会で県単位の組織〕の会議に出かけたという。代わりに一人の執事〔信徒から選出される職務〕が私の相手をしてくれた。その人は林巫番婆が「天に召された」ことをはじめて知り、洪《アン》という苗字の長老〔信徒から選出される職務〕を紹介してくれた。洪長老は番婆とよく話をしていたからである。洪長老は六十歳くらいの男性であった。かつて役場に勤めていたが、退職して何年にもなる。長老が言うには、番婆は夫と息子に先立たれてから、キリスト教を信じ、敬虔な信者となった。番婆は、一つの願いがあって、それはエルサレムへの聖地巡礼であった。あるとき巡礼団の応募があったが、費用がとても高く、番婆がいくら倹約家であっても、とても足りない金額だった。あるとき、台南中会のある教会の信者が愛国奨券〔宝くじ〕で一等賞二十万元が当たり、エルサレム巡礼にいけることになったと聞いた。そこで番婆は愛国奨券を毎回二枚ずつ買うようになった。一枚五元〔現在日本の貨幣価値で七百五十円程度〕で、一ヶ月に三回売りだすので、一ヶ月あたり三十元だ。番婆は漢字が読めないし、あたり番号が出ている新聞も取っていないので、洪長老が毎回当選番号の照合をしてやっていた。だがあまり当たらないうえ、多くてもせいぜい二百元であった。一度礼拝の日に、くじを買うお金を持ってくるのを忘れたといって十元しか持ち合わせていないことがあった。洪長老は十元を二枚の五元紙幣に両替し、献金の時間に五元を献金した。番婆は残る五元でくじを買うと言った。いつも二枚買い、毎回買うのも正直いって負担だと言っていたという。私は洪長老に聞いた。毎回番号の照合をしていたのか、もし当選番号の発表が日曜日と離れていたらどうするのかと。洪長老は言った。時々はタッパーの薬売りの牛仔頭が照合をしてあげていたようだと。そして洪長老は離れ際に、今回は四日前に当選番号発表があった、番婆は二枚買っていたようだと言った。

私は自転車で戻る途中、一つの可能性が思い浮かんだ。林巫番婆の死には、あの教会か宝くじが関係しているのではないか。ほかに原因は見当たらない。ユキはこの意見を聞いて、同意した。だったら、まずくじが残っているかどうか調べないといけない。私の死体検分の際には、そのようなものは見当たらなかった。もしぬれていたとしても、紙くずのようなものくらいは見つかるはずだ。そこで二人で番婆の家に行って、探してみることにした。番婆の家はとても質素だった。机の上にイエスの絵が飾ってあった。壁があってその際には水甕が置いてある。そのとき私は何に使うのかわからなかったが、平埔族の先祖祭礼の道具であると後で知った。しかしなぜイエスと平埔族の祭礼の甕が一緒においてあるのか？　引き出しの中には何冊かの本があったが、すべてABCとかモヤシみたいな文字だった。私はこの家にそんな外国語の本があるとはにわかに信じられなかった。番婆はもしかして船で洋行したことがあり、それで西洋の字が読めるのか？　するとユキは、これは白話字の聖書と讃美歌よ、と言って、笑った。そしてとつぜん、ユキは叫んだ。

「見つけたわ、引き出しの中は全部宝くじの山！」

百枚以上のくじが神棚の引き出しの中に入れてあった。二人で注意深く調べたところ、最近当選番号が発表された分のくじは見当たらないようだった。ユキはさらに部屋の中を探した。寝台の上の枕の下に二枚のくじを見つけた。まさに今期分のくじであった。二枚一組同じ番号だ。私はそのくじを駐在所に持ち帰って、四日前の新聞と照合した。その番号はハズレだった。私はユキとさらにあれこれ考えた。くじには問題がなく、この線で調べはつかないと。巡佐が出勤してきて、林巫番婆の死体はどう処理したかと聞いた。私は、やはり直接の親族はいないようです。林烏毛だけが同じ家系のようですがと言って、戸籍資料を上司に見せた。所長はちらっと見て、「何をぐずぐず言っている。明日そいつに来させて棺桶に入れて埋葬させろ！」と言った。

この日の退勤後、ユキは私を自分の家に誘って食事をごちそうしてくれた。ユキの両親はどうして先に新米の警官を招待すると言わない、家におかずもないのに、と文句を言った。私は、突然こんなめんどうなことになったのは、まさに「ふいなこと」だったので、迷惑をかけて申し訳ないと思った。ユキの母親は私を凝視し、まるで婿を見るような目つきであった。ユキの父親は私が警察官なのに威張らない、これまで見た警官とは違うと、ずっとほめてくれた。食事の後、ユキは近くの川辺に散歩に誘った。私は齢二十余歳にして初めて女性とこんなに近くで話をすることになったので、少し緊張し、心の中はどきどきしっぱなしだった。だがそこで話したのは恋ではなく、事件についてであった。私はもうこれ以上は考えつかないので、巡佐の命令通りこれで終了させようと言った。ユキは私に靴を脱いで足を川に漬けるように言った。冬の日に冷水を感じたので、頭がすっきりした。私は改めて知っていることを一通り話した。ユキは耳をよくすましていたが、洪長老を訪ねたことに話が及ぶと、大声で言った。

「思いついたわ！」

*

元警官は、「漁村の娘、ユキが何を思いついたのか、あなたにはわかるかね？」と言った。

これは困った。元警官は、手がかりをすべて明らかにしたわけではなく、私を試そうとしたのだ。

だが私は推理みたいなものは苦手だ。そこで頭を振るしかなかった。

「あなたは小説を書いているのではないのかい？　探偵小説を読んだことがないのかい？」

「探偵？　それって日本統治時代の昔の言い方ですよ。今は『推理小説《トゥイリー》』というんだけど？」と私は言った。さらに念を押すように「日本でも『トゥイリー』と言うようになっている」と補足した。

「トゥイリー？」警察OBは言った。「『理』をどうやって『引っ張る《トゥイ》』んだね？　もし『推理《ツイリー》』というなら、物事を推定、推測することだ。たとえば裁判所の推事〔旧制度の裁判官〕のように、物事を推し量れば解決できる。あんたは言い間違えたんじゃないのか？」

　私は台湾語作家だ。だが田舎に来て、台湾語の発音の間違いを老人に指摘されるとは思ってもみなかった。逆切れしそうになった。だが、これは反撃の機会でもあった。そこで反問した。

「探偵でも推理でもいいんです。あなたの話はつじつまが合わない。殺人事件についてまず言うべきことは、一つに発生時間、二つ目は死亡原因です。つまり、刺殺なら何回刺したか、どの部位を刺したのか、傷はどのくらいか？　あるいは銃殺なら、毒殺ならと。三つ目に、被害者の財産、交友関係、地縁など。これらを話してはじめて犯人の『動機』について調べることができるものです。あなたは何もはっきり話していない。なのにどうやって推理すればいいんですか？」

「何をつべこべ言っているのかね？」老人は私を叱りつけたあと、声をひそめて言った。「確かに、あなたがそう言うのはその通りだ。番婆殺人事件についてあなたが言う三点について私も調べたことがある。だが、それらは事件解決にはあまり関係がなかった。つまり話を飛ばしても推理には影響しない。失礼した。あなたが言いたいのは推理の方向ですな。正直言って、いや、私が家から証拠書類をもってきて、あなたに話してあげよう」

元警官がだんだん低姿勢になっていく様子が見て取れて、私はむしろ自分の品格が劣っているように感じた。そこで言った。「もし事件と関係ないことなら必要ありませんよ。私は頭がよくないので、なんともわかりません。私に聞かずとも、そちらでお話を続けてください」

「本当に必要ないの？　うちはほんの近所なんだが」と元警官は私の意思を確認したうえで、さらに話を続けた。

＊

要するに、この事件の解決には、ユキの功績が大きかったということだ。ユキは私と長老の話を反芻しながら、つじつまが合わない点を発見した。番婆は一回あたり二枚のくじを買っているという。それで二十万元当たれば聖地に行けるからだ。洪長老は二枚買う機会があったという。だとしたら、もう二枚目のほうは異なる番号を買うはずだ。番婆は別に金儲けから四十万元を当てるつもりはない。ならなぜ二枚一組で同じ番号のくじを買う必要があったのか？　私がユキと番婆家の部屋の枕元で見つけたのは明らかに二枚同じ番号のくじであった。これは何かの間違いなのではないか？　ユキがそう言ったことで、私もこの事件に光が見えてきた。そして喜びのあまり、ユキの手を固く握った。ユキは手をふりほどいて顔を赤らめて、怒った。「このスケベ！」。確かにユキは不服そうで、そっぽを向いていた。そこで私は軽率さを思い、心からお詫びをした。ユキはまたも「この若造！」と罵倒したが、次の瞬間吹き出してしまった。私はその笑顔を見ながら、川の水が冷たいのにかまわず、足をつけた。とたんに、足がしびれ、皮膚も赤く腫れあがってしまった。

その日の夜、私はユキの家に遅くまでいなかった。ユキの両親に追い出されたからではない。孫巡佐の命令を思い出して、翌日には番婆を埋葬して事件を終わらせなければいけないからだった。ようやく事件に光が差し込んだと思うと、悔しかった。するとユキは、番仔田の番婆の実家に探りを入れたらどうかと言った。実家の人に駐在所に来てもらって、番婆の死因が不明のままであってはいけないと言わせようと。それによって、数日の時間的猶予ができ、私もさらに捜査できるだろう。私は夜通し数時間かけて自転車を漕いで番仔田に行った。番婆の親はもちろん亡くなっていたし、実家には弟とその嫁がいるだけだった。驚いたことに弟は、姉はもう嫁に行ってずいぶんたっている。林姓となっていて巫姓ではないし、もう自分たちと関係ない、だから駐在所には行けない、と言った。私がどんなになだめすかしても動かなかった。帰る道すがら、風は強く、自転車を漕ぐ脚はどんどん重くなっていった。逆風の中でペダルを踏みしめ、息はぜいぜいいった。風の音がひゅーひゅー鳴っていた。番婆はこう歌っていた。

私を育ててくれた海、
もうこれ以上怖がらせないで
神様、
私は落胆している
神様、
私はどうしたらいいのですか?

私はその夜眠れなかった。夜が明けて、ユキが出勤してきた。番婆の実家の話をした。ユキは私の決意を感じ取った。なぜそんなにこの事件を重視するのかと聞いた。私にも理由はわからない。初めて社会に出て、情熱や理想を持っているためか、あるいは番婆の歌声に「牽召《アンイー》」〔女性霊媒師によって召喚されること〕されたためか。私は目を閉じた。すると魚に食われて、見るも無残になった死体が浮いている光景が浮かんだ。ユキは、もう一度二林に行ってみたら、と言った。駐在所は私が留守番をしているからと。巡佐にもし知られたら、またもや「このおめこ野郎」とか「飯食って待っていろ」と罵倒されるに決まってる。しかしここまで来たら乗りかかった船で、このまま進むしかないと心に決めた。

渓仔下《ケアへー》には、宝くじ売り場があった。店番の老婆に質問してみた。しかし耳が遠いようで、聞こえないと言う。さらに、どのくじが欲しいか、自分で選びなさいと言う。私は大声で、くじを買いに来たんじゃなくて、別の用件でお邪魔したと伝えた。それでも「一枚五元、どの番号でも同じ値段」と老婆は言う。私はそのとき私服だったので、警官の証明書を見せた。老婆はそれをしげしげと見ながら、「たとえ刑事様だとしても、一枚五元ですぜ。くじ売りは、だれであっても割引〔日本語の借用語〕しないよ」と言った。私は番婆のところからもってきた二枚のくじを見せて、ここで売ったものか尋ねた。しかし老婆は「有効期限が過ぎたものは買い戻せないよ」と言う。これではまったく話が通じない。しかし店にはほかに人はいなさそうだ。そこで、別の場所に行くことにした。

教会に行こうとすると、街中の三角窗《サーカクタン》〔十字路に面した一階の店舗〕にもちょうどくじ売り場があった。なぜこんな小さな二林街に二軒もくじ売り場があるのか。しかし後でわかったことでは、なんと店を構えているくじ売り場は全部で五軒もあった。しかも、それには女の子が歩きながら売る流しの売り子は含まれない。田舎の人は田畑を持っていても、暮らし向きが豊かではないから、この生業《なりわい》に頼っているというわけだ。だが運気が上がってきたようだ。ある売り場に入って聞いたところ、番婆はその店の常連だったという。そこの主人は足が不自由だが番婆は特にそこをひいきにしていたようで、毎回礼拝が終わるたびに来て腰をおろしておしゃべりしたり、くじを選んだりしていたという。前回のくじは買ったかと聞くと、いつも二枚買っていくと答えた。例の二枚を示し、ここで売ったものかどうか聞くと、主人は私の目的を理解したと見えて、こう続けた。

「あいにくだが、番婆さんは二枚買っているが、これは私のところから買ったものじゃないね。あの日礼拝の後にやってきたが、今回は買えないと言った。なぜって、その日の朝に、たまたま綺麗な女の子がくじを売っていたのを見て、かわいそうに思ってその子から二枚買ったんだと。私は番婆のやさしさをほめて、神様がお守りくださる、早く聖地巡礼に行けるといいね、と言っておいたよ」

　そこの主人は、どの娘から買ったのかは知らなかった。二林の流しの売り子は、だいたい十二〜十三歳の少女で、みんな綺麗な娘だった。たいてい中学生で、下校後あるいは登校前にくじ売りをして家計の足しにしていた。

　くじ売りの主人からきわめて有用な情報を得たことで、この殺人事件が進展したと感じた。まず、店が仕入れたくじはすべて番号を控えていて、当選番号が発表されたら、それが当たったかどうかわかる仕組みだった。だが流しの売り子の少女が売っているものには番号の控えがない。第二に、少女が売っているくじは地元で仕入れたものではない。くじ売り場が毎朝少女に卸しているもので、そもそもくじは売っても薄利で、しかも少女を介すと、卸業者の利益はさらに少なくなった。二林に出入りする客に売ることもあるが、あまり割りに合わないので、たいていは自分の店先で売ることにしている。流しの売り子は宝斗《ポータウ》、員林《ワンリム》、彰化《チョンホア》あたりで仕入れているようだ。いずれにしても客がダブることはないので、くじ売りは売れ残った場合には元の卸に戻すか、よその土地の人に転売する。一枚あたり一～二元の儲けと、多少なりとも儲けがある。第三に、今回の二十万元の一等は二林地区で売られたものではない。二林ではこれまで一回しか一等を出していないという。

宝くじに関する様々な情報を得たことで、ユキの大胆な推理を証明できる可能性は高まったと考えた。ここで殺人事件発生の類型について整理してみよう。

財産殺人：財産奪取を謀り殺すこと。日本統治時代に起こった事件「二林奇案」の「盧章打死阿房（ローチョンがアーパンを殴り殺す）」が典型である。

報復殺人：かたき討ちで、ヤクザがよくやるパターン。

痴情殺人：三角関係、討契兄《トーケーヒア》〔不倫男〕、結伙計《ケッホエキー》〔情婦〕による元の配偶者殺人。

衝動殺人：話が嚙み合わないからと一時的な衝動で殺すこと。

意外殺人：車の運転や物が当たったりして死なせてしまうこと。

犠牲殺人：これには三種類がある。

一　Dを殺そうとして、ばれるのを恐れてA、B、Cを先に殺し、最後にDを殺し、本当の動機を隠蔽すること。典型はアガサ・クリスティの『ABC殺人事件』にみられる。ここでのABCは犠牲殺人であり、別の言い方では「計画的外殺」という。

二　政府が政権を固めようとして無辜《むこ》の人を殺すこと。見せしめで殺して、他の人たちが反抗しないようにすること。「政治的謀殺」という。

三　戦争の際に、弾丸や爆弾を乱射すること。殺人の目的は単に戦争に勝って相手を征服すること。これは「戦争殺人」である。

乱殺：発狂してめちゃめちゃな殺人を行うこと。有名な「切り裂きジャック」がそれにあたり、理由もなく、多くの人を殺すこと。台湾でも流行しており、軍隊で兵士がいじめにあい、銃を乱射したことがある。

心中・愛情殺人：母が死ぬにあたって、幼いわが子の身寄りがなくなることを心配して、子を殺すこと。また、植物人間や長い闘病、助からない重症者の苦しみを見かねて殺すこと。

誤認殺人：対象を間違えた殺人。

自殺：これは解説の必要がない。

ユキは、これら十種類の殺人のうち、最初の財産殺人が番婆殺人事件に合致すると指摘した。だが番婆には目立った財産はない。ひょっとしたらくじが当たって、タッパーには新聞を購読している人がおらず、外地の人に頼んで照合してもらった結果、金に目がくらんだ人に命を奪われたのかもしれない。その証拠は二枚の同じ番号のくじだ。洪長老によると、番婆は同じ番号のくじを買ったことはないという。私はこれを根拠にしてさらに捜査を進めたところで、次のように考えた。一、番婆の買ったくじが大賞が当たった。二、その二枚のくじを買った〔現金に交換した〕のは誰か。その人こそがこの事件の犯人だろう。二番目の該当者を探しあてることは、手元にある資料から簡単なことだ。だが二番目が成立するためには、まず一番目の条件が成立しないといけない。そこで、まず番婆が買ったくじのうち、大賞が当たった証拠を見つけないといけないと考えた。だが一番目の条件は、壁にぶち当たった。というのも、番婆が買った当たりくじは、流しの売り子から買ったものであり、売り子の少女は外地から仕入れたものだからだ。これを調べ上げることはそれほど困難なことではなかったが、しかし私には時間の壁がある。今日中に終わらせないといけないのだ。

そこで再び洪長老を訪ねることにした。番婆が礼拝に来たときに、少女からくじを買ったと言っていたかどうか。しかし、長老が知っていたのは、単に番婆が買ったのは二枚同じ番号のくじということだけだった。それ以上目新しい材料はなかった。帳面の、新聞から書き写した当選番号を見せてみた。この番号は、番婆が買ったくじと何か関係がないかと。意外なことに番婆は「明牌《ビンパイ》」〔くじの予想屋〕の先駆者だったようだ。番婆が買ったくじは二つの番号が入ったものしかなかったという。つまり、「五」と「二」だ。信じないなら、これまでのくじを調べたらいいと言った。私はこれまで今回のくじを探し出すことばかりに神経を使っていて、過去のくじの数字までは改めていなかったことを認めないわけにいかない。洪長老が言うには、番婆は聖書のある奇跡を特に信じていたという。それはイエスが五個の大麦のパンと二匹の魚ですべての人を満たしたというものだった。信ずるものは救われる。五と二は、イエスを信じるという証明である。番婆は賭博で儲けようという腹はなかった。聖地巡礼の費用が足りないだけだった。イエス様は絶対に番婆の願いをかなえてくれるはずだ。なので番婆が毎回買うくじの番号は「二五」か「五二」だった。今回当選番号の発表があったくじの一等は「五二」で終わる番号だった。番婆が当たったとしても驚くに当たらない、と長老は言った。

では一等賞は、どこで売られたものなのか？　二林の流し売りに卸されたものなのか？　これを調べ上げることもさして困難ではなかった。駐在所から関係機関に電話で照会すれば済むことだった。私はこれを機会に、まずはこの二枚一組の同じ番号のくじをだれが買ったか、そして買った人が番婆と知り合いなのかを調べた。そこで別の三軒の売り場を訪ねた。その資料を調べたところ、その三軒が売ったものではなかった。これはまずい。純粋に流しから買ったものだとしたら、調べるのは困難だ。私は二林街をうろうろしてまわった。諺《ことわざ》に言うように「盲目の鶏でもたまたま米をついばむこともある」で、数人のくじ売りの少女に尋ねてみようと思った。しかし不運にも、ちょうど学校の時間のようで、だれもつかまらなかった。時間も迫っている。ここで駐在所に戻らなかったら、大ごとだ。いずれにしても、一定の収穫は得たので、これでユキに話すこともできるだろう。

川下を通り過ぎたところ、例のくじ売り場が見えた。一縷の望みで、自転車を置いた。すると四十数歳とおぼしき女性が店番をしていた。私が店に入っていくと、その女主人は謝った。朝は別件で忙しかったので、夫の母に店番を頼んだのだが、老婆は耳が遠いので、警官様はあまり責めないでほしいと。私は例の二枚を見せて、ここで売られたものかどうかを聞いた。女性は帳簿を取り出して番号を突き合せた。幸運なことに、ここで売られたものであった。誰が買ったかわかれば、事件はほぼ解決したようなものだ。女性が言うには、その回は同じ番号の二枚を売ってはいないが、夫が売ったかもしれない。ただ今別件で外に出ているので、遅くに帰宅するという。

私は上司にまた怒鳴られると思ったので、すぐにタッパーに戻った。また夜に来て捜査しようと思った。ユキは私が戻ったのを見て、目配せして、巡佐が来ていることを知らせた。私はまた怒鳴られる覚悟を決めた。諺にいう、「妻が死んでも、糞桶を捨てられない」〔いつまでもうじうじとこだわっている意〕のごとくにはくよくよしない。人から何を言われても相手にしない、俺の血が見たければ見るがいい、どうせ巡佐は俺をこれ以上どうにもできない。巡佐は私になんで今頃出勤しているのか詰問してきた。私は番婆殺人事件のこれまでの経過と、結論的にはほぼ八〜九割の確率で「財産殺人」の可能性が高いと報告した。すると、赤い雨が降るようななんたる奇跡か、上司は私を怒鳴るどころか、私は責任感が強い、功績により勤務評価を上げてやるとまで言った。これまで私は外省人に偏見を持っていたようだ。みんながみんな腐っているわけではないのだ。私はユキにこの事件を独断専行で捜査すると言ってきたが、巡佐は「勿枉勿縦」、つまり公正に裁き、国民に説明できるようにしなければいけないと言った。ユキは巡佐の突然の変わり身に奇妙さを感じた。

孫巡佐はその日の午後中、ずっと所長室で電話をかけていた。前回の一等賞を二林地区で誰が現金に換えたかを照会しているようだった。その結果は誰だったのか、私には聞こえなかった。そして退勤の時間になると、巡佐は事件のすべての資料を出せといい、さらに二枚のくじも持って行ってしまった。そしてお前には負担が重すぎるので、この事件の捜査を負わせることはできない、俺が担当する。だが解決したらお前の功績とする、と言った。私は再び巡回に出て、そのまま退勤することにした。

いつもの道を通って、海辺に出た。日が海に沈んだところだった。雲と海水が紅色に染まり、遠くには数隻の漁船が、風に揺られているのが見えた。一～二羽の海鳥が寒さに負けず、水面で待ちながら餌を探していた。ふいに私は例の歌を歌い始めた。

港の海鳥は
私の親友
お前と私の愛は
どうして引き裂くことができるだろうか
お前はどこに行く

愛する娘さん
酒場にいるときの
忘れられないパイプは
ふいに変わった
記念の贈り物に

ちょうど一番目を歌い終わったところで、砂の丘のそばに誰かがいるのが見えた。番婆が初七日に現れたのかと、ふと思った。しかし声を聴くとユキだった。私は二林から戻ってきてから、今日の成果をユキに伝えていなかったのだ。ユキは退勤後私を訪ねてきたのだった。前回と同じように、私は話した。彼女はじっくり聞いていた。黙って坐っていたが、話が終わると聞いた。

「さっき歌っていたのは、なんという歌なの？」

「なぜそんなことを聞くの？　殺人事件となんの関係が？」

「それが関係あるの！」もったいぶるように言った。

「どういう関係が？　そんなはずが！」

「もう一回歌ってみて、そしたら教えてあげる」

訳がわからなかったが、二番目を歌った。

一夜の短い恋だとしても
忘れられないお前の面影

私が戻るまで待っていると言ったよな
早く心に収めて出港しなければ
これが本当の俺の初恋なのだ

ユキは私をじっと見ている。暗くなっていく海辺には、星が瞬いて見えた。一瞬呆然としたが、彼女の手を握ろうとした。彼女は首を背《そむ》けて去って行った。私は砂の丘に放ってあった自転車を起こして、後を追いかけた。すぐに追いついて、

「ユキ、ごめん」

彼女は無表情で言った。「ごめん、って何?」

どう答えたらいいかわからない。

ユキは「あなたは歌がとてもお上手」と笑いながら言った。さらにこう聞いた。「それは何という歌?」

「『再来的港都』だけど。でも、覚えたばかりだ」そして続けた。「この歌が番婆の殺人事件と関係があると言っていたけど、どういうこと?」

「殺人事件と関係はないわ」そしてまじめに言った。「私の今の気分と関係があるのよ」

これはからかわれている。少し気分を害した。

「だれもあなたの気分など聞いていない」

「そう? 私の気分がよければ、だれが林巫番婆を殺したのかここで言ってあげるけど」

「誰が犯人なのか知っているのか!」

「知っているわよ、巡佐も知ってる」

「私だけ知らないとは！　私がそんなにバカで頭が悪いだけなのか！」

「あなたはここに来たばかりで、この土地のことは何も知らない、情報がまったくないから」

「誰が殺した？」

「私についてきて、すぐにわかるわ」

私は呆然としてユキの後をついていった。歩きながら考えても何も思いつかない。集落に入ったが、多くの住民はまだ漁に出ているらしく、どの家も灯りがついていなかった。ただ林烏毛の家にはだれかがいるようだった。ユキはそこに入って行った。私も自転車をちゃんと置いて、後から入って行った。林烏毛と番婆は親戚だが、それで犯人だというのか、証拠は？　私の頭の中では問いがうずまいていた。

ユキは烏毛に向かって、牛仔頭は最近薬の交換にやって来たかと聞いた。烏毛はここ数日来ていないと言った。そんなに気に留めていなかったが、そういえば昨日、海田仔の奥さんが家の中の「明通《ビントン》治痛丹《ティーティヤータン》」〔薬の名前〕を使い終わって牛仔頭が一昨日詰めに来るはずだったのに、来なかったと言っていたなと。ユキはお礼を述べて出てきた。ユキは言った。牛仔頭が犯人よ。いま烏毛に聞いたのは、それをさらに裏付けるためだったと言った。私が、証拠はどこにあるんだ？　と聞くと、ユキは言った。

「渓仔下にある宝くじ屋の主人は、薬売りの牛仔頭なのよ」

この話はここでおしまいのはずだった。だがそこで話は終わらなかった。そこに別の案件が入ってきた。つまり、この元警官は二日後には雲林海口の駐在所に異動になった。毎日新聞を見て、社会面に牛仔頭が警察から裁判所に移送されたという記事が出ていないか確かめた。しかし全然記事に出てこなかった。ある日、タッパーの漁船が風を避けて寄港したので、番婆の件について聞いてみた。タッパーの漁師は言った。「水難だよ、海に呑みこまれた」

「信じられなかった。非番の日の夜、ユキの家を訪ねた。ユキの両親は私にあまり好意的な態度を示さなかった。ユキは前と同じように私を川辺に連れて行き、言った。私が異動になった後、彼女も孫巡佐に解雇された。孫は私の捜査資料から牛仔頭が犯人だと知った。そして牛仔頭に賄賂を要求した。全部で五十万元だったという。牛仔頭は一等賞金の二十万元では足りなかった。命の危険があるので、店と田畑も売って三十万元を工面して、そして二林を去った。孫巡佐は私とユキに秘密が知られると思い、二人を引き裂いたのだ」

＊

私は元警官に聞いた。「その後は？」

「すべて話した。その後なんてないよ」

「私はあなたの推理には興味がない。あなたとユキさんとの関係に興味がある」

「そっちか」老人は言った。「それはだな、私はユキさんに少しは気はあったよ。しかし二人はどちらも恥ずかしがりではっきり言わなかった。異動となった後、考えた。賢い妻をもらうと男は苦労する。そう考えるのが正しいと」

私は最終バスに乗って橋仔頭に戻るため、駅に向かった。そこを去る際に元警官が楽しそうに歌う「再来的港都」が聞こえた。

夜霧が港を覆う、俺の心は悶える
一人で酒をすすると、さらに心が悲しくなる
それは酒場の可憐な娘
娘は俺のために涙を流す
そして歌う悲しい流離の歌を

（酒井 亨訳）

イエス栄《イン》さんの結婚

朝九時、お天道様がちょうどビンロウの先にさしかかるころだった。陰暦十月末、薄雲が白い綿糸のように空にかかっていた。まるでガーゼのような、ふわふわした感じだった。まだ年越し準備には早く、一時的な秋の涼しさが過ぎて再び暑くなったころだった。

晩稲収穫の後に、サツマイモを一期だけ植えた。サツマイモの蔓《つる》が長く伸びて、葉が茂り始めたころだった。稲作が終わっても、農民は暇を持て余すことなく、サツマイモ畑の盛り土の草刈りをする。広い田畑には、サツマイモやトウモロコシが多く植えられ、サトウキビを植える人もいた。稲作の輪作の一期分を使って植えるのである。この季節ではまだ日差しは強い。女性は日焼けを恐れて顔面を手ぬぐいで覆う。男性はもともと日焼けして痩せこけているので、暑さが苦手な人はむしろ裸になる。農民にとっては、サツマイモの草刈りは暇つぶしにも似た軽作業だった。みんな歌を歌いながら草刈りをする。たいていは民謡の車鼓調か牛犂歌だった。こっちの畑で一番目を歌い終わると、あっちの畑でそれを継いで歌う。歌詞は各人が勝手につけたものだ。むしろそれは、口語的でもある。内容はたいていが生活が苦しいことへの恨みつらみであり、軽快な調子で憂鬱な気分を歌うのだった。

畑への道に乱暴な走り方をする人がいた。しかも走りながらシャツを着ている。慌てていて道には気をつけていなかったようだ。途中でこけてしまった。サツマイモ畑で作業していた人たちがそれを見て笑った。男女問わずやかましかった。イエス栄《イン》さんがお金を拾ったらしい、イエス栄さんが小麦粉をもらいに急いでいるんだ。また別の人は、あまりにも遅刻してしまったので、神様が腹を痛めつけたのだ、と言った。みんな知っていた。イエス栄さんが急いでいたのは、礼拝のためだったことを。

この村から二十分ほど行った町に長老教会があった。それは彰化《チョンホア》地区で最初にできた長老教会で、かつて西螺《サイレー》からの信徒が伝道に建てたもので、元々は十三甲《ツァプサーカ》〔地名〕にあった。だがその場所は土地が低く、たびたび水につかるので、陳《タン》姓の信徒が橋仔頭《キオアタウ》に何分かの土地を献上して、この教会が建てられた。信徒たちは教会の周囲に住んでおり、教会はその間に挟まれていた。周囲には五十〜六十戸の信徒の家があった。橋仔頭の信徒はとても敬虔で、イエスの信者でなければそこに住めなかった。イエス栄さんの家はもともとキリスト教信者ではなかった。だから郊外に住んでいたわけだ。そして礼拝日の朝には、農作業は横において、二十分かけて橋仔頭教会の礼拝に通っていた。

イエス栄さんは、どのような経緯で、神を信じるようになったのか？　それにはいろんな見方があった。ある人は、教会の壁に書かれた「信じる者は永遠のいのちを持ちます」〔ヨハネ六：四七〕という聖句の中の「永生（永遠のいのち）」の部分が一部剝がれて「水牛」になっているのを見て、イエス栄さんは「水牛」欲しさに説教を聞きに行ったんだとか、牧師に騙されたんだなどと、あらぬ噂を立てていた。しかしどれもが出鱈目で、単なる冷やかしだった。イエス栄さんは学校に行ったことがないので、漢字が読めない。水牛とはいつも一緒にいるし、水牛と漢字で書かれていても読めないはずだ。別の人は、イエス栄さんは未熟児だったので難病を患ったが、牧師に直してもらって主を信じるようになったと言った。だがこれも田舎者が勝手に作った話だ。それは教会の牧師が道士や坊主と同じように、治療、占い、縁探し、風水師であるかのような誤解に基づく言い方だ。もっと出鱈目なのは、イエス栄さんはイエスを信じておらず、小麦粉を信じているというものだ。戦後直後の当時、台湾はまだまだ貧しかった。「米国」〔日本語の漢字借用語〕は教会を通じて台湾に小麦粉、牛乳、パパイヤの苗、古着などを援助しており、これをみんな「米援」と呼んでいたが、そこからの連想でキリスト教を「小麦粉教」という蔑称で呼ぶ人もいた。

　誰かがこの村で消息通と言われる大柄のツエーさんに、イエス栄さんのことを聞いた。彼女は仲人おばさんで、周辺の十あまりの集落をすべて回っていて、誰それの息子と娘は未婚であるという名簿も持っている。それだけではない、各家の豚がいくら子豚を生んだかまで知っていた。ツエーさんと栄さんは、近所同士で親戚関係にもあった。栄さんがイエスを信じるようになった経緯についてツエーさんに尋ねると、ツエーさんは決まって激怒する。ツエーさんがそんなに怒るのには、第一に、栄さんと会うと信仰の話ばかりして、聖句を参照したりすることにうんざりしていたからだ。栄さんが言うには、信仰とは神様からの庇護や平安を願うことではないそうだが、それが理解できない。だったら頭の中を信じろということかと。第二に、ツエーさんがこの世で受け入れられないことだった。ツエーさんは仲人おばさんとしてうまく行かなかった試しはない。ツエーさんは依頼されて、紅包〔謝礼〕をもらうのが当たり前であり、それで誰も避けたりはしない。もし依頼者が気に入らなければ、別の人を見つけて好きになるまで紹介し続けた。ただ一度、隣の村である番仔溝《ホアナカウ》の人がこの村のアーツンとの結婚を申し出たが、失敗した。その人はもう二度と結婚したいと思わないと誓った。しかし実は失敗はほかにもある。栄さんだ。彼は二十歳過ぎても結婚しておらず、親戚がなんとかしようとしても成功していなかったのだから。

イエス栄さんは別にブ男でも体が悪いわけでもない。なぜまだ結婚できないのか。それには深い訳がある。いずれにせよ信仰と関係している。ツエーさんが女性に話をして、女性のほうが村に来て探りを入れる。栄さんは博打《ばくち》もやらず、飲酒もせず、実直な人柄で、どこにも欠点がないように見える、だが欠点があった。それは身銭を残さないところと、人に会うたびに信仰の話をすることだった。何が正義で何が愛でと、イエス様が世間の人たちのために十字架に張り付けられる受難の話ばかりするのだった。だからこそみんな彼のことを「イエス栄さん」と呼ぶようになった。村人は彼に聞いた。

「本当の愛があるなら、あなたの家の穀物をわしらに恵んでくれないか？」

栄さんは言った。「もし足りないなら、勝手にもっていけばいい」

栄さんはあまりに実直すぎて、人からバカにされていた。ある人は「バカ栄さん《コンインア》」と後ろ指をさした。台湾人は金儲けこそがすべてで、そうでないものはやる気がないやつという観念であった。だから一般的な田舎者ならだれも栄さんに自分の娘を嫁に出したいと思わなかった。しかし、イエス栄さんのような敬虔なキリスト教徒ならば、同じ信徒の女性で誰か彼を好きになるのではないのか？

長老教会が台湾にやってきたとき、西洋の宣教師は、貧富、社会的地位、知識人かどうかを問わず、全て神様の子として伝道を行ってきた。そのころは多く貧乏で身寄りがない人、持病を抱えた人が宣教を受け入れていた。早期の信徒は純朴で、偏見や差別が少なかった。だが教会の制度が漢化された社会の中で徐々に変化していった。そしてこのころには、当初の精神はなくなり、むしろ土地を提供した人や、社会的名士が、執事や長老などに選ばれるようになった。なので、イエス栄さんは敬虔な信者だったのに、教会運営幹部になれなかった。

ところがある日、栄さんが執事に推挙された。この日はその選挙の日だった。栄さんはやはりぜいぜいしながら教会に入ってきた。腰をおろすかおろさないかのうちにある人が自分を執事に指名したことに驚いて涙を流して言った。「私はできない、本当にできない。お願いです。そんなにからかわないでください。ふざけたことを言わないでください」

牧師は信徒が他人から役員候補として推薦を受けることも義務の一つであり、拒否することはできないと言った。栄さんは自分に投票しないように言った。もし当選したらもう礼拝に来ないとまで言った。栄さんの訴えの結果、それでも二票集めたが当然落選であった。この日の礼拝の献金では、栄さんは大盤振る舞いの五元を拠出した。「落選に感謝するための献金」という名目だった。牧師が説教の際に特別に栄さんを例に挙げて、信徒に対して教会への奉仕を求め、信徒としての責任を果たさなければならない、と述べた。そして最後に栄さんの善意を称賛し、教会の信徒兄弟が彼と親戚となり、信仰家庭を築くよう奨励した。

廖《リャウ》阿日《アージッ》長老はもともとイエス栄さんを評価していたが、牧師の説教が終わると、家に戻って妻の勧仔《クンア》と相談した。阿日は言った。

「牧師さんの話を聞いたかい？」

「じっくり聞きましたよ。栄さんはたしかに立派なキリスト者ね」

「彼の家庭環境はどうなのかな？」

「資料を見たけれど、キリストを信じたので洗礼を受けたとかで」そうして勧仔は一枚の紙を取り出してじっくり読むと、「三年と十一週分、ずっと教会の礼拝に来ているわ。教会では滴水《ティーツィ》長老だけが彼より経歴が長く、連続出席しているだけね。滴水さんは五年以上連続出席で、毎週来ているわ」

「紀滴水《キーティーツィ》長老は足が弱くてあまり外出できないが、教会のそばに住んでいるから、ほかの人より来やすい」阿日長老はちょっと不服そうだった。

「いいえ、すごいことよ」勧仔は言った。「一度滴水長老が発熱したときに、みんな本当に困ったわね。医者の許源《コーグアン》先生に来て注射してもらい、点滴用の瓶をぶら下げてたわ。滴水さんは礼拝に行きたいとずっと言っていた。源先生は安静にしていたほうがよいと言った。しかし滴水さんは同意せず、人を呼んで礼拝に連れてきてもらったわ。大きな瓶をぶらさげたまま」

許源先生は橋仔頭唯一の正規の免許をもった医師だった。周辺での人気も高く、貧富の区別なく平等に対応した。診察代金を払える人からはもらうが、出せない人にもちゃんと往診して、今はなかったら、後で払ってもらえばよいと言った。だからといって誰かから借金をすることもなかった。ある人が集計したところでは、橋仔頭の周辺で許源先生にツケがない人は在地の人ではいない。医師はキリスト者ではなかったのだが。

「イエスの力は医学に勝る。紀滴水さんは普段は意識がはっきりしないのに、礼拝の日には朝十時にしっかり起きて、教会の礼拝にいって、しかも居眠りもしない」

滴水さんのような信徒は、きっと栄さんのような人を評価するかもしれない。滴水さんには孫娘が二人いた。一人は十九歳で、もう一人は二十一歳だった。いずれも結婚していない。阿日長老夫妻は、紀長老の二人の孫——錦仔《キンマ》と秀仔《シウア》を、栄さんの嫁候補にと考えていた。もちろんそのうちの一人だけだ、キリスト教会では二人の妻は持てない。当時の田舎では自由恋愛はあまりなかった。だが信教の思想面はわりと先進的だった。つまりカップルができているなら、それを邪魔するべきではない。勧仔は娘の苜莉《ボクリー》に聞いてみた。なぜなら二人とは同じ聖歌隊に属していて、二人をよく知っていたからだ。

苜莉はきれいな娘だった。歌もうまく、聖歌隊の大黒柱であった。廖長老は苜莉をとてもかわいがり、教会に属する高等女学校で学ばせ、音楽と讃美歌を専攻させた。卒業後は、両親のもとを離れたがらず、近くの学校で音楽を教え、また聖歌隊長を兼任していた。二林、宝斗、西螺堡など周辺のボス、また甘蔗委員、保正〔いずれも村落の有力者。保正は警察補助機関で百戸を束ねる役〕らから、仲人おばさんに見合いの申込があった。結納金を払いたいという申し出もあったが、信仰が合わないという理由で成就しなかったこともあった。先月、台南から来た牧師が、自分の教会のある長老に息子がいるのだが、日本で医学を学んで戻ってきた、と言った。苜莉の条件が整っているという評判を耳にして、わざわざ探りを入れにきたのだった。実際に苜莉を見て良い印象をもった。そして先週、台南の長老夫妻と若い医師が「貸切《ハイヤー》」に乗って橋仔頭にやって来て、牧師館に鍾《チオン》牧師を訪ね、苜莉嬢にお茶をたてさせ、見合いをさせようとした。

苜莉は近代的な教育を受けた新世代の若者であった。相手の目的が見合いであると知って、お茶を出した後、青年医師をじっくり観察した後、牧師や台南の長老夫婦にお辞儀をして、小声で言った。

「牧師様、長老様、長老婦人様、ご機嫌よろしう！　台南から来られたお客様お三方、ようこそ。私は姓が廖、名は苜莉と申します。父はこの教会の長老です。本日は見合いのためおこしになったと存じます。ふつうなら私のような娘がこのような場所で話をすべきではありませんが、申し訳ございません。しかし私たちはみなキリスト教徒です。世俗的な習慣はあまり関係ありません。婚姻は双方の問題ですので、私から一つ分を超えた要求ではありますが」

牧師と三人の客人はこれを聞いてびっくりし、口をぽかんと開けた。目つきからして、このような大胆な娘を見たことがないといった趣で、どう答えていいかわからない様子だった。苜莉は続けて言った。

「私はこちらのなんとか兄とおっしゃる方と外で少しお話をして、お互いに理解したいと思いますの」

医師は海を超えて留学した人で、すぐに応じた。「はい、よろしく！」。緊張しているのか、日本語だった。

苜莉は牧師にも懇ろにお願いした。「主音《ツーイム》先輩にも一緒にいていただきたいのですが」

主音は、牧師の娘であった。神学院を卒業したばかりで、一時的に教会の手伝いをしており、苜莉の親友だった。三人の若者は教会の後ろにある木の下で何時間もおしゃべりをした。どんな話をしているのか他の人には知られなかった。台南から来た高《コー》長老夫妻は帰宅後、家族会議を開いた。しかし意見がまとまらなかった。息子はとても苜莉のことを気に入った、しかし両親はあのような女性が嫁入りしても、うまくしつけができず、うまく行かないと思った。一方、苜莉の方では、廖長老は比較的開明的であったので、娘の意思で決めればよい、すべてはイエスキリストの手にあると言った。

苜莉は、自分の結婚のことはわきにおいて、錦・秀の姉妹を訪ねて、栄さんとの見合い話をした。錦仔には恋人がいて、それは教会内の青年で、役所の仕事をしているという。秀仔は栄さんが田舎臭く、学校にも行っておらず字も知らない、田畑も一〜二分〔約三百〜六百坪〕しかないから苦労しそうだといって、あまり気に入らなかった。苜莉は主音に栄さんにふさわしい人がいないものか相談した。いろいろたずねてみたところ、未婚で恋人もいない人はいることはいるが、やはり栄さんが字を知らないところが気に入らないという。主音は言った。そうであれば、こちらで字を教えてあげればいいじゃないの。苜莉も栄さんに字を教えないことには仲人失格だと思い、栄さんに勉強を教えることにした。

栄さんにとっては、誰かから勉強や字を教わることは願ってもないことであった。そこで一週間に三回、夜に教会で字を学ぶことになった。夜学のようなものだ。苜莉と主音が一緒に教えた。まずは漢字からで、一から十までを教えた。筆画も簡単で、栄さんはすぐに覚えた。次は少し複雑な字で、一字ごとに違う形だ。横に書くものは縦にしてはいけないし、縦になっているものは傾いてはいけない、上下もさかさまにしてはいけない。右側と左側も適当に書いてはいけない。栄さんは一所懸命覚えようとしたが、なかなか覚えられなかった。今日学んだことも明日には忘れていた。主音と苜莉は言った。このぶんだと栄さんが字を読めるようになるには何年もかかり、三十過ぎになってしまうだろう、そしたらもっと結婚がしにくくなると。苜莉は栄さんにそんな覚悟があるかどうかを聞いた。栄さんは答えた。

「誰かが教えてくれるなら、覚悟はないわけがない！　ただ、ただ」

「言いたいことがあれば言ったら？　遠慮せず」苜莉は言った。

「私が学んでいる字は聖書と違うような？」

「聖書の字は『白話字《ペーウェージー》』〔台湾語の教会ローマ字〕ですが、あなたはそっちを勉強したいのですか？」

「私は字を学ぶなら聖書を読みたい。もしかしてその字はもっと難しいですか？」

苜莉が主音にその話をすると、二人して面白がった。栄さんを笑ったのではない、自分たちのほうが間抜けだと思ったのだ。簡単で使い道があるものを教えず、時間がかかるわけのわからないほうを教えていた。白話字なら、ローマ字母をすべて並べればよい。早速、栄さんに家に帰って自習させた。すると二日間ですべての字母が書けるようになった。ただ、「g」だけは見た目がよくなかった。腹の部分は小さいのに、膨らんでいる感じになっている。主音は、それは小さな牛みたいなものだと言った。実際、牛は「gu5（グー）」とgで始まるこの声母を使うと。そうやって教えたところ、栄さんは喜んで勉強に励んだ。二人の娘さんも熱心に教えた。時には教え疲れることもある。すると栄さんが大自然や田園の種まきの話をする。それを二人とも嬉しそうに聞いていた。

二〜三ヶ月が過ぎて、栄さんは白話字をだいたい読めるようになった。礼拝で交読の際に、栄さんは応答部分をすぐにより大きな声で読み上げる。牧師も栄さんが字を読めることを知り、祝福した。そして説教のときに特別に彼を称賛し、またぞろ誰か見合いをしてくれないものかと言った。礼拝が終わると、阿日長老がまた勧仔に聞いた。錦・秀姉妹のどちらかでも栄さんと結婚する意志はないものかと。苜莉は、まだ会友の中で彼と結婚してもよいという人は現れていないと言っていた。長老は、それも時間の問題だろう、栄さんはすでに字を読める。牧師も見合いを奨励している。苜莉にまた探してほしいと言った。

苜莉はちょうど女性・青年宣教会で司会の当番に当たっていた。栄さんの問題をとりあげ、七人の未婚の娘に向かって、栄さんは好青年で、めちゃくちゃなことは言わないと説明した。主音も異口同音に、栄さんはとても熱心に聖書を読む立派な信徒だと称賛した。秀仔は苜莉に言った。

「栄さんは、実際あなたが言うようにとても良い人だわ。でも、あなた自身もまだ未婚なのだから、北京語の諺《ことわざ》に言う『自分で使うものを他人に売らない』で、自分の結婚相手としてとっておけばいいのに、なぜ、他人に結婚を勧めるの？」

苜莉は秀仔にそう言われて、はたと自分も候補かもしれないと思いあたった。聖書も書いている。「兄弟の目の中には小さい欠点は見えるのに、自分の目の中には欠点は見ようとしない」そこで、「だれも結婚しないなら、私、廖苜莉が結婚する！」と言った。

廖長老夫妻は娘が栄さんと結婚すると宣言したのを聞いて、心配になった。苜莉は言った。「二人はいつも栄さんのことを褒めてたじゃないの？」

阿日は答えたくはなかったが、しいて言った。「栄さんは確かに良い人だ。だが、だが……」

「お前は台南の高長老の息子さんと、結婚の同意をしたんじゃないの」勧仔は言った。「一人の娘が二人と結婚の承諾ができるわけがない」

苜莉は言った。「私はまだ承諾してないわよ。向こうからもまだ連絡がないわ」

これは一生の大ごとである。阿日夫妻は苜莉が子供じみたことをしないで、ちゃんと考えて決めるようにと言った。その夜苜莉は夜通し祈りをささげた。そして神様に一切をゆだね、部屋の窓の前でさらに祈った。すると不思議なことが起こった。窓の前のガジュマルにカラスの群れが休み、うるさく鳴いて耳をつんざいた。翌朝になって、父親はこれまでこんなに多くのカラスの群れは見たことがない、これは良い知らせではないと娘に警告し、やめるように言った。苜莉は言った。日本語の本に「カラスは神の使者」と書いてあった。これは神様がカラスを差し向けて栄さんと結婚しろというお告げなのだ、と。

勧仔は長老があまりにも熱心に言ったことが、娘によくない影響を与えたのだと文句を言った。阿日も後悔した。もともと牧師が言い出したことなので、牧師に相談したところで解決にならないだろう。牧師は苜莉が栄さんと結婚すると言ったことを知り、長老を祝福した。そして、信仰も見識も愛の心もあるよき娘であり、栄さんは誰からもうらやまれ、人徳が一番であり、理想的な夫となるであろうと言った。長老は口を開かなかった。牧師にそんなことを言われて、どう答えたらいいのかわからなかったのだ。そしてぶつぶつとこう言った。

「別に栄さんが悪いと言っているんじゃない。ただ、あの人は田畑も小さいし、苜莉が結婚してから苦労すると思うので……」

牧師は言った。「それは取越し苦労ですよ。苜莉は仕事を持っているし、高等教育も受けている。心配いらないでしょう？」

「女性が結婚後も仕事を続けるなんていいのですか？」

「あなた自身は一甲〔約一ヘクタール〕あまりの土地を持っていて、息子さんもいない。土地を婿さんへの結納として与えれば、老後には栄さんがあなたを養えるし、そのほうがよろしいのでは？」

それから数日して、台南からの知らせが来た。苜莉と見合いをしたいとのことだった。勧仔は苜莉に言った。「あなたも大人だわね。向こうとあなたはちょうどつり合いが取れるし、結婚したらあなたは医師夫人になる。医師と農民のどちらがいいか、じっくり考えたらいいわ」

苜莉は千々に乱れた。そこで主音のところにいって相談した。すると主音が言った。「台南の青年はとても良い人だわ。私もあの日、お話に混じったじゃない。私なら彼と結婚するわ」

「そうなんだけど、だからとても迷っているの」と苜莉は言った。「でも栄さんはどうしよう」

「いや」主音は言った。「だったら私が結婚するわ」

「彼が誰にも愛されないから結婚するの？」苜莉は冷やかした。

「私があなたに代わって問題を解決しようというのに笑うなんて！」主音は顔を赤らめた。

「失礼」苜莉はこくりとうなずいて祈るふりをした。「イエスキリスト様の聖名にかけて、お赦しください」

牧師は娘の主音が栄さんと結婚すると言い出したことに怒った。そして、娘はちゃんと懺悔をしていない悪い娘で、「主音」という名前が泣く、と叱った。娘をわざわざ神学院に通わせたのは、将来は牧師となり、主の福音を伝道するためで、結婚するならば牧師と結婚すべきだ。栄さんと結婚して農作業をするなんて、これまで何のために手塩にかけてきたと思っているんだと言った。そして阿日長老を訪ねて言った。

「あなたのところの苜莉は栄さんと結婚すると言ったじゃないか。それを今になって金持ちの側に立って貧乏人を欺くばかりに、医師夫人になるのだとか。それだけならまだしも、なんの理由もなく、うちの主音を弄ぶようなことをして、どういうおつもりなんですか！」

阿日は言った。「私も親心というものはわかる。しかしね、娘が大人になっている以上、われわれが上から命令することはできない。彼女らには自分たちの考えがあり、苜莉が栄さんと結婚するというなら、それも仕方がない。いまになって高長老のおぼっちゃまと結婚するというのも、娘の意思に任せている。主音は信仰、見識、愛の心を持っている。栄さんも立派な夫になろう。あなたもそんなに心配しないで。子には子の幸せというものがあるのだから」

牧師は長老にそう言われて返す言葉がなかった。そして家に戻って、妻に八つ当たりした。「お前はどんな教育をしてきたんだ？　主音はお前に甘やかされて、私の言うことを聞こうともしないで、栄さんと結婚すると言う。私は牧師として、言ったことを破るわけにはいかない。どうすればいいんだ？」

牧師夫人は主音と相談しましょうと言った。牧師は言った。「どんなに相談しようが、私は絶対に婚姻の証しには立ち会わないからな！」

主音は父親が承諾しないだろうと思っていた。そこで、苜莉に相談した。

苜莉は言った。「牧師の証言がなければ、結婚はできないわ。あなたの父親は絶対に承諾しないでしょう。私が結婚するなら承諾するわ」

「台南のほうにはどう話をするつもりなの？」主音は心配した。

「台南とは縁がなかったということよ。彼は医者だから、結婚相手はすぐに見つかるわ。栄さんのほうが心配だわ」

そうと決まった。牧師と主音は苜莉に付き添って阿日長老夫妻にお願いに行った。そして聖書の話をたくさんして、仕方がないことだと説得した。最後に苜莉は心を決めて、栄さんとの結婚を承諾しないなら、私は誰とも結婚しない、生涯を独身で過ごす、と言った。

勧仔は母親として娘の性格をよく知っていた。そこで夫を説得した。阿日は苜莉がふざけて話をしているわけではないことを知っていた。そしてとうとう言った。「絶対に結婚するというなら、わかった。では栄さんを婿養子に取ろう」

牧師は長老がそうすることで息子がいない悩みを解決しようとしていることを知った。栄さんもまた親がいない。婿養子にするのは理にかなっていた。そうなれば、ツエーさんに頼んで仲人をやってもらおう。長老は言った。ツエーさんと栄さんは親戚関係があり、婿養子にするなら、ツエーさんが反対するかもしれない。なので、地位の高い人に根回ししてもらったほうがいい。牧師は言った。だったら医師の許源さんがよいのでは？　田舎では医者にはみんな世話になっている、まして源さんには治療費なども世話になっている。

許源さんは医者を長らくやっているので、仲人をするのも初めてではなかった。そしてとても喜んだ。すぐに田舎にいる栄さんを訪ねて、これはとても良い知らせだと言った。イエス栄さんはそれを目を閉じて聞いていた。医者は言った。

「そんなに考え込まなくていいでしょう。あなたには両親もいないし、婿入りも嫁とりも大差がないのでは？　苜莉の条件もあなたが知っているように、全彰化地区でこれ以上のない良い娘さんだ。また田畑と財産もあり、それもあなたのものになる」

栄さんは言った。「私が心配しているのは婿入りかどうかの話ではない」

「では、何が気に入らない？」

「結婚するには双方が喜んでないといけない。単に愛の心や同情だけでは問題は解決しない。二人の条件はあまりに違いすぎている。もともと夫婦になるような対象ではない」

医者にもこれは解決できない問題であった。そして牧師と阿日に報告した。苜莉は主音と一緒に栄さんを訪ねた。栄さんは二人の先生が一緒に訪ねてきたので、礼を尽くして迎えた。主音は苜莉に代わって言った。「あなたが婿入りが嫌なら、苜莉を嫁にするという話でもいいわよ」

イエス栄は答えた。「私はそこを心配しているわけではない」

主音は言う。「苜莉はあなたと結婚するのは、決して同情心からじゃないの。苜莉は心からあなたと寝食を共にしたいと願っているの。苜莉、そうでしょ？」

苜莉は若い女性らしく、ことここに至っては、恥ずかしそうにして、ただうなずいただけだった。

栄さんは言った。「あなたがた二人は私の先生だ。私はとても尊敬している。私は何も知らない田舎者だ。だが幸運なことに神様を知り、主の理《ことわり》を知った。結婚は人生の一大事だ。つり合いが取れた者同士が夫婦になるものだ。この付近では私はイエス栄さんと呼ばれているが、それはからかっているのであって、良い意味ではない。しかし私はそれを光栄に思っている。私はキリスト教徒であり、キリスト者としての分をわきまえている、菖莉さんは天使のような素晴らしい娘さんだ。私は農業をしている凡人だ。こんな結婚は良くない」

そうしてこの結婚は成立しなかった。菖莉はやはり台南のほうへ嫁ぎ、医者の奥様となった。主音も二ヶ月もたたずに、中会によって近くに新たにできた教会で伝道を始めた。イエス栄さんは同じように毎週、橋仔頭長老教会の礼拝に通っている。そして牧師はそれからというもの栄さんとの結婚を勧めることはしなくなった。

（酒井 亨訳）

青春謡

世界の有名作家と言われている人は、ほぼ全員が初恋の話を書いている。私自身は有名作家ではないが、プロの台湾語小説家を志してきたくせに、その手のテーマで書いたことはなかった。今まざまざと思い出すことは、私の生涯で恋愛といえることはほぼ相手が気づいていない、つまり片恋慕であったと思う。またそれも私の習い性になっていた。だが、片恋慕であっても苦しむべきだ。そのほうが人生の楽しみでもあるからだ。私の初恋は中学二年生のときのことである。

中学に入ってから、私は貧しい村から台中《タイティオン》の省立〔当時は台湾省という県レベルの自治体があった〕中学に出た。十三〜十四歳くらいの子供が自分で生活を営み、勉強、洗濯、炊事、さらには生活費工面のためのアルバイトもしなければならなかった。だが、それ自体は苦しいことではなかった。それまで靴など履いたことがなかった田舎者が都市での生活にどうやって慣れていくか。都市にいる生徒としてどう適応できるか。それこそが問題だった。そうはいってもそれだけでは明快にはならないだろう。一九六〇年代後半の農村と都市の生活レベルの格差は激しかった。私はカーキ色のぼろい上下を着て、話はすべて台湾語、しかも三言目には罵詈雑言といった少年で、優雅な都市の人から見たら、粗野すぎるもいいところであったろう。当然親友もほとんどいない。私と同じように田舎からやってきた他の子供たちは、特別に注意を受けていたのか、少なくとも罵詈雑言は言わなかったし、「国語」〔北京語のこと〕も私のような「土臭い訛《なま》り」があるわけではなかったし、私は特になんということもない、パッとしない存在だった。私は毎朝、新聞配達をして、おかゆを作って食べて、学校にいって、図書館でアルバイトをして、他の時間は勉強をしていた。成績は当然一番だった。

このときの省立中学は、男女別々に学校があった。私が通ったところは、初等部〔中学〕と高等部〔高校〕があり、女子生徒はいなかったので「和尚学校」と呼ばれ、省立女子中学は逆に「尼さん学校」と呼ばれていた。互いに垂涎の的だった。私はアルバイト生として学校図書館にいた。三年の間にその図書館にあった文学書はすべて読んでしまい、将来は文学者になろうと志していた。小説についていえば、すべての文学者は恋愛経験がある。相手や経験なくしてどうやって文学を書けようか？そう思って学内を見回すと、一人の若い女性教師に目がいった。師範大学を卒業したばかりで一年目にうちの学校に来て「物理」を教えていた。一般的に小説を書くばあい、恋愛対象についていかに美しいかということばかりを書いているが、どうやら世間の美女のすべてが小説家から言い寄られたことがあるらしい。私もそう考えた。道理から言えば、あの先生はまだ若いから、美しいかどうかは他人と比較してだ。確かに田舎の娘と比べた場合には、優雅ですらっとしていて色白だ、だから美人の部類に属するが、もし他の都会人と比べればどうなのか。私にはわからない。

初めてその女性教師に深い印象を持ったのは、図書館でのことだった。新学期から間もなくの課外活動の時間だった。私は図書館にこもって本を読んでいた。それはツルゲーネフの『猟人日記』であった。読みだしたら止まらない。すると突然、人の声がした。

「この本を借りたいの！」〔北京語で〕。とても優雅で標準的な「国語」であった。

私はそれに対して半分以上台湾語が混ざった言葉で応じた。「『貸出証』を見せてください」

顔を上げると、二十歳過ぎの若い女性であった。少し緊張した。

女性はハンドバッグの中をひとしきりごそごそしていたが、「困った、貸出証を忘れた！」と言った。

私は言った。「貸出証がなければ貸し出せません」

「え、そうなの」女性は甘えたような声で言った。「でも今日絶対にこの本を借りて準備しなければならないの、どうしよう」

私は書名を見たが、物理の本だった。「学校の規定で、私にはどうにもなりません」

「私は林美純〔北京語でリンメイチュン、台湾語でリムビースン〕といって、この学校の物理教師です」

「知ってます」学校には女子生徒はいない、当然のことながら先生であることはわかる。

「どうして私の名前を知っているの？」まるで言い寄っているような口ぶりだ。

「あなたが先生だということしか知りません」

「あなたはどうして台湾語ばかりしゃべるの？」（台湾語に変えて）

なんと、彼女は台湾語ができるじゃないか！

「私の〝国語〟は訛っていて、人に笑われるから」（北京語で）

「たくさん話すようにしなさい。少しずつ学習すれば、訛りなんてなくなるわ」と言った。「私自身も長い間使い続けてやっとうまくなったの」

彼女は台湾語も実にうまかった。台湾語を話さなかったら、外省人だと思ったくらいだ。

「あなたは何の本を読んでいるの？」まだ立ち去りがたいようだ。

私は本を見せると、女性教師はぺらぺらめくって言った。

「こんな文学の本を読めるの？」

私は侮辱されたように感じ腹が立った。そこで書架にあった本を一冊ずつ示して言った。ソ連〔実際には帝政ロシア〕のトルストイ、ゴーリキー、チェーホフ、ドストエフスキーから、西洋のフローベール、キェルケゴールまで、著作と中身についても話した。女性教師は言葉をはさむことなく、それをじっくり聞いていた。三十分くらい話したあと、放課後になった。彼女は言った。

「面白かったわ。私は物理学をやったけど、文学の課外図書とかは読まなかったわ。また来るから話を聞かせてね。そしていくつか紹介してね。読んでみるから」

離れようとしたところを私は呼び止めた。「先生、本を借りたいんでしょ？」

「貸出証がないから、別の日に来るね」

「私の貸出証で借りて、さらに先生にまた貸しする形にします」

それは中学二年生の学年始まりのことだった。数日後の物理の授業で、物理教師であることを確認した。私はうつむいたまま顔を見られなかった。台湾訛りがない、標準的な「国語」で話していることだけは認識できたが、中身は頭に入ってこなかった。頭の中では彼女と恋愛する妄想が渦巻いた。中学では一年生のときに「博物」と「生理衛生」、二年生で物理や化学の授業があった。いずれも苦手な科目だった。私が得意だったのは英語、「国文」、数学、歴史、地理だった。

授業がおわると、班長〔学級委員〕のかけ声で「敬礼」した。すると女性教師は後ろのほうにいた私に近寄ってきて、私のシャツに縫い付けてあった名前を見て言った。

「荘安田〔北京語ではツァンアンティエン、台湾語でツンアンテン〕くん、本を返します。ありがとう」〔北京語で）。そして声をひそめて台湾語で言った。「授業中なんでずっとうつむいていたの？　黒板に書いたことを見てないでしょ？」

　私は顔がほてった。おそらく赤くなっていたと思う。そしてこう言うだけだった。「先生、ごめんなさい！」〔北京語で〕

　先生が去った後、隣の席の趙学修《ティオーハクシウ》が台湾語でからかった。「黙って三杯の飯か」。田舎者の私が新米の美人教師と知り合いとは意外だったらしい。私は必死に言った。本を借りに来たときに知っただけでそれ以上の関係はない。趙学修はそこで、荘安田という名前なんだから、安楽に田舎で田んぼを耕していればいいんだよ、「腹をすかせたイヌが豚肝骨のことを妄想するな」〔台湾語で〕、「馬鹿なハマグリが白鳥の尻を食べたいと思うな」〔北京語で〕と諺《ことわざ》を使ってからかった。

　その班〔クラス〕は三分の一が外省人だった。外省人の制服はナイロン製の高級品だった。つまり、太子龍《タイツロン》〔ポリエステル、レイヨン繊維〕や達克龍《タクロン》〔ポリエステル繊維〕だった。肌ざわりが柔らかく、アイロンをかけてきれいにしていて、折り目やへりもきちんとしていた。学生帽の「ひさし」部分を上に折り曲げ、西部劇に出てくるようなかっこいい形になっていた。靴底もスパイクがあり、歩くとかくかく音がする。鞄のベルトも長く、鞄の上の「かぶせ」部分もきれいにかかっている。また柄も色とりどりだった。それだけでなく、バスケットボールもよくできて、儀仗隊《ぎじょうたい》もさまになっていた。パフォーマンスをやらせるとすべてに勝っていた。成績も悪くなかった。だが、試験の点数に関しては私には勝てなかった。それで私にはやっかみを持っていたのだ。私と彼らとは特に付き合いがなかった。一つには私が引け目を感じていたから。二つ目には私は「国語」を話すと緊張し、うまく話せなかったから。それもおかしな話だ。私は国民学校〔小学校〕のときには全校のスピーチコンテストでは一位だったのだ。それは「台湾国語」で、うちの小学校はみんな台湾国語だった。それで特段問題にならなかった。しかし台中に出てきてからは、押し黙っているしかない。外省人は趙学修がそうだったように、みんな台湾語が話せたし、とても流暢だった。外省人生徒は、普段は「国語」を話していた。台湾語を話すのは、私をからかうときだけだった。ほかの本省人生徒は外省人生徒とうまくやっていて、私だけが関係が悪かったのだ。それは私の成績が良かったこととも関係していたのだった。

その女性教師はほぼ一～二日ごとの放課後に、図書館に来て本を借りていった。私が読んでよいと思ったものをいくつか推薦し、だいたいの内容を説明した。教師は微笑みながら私の話を聞いていた。あるとき、女性教師は高校生になってからは、台湾語を話す機会があまりなかったので、私と台湾語で話せるのは楽しいと言った。私は、授業で台湾語を話す先生は音楽の先生だけだと言った。その教師は師範大学音楽科を出ていて、教科書にはない台湾語の歌、たとえば「一隻鳥仔哮啾啾（一匹の鳥が悲しげにヒューヒューと鳴く）」「望你早帰（あなたが早く帰ってきて）」「春風歌声」などを教えてくれた。私も愛唱している、と言うと、女性教師も私もそれらを歌えると言って、小声で歌った。私も小声で一緒に歌ったが、音楽教師が教えてくれた二番目の歌詞のほうだった。二人で歌っているうちに夜になり、学校の小使いさんがもう閉めるよ、と言ってきた。でもこのまま帰る気にならなかった。教師は私に食事はどうしているのと聞いた。私は自分で炊事していると答えた。教師は私は大人なのに、あなたのような子供に負ける、自分でほとんど調理しないで外食ばかりしてると言った。私はちょっと困った。私は子供扱いされたのがうれしくなかった。私は女性教師を恋愛対象としてみていたのである。その夜、教師は私を食堂に連れて行きおごってくれた。それは私が中学まで育って初めて行った食堂だった。一人一皿のチャーハンに一つのスープ。私はお皿を平らげた。教師は半分だけ食べて残りは私にくれた。今でもこのときの肉絲炒飯の味を思い出せる。

林先生は私が台中で唯一の友人だと言った。彼女自身は高雄《コーヒョン》の人で、高校は台北《タイパク》に出て、そのまま台北の師範大学に進んだ。卒業して、ここの校長と父親が知り合いだったので、教えることになったという。彼女にとってこの土地は見知らぬところで、誰も知り合いがいない。寮に住んでいる教師も男性が多く、知り合いでもなければわざわざ訪ねることもない。先生はその後も晩御飯によく呼んでくれた。時々材料を買ってきて学生寮で一緒に料理をしたり、逆に先生の寮に行ったりもした。先生のところで初めてコーヒーというものを飲んだ。すごく苦くて、思ったほどおいしくなかった。女性教師はいろんな飲物を飲んでいた。甘酸っぱい「蛋蜜汁《ミルクセーキ》」とか、ほろ苦いお茶だとか、台中では流行っていなかった「羅氏秋水茶」はおいしいと思った。一緒に飲んでいると別の味がした。それは私のその時の気持ちを表していたのかもしれない。酸っぱく、ほろ苦く、甘い。食べ終えると、一緒に食器を洗った。洗いながら歌を歌った。私はここで時間が止まってくれればいいのにと思った。八時になると早く帰って勉強しろと言った。成績が悪くなったら、もう遊んであげないと言った。

私が読書や勉強するのはいつも十一時までだった。翌日は五時に起きて新聞配達をしなければならない。遅くまで起きていられなかった。だがこのころ私は寝床に横たわっても眠れなかった。頭の中は林美純の面影がちらついた。このとき彼女を先生ではなく恋人だと思った。私は彼女を抱きしめた。時にはスカートを脱がせようとした、しかし上着を脱がせただけだった。そこで目が覚めた。一ヶ月に何度夢精し、眠れなかったことか。

土曜、日曜はとても憂鬱だった。彼女が高雄に戻るからだった。私はその間、ずっと魂の抜け殻のようになり、何も手をつけられなかった。もともと私は、日曜日は原稿を書く日にあてていた。校内の雑誌に詩、散文を書き、時には原稿料を稼ぐために新聞の文芸欄に投稿したりしていた。『大華晩報』は私の文章を四～五回ほど載せてくれた。また面白話を『リーダーズダイジェスト中国語版』にも投稿した。その雑誌は採用されれば、短い面白話でも四百元あまりも原稿料をくれたからだ。幸運なことに一回だけ採用されたことがある。それはテレビＣＭの「〝生生白皮靴〟が来たよ、いろんな模様がある」を皮肉ったものだった。当時の四百元は一ヶ月の生活費に相当した。またカミュ『異邦人』を論じた論文を投稿したこともある。投稿後、新聞の編集者は私が中学生だとは信じられないと言った。そのころ、「首仙仙」という名前の女子中学生の自殺事件（一九六八年九月、当時文筆の誉れ高く「天才少女」とうたわれた外省人の中学二年生が自殺した事件）があった。死ぬときに手元で読んでいたと思われる本が王尚義の『野鴿子的黄昏（野鳩の黄昏）』だったとして騒然となり、『首仙仙日記』というものも出版された。その時に編集者は手紙で私が本当に中学生なのかどうか問い合わせてきたのだった。日曜日に文章が載った際に、「これは天才少年が書いた」とのただし書きがつけられていた。

月曜日の放課後、教師はいつもの時間に図書館に来た。母親が作ってくれた美味しい料理を持ってきたから、すぐにうちの寮に来て食べなさいと言った。食事の後、私は『中央日報』文芸欄に載った文章を見せた。教師は喜んでくれ、私にキスをしてくれた。あなたから本を貸してもらったのは名誉なことよ、と。教師がキスをしたのは私の頬へであった。私の全身が反応した。自分が野卑なスケベであると思った。教師は名作家とデートや映画、街歩きをしたことがないから、この小教師にその栄誉に与《あずか》らせてくれと言った。その夜、彼女はいつものように早く帰る必要がないと言って、彼女のおごりで一緒に映画に行った。韓国の恋愛映画の『有愛』を見るつもりだった。ヒロインは「南貞淫」という名前だったと思う。教師がファンだと言う。しかし豊中劇場に行くとちょうど上映が終了したばかりで日本映画の『風林火山』に代わっていた。そこで映画はやめにして台中公園を散歩したり、ボートに乗ったりした。教師は私の近くを歩き、その肌の香りが私の心にぐさりと刺さった。車通りを渡る際、教師は私の手を引いた。公園に入ったとき、灯りは暗く、われわれカップルは椅子に坐った。教師が歌を歌い始めた。そのメロディは軽く元気いっぱいの曲だった。それは何の歌かと聞いた。教師は新たに覚えたもので「青春謡」(「リンゴの唄」の台湾語版)だと答えた。レコードは呉晋淮《ゴーチンホアイ》と林英美《リムインビー》によるものだった。その二人は教師が最も好きな歌手で、この二人による珍しいデュオだという。まず歌詞を聞かせてくれて一緒に歌うことにした。月が出ている公園内で、二人で練習しながら「青春謡」を歌った。

(男) 日が落ちる黄昏に
愛するのは君ひとり
真心を君に送る
青春百花繚乱
私の個性をわからないか
なので私は心が重い
愛する君よ　願わくば
鴛鴦《おしどり》の夢をかなえさせてくれ
青春の花開き恋の花が育つ
露にぬれた花は香しい

（女）昼に思い、夜も夢見る
思うはあなたただ一人
思う心は千々に乱れ
心の音は弾ける
心の痛みを知らないか
心がいつも落ち着かない
あなた　あなたに愛してほしい
その希望をかなえてほしい
花が咲き色づくように
花は香るだけでは済まない
（男）きれいな月あかりが川辺を照らす
（女）秋の丸いお月さま
純情熱愛　思う心
青春の初恋の味
（男）胡蝶は花と枝を守る
雄蕊《おしべ》雌蕊《めしべ》が離れぬように
（合唱）君よ、あなたよ、忘れないで
約束のことを
愛の花は恋の枝に咲く

楽しい日々は、過ぎ去るのも早い。中間試験の時期がやってきた。困ったのは物理である。教師ととても親密な関係にある。が、授業中は相変わらず集中できなかった。班の中の奴が私と物理教師があいまいな関係にあるという噂を振りまいていた。私は嬉しくもあったが憤慨もした。それは、彼らが彼女のことを悪しざまに言っていたことであった。前から思っていたが、教師は名前の通り、美麗で清純な人であった。なので、その名前が侮辱されるのは我慢がならなかった。生徒たちは、男女の関係は性的な関係に進むものだと言っていた。私は黄台生《シータイシン》という同級生が林先生はピンク色のパンティを穿いているというのを聞きつけ、さすがに我慢ができなくなって、「カンリンニア」〔文字通りでは、「お前の母親をおめこしたる」。日本語だと「くそったれ」〕と怒鳴った。その後、そいつと便所でタイマンを張った。物理の試験では、答案用紙が配られても、私はいくつかの問題が解けなかった。すると、「作弊《ツオーピー》」〔北京語でインチキ、カンニング〕をやっているとはやし立てられた。私はそんなことはしないし、そもそもだれもカンニングを手伝ってはくれまい。答案用紙を提出する際、私は林先生の目を見ることはできず、そのまま足早に教室を出ていった。

試験の後、教師は数日ほど図書館に来なかった。私はちゃんと授業に専念していなかったから、試験の出来が悪かったのだと思った。それは林先生が以前言っていた、成績が悪かったら、もう付き合ってあげないということだった。なので、別に私は林先生のことを悪いとは思わなかった。もちろん毎晩彼女のことを考えていた。いずれにしても、今後成績が良くなれば林先生も許してくれると思っていた。私は多くの時間を物理の勉強に費やすことにした。時々根気が続かないことがあった。それは頭の中で「青春謡」が流れていたからだった。歌詞もメロディも実によく覚えていた。あの日は私にとって忘れられない夜だったのだから。

同級生の多くは音楽の授業はあまり受けたがらなかった。高校受験に音楽はいらない。バスケットチームはみんな公休をとって練習や試合に出かけた。一方で私は音楽教師の歌や音楽理論の話を聞くのが好きだった。その教師は呉進徳《ゴーチンテク》といい、やせていて、髭を生やして芸術家肌の人だった。音楽は心の糧になると言っていた。つまり、試験なんて関係なく、音楽を楽しめることが重要だと言っていた。彼は教科書に沿った授業をしなかった。各国の民謡を教え、特に多かったのは台湾語の歌だった。外省人の同級生は台湾語の歌はわからないと文句を言っていたが、呉先生は言葉がわからなくても歌は楽しめる、台湾人であることは幸せだ、多くの先人が台湾のために多くの美しい曲を残してくれたなどと話した。「思念故郷（故郷を思う）」という歌を教えてくれた。その前に、楊三郎《ユーサムロン》が作詞をした背景について説明してくれた。もとの題名は「戦火焼馬来」という、同名の舞台劇の主題歌だった。歌詞には、日本政府が南洋に兵隊を送り込んだことを批判する意図があったが、それが原因ともいえないが、禁止になっていた。後に周添旺《チューティアムオン》が歌詞を変え、「思念故郷」にしたところ、解禁された。私もこの歌が好きだった。呉先生は何度もピアノの伴奏をして、私は大声で歌った。授業が終わり同級生が出て行った後も私は教室を離れなかった。坐って教師のピアノを聞いていた。何曲も弾いてくれた。いずれも外国の軽快なフォークソングだった。私もつられて鼻歌を歌った。しばらくすると、私は自分が「青春謡」を歌っているのに気づいた。どう考えてみても、その通りだった。教師が弾いていたのも「青春謡」だった。おかしいと思った。

しばらくしてから、学校で噂が立った。それは林美純先生と音楽教師が付き合っているというものだった。趙学修は私を冷やかした。「お前の良い人は、まさに一羽の鳥がヒューヒュー鳴くように奪われたな」。「一羽の鳥」というのは音楽教師をからかうあだ名だった。最初は聞き流していたが、そうした噂をよく耳にするようになった。信じたくはなかった。しかし多くの人がそう言うものだから、だんだんと真実だと思うようになった。つまり、付き合っているから、あまり図書館に来なくなったのだと。確かにお似合いだ。心の中でそう思うと同時に不安になった。私はもう長い間、林先生に惚れてつける薬がないほどになっていた。これまで育ってきて、彼女のように私と親しく、そして優雅な都会人、知識人はいなかったからだ。

五時半になり、だれも本の貸出返却はないと思ったので、扉を施錠した。そして林先生が来ないなと思って、ふと音楽室の前を通り過ぎた。中では誰かがピアノを弾いていた。扉は閉まっていたが施錠されていなかった。扉の隙間から窺うと、中にいたのは音楽教師と林美純だった。そして聞こえたのは「青春謡」だった。そうだ、彼らはもともと知り合いで、二人の愛唱歌だったのだ。二人の歌声は私の心に突き刺さった。軽快な曲だったが、悲壮かつ絶望の歌となっていった。私は扉のところで涙があふれてきた。その場を去りたくとも去ることができなかった。

その後私がちょうど食材を洗い料理をしていたところへ、林教師はふいにやってきた。さっき図書館に探しに行ったけど、別の用事ができて遅れてしまって、そうしたらもう閉まっていた。なので、学生寮にいると思ってやってきたと言った。私は冷たい口調で答えた。彼女は、私が最近あまり口をきいてくれないことを責めているの？　と聞いた。私は無言だった。彼女は、私が以前成績が班で一番だったのに、今回は物理の成績が悪いと言ってきた。そして、あなたの邪魔をせず、勉強に専念できるようにしようと思った、これは一種の罰よ。それはあなたにとっても良いことだと思うのと言った。私は子供扱いされたことに、少し腹がたった。私は答えた。試験の成績が悪くて、教師から罰を受けるのは当然です。ただ私が怒っているのはそこではないと。そして、呉教師のことについて尋ねた。怒っているのは、私が全台中で唯一の親友だというのがウソだったということだ、あなたと呉先生は前から付き合っていたじゃないかと。

「あなたはそんなことに怒っているの？」林先生は言った。「それは誤解よ！」

「学校全体が先生と音楽の先生が付き合っていることを知っています。何が誤解ですか！」

「いや、私が言いたいのはそれじゃなくて」そして考えるように言った。「わかった。先生はちゃんと言いましょう。私は確かに呉先生と付き合ってます。でも接近したのはごく最近の話。それもあなたのおかげで接近したの」

「私と何の関係が？」

「あなたは前に、呉さんは台湾の歌を教えていると言ってたでしょ？　私の父も昔は音楽教師だったの。私は昔、父が台湾語の歌ばかり演奏するのが嫌で、田舎臭いと思っていたわ。しかしこの学校に来て、あなたと出会って、台湾語を話して台湾語の歌を歌っているうちに、自分が台湾語の歌と台湾語に対しておかしな考えを持っていたと思うようになったの。そしてあるとき、寮に戻る道すがら、呉先生とばったり会って、台湾語の歌についていろいろと教えてもらったの。彼は丁寧に教えてくれた。私は彼が話も合うと思って、それから一緒にいるようになったの。そうするうちに恋愛に発展して」

林先生は、呉先生は情熱的で善良で正義感に溢れていて、音楽のセンスが高い人で、とても愛していると言った。相手も同じく愛している、なので私たちを祝福してほしいと。私は泣き出した。私も呉先生は好きだが、呉先生は私の「恋敵」だ。私は林先生を愛している。林先生は私の話を聞いて、私を抱きしめた。私もあなたが好きよ、でもそれは愛とは違うの。あなたはまだ子供、こちらは大人の愛。大きくなって、私と呉先生との恋愛のようなものに出会えるまで、今は勉強しなさい。私はわかっている。本当にわかっている。しかし絶望に耐えられない。目の前が真っ暗になって落ちていくように感じた。誰も私に手を差し伸べてくれない感覚だった。

　私は学校に申請して図書館のアルバイトを辞めた。続けていたら、林先生のことが忘れられないと思った。それからは三食も味がしなかった。他人の失恋を聞くと心が痛んだが、その人たちは私に比べればまだ幸福だと思った。その人は恋愛をしたが、私は恋愛になっていなかったのに失恋したからだ。そうして、学業は私にとってなんの意味もなくなった。成績も自然と落ちて行った。頭の中では時々「青春謡」が浮かんだが、テンポが遅い歌になっていた。そして林英美と呉晋淮のデュエットが、林美純と呉進徳のデュオに重なっていった。林英美／林美純に呉晋淮／呉進徳、この名前の偶然の近さは、天性のカップルゆえなのか？　だったら、私は何を嘆いているのだ。これは祝福すべきはずだ。

　学期末になったころ、突然、呉先生が誰かに連れていかれたと聞いた。思想に問題があるという。ＰＴＡ会長が秘密警察関係者で、生徒から呉先生が音楽の授業で台湾語の歌ばかり教え、政府の批判をしているとの通報があり、それは絶対に「共匪」〔共産党匪賊の略〕か「台独」〔台湾独立運動や勢力のこと〕に違いないと考えたのだった。ある朝、教員寮に、私服姿の三～四人が現れ、呉先生を連行していった。そして校長に「音楽教師を別に採用する必要がある」と通達した。林先生は校長を訪ねたが、校長は呉先生のことは聞いてはならないと言った。林先生も連座して連行されることになるだろうと。林先生はあきらめきれず、いろいろと聞いて回った。校長はこれはまずいと思い、林先生の父親の旧友のよしみから、娘を実家に連れて帰るよう求めた。

林先生は離職する日、私を訪ねてきた。少し休みを取るだけで、すぐにまた戻って教壇に立つつもりだと。そしてまじめに勉強するように言った。時たま文章を書いて、新聞の文芸欄に掲載されることがあったら、私も見るし、この作家は私が一番好きな生徒だったと人にも自慢すると言った。そして最後に本当に立ち去るというときに、甘えた声で彼女の父親が使っていたハーモニカで伴奏したいと言い、「青春謡」をデュオで歌った。老紳士のパートは何音階にもまたがっていて、声が出せないところもあったので、伴奏は抜きになった。

そうして、三年生になったときに、私は林先生がまた戻ってきて物理を教えるものと思っていたが、来たのは別の女性教師だった。省立中学初等部は私の期が最後で、その後は高等部だけが残った。そして私はその後林先生には二度と会うことはなかった。

（酒井 亨訳）

菜の花

菜の花、菜の花
蝶がひらひらと舞う
私の心も舞う
まるで高く飛ぶ凧《たこ》のように

陰暦の新年から二ヶ月が過ぎて、草木がまた繁るようになった。田園も衣替えで花が咲き誇る。新芽が青々として、トマトの実が赤くなっていた。一面の菜の花がまだ寒さが残る村を黄色く染め、早春の蝶が引き寄せられ舞っていた。

遠くに子供たちが凧をあげながら歌を歌っている。私には一番の歌詞だけが聞こえたが、その歌い方は自然だった。私はこの村の子供たちが私があまり知らない歌を知っていることに驚いた。歌はこの村に来てからの暇つぶしであった。誰かが町に出る際には、私はレコードやテープやCDを買ってきてほしいと頼んだ。時に私は少女と一緒に、服や化粧品などを買いに行った。その間、私はレコード屋にいて、流行の台湾語歌で知らないものはほとんどなかった。しかしこの歌はいままで聞いたことがなかった。

昼食後、阿生《アーシン》さんの𥴊仔店《カマティアム》〔伝統的な雑貨店〕に、おやつを買いに行った。阿雪《アースアッ》おばさんが店番をしていたが、私を見ると微笑んだ。

「阿韻《アーウン》、元気？　うちには歌は置いてないよ」

この店はもともと阿雪の店だった。息子の阿生が結婚してから放蕩して、お金がなくて戻ってきてから息子に店を任せていた。私はよく阿生を訪ねて世間話をした。私を「アーツン」と呼んだ。私がアーツンとそっくりなのだという。純情で歌が好きで、しかも綺麗な娘だったと言った。私は村でアーツンのことを耳にしたが、花蓮港《ホエーレンカン》に引っ越してしまったので私は会ったことがない。なのでどんな顔かしらないのだが、どちらも綺麗だというので、私もうれしかった。

「雪さん、お孫さんは？」

「穂嘉《スイカー》に会いたい？　何のご用？」

「いいえ。今朝、お孫さんら子供たちが歌っていた歌の、題名を聞こうと思って」

「そんなに歌が好きなのね。だから阿生もアーツンと似ていると言ったわけだ」

「アーツンはきれいだったと言うけれど、私はきれいなんかじゃない」

「美月《ビーグアッ》さんの夫の母、大柄のツエーさんは一昨年亡くなったけど、生前はアーツンの婚約がうまくいかなかったのが心残りだと言っていたよ。ツエーさんが美月に言っていたのは、阿韻はうちの村の同年代で一番きれいだと。あんたの仲人になってお金を稼ぐといいと言っていた。あんたもアーツンもきれいな娘だ」今回もまた結婚話が起こった。仲介料の稼ぎ時だ。

穂嘉は不在だったので、私は家に戻った。途中アーツンのことを考えていた。どんなにきれいか知らないけれど歌が好きなのだという。どんな歌を歌っていたのだろう。イッバーおじさんの玄関先を通ると、なんとかというお客が微笑みかけた。私はペコリと会釈して、すぐに通り過ぎた。その人は、「伝仔《トアンナー》おじさん」の孫で、台北《タイパク》に行っている「阿仁《アージン》」の友人らしい。わざわざ村まで訪ねてきて、イッバーおじさんの家を借りて、この村のことを調べているという。都会のほうがおもしろく、田舎は単調だ。いったい何の調査するのだろうか？

私は田んぼにいる父と兄に軽食を持って行った。そして帰る道すがら、自転車に乗っている阿生親子と出くわした。阿生は、昼間穂嘉を訪ねてきたようだけど、歌のことか何かと聞いてきた。私は、今朝、穂嘉が他の子供たちと爪をあげながら歌っていた歌の題名が気になって、と答えた。

「あれは菜の花という歌だよ」穂嘉は答えた。

『題名が『菜の花』？　私が聞いたことのない歌があるなんて」

「あれはバブザという人が教えてくれた」

「バブザって何？」

「バブザは人の名前、物じゃないよ」阿生が説明した。「イッバーおじさんの家に間借りして住んでいるあの人だよ」

「なんでそんな変な名前なの？　台湾人？」

「そういう名前だと本人が言っている」阿生は考え込んだ。「確かに。おまえはアーツンのことを知りたいのではないのかい？　バブザはアーツンの話を書いたことがある」

「その人はなぜアーツンのことを知っているの？　うちの村の人なの？」私は訳がわからなくなった。

「阿仁が言うには、小学校で私と同じクラスだった人だという。彼が書いたお話とは、私が小さいころのアーツンとの話だ」

「そんなお話があるの？　読んでみたい」

「ババザがくれると言ったけど、私には読めない、だからもらわなかった」

「今度もらってきて私に頂戴。知らない私が訪ねるのは失礼だし」

「無駄だよ。それは『台文罔報』とかいう雑誌に載ったもので、台湾語で書かれていて、英語の文字を混ぜている。ババザに読んでもらわないとわからない」

「台湾語で書いて、英語の文字が？　なんだか変な話だけど、それは白話字《ペーウェージー》〔台湾語の教会ローマ字〕のこと？」

「そのとおり。白話字と言ってたな、今思い出した。若者のほうが、知識があるね。西洋の文字のことをよく知っている」

私の親しい同級生は隣村に住んでいてキリスト教徒で、その文字で書かれた聖書を読んで聞かせてくれた。ただ私はキリスト教徒になるつもりはなかったので学ばなかった。それにしても、そのなんとか「ザ」とかいう人も、キリスト教徒なのかしら？　阿生は午後に私をイッバーおじさんの家に連れて行って会わせてやると言った。私はあまりに突然だと思ったが、阿生はいつも夜に暇があればだべっているから、大丈夫だよと言った。

私は家畜の世話をしてから、体を洗い部屋で着替えをした。鏡に映った顔色がいいのを確かめて、口紅をぬって、お化粧をした。おばさんが入ってきて小声で聞いてきた。

「デートでもするの？」

「違うわよ」

「嘘ばっかり。化粧なんて滅多にしないのに、夜になっても仕事を忘れているし」

「忘れた？　また出鱈目を」

「鶏が一羽戻ってきてない。鶏小屋にちゃんと施錠しなかったんでしょ。うわの空になっているからじゃないの？」

「阿生さんがイッバーおじさんの家に連れて行ってくれるというの」

「台北から来たというお客と会うの？」

「アーツンについての小説を書いたって。それで話を聞きたいの」

「女の子が夜に他人の家に行くなんてよくないね。兄さんと一緒に行きなさい」

それも一理ある。私は兄の都合を聞いた。兄は忙しくて、阿生と一緒に行くんならいいじゃないかと言った。その台北人は面白い、おかしな人ではないという。私が出かけようとしたところで父が帰ってきた。やめときなさい。女性が知らない男を訪ねるのは、昼間ならいいが、夜は変な噂が立つだろうと言った。

私はその日はイッバーおじさんの家に行かず、自分の部屋で歌を聞いた。遅い時間でも眠くなかった。ずっとアーツンのことを考えていた。夢うつつの中でアーツンの歌が聞こえた。唄声は優雅で少女の夢を語ったものだ。「恋の曼殊沙華《まんじゅしゃげ》」だった。

何日かが過ぎて、慕莉《ボーリー》が私を訪ねてきた。一番親しい同級生で隣村に住んでおり、白話字ができる人だった。雑談しているうちに、村に知らない人が来ているが、阿生によると、その人は白話字で小説を書けるらしいと話が及んだ。慕莉は、それは教会の信徒らしくて、興味があるので、うちの教会の礼拝に来てもらいたいわねと言った。そうして、二人で一緒にイッバーおじさんの家を訪ねることにした。私は初めて行くのに手土産もなしでいったら、「礼儀知らず」と父親に怒られそうだと言った。慕莉は、では、おやつを用意しようと言った。タイワンバジルをのせた卵焼きに脂も塩も少なめにして、胡椒をかけるのはどう。お茶によく合うわ。阿生が言ってたことを思い出した。その人は珈琲が好きだという。でもそれは言わずにいた。タイワンバジルをとってきて慕莉が調理し、イッバーおじさんのところにいる小説家を訪ねることになった。

我が家の後ろの溝のほうから出発して竹が植えられた道を通り、安田《アンテン》さんの家の「灯籠仔花《ティンランアホエ》（猩々《ショウジョウ》花《カ》）」の垣根を曲がるとイッバーおじさんの玄関口だ。午後の始まりで村は静まり返っていた。木に繋がれた軍用犬が私たちを見て吠えた。その犬はイッバーおじさんが塗人厝村《トーランツー》から持ち帰ったものだ。先月イッバーおじさんがお葬式に出かけた際、その家の犬が寂しそうにしていたのでつれて帰ってきたという。門は閉まっていて人の気配がない。慕莉はまた来ようと言い、離れようとしたところ、ちょうど間借人が戻ってきた。

慕莉は私より人見知りしないタイプで、私たちの自己紹介をした。私はこの人の名前がバブザだと思い出した。彼は、自分は教会の人ではなく、白話字はこの村の伝さんの孫の阿仁が教えてくれたものだと言った。そして私たちを待たせたといって、お茶をたててくれた。バブザの第一印象は、肌が日に焼けて、着た切り雀で、うちの村人と変わらないというものだった。だがやはり都会の芸術家のにおいがした。彼は、二林街に退職した元警官を訪ねていて、待たせてしまい失礼したと言った。その老人はかつて警察で出くわした事件について語ってくれ、小説の題材にするのだという。

「何か書いたものはありますか？」慕莉が聞いた。

彼は『台文罔報』を二部取り出して、これは、私が書いた「番婆殺人事件」だと言った。次に書くものもやはり元警官とユキさんという少女がかかわった、海口飛沙《ハイカウポエソア》地区の殺人事件についてで、まさに「哀愁的飛沙（哀愁の飛沙）」の世界だという。私はこの村に来て小説を書いた感想を聞いた。彼は、成果はあった、何人かの老人と話をして面白かった、興味深い話が聞けたと答えた。

「田舎の生活はわりと単調ですけど、そんなに面白い話がありますか？」私は好奇心からきいた。

「ありますよ。前にいる安田さんは、この村で初めて台中の中学に学んだ人だった。私に恋愛話の『青春謡』を語ってくれ、私はそれを自分の恋愛物語にしたことがある」

「安田さん？　恋愛話？　聞いたことがなかった」

「老人は話し好きだから。どうせ誰も聞いてくれないと思っているだけで、時間と忍耐力さえあれば、それぞれの身の上話は、すべて貴重な歴史だ」

　慕莉は言った。「確かに。うちの祖父もよく自分の昔話をしたがるわね」

「ではこちらから」バブザが言った。「あなたはなぜ『慕莉』という名前なんですか？　誰が名付けたのでしょう？　キリスト教徒なら『慕理《ボーリー》』にするはずですが」

「うちの祖父は、昔はキリスト教徒ではなかったのです。彼の名前は『栄《イン》』と言って、『イエス栄さん』と呼ばれていたらしいです。祖母は紀姓で、紀秀《キーシウ》といい、何代も続くキリスト教徒でした。結婚前に色々とあったようです」

　慕莉は続けて、祖父と牧師の娘「主音《ツーイム》」と長老の娘「苜莉《ボクリー》」の話をした。バブザはじっくり耳を傾けていた。そして、これも小説の題材になると言った。

「あなたの祖父がその名前をつけたことを、祖母は快く思わなかったのでは？」

「そうでもありません。祖母は主音と苜莉は良いキリスト者だと言っていましたし、私の妹も『慕《ボー》音《イム》』なので主音牧師にあやかっていますから」

三人でお茶とおやつを食べながら話をつづけた。慕莉は「番婆殺人事件」を私に読んで聞かせてくれた。また「アーツン」も読んでくれた。すると慕莉はアーツンが愛唱した「詩情恋夢」を聞きたいと言いだした。慕莉は音楽の勉強をしている。だがその歌は知らなかった。バブザがその歌詞を探していると、私は小声でその歌を歌った。さすがに現代のアーツンと言われるだけのことはあるわね、と慕莉は言った。私はみんながいることを忘れて歌っていたことに気づいて気恥ずかしくなった。しかし仕方がない。自分が好きな歌の題名を聞いたから、歌いだしただけなのだから。

私は「菜の花」の歌の背景についてバブザに教えを乞うた。バブザは、菜の花畑を歩いて感動していくつかのフレーズを思いつき、歌詞とメロディは自然に湧いてきたと言った。特に自分に音楽的素養があるわけではないと。慕莉は、これは民謡風の歌だと言って、編曲してみたいと持ち掛けた。そしてバブザは「菜の花」の楽譜と歌詞を書いて慕莉に渡した。その後で、私たちはアーツンが歌ったという歌をいくつか聞かせてもらった。私は、台湾語の歌の背景についても尋ねてみた。バブザは、それは自分の専門ではなく、阿仁からの耳学問でしかない。もし関心があるのなら、今度彼も呼んで一緒に話をしようと言った。

その場を離れる際、バブザは『台文罔報』を十数号分くれた。私が白話字は読めないかもと言うと、慕莉は、白話字は読むのではなくて声に出せばわかるし、そんなに難しくないと言った。慕莉の祖父も学校に行ってはいないが、二人の女性から白話字を学び二〜三ヶ月でできるようになったという。今のあなたなら一週間もかからないで覚えられる、もらった分は全部読めるはずだと言った。バブザも自分が教えあげてもいい、一週間に一回か二回やればいいよ、と言ってくれた。そうやってバブザと親しくなっていった。

私はこれまで、白話字がこんなに便利なものとは知らなかった。台湾語の音は何でも書ける。バブザは二時間で台湾語の母音と子音について説明してくれたが、とても簡単で楽しかった。村人はすべて台湾語で話しているが、音についてこれほどわかりやすく説明できる人はいない。また声調符号と転調規則についても非常に合理的だった。本当に四回だけの授業で、『台文罔報』の白話字を読めるようになった。今はまだ速く読めないというだけで、むしろ漢字のほうが難しいと感じるほどだった。

ある時バブザが今日の午後は教えられないと言った。阿仁が帰って来るという。阿仁は、私が生まれる前にこの村から台北に行った人だった。祖父の伝さん夫婦が阿仁の実家に残った。私は以前から阿仁がこの村で一番勉強ができたと聞いていた。しかも初めて海外の学校に留学した人だという。だがあまり金儲けはうまくなく、政治に関与して、政府に逮捕投獄されたこともある。以前であれば、そんな人と話をしただけで警察の取り調べを受けただろう。私はその変人と会ってみたいと思った。その晩、二人に食べさせるおやつを作った。しかし翌日、阿仁はおなか一杯で、夜またバスで台北に戻らなければならないと言った。私は阿仁と話す機会がなくて、がっかりした。

バブザは私の気持ちを慮って家に送り届けてくれた。その晩は清明節〔墓参りの日〕であった。陰暦では二月二十八日、月のない夜で、星が輝いていた。バブザは阿仁がつくった歌「心悶」を教えてくれた。「月が暗ければ、星が来る。満天に浮草と水草が見える」。安田さんの家の灯籠仔花の垣根を過ぎて、刺竹林の道を通った時、バブザは別の曲調の歌を歌い始めた。それはロマンティックで優しく、南国的な歌だった。私も聞いたことがある、文夏《ブンヘー》が歌った「天星降落的小路〔星降る小路〕」だ。

道は完全に暗かった。風が竹の先を通り過ぎて、歌声にこだました。蛙の「クワクワ」という声も時に重なった。どちらともなく手を握り、抱きしめあった。それは星降る刺竹林の道であった。

我が家の玄関先で、私は自分の手を戻して話をやめた。彼は黙って立っていた。夜の暗闇に包まれて、彼の表情は見えなかった。ただ私を見ていることだけはわかった。熱い空気が私を包んだように感じた。顔を見上げて彼と向き合い、目を閉じた。彼が体を押し当ててきたように感じた。私は自分の唇をなめた。しかし、彼は私を抱きしめ、私の額にキスをしただけで去っていった。

普通の人は、田舎娘というのは静かで内気で単純でだまされやすいと考えているのだろうか。私も改めて考えたことがある、私自身もそうなのかと。高校に行く前まで村を離れたことがなく、毎日同じ日々の繰り返しだった。田んぼに植えるものを取り換えて、種をまいて、亜麻、サトウキビ、菜の花を植えたりする生活。私は誰かに種をまかれた菜の花のようなものだ。種をまかれ、その場で根を生やし、育って、花を咲かせ、枯れて行く。菜の花が黄色く咲くときには、ミツバチや蝶が寄ってきて蜜を吸う。それらは単に花粉や糖や蜜が欲しいだけで、花が実となれば、別の花へと飛んでいく。しかし菜の花はそれを追いかけていくことができない。ずっとその場にとどまって枯れていくしかないのだ。バブザがくれたカセットテープには、陳豊恵《タンホンフイ》が歌う曲が入っていた。題名は「少女春望」だ。

私もかつて大学に合格したことがあった。しかし父は入学を許さなかった。うちにはそんな余裕はない。師範大学なら、学費が要らないし、手当もくれるから行かせてもいいが、大学は大金がかかってしかも女が台北に行って一人住まいなんて他人に騙されるに決まっていると。私は母に父への説得を頼んだ。しかし、

「女性なんて菜の花の種と同じよ。それをわきまえないといけない。高校を卒業できただけでも喜ばないと。それをさらに勉強を続けるなんて意味がない。目線が高くなって相手も見つからないし、田

舎にも戻れないわよ」

慕莉は台北草山《ツアウスア》の台湾神学院に進学した。私は一人寂しく家に残った。半年がたち、出身の小学校で代用教員が一人足りないとなった。私は働くことにしたが、子供をだますような仕事だと思った。二年目には師範学院を卒業したばかりの新米教師が来た。高雄出身で、放課後に球技やスポーツをよくしていた。ある週、放課後の残業当番になったとき、その人が卓球を一人でやっているのを見かけた。二人でプレーすることにした。田舎者は運動神経が発達している。私は高校のころ、体育の成績はわりとよかった。二人の実力は同じくらいだった。ずっと続けられた。それからというもの、彼は私をよく誘ってくれた。時には二人で半面だけ使ったバスケットボールをしたり、バレーのネットを低めにしてテニスコートにして私にテニスを教えてくれた。すると、しばらくして噂が立った。

「荘韻《ツンウン》と蕭福讃《シアウホクツァン》先生はできている」

私は正規教員ではなかったので、同僚は呼び捨てにするか、あるいは阿韻《アーウン》と呼んでおり、正規教員は何々先生と呼ばれていた。田舎はとかく噂が立つ。言いたい人には言わせておいて、特に言い訳はしなかった。

ある冬の日曜の午後。慕莉が尋ねてきて、蕭先生のところに行こうと言った。蕭福讃は牧師の息子で、こちらに来てからも、長期休暇には高雄に帰省せず、町の教会の牧師をやっていた。慕莉とはそれで知り合い、教会の讃美歌隊で一緒だという。葉《ヤップ》牧師はクリスマスにみんなを呼んで催しをすると言った。劇や歌を披露して、田舎の普通の人にも来てもらい、大衆化を図ろうというのだ。初期の教会は聖書の話や讃美歌を使ったが、それでは普通の人は来たがらない。そこで慕莉の祖父の陳《タン》英長老がかつて呼んだことがある劇を推薦した。それは旗後《キーアウ》教会の趙振弍《ティオーティンジー》牧師夫人の梁美観《ニウビークァン》が作ったもので、とてもユーモラスな話だった。そのあらすじは次の通りである。

＊

あるところに歴史の古い教会があった。辺鄙な田舎にあり、信徒は少なかったので、教会も貧しく建物も破損だらけで、修理するお金もなかった。教会の近くに一人のおじさんが住んでいて、長年一頭の牛を使って犂《すき》で田んぼを耕していた。昨年、その牛が年老いて臨終を迎えようとした。ある朝、おじさんは日曜礼拝に参加した。牧師は喜んだ。近くに住んでいるおじさんだが初めて教会に来たのだ。これは神様の思し召しだ、ハレルヤ。礼拝の後、牧師はおじさんと話をした。するとおじさんは牧師に牛を貸してくれないかと言った。

「あんたのところは水牛をくれるんではないのかい？　私は何も欲が勝って言っているのではない。わたしの牛が死んだら、暮らしが成り立たない。こちらにお邪魔もできない」

当時教会の外壁にはペンキで「イエスを信じるものは、永生（永遠の命）を得られる」と書かれてあった。しかし一部が剝がれて「永生」が「水牛」になっていたのだ。牧師が説明するとおじさんは言った。

「そうかい。さっき、誰かが鳥袋みたいなものを差し出して人が中に手を入れていた。私も手を入れたら、百元紙幣があった。これは儲けものだ！」

＊

栄長老は入信する前は、教会じたいに興味がなかった。ある日、農作業をしていたときに、鐘の音が聞こえた。何かを感じて教会にやってきたところ、紀滴水《キーティーツイ》長老と出くわした。長老は教えを説くことはせず、栄さんの農作や日常生活に耳を傾けた。それで栄さんは神様を信じ幸福を感じた。慕莉の祖父の栄さんの見解では「労りの気持ちを起点に、福音の目的を果たす」であった。そこで脚本の後半は次のように改められた。

次の週、牧師は近所に住むおじさんの話をした。昔、運動大会で活躍した競走選手がいて、一人一回ずつ献金して飛行機を買い、国家を救おうとしたという。わが教会も金を出し合っておじさんのために牛を買う運動を勧めようではないか。おじさんが後日うちの教会に来てくれるかわからないが、近所にいる人への愛の気持ちである。埔里《ポーリー》にある謝緯《チャーウイ》記念館の頼貫一《ロアクアンイッ》牧師による「隣人を愛せ」運動のように、だ。劇の結末は、おじさんは死ぬまで礼拝に来なかったが、その息子が来て牧師にお願いをしたという。それは牧師に僧侶、道士とともに父親のためにお経をあげて成仏させてくれないか、というものだった。とんちんかんな話だ。

劇中歌が何曲か必要だった。教会の歌ではなく、村人が好きな台湾語流行歌を入れることにした。だが村人は流行歌についてはあまり知らなかった。そこでいくつか教えてくれというので、劇の内容を確認して、「田庄兄哥（田舎のお兄さん）」と「黄昏嶺」を推薦した。私は蕭先生に「田庄兄哥」を教え、私は「黄昏嶺」を歌うことになった。ところが、私が教会の催しに出かけるという話をしたところ、父と兄は行ってはいけないという。私がそのままイエス信者になったら「祖先への裏切り」「元の信仰への裏切り」になり、とんでもないことだと言った。仕方がないので私は慕莉に「黄昏嶺」を教えることにした。

数週間が過ぎたころ、放課後に蕭先生の姿を見かけなくなった。私は劇や歌の練習に忙しいのだろうと思ったが、校内ではこんな噂が流れた。

「蕭福讃牧師は陳慕莉さんと付き合っている。荘韻は捨てられた」

私は確かに蕭先生に恋心を持っていた。田舎では農民はみんな痩せこけていた。私はそれに見慣れており、そうした男性を恋愛対象とすることは難しかった。田舎の少女にとって男性と付き合うような機会は今までなかった。一方、慕莉は丸顔で、眉目秀麗であった。眉の形はまるで観音竹のようで、下のほうが川の水の清らかさに勝っていた。瞳は大きく、青かった。長い眉毛はオジギソウのようで、それが合わさると落ち着きを与えた。そして、頬にはえくぼがはっきりしていた。だが、私は慕莉の親友だ。時には私は彼女を愛しているほどだった。私は鏡で自分を見つめた。たてがみは赤毛で少な目だった。眉毛は艶やかで、目は大きいが、二重ではない。鼻は高くはなかった。顔は憂いを帯びている。私が男だったら、やはり慕莉のほうを選んだだろう。二人ができていると聞いて心苦しかったが、嫉妬ではない羨ましさを感じた。嫉妬はまったくない。いや、嫉妬してはならないように思えた。蕭先生は一年で高雄に転任となった。慕莉に二人の関係について聞いたことはない。

バブザという人については、ほとんど何も知らない。いろんな場所を訪れたことがあることしか知らなかった。『台文罔報』の小説を読んでから、私の興味は広がった。これまで台湾人の生活史や悲しい運命について考えたことがなかった。世間には公共の利益のために個人の生活の快楽や将来性を捨てる人が存在することも知らなかった。政治問題についてもより多く知るようになった。バブザに興味があったというよりは、バブザが語る台湾に関する事柄に対して好奇心を持った。しばしばバブザを訪ね、お話しをした。いろいろと教えてもらい、本も借りた。ほとんどは前衛出版社か台笠が出版した本だった。あの夜の蜜の味、歌声、星の夜空が私の心の中でとろけるようだった。その後の私は何事もなく、私の感情には何の影響もなかったのであるが。

菜の花の歌を完成させるため、私とバブザは菜の花が咲く畑を散歩した。私は菜の花の経済的価値について話をした。この野菜は茎が太く固く、食用にならない。しかし実を結ぶと「菜種」となり、油として使える。菜種油はとても臭く、ピーナッツオイルのような良い香りではないが、油が不足していた時代の台湾人にとっては貴重な調理油だった。田中央《ツァンティオンンー》にはたくさんの油売りがいて、菜種油を専門に売っていた。小さい菜の花は野菜として使えるが花はきれいではない。田舎の少女もこの菜の花と同じだ。綺麗な少女の間は役に立たないが、花が落ちて実がなって子供を作る段階に経済的利益が生まれるのだ。なので田舎の人が選ぶ嫁は、頑強で子供をしっかり産めるのが条件だ。知識や見た目の良し悪しはあまり関係がなかった。辺鄙な田舎に生まれた若く艶やかな花の気持ちを、台湾政治運動に熱中している人が気づいてくれるだろうか？

バブザは私の話を聞いた後、しばらく黙っていた。目は菜の花の周りを舞う蝶に向いていた。私たちは畑の縁に坐っていた。不意にバブザが私を抱きしめ、最初は顔に、次に唇に口づけしてきた。私はどうしていいかわからず、拒絶しようとも思ったが、不用心にも口を開いてしまった。すると、彼の舌が私の口の中に入り込んできた。私のアドレナリンが放出され、さらに強く彼を抱きしめた。天地がひっくり返り、暗闇に光が差し込み、歌声が聞こえたように感じた。それは陳豊恵が歌っていた。


春の蝶よ、花をもてあそぶ。真心はなくてもこれ以上もてあそばないでおくれ

私はふいに正気に戻り、突然彼を突き飛ばして泣いた。

「私は菜の花でしかないの？　あなたという蝶にもてあそばれたくない」

バブザは私の目を見ようとはしなかった。うつむいて黙っていた。私は続けた。

「私はあなたが書いた『詩人の恋愛話』の続きなの？　今回は売春婦の阿秀《アーシウ》でも記者でもなく、世間知らずの田舎娘。それで楽しいの？」〔作者の小説「詩人の恋愛話」に出てくる話〕

バブザは口を開いた。「あなたはアーツンかもしれない。阿仁の心の中の美の化身。だが私は確かによこしまな気持ちがあった。ごめん！」

私は泣きながら帰った。すると、バブザの歌が聞こえた。

菜の花、菜の花
青春が舞っている
花咲き実を結び枯れ落ち
艶やかな夢もついていく

それから一週間、バブザを訪ねることはしなかった。兄嫁が理由を聞いてきた。そこで起こったことをすべて話した。同じ田舎の女として、兄嫁は私の気持ちを理解して言った。

「あなたのお兄さんの嫁に来る前に、私は台北で工場の中に住んでいたの。もともとは田舎に戻って結婚するつもりだったけど、あなたの兄と父が美月に頼み込んでうちに何度も来たの。長く迷った挙句、田舎の生活は単調だし、何もすることがないけど、都会は緊張と恐怖の連続。心が落ち込んだときには、青々とした草原や広がる田園、土のにおいに、安らぎを感じて決めたの。ちょうど兄さんの色黒で実直な笑顔のようにね」

兄とその妻、阿生夫婦、それから都会で生活経験がある安田さんたちは、本当にこんなところで一生過ごしたいのだろうか？　私は何を求めるのか？　人生の伴侶だけ？　円満な家庭？　衣食に困らない暮らし？　命をかけてもいいような恋？　おそらく私に欠けていたのは、故郷を離れて故郷を思う郷愁、家族と離れ離れになって流す涙ではなかったか。人生の意味はどこに行けば見つかるのだろう？　ババザは、詩のような流浪を経た後、今は田舎に引きこもって小説を書いている。だがなぜ自分の故郷に戻らないのだろう。一晩中考え、雄鶏が鳴きだすころに眠りについた。

生きている中では奇妙なことがあるものだ。昨夜兄嫁が話に出していた美月が、まさに夕方にやってきたのだった。私は近くによって、彼女と母がどんな話をしているのか聞いてみた。母は女の子が聞くものじゃないという。美月は仲人おばさんである。二人は私に聞かれないよう、ひそひそ声で話していたので、絶対に私と関係あることだと思った。私はツェーが美月に、私の仲人をやって儲けるといいよ、と話していたことを思い出して、心中複雑だった。

夕食の際、父が丈八堵《トウンポエトー》の出身で涂《トー》という姓の、番仔挖《ホァナワー》で製紙工場を開いて大きな会社を持っている人だが、まだ嫁を貰っておらず、適当な人がいたらとあちこち探している。美月が仲人をして、もし阿韻さえよければ会わせると言った。そして、時代は進歩していていまや子供に指図はできない、自分で決めてくれと言った。兄も、一度会ってみても損はないだろう、自分で見て気に入らなければ、それまでだしと言った。

日曜日、阿生は、買いものに行く時間がない、車を貸すから代わりに行ってくれないかと言った。二林のスーパーで買い物したあと、ずっとレコード屋に行っていないと思い、渓仔下《ケアヘー》まで走った。店に入ったところで、バブザが棚の下に腰をかがめてレコードを物色しているのが見えた。この店は昔の売れ残りが置いてあったので、私もよく来ていた。店の主人は私の姿を見て言った。

「阿韻、ちょうどよかった。このお客さんに台湾語の歌について聞くといいよ。ちょうど教えてあげようと思っていたところだ」

「知り合いよ」私は冷たく言い放った。

店の主人は勘が良い。妙な気配を察して、それ以上何も言わなかった。

私は注文していたCDを買って店を出た。車を出そうとしたとき、バブザが前をふさいだ。私はしばらく家に戻りたくなかった。彼はドライブに行きたいと言った。

王功《オンキン》に出かけた。海沿いには牡蠣の養殖場が見えた。バブザは故郷海口のことを書こうとして、雲《フン》林《リム》の台西《タイセー》、麦寮《ベーリャウ》などにしばらく住んで、第六ナフサ工場ができて住民の生活環境や価値観が変化したことを目撃したと言った。バブザの知り合いに、議員に出馬、当選し、二つの派閥が対立した間隙をぬって、副議長になった人がいるという。だが地域のために何をしてくれるか、見守っていく必要があると言った。私は新聞を読んで、その人とは林源泉《リムグァンツァン》のことだと思った。若くてハンサムだった。

工場を過ぎたところで、バブザが、あれは製紙工場だと言った。汚染排水が海に流され、地元で抗議運動が起こっていると言った。私は丈八堵の涂さんのことを思い出した。成功した実業家というものは、環境を汚すことで、金儲けしているというわけだ。車は台十七線に入り、浜海高速道路を通った。街路樹はなく、雲が低く垂れこめ、空は灰色で、風が強かった。岸辺の肉粽《バーツァン》〔ちまき〕と呼ばれる岩の上に腰かけた。波が引き、また押し寄せた。浜辺の砂が絡み合い、海面には多くの汚物が漂流していた。プラスティック製品が多かった。

バブザは私の肩に手をかけた。私はその手を振り払った。苦しかった、そして泣きそうになった。

「阿韻、ごめん」

私は何も答えなかった。それ以上は私に手を出さなかった。彼は「夜霧的港口（夜霧の港）」を歌い始めた。それは文夏が歌った原曲とは違って、軽やかな調子に、郷愁を込めた歌だった。彼の小説「海口故郷」の中での、彼と渡辺浜里という女性が東京のホテルでごそごそやっているくだりを思い出した。顔がほてった感じがした。私にはそうした経験はなかった。同窓生が話していた。ローレンスという作家が書いた性小説に詳しい描写があるという。私は『ザ・フォックス』〔英語の小説〕を買った。その宣伝文句『『チャタレー夫人の恋人』の作者による隠れた名作！　欲望を深く描き出した小説』とあった。私はこの本を読んで楽しいと思った。英語は平易なものだったのでほとんど理解できた。私が外国語小説を一冊読みとおしたのはそれが初めてだった。だがセックスについて、それほど詳細に描かれているものではなかった。そこで宣伝文句にある『チャタレー夫人の恋人』を探しにいこうと思った。洋書店にはその本はないが、中国語書店には中国語訳が売られているという。

バブザは私を呆然と見つめて、訊いた。

「何を考えている？」

「イングリッシュでセックスのことを語るのは恥ずかしくないが、中国語で『チャタレー夫人の恋人』を読むのは落ち着かない。なぜか？　あなたが台湾語でセックスについて書くときも何か難しいところはあるの？」

「言語とは本来民族の文化的な価値を背負っているものだ。セックスの問題に触れることに慣れていない民族は、それに類する語彙が少ない。小説を書くときに、その問題にぶち当たることも多く、とても悩ましい。しかしどうにもならない。そこで適当に考えてみる。だが、私が書いた『詩人の恋愛話』や『海口故郷』のセックスの場面は、それほどいい加減に書いているとは思わないだろう？」

「私自身は経験がないので、いい加減かどうかはわからない！」

「『台文罔報』の作家に、南部出身の女性がいる。米国に留学中で、フェミニズムと台湾語について主に書いている。台語網というネットの掲示板に台湾人がベッドで話すセックス用語について、みんなの経験を参考にしたいと書き込んでいたことがあるが」

「私は『台文罔報』で『女性権利の戦場』という文章を読んだけど、確か名前は荘佩芬《ツンポエフン》といったはず」

「人としての楽しみは経験の厚みだ。人生の目的は死を待つことではなく、経験だ。追い風にあおられて倒れたり、起伏があっても、一種の楽しみだ」

「ものによっては経験することは可能だけど、ものによっては強いてすることはできない。セックスのようなものは適当に経験してもいいものなの？」

「君の考え方だと、『適当な経験』でないものなんてあるの？」

「夫婦だとそうではない」

「その考え方は古すぎる。荘佩芬は未婚で自分では経験はない。そこで、両親から経験を聞きだした。しかし台湾人には、受け入れられないやり方かもしれない」

「私が父に尋ねたら、絶対に怒鳴られるわね」

「自分で経験することはそう難しくはない」

「どういう意味よ？　田舎娘だと思ってバカにしないでよ」

「ではなくて、君に求婚するという意味だよ」

私は一瞬呆然となった。バブザの表情からは冗談ではないことがわかり、なんと言っていいかわからなかった。

黒い雲が集まり、今にも、土地の罪悪を洗い流すような雨が降り出しそうだった。

村の教会に向かう道はアスファルトが敷かれていた。道端の田畑にはもともとは葡萄、ワインにする「金香葡萄」が植えられていた。葡萄農家が公売局〔専売局〕と契約していたものだ。公売局が「会社」に改組されたことを口実にその契約を解除し、米国から輸入した葡萄を使うようになった。コストが低かったからだ。台湾全土の金香葡萄のうち、二林地区が七割の生産量を誇っていた。十数年来、葡萄園はこの地区の特産となっていて、フランスの農村に匹敵するとの声もあった。だが一九九七年以降、すべての葡萄園は廃墟となった。

村人は二林鎮の住民とともに、葡萄問題で省議会に何度も抗議や陳情に訪れた。歴史家は、これは歴史の繰り返しで、日本統治時代にも「二林甘蔗農家事件」「二林葡萄事件」があったと言った。

これも運命だとあきらめた人たちは田畑に戻った。苗木やドラゴンフルーツを植えたりした。面白いことに、葡萄をあきらめられず、ほかのものもうまくいかないとして、いくつかを観賞用に残した人もいた。慶おじさんは若いころに鶏肉で訴訟沙汰を起こしたが、年をとってもおかしな人だった。田畑を観光用にすれば価値を生むと称して、種を取るのを目的としないで、田んぼの一区画に菜の花を植えた。どうせ今の人間は菜種油なんか使わない。しかし植えておけば蝶がやってくる。隣村との境界となる小高い丘「大崙《トアルン》」近くの、私とバブザが行った場所もそうだった。

慕莉はクリスマスの演劇のあと、蕭先生が高雄に異動となり、あまりこちらに来なくなった。蕭の祖父は、今学期は授業負担が重く、日曜日は学校から台北の教会に見習い牧師として派遣されるので、一ヶ月に一回しか戻らないと言った。私は蕭先生が今日戻っているのを知って、先生を訪ねていって、ババザが私に結婚を申し込んだことについて相談した。蕭先生以上の相談相手がいなかったのだ。途中、菜の花が黄色く染まって広がっている道を通り、陳豊恵が歌う「本気でないなら、わたしをもてあそぶのはやめて」を頭の中で反芻しながら、悲しくて涙した。

私が慕莉を訪ねると彼女は家の中でピアノを弾いていた。メロディに聞きおぼえがあった。先日穂嘉ら子供たちが歌っていた「菜の花」ではないか？ 慕莉は恥ずかしそうに言った。

「ババザの歌を採譜して編曲するといっていたのにずっと忙しくてやっていなかったの。あなたにもごめんなさい」

「なんであやまるの？」

「ババザはあなたの友人だし、あなたもいたときに受けた話なので」慕莉はピアノを閉じて、「なにか大事な用件があってきたんじゃないの？」と言った。

慕莉の家は農村によくある数階建ての家だった。家の前後に花園があるが、他の家と違うのは、塀で仕切られていないことだった。家を建てるときに事情があったと彼女の祖母から聞いたことがある。栄さんが紀滴水の孫娘の秀さんと結婚すると、紀長老は栄さんの家があまりにも狭いことを気にかけた。そこで自分の家の裏にもう一つ二階建ての家を建てて、孫夫婦に住まわせようと思った。栄さんは子供の時から変人で通っており、義祖父の好意を受けず、子供が生まれて手狭になったら住むと言った。自分で働いて稼いでなんとかするから、妻の実家が心配しないでいいと。結婚後、嫁の紀秀は栄さんにあることを相談したことがある。二林街に「許建村《コーケンツアン》背広会社」というのがあり、許源医師の息子さんが開いていた。商売もうまくいき、仕事が多すぎて生産が間に合わないので、秀さんに家に持って帰って作業をお願いしたいと言った。会社が作った生地を家のミシンで縫い合わせてもいい。しかし栄さんはうんと言わなかった。一所懸命働いて家族を養うのが男の務めだと。秀さんはキリスト教徒として教会の服務のほうに時間を使うべきで、私は田んぼを耕すと。のちにセメント工事を習得し、そちらのほうが農業より稼ぎがよいので、五年やって田舎の家を建て直した。設計は他人に依頼したが、セメント部分は自分の手で行った。

ある人が家の前に小さな花園を設けるなら、塀を作らないといけないね、と言った。それと塀の上には防犯用の鉛線やガラス破片をつけるべきだと。栄さんは言った。

「花を植えるのは人に見せるためであって、防犯を考えるなら、はじめから植えない。田舎には良い景色があって、塀などなしに見てもらうのはいいことだろう」

ある人が聞いた。「泥棒に入られたらどうするんだ?」

「貧しい人がやむにやまれず泥棒をする。貧しい人がいると知って、その人を助けようにも間に合わず、うちにやってきて何か盗んでも、こちらのほうが恐縮するだけだ。何も心配することはないよ!」

私は慕莉と花園に坐った。遠くの景色を眺めながら、栄さんの度量の広さを心の中で称えていた。慕莉の祖父母と父母がお茶とお菓子を持ってきてくれた。彼らは家の中にこもって、若者の話を邪魔しないようにしてくれた。慕莉はバブザからの求婚話について聞いたあと、しばし無言になってから言った。

「私と蕭福讃先生の件は知ってる?」

「噂は耳にしたことがあるけど、よく知らないわ」

「私たちも結婚話になったんだけど、祖父のことを思い出したの。それでよかったわ」

「おじいさんは蕭さんを気に入らないの？」

「そんなことはないわ。いつも褒めているわよ」慕莉は続けた。「うちの祖父の話はしたことがあったわよね？　彼は生涯学校教育を受けなかった。教会の中で教理を聞き、白話字の聖書を読んだだけだけど、貧しく困っている人たちに寄り添い、感謝と良い報いがあることを知っていたの。私はここで生まれて、幸運にも神学院の大学院まで行けたけど、家族の援助がなければ、理《ことわり》を知ることもなかったと思うの」

「田舎の農民の娘がそんなことまで心配してどうするの？　この田舎は、うちの母の時代も今も変わっていないわ。二十歳にもならない娘が田んぼをやって腰が曲がってしまう。それなら菜の花のほうがましだわ。花が咲けば蜂や蝶が寄ってきたと人が喜び、美しさに見とれる。台湾語の諺《ことわざ》で、女はどんなに美しくても産めなければ意味がない、というのがあるでしょう。田舎娘は子供を産んで、頑丈で仕事ができてなんぼという。そんな田舎に誰が嫁に来るというの？　田舎を守るため？　故郷に恩返し？　それは都会で勉強したインテリの言い草だわ。言っていることは正しいけど、田舎には似合わないわ」

「阿韻、ごめんなさい。あなたの立場や気持ちを考えていなかったわ。私はまだまだ草の根の人になりきれていない。知識をひけらかすばかり。あなたの未来を決める資格なんてないわ」

慕莉はかわいげのある人だ。その祖父と同じで度量も広く、人の話をよく聞く。私は言い過ぎたと思った。だが私の気持ちをこれ以上どう説明すればいいのか。阿仁の詩、「田舎の子供の最大の願いは、もう二度と田舎に住まないことだ」の部分を聞かせた。慕莉は私の痛みはわかると言った。自分自身は幸運にもキリスト教家庭に生まれ、教育を重視する雰囲気の中で、齷齪《あくせく》したことがなかった。普通の農民とは隔絶していたと。

慕莉は、美月さんが阿韻を丈八堵の人と結婚させたいと言っていた話を持ち出した。美月の夫の母親、ツエーさんは栄さんの叔伯姉〔おじの家の自分より年長の娘〕にあたるので、慕莉にとっては姆婆〔伯父の妻の母〕だ。私はババザと出かけた王功村で、海面を汚染し、地元民が抗議している製紙工場を見た話を慕莉にした。その涂さんも製紙工場の経営者だと。すると、慕莉は感情の問題には理屈は要らない。私もよくわかっていないから、祖母に聞いてみたいと言った。

祖母の秀さんは若い時分の話をしてくれた。栄さんに学がないことを気にして、最初は好きではなかった。姉の錦さんと教会の青年が結婚した後、ツエーさんが金物屋に口利きをしたという。その息子は見たところしっかりしていた。錦さんの祖父紀長老が探りを入れたところ、番仔溝《ホァナカウ》の人で、柳《リウ》という苗字で、大きな田畑を所有している家だった。若いころは博打《ばくち》が好きで評判は良くなく、近所の女性はみんな結婚したがらなかった。それは品行が悪かっただけでなく、その土地が広すぎて、農作業をすれば腰が曲がるからだった。仕方がないので、橋仔頭《キオアタウ》に来て、店を借りて、商売の真似事を始めた。それで嫁をもしもらえたら、その金物屋は元の人に返すつもりだったらしい。

私と慕莉は小説「アーツン」を読んだことがある。番仔溝の不良がアーツンを犯したという。慕莉は、祖母がそんなやつと結婚しなくてよかった、と言った。

秀さんは結婚する気はなかったので、鉄道局の急行列車の車掌試験を受けた。だが、滴水長老は、鉄道の急行や、公路局〔道路局〕のバス金馬号の車掌は上司からセクハラを受けるらしいと聞きつけて、そんなところに行くな、と言った。苜莉が結婚してから、主音は竹塘《テクトン》教会で宣教を始めた。姉の錦さんと阿雲《アーフン》、阿雀《アーチョク》姉妹も一年内にお嫁に行った。女性・青年宣教会はほぼ解散同然となった。牧師は秀さんに聖書研究会の手伝いをお願いした。栄さんは聖書を熱心に読み、わからないことがあれば、長老に聞いて教えてもらううちに、教会内で最も学のある聖書博士となった。秀さんは栄さんに失礼なことをしてきたと思い、学のない人をさげすんだことを懺悔した。そのころ、滴水長老はこの孫娘に栄さんと結婚したいかどうか聞いてみた。秀さんは栄さんさえよければ結婚する意志がある、と答えた。

慕莉は祖母に愛とは何かを聞いた。すべての女性が命をかけて求めるべきものである、と祖母は言った。

「もちろん愛は重要、それは全力で求めるに値する。しかし人生にはほかにも愛と同じくらい重要なものがたくさんあるの。愛にもいろんな形がある。イエス様の世の人に対する愛、人の天地万物への愛、あなたの祖父があなたたち姉妹に慕莉、慕音と名付けたのも、苜莉、主音を懐かしく思っているから。あの二人は、もともとあなたの祖父と結婚しようと争ったが、それは愛情のためでなく、イエス様が世の人を愛するという意味での愛だった。若いころにすでに普通の愛よりも崇高な愛を知っていたの」

「おばあさん。おじいさんと結婚したのもそのような愛だったの?」

「おばあさんはね、平凡な世俗の人よ」笑いながら、「おばあさんは普通の愛からあなたのおじいさんと結婚したの」と言った。

私はキリスト教徒ではないので、イエス様が世の人を愛したという話は知らない。家に戻る途中に考えた。苜莉と主音は、まだ若かったにもかかわらず、貧しい人を慈しむことができた。慕莉の言う「郷土愛」、そしてバブザが「菜の花」の運命について語りつつ私に求婚したこと、それらもすべて同じ愛なのか？　バブザの言う愛とは、私のような「貧しい人」への愛なのか？　流れる雲も安息を求めてはいるが、流れることに嫌気がさすことはない。それは崇高な感情である。私はしかしそんな憐憫のようなものは受け入れられない。栄さんが苜莉の好意を受け入れなかったように。

いずれにしても、私はバブザに感謝を言わなければ。彼が来なければ、私は井の中の蛙だった。自分の日々の暮らしをただ嘆くだけで、そこから解脱できなかった。彼の小説を読まなかったら、苜莉の誠意あふれる人となりを知ることもなかった。安田さんのところの刺竹の道を通り過ぎながら、私は「天星降落的小路」の歌を思い出した。解脱したいという気持ちが、理由もなくまとわりつき、手足がくたびれて、灯籠仔花の近くに腰をおろした。顔がほてっていた。私がはまった恋の罠をどうやって処理したらいいだろうか？　青春とはその人の酸っぱさと乾きを処理することなのか？

イッバーおじさんの玄関口からおしゃべりが聞こえた。来た道を引き返そうと思った。すると私の足音を聞きつけたのか、阿生が出てきた。

「阿韻、入っておいで。お茶をしよう。安田さんはまだここにいるよ」

バブザもその後ろから手招きした。もしここで入らなかったら、私がバブザに会いにわざわざ来たと思われるだろう。

「私にどんな大事な用件があるの？」

「テレビで芸術家の楊英風《ユーインホン》が死んだと聞いたけど、一生芸術に捧げて功績もある」と安田さんは言った。

「新聞によると、姚一葦という人が死んで一年になるが、その人は一生を演劇に捧げたそうだ」阿生も補足した。

「だから何なの？」私は言った。

「ババザは農作業も芸術の一種だという。農民は一生土をなでながら耕す。作物への理解も深い。気候や大自然の変化も知っており、命をかけて働き、学ぶ。でも誰にも称賛されない芸術だと」阿生はババザの信者になったようだ。

ババザの語る意味はこうだ。農業だけでなく、林業も、工業も、自分の仕事への理解と真剣さにおいては、偉大な芸術だといえる。しかし社会は労働者や農民を尊敬せず、画家、作家、芸術家の貢献や成果だと言う。その他はまるで人でなく、何も言う価値はないというような。それは社会の価値観がおかしいのだ、と。

安田さんは言う。自分はこの村から初めて海外の大学に行った者であるが、卒業後は仕事をしながら数本の小説を書いた。だが誰も知らない。都会というのは住めば住むほど寂しくなる。田舎に戻ると、力を出したことに自分の人生が満たされるという感覚がある。戻ったころは、都会で事業に失敗して借金をこさえたから、こんな田舎に引きこもったのだという噂が立ったこともあった。悪人とみられていた。そして後で逃げ帰ってきたのではないことがわかると、今度はこう笑いものにされた。都会で頑張るには遅すぎて、ひなびた田舎で腐っているんだと。

阿生と安田さんは目くばせして、先に失敬すると言った。それは私とババザを残すためだった。私は一緒に去ろうとしたが、ババザが引き留めた。ここ数日顔を見なかったが、それは求婚されて困ったからか、と。

「私はあの小説を思い出した」

「どの？」

「なぜ淑玲《ショクリン》と結婚しなかったの？」

「淑玲？」

「『詩人の恋愛話』に出てくる音慈《イムツー》のことよ！」

「なぜそれを持ち出す？」

「あなたはあの人に求婚したのでは？」

「あれは小説で、作り話。物語を本気にするのかい？」

「あなたが書いたものは、みんな事実に基づいている話ではなかったの？」

「そうでもない。題材にもよる」

「では、あれを書いた目的は何？」

「作家が作品を書くのには目的はある。しかしそれは口で説明できるもんじゃない。読者が自分で感じるものだ」バブザは私をじっと見ると、「あなたはどう感じた？」と言った。

「ごちゃごちゃしていて、あなたが何を言いたいのかわからない」

「小説内の人物にやっかんでるの？」

「自分のほうが偉いとでも?!」私はそう言ってふと思い出した。「だったら倒陽《インポテンツ》というのも、作り話なの？　作り話にしては真実味があるわね」

「それは作家の秘密、だれにも漏らさない」

「何をいってるの！　読者ならわかるといって、自分では言えないというのは、真実だということね」

「なんの因果があって、そんなことを議論したいのかね？」

私は決意して言った。

「あなたなんかと結婚できないわ。しかし、あなたが愛するというのなら、あの日話していたことをすればいいいじゃない！」

「何のこと？」

「セックスのことよ」

「なぜ私とは結婚しないと？」

私は慕莉の家で聞いた話をした。バブザはしばし考えてから言った。

「私は結婚したいという人間ではない。あの時はあなたがそんなに結婚が必要なら、私が結婚するのもいいかもしれないと思った。ただそれだけだ。あまり責めないでくれ」

「私もあなたが求婚してくれたことには感謝したいの。私自身はまだ結婚の覚悟がない、しかしセックスする覚悟はあるの」

「経験はあるの？」

「高校のとき、付き合ったことはあるけど、手を握ってキスをしただけよ」

「小説の中でも書いたように、私もガールフレンドとはそれをしていない。処女とはする気もない」

「知っている。でもそれも作り話ではないの？」

「物語そのものは作り話だ。しかしテーマは本当だ。それが話を作る目的だ」

「あなたが言う通りなら、私はどうやって経験を積めるというの？」

「それは私の責任ではない。私にはそれを提供する義務はない」

このままずっと議論し続けても気まずくなるだけだ。そこで話題を変えた。前回二林で買ったレコードは何？　バブザは自慢げに言った。胡美紅《オービーホン》のデビューアルバムで、雷達《レーダー》レコードが出した『胡美紅台湾歌謡アルバム』さ。「青春悲喜曲」がメインソングだ。私は聞きたいと言った。彼は、二日前に阿仁が来て最新号の『台文罔報』に載せるといって私の小説の原稿を持っていった。そのときそのアルバムを見せたら喜んで、彼が最近開いたカフェ「巣窟《ツアウクツ》」の看板曲にするといって、持っていってしまったと言った。私は失望した。それはアルバムを持ちさられたことではなく、阿仁と話をするチャンスがなくなったことに、だ。

その日、二人で話をし、歌を聴き、夜遅くになった。バブザはタイワンバジル、ヤマフヨウ、ヘクソカズラの卵炒めを作りお茶を出した。私や慕莉よりも料理がうまい。夜遅くまで話し込んで帰りが遅くなったら、彼が帰り道を送ってくれて、また「星降る小路」を通り、彼の歌を聴くものだと思っていた。そこへ兄と兄嫁が迎えに来た。私は落胆する一方で、安堵した。とはいえ、その気持ちはどう表現していいかわからない。

父が兄に私のことで文句を言っていたようだ。噂が立つことを気にしていた。バブザと色恋になったのかと聞かれて「いいえ」と答えた。父は言う。特に用事もなく男性と一緒にいるのはよくない。美月がまた例の丈八堵の人を紹介すると言っている、一度約束してみてはどうだろうかと。私は父に言った。まだ結婚する気はない。それは嘘ではなかった。

その夜は陰暦十五日だった。月が明るく、窓から差し込んできた。私の脳裏には一面の菜の花が黄色く頭上の空の中に咲いていていて、星よりもさらに明るく見えた。流星がいくつか流れた。まるで花火のようだった。蝶が花の周りを前後上下に舞うように、私は空に浮かんでいた。どこかに着陸して根を生やす場所を見つけようと目をこらした。そんな場所があれば根を生やし子孫を増やしたい。

三日後、夕食をとった後、私と兄嫁は洗濯をしていた。バブザが別れを告げるため、うちにやってきた。農村小説の原稿書きがある程度のところまできたので、違う場所を体験しに行くという。文学の道を新たに探し求めに行くのだと。私は、次は何を書くつもり？　と聞いた。彼は言った。絵筆で小説を描きたい。「海口故郷」に出てくる画家のように、文字の限界を超えて、色彩で芸術観を表現したいと。

私は、どこか行きたいところがあれば車を出してあげる、と言った。すると彼は車は自分で借りた、とにかく別れを告げに来たと言った。いっそ早くに別れたほうがよさそうだ、慕莉によろしく伝えてくれ。ほかの人には誰にも挨拶していない、見送りもしてほしくないからと言った。

私は彼が自動車の運転席に乗り込み、走り出すのを見つめていた。そして車のランプが光り、徐々に遠くなっていき、暗闇の中に消えていった。そのとき脳内では音楽が鳴っていた。

菜の花、菜の花
蝶がひらひらと舞う

（酒井 亨訳）

〈流浪の記録〉
風に吹かれるススキ

ススキの茎は打たれ強い
生えているのは、田舎の川べり
　そして荒れ果てた月日
子供時代も同じ
ススキの茎を草笛にして
奏でる　哀愁の
　田舎の子供の心の声を

田舎の子供　最大の望みは
　田舎から出ることだ
賑やかしさを求めてではなく
苦労を厭うてのことでもなく
ススキの茎のように

誰かが植えるのでなく　勝手に生えて　勝手に育つ
荒れ果てた土地でも　川べりでも

台湾を離れよう
子供時代を捨てよう
故郷はとっくに心の中で荒れ果てた
ススキのように
玄関の前に育ち
なんとなしに風に吹かれる
奏でることがない　家には帰れない
　ブラックリストの心

誰が吹いているのか草笛を
子供のころに見たススキ
風にしなって私を呼ぶ
田舎の苦労も都会のにぎやかさも
故郷あってこそ
いや　やはり歩き回ろう
曽文渓《ツァンブンケー》の川べりを

風に吹かれるススキ

〔かつて国民党独裁政権時代に、在米台湾独立運動家がブラックリストに載り帰れなくなった。台湾に戻ってから逮捕され、生まれ育った農村風景を思い出す〕

（酒井 亨訳）

〈生命の記録〉
何もなくても暗闇は残る

私に一口の空気をお呉れ
私に一つの考えをお呉れ
私に一刹那の微笑みをお呉れ
私に一筋の涙をお呉れ
　そうすれば生き続けられる
生命には何の秘密もない
生命の炎が消える
　それこそが秘密

生命にはどんな要素があるのか
空気、水、そして光
愛情、友人、そして敵
何もなくても暗闇は残る

暗闇もなければ
生命に何の意味があろう

昔、生命がなかった時代に
生命は暗闇の中にあった
楽しみというものはみんなが見えている
しかしその楽しみとは何かを知らない
悲しみを避けたがるように
だが我々の存在自体が悲しみなのだ

私に一つの考えをお呉れ
生命の秘密がわかるから
生命は一つの考えだ
　考えるための考えだ
考えることはいくつかのことを忘れることだ
そしてもともと何だったのかを知ることになる
生命とは自分たちを忘れることなのだ

（酒井 亨訳）

〈詩人の記録〉
詩人は話をしない

流浪の詩人は
流浪の気持ちで
世俗の話をする
　星が輝く前は
雲はその存在の意味を見つけられない
世の中がすべて公平なら
詩人は何もすることがない

詩人ができることといえば
　監獄に犯人がいなければ
　投獄されても苦しまなければ
正義は存在の意味を見つけられない
詩人が流浪しなければ

詩には何の意味があろう
流浪の心がさらに流浪する

罪悪とは何か
生命とは何か
流浪の詩人は
　詩を作る意味が見つけられない
正義には意味がなくなり
神様にも意味がなくなり
意味さえも意味がなくなるのだ

（酒井　亨訳）

〈田園の記録〉

その晩の鐘の音――私の子供のころ

どこの鐘の音なのか
私の心の中から飛び出たものか
目覚めたが意味がわからない
また夢の中でその場所に行く
蛍がいて、案山子《かかし》が立っている
　凧《たこ》が上がり尖塔がある

放課後の夕方
一人でひそかに凧あげをした
一面の田の稲が穂を結び
案山子の一体一体が
静かにそこに立っている
雀〔台湾人の比喩〕が稲をついばんでいる

凧が舞い上がる
子供の夢を
高く高く上げておくれ
家の煙突一本一本から
煙がどんどん濃くなっていく
そして遠くの空が霞んでいる
教会の尖塔が見えるだけ
私は爪先立ってみたが
それでも遠い未来は見えなかった
風はさらに強くなる
凧がさらに舞い上がる
空は暗くなった
火星が見える
蛍の光がゆらめいている
凧の糸が切れた
凧はどこに行ったのか
暗くて何も見えない
田んぼ道は凸凹だ
歩いていると突然転んでしまった

私の泣き声は風にのって
　飛んで行った
私だけに聞こえたようだ
遠くの鐘の音が聞こえる
私は静かに聞いた
　静かに
そして忘れる
　蛍、案山子
そして飛ばされた凧のことを

（酒井　亨訳）

戯曲

老人たち

前書

この劇は、台北建成扶輪社（ロータリークラブ）が、認証大会において社員による台湾語劇を演じることを提案し、私が『BONG報』に発表した「イッパーおじさんの価値観」を劇本に改編したらどうかと洪清峰氏より勧められたものである。私は二晩でこれを執筆した。ちょうど、サンディエゴの田土さんが、台湾語の短い劇を書いてほしい、と手紙をくれたところだった。海外在住の台湾人たちが、たびたび演劇をする機会があるのに、台本が無いとのことなので、この劇を公開することにした。著作権は著者にあるが、使用は歓迎する。

【脚本】陳明仁
【監督】林如萍
【舞台美術】王立甫
【衣装】洪清峰

【音響】李智貴
【人物】吉仔伯、洪牽、阿火、阿水、阿成、教官、駅長、乗客
【初演】一九九八年三月十三日　環亜飯店

序幕「ある老人の午後」

背景幕：公園の木の下
人物：洪牽《アンカン》、犬（人が演じる）、猫（人が演じる）、吉仔伯《キエラペ》（吉さん）の声

音楽「火戦車」が始まる。スポーツウェアを着た洪牽が登場。洪牽は、頭に「決戦」と書かれたハチマキをしている。洪牽は、舞台上を回ってゆっくりジョギングする。

一分経つと、音楽が小さくなる。

詩「ある老人の午後」の前半を朗読。

吉仔伯の声　午後の気候は悪くない
関節と痛風にぴったりだ

息子と嫁はとっくに出て行った
幸せな家庭とやらを求めて
私にほんの少しの生活費と
二人の孫、そして
何もすることがない孤独を残して
孫は私と話さない
日がな一日テレビに張り付いて
「となりのトトロ」や「ちびまる子ちゃん」の話を聞くだけだ
午後の気候がいい時に
公園に行って、旧友でも探すとしよう

音楽が大きくなり、洪牽はもう二、三周ほど走る。それから、木の根元にしゃがむ。
音楽が小さくなり、十秒後に段々弱くなり、消える。
詩「ある老人の午後」の後半を朗読。

吉仔伯の声　公園はしんと静まりかえっていた
一匹の犬が尾を垂らし
日光の下、自分の影で遊んでいる
石の椅子の上には
落ち葉やほこりが積もっているだけ
私は木の下でしゃがみ

一匹の猫が、餌をあさるのを見ている
私が話しかけても
見向きもせず
あの犬の方へ走り去り
じゃれあい
互いのしっぽを噛んで遊びはじめる
もう一人、老人が歩いてくる
私は彼をじっと見つめた
彼は私の方へ来たが
どちらも話しかけることをせず
ただお互いに自分の孤独を味わっていた
ある気候の良い午後
どうしたらよいのかわからずに

以上、犬・猫について、衣装は、詩の内容に合わせること。吉さんは詩の内容に合わせて声で出演すること。

第一幕「二二八事件」

背景幕：公園の木の下
人物：洪牽、吉仔伯、教練（教官）、阿火《アーホエ》（火さん）、阿水《アーツイ》（水さん）、阿成《アーシン》（成さん）、女の子の声
音楽：「流浪的拳頭師」

教官が、五人の老人を連れて、拳法をやっている。動作は別途考えること。
一分後、音楽が止まり、みな拳法をおさめるポーズをとる。

教官　いいか、拳法というものは、拳《こぶし》を見せびらかすものではない、身体の健康のためにやるものだ。私が教えているこの拳法は、我が家に代々伝わる家宝である。みな、良く学ぶように。あまり雑にやってはいけないぞ。一番大事なのは、足をゆったり左右に開いたり、姿勢を良くしたりすることだ。そうすれば、拳を出す前に倒されることはなくなるぞ。わかったか？
一同　ハイ！
教官　ハイではなく「知《ツァイ》！」と言え、おまえら日本人じゃなかろう！
吉仔伯　私たちは、みんな日本人として生まれましたよ。で、今じゃ「中華民国人」になったとかって。未だに、いったい何国人と言ったらよいのやらわからないんですよ。
洪牽　この前講演で聴いたんだけど、俺たちは「台湾人」というそうだよ。
教官　我々は、拳法で体を鍛えているのであって、政治談議をしているのではない。

よし、今日はここまで。
一同　ありがとうございました！
教官　（中国語で）「ではまた《ツァイチェン》」！（退場する）
吉仔伯　（日本語で）サヨナラ！
一同　（声を合わせて）サヨナラ！
　一同笑う。
　教えてもらっていた者たちは、汗を拭きながら、木の下に坐る。
吉仔伯　（洪牽に問う）牽さんや、聴きに行ったっていう講演では、何を話してたんだい？
洪牽　俺たち台湾人が二二八事件〔戦後統治者となった中国人政府に対し台湾人が不満を爆発させて蜂起するも徹底弾圧され、三〜十万人もの犠牲者を出した事件〕で殺されたってことをだよ。
阿成　二二八のことが聴きたいんなら、講演なんか行かずに、俺の話を聞けばいいよ。
阿火　また阿成がデタラメ言ってるよ。
吉仔伯　だから「ホラ吹き成さん」なんて呼ばれてんのさ。
阿成　今回は、ホラなんかじゃないって！　二二八のことなら、この目で見たんだってば！
吉仔伯　おまえさんはまだ六十ちょっとじゃないか、なんで二二八を実際に見ることができるんだよ！〔本劇の初演は一九九八年、阿成は一九三八年頃生まれの設定であり、二二八事件を体験することは一応可能〕。
阿火　だから、「ホラ吹き成さん」だって言っただろ。二二八ってのはなあ、鄭成功《テエシンコン》が兵を率いて台湾に攻め込んできて、台湾人を殺した事件だろ？　お前は見ることができたのかよ？
阿成　火さんよ、おいらは本当にこの目で見たんだってばよ！　話を捻じ曲げないでくれよ！

阿火　それじゃあんた、鄭成功はどんな姿だったよ？

阿成　おいらたちと見た目は変わんねえよ、ただ、身体だけおいらたちより大きいんだ。七〜八尺はあるかな。

洪奎　七爺《チッヤァ》八爺《ペヤァ》〔民間信仰の対象である一対の神〕みたいなんじゃなくて？

吉仔伯　おまえみたいなホラ吹きは、デタラメを実に上手にしゃべるなあ。鄭成功はオランダ人、西洋人だろ？　俺たちとそう変わらん外見のはずないだろう。

阿成　吉さんよ、知ったかぶりしちゃいけないよ。鄭成功がオランダ《ホーラン》人なら、西洋の姓のはずで、なんで「鄭」っていう姓なのさ？

阿水　「河南《ホーラム》」は淡水川の南側だろ、なんで西洋人の姓なんだよ？

吉仔伯　水さんや、デタラメばっか言うやつの話を聞いちゃいけないよ。人の苗字っていうものは、世界中どこも大体同じなのさ。西洋人も同じ、たとえば、米国の大統領のリンカーン（林肯）の名字は「林《リム》」だし、今の大統領だって、クリントン（柯林頓）ってやつだろ？　それも彼の父親が「林」姓で、でも「柯《コアー》」っていう家に婿入りしたから、二つの姓を合わせた「柯林《コアーリム》」って苗字になったって話だよ。

阿火　それじゃあ、〝皮は「柯」で、骨は「林」〟ってやつだね。イギリスの大統領も同じだろ。ド・ゴール（戴高楽）っていうの、あれも〝皮は「戴《テー》」で骨は「高《コー》」〟だろう？

阿成　おまえさんも「好《ハオ》」〔中国語：いいかげんにしろ。阿火《アーホエ》と掛けた言葉遊び〕だね。イギリスは、女王なんだよ、ダイアナ（戴安娜）っていって、ついこの前死んだじゃないか。あそこは、男は大統領にはなれないんだよ。おまえさんが言っているのは、ドイツの国王のド・ゴールだろ？

吉仔伯　そうそう、だから言っただろ。あのイギリスの死んだ女王ダイアナも「戴」じゃないか、彼女はド・ゴールの妹なんだ。ドイツがイギリスを占領した後、彼女を女王の座に就かせたんだ。ほら、みんな俺たちと似たような姓だろ。何も言い争うことないさ。

阿成　おいらは鄭成功のことをハッキリ覚えてるよ、小さい頃はうちに遊びに来て、ひと房のバナナを手土産に持ってきたっけ。

阿火　そりゃありえないよ！　鄭成功は百年以上前の人だ、二二八は三十年前のことだぞ、なんで一緒くたにするんだよ？

洪搴　俺が聴きに行った講演では、ちょうど二二八事件の五十一周年だって言ってたぞ。

吉仔伯　言っただろ、おまえら皆「ベー・ポク（博）、ケー・ポク（知ったかぶり）」してるって。二二八事件は、ちょうど五十一年前、日本人が台湾人を殺した大事件だ。台湾人に生まれておきながら、こんなことも知らんのか！

阿火　吉さんよ、その諺《ことわざ》は、ほんとは「ベー・ポク（凸）、ケー・ポク（グラマーぶり）」って言うんだぜ。意味は、女の子が、まだ胸が膨らんでいないのに、そのフリをするっていうことさ。永遠に膨らまない女の子なんていないのにねえ。

吉仔伯　俺は二二八の話をしてるのに、変な方向に引っ張っていく〔原文は「烏白搴《オーベーカン》」。デタラメに引っ張る〕なよな。

洪搴　俺の姓は洪《アン》、名前は洪搴《アンカン》だ。オーベーカンではないぞ〜。

阿水　デタラメに引っ張って行くと、捕まっちまうこともあるよ。うちの近所に、牛を一頭デタラメに引っ張って行ったせいで、捕まったやつがいてさ……。

阿成　そんな風にモタモタ話してちゃ、聴く方に追っつかねえや。その牛を引っ張ってった奴が、釈放された後、人に「なんで捕まっちゃったんだい？」って訊かれてさ、「縄を拾っただけなんだよ」って。「嘘言うな、縄を拾っただけで捕まるもんか！」って言われたら、「その縄の先に牛が括り付けられてるなんて知らなかったんだ」って答えたんだとさ。

阿火　この話、十回以上聞いたよ。

阿成　嘘つけ、まだ六回しか話してないぞ。数えたことあるんだ。

吉仔伯　二二八のあの時代、日本野郎は本当に残酷だった、縄を拾っただけでもコトだったよ、それも軽い犯罪さ、ささいなことでも、すぐしょっぴかれて、バンバン！　って銃殺さ。二二八ではたくさんの人が死んだってさ。牽さんよ、そうだろう？

洪牽　そうだって。あの日の講演では、本当にたくさんの人が死んだって言ってたよ。

女の子の声　おじいちゃん、ごはんだよ～！

一同　おう！

一同　孫が、ご飯だってよ～。

音楽「真快楽」が流れ、暗転する。

第二幕「〝変なばあさんが眠っている〟?」

背景幕：公園の木の下

人物：吉仔伯、洪牽、阿水、阿成

音楽「呉天羅的念歌」。阿水が月琴を弾き、洪牽が歌謡曲を歌う。テープに合わせて、口を合わせること。

三十秒で、音楽が止まる。

吉仔伯　ありがとう、おまえさんたち。歌で見送りしてくれてよ。

洪牽　俺たちは、五、六十年も一緒にいたもんなあ。こんなにあっさりお別れなんて、本当に寂しいよ。

吉仔伯　しかたないよ、時代は変わったんだ。若い世代の方が主人なのさ、田舎で農業やるのは辛いからって、みんな都会へ行っちまって。年を食っちゃったのに、彼らを頼らないわけにも行かないしな。それでも俺は台北《タイパク》の新荘《シンツン》に行くだけさ、阿水なんか、米国に行くんだろ？　天国くらい遠いんだろ、生きてるうちにまた会えるかどうか……。

阿水　米国はな、なんでも「バアサンガネムッテル《アァマァァレークン》」〔「アメリカ」と音が似ている〕って言うらしい。

阿成　水さんや、英語の上達ぶりはどうだい？
阿水　米国人は、表面上は礼儀正しいが、中身は違うねえ。「おはよう」のことを「牛が乳をさわる《グーモーリン》」、「さよなら」を「牛が悪い《グーバイ》」、もしくは「悪い悪い《バイバイ》」って言うらしい。「じいちゃん」は、「牛のキン《グーラン》タマ《パー》」、「ばあちゃん」は「牛のアソコ《グーランマー》」なんだそうだ。
阿成　なんで全部「牛」なんだよ、間違って覚えてるんじゃないのか？
吉仔伯　そりゃあ全部牛なんだろう、米国人っていうのは皆ステーキを食べるじゃないか。
阿水　米国人は、牛（cow）を「イヌ《カウ》」って呼ぶらしい。
阿成　おまえ、おいらよりホラ吹くのがうまいな。
阿水　犬（dog）は「シカ《ロッ》」〔台湾語ではしばしばdとlが混同される〕、鹿（deer）は今度は「ブタ《ティーアー》」だって。
洪峯　そりゃあ面白いな。じゃあ、豚はなんて言うんだ？
阿水　豚（pig）は、「スッポン《ピッ》」さ。
阿成　もういいよ、これ以上言われたら頭がおかしくなりそうだ。
吉仔伯　阿水が米国に行かないで済むんなら、俺も台北へは行きたくないんだがなあ。
阿水　うちの息子は、あっちで米国人の嫁さんをもらって、米国人の孫を産んだんだもの、俺が行かなかったら、うちの息子が親不孝者と言われるだろう。あいつらの名誉のことを考えるんじゃなきゃ、俺だって行きたかないよ。
洪峯　米国に行って、食えるものはあるのかい？
阿成　そりゃああるだろ、米国は米が多いのさ、だから「米国」っていうんだろ。
阿水　どうやら、食事はいつも「麦当労《マイタンラオ》（MacDonald's）」ってとこに行くらしい。

吉仔伯　食事をするのに、ドラを売るところ（「売銅鑼《マイトンロー》」）に行くのか？　ってことは、米国人もドラを鳴らすのか？

阿水　そうじゃないよ、違うドラさ、中国語で言う「麦当労《マイタンラオ》」は、マクドナルドのことだよ。

洪牽　それじゃ、三食いつもドラ焼きを食べるってことか？

阿水　聞いたところじゃ、麦当労ではドラ焼きじゃなくて、割包《クワパウ》〔台湾式ハンバーガー〕を売ってるらしい。

阿成　米国人も割包を食べるのか？

阿水　「アメリカ式割包」と言って、内側は肉、外側はパンで挟むんだそうだ、それで「肉と一緒に《ハムバー》挟む《カッ》」とも言うそうだ。うちの息子は「漢堡《ハンパオ》」と呼んでるらしい。

洪牽　吉さんは、台北に行くだけだから、そんな苦労を味わわずに済みそうだな。

吉仔伯　俺だって何も好き好んでいくわけじゃないぞ。うちの長男は何年も医大の大学院で勉強して金を沢山使っちまって、やっとのことで開業したんだ。次男が俺に面倒を見てやれって言うもんでさ、仕方ないのさ。

阿成　何時に出発なんだい？

吉仔伯　もうすぐ「田中央《ツアンティオンンー》」〔彰化県田中〕まで行って、汽車に乗るんだ。

洪牽　「田中央」に汽車は来ないぞ？

阿成　「田中央」は地名で、今は「田中《テンティオン》」になったんだ。田舎に引っこんで外に出ないから、そんなことも知らないんだろ。

洪牽　我が友よ、田中央から汽車に乗るところまで送ってやるよ。

台湾語民謡「丟丟銅」の替え歌版が流れる。

照明が暗転する。

第三幕「別れの入場券」

背景幕：机、「田中火車站」と書いてある看板
人物：吉仔伯、洪牽、駅員、乗客数名

音楽「車站惜別」が始まる。
吉仔伯が、風呂敷を抱えてくる。洪牽が布袋を持って登場する。
舞台上を一回りすると、音楽が終わる。

洪牽　吉さん、俺たち、さっきリムジンでここを通ったよな？　なんでここで降りずに、行き過ぎてからまた歩いて戻ってきたんだい？

吉仔伯　牽さんよ、そりゃ知ってるが、でも俺たちのバス賃は、一律片道十七元だろ？　もしここで降りたら、一駅分損するじゃないか。

洪牽　そうだったのかあ、玄人のあんたと一緒に来てよかったよ。もし俺一人だったら、一駅分損してたな。

吉仔伯　人は社会で暮らして、馴らされるものさ。社会っていうのは世知辛いもんでな、俺たち田舎とは比べもんにならんのよ。

洪奎　この袋は何だい？　すっごく重たいけど。

吉仔伯　そんなに重たくはないだろ、五十斤〔三十キロ〕ちょっとのサツマイモだよ。息子はサツマイモの粥が大好きなんでねえ。

洪奎　田中央駅に着いたぞ。

吉仔伯、机の前に行く。

吉仔伯　ちょいと、新荘まではいくらかね？

駅員　すみません、汽車は、新荘には停まらないんです。

吉仔伯　汽車は台湾全土に通ったんじゃないのかね？　新荘には停まらないなんてことがあるのか？

洪奎　テレビでも言ってたぞ、僕だって見た。

駅員　場所によっては、発展が遅れていて、汽車が行かないところがあるんですよ。

吉仔伯　馬鹿言え、俺たちの住んでるとここそ本当に遅れてるんだ。だから、俺は汽車に乗るために田中央まで来て、十元以上のバス賃まで払ったんだよ。これについては、まあよしとするけどな。

洪奎　俺だって十元以上無駄にしたことになるぞ。

吉仔伯　その、新荘ってとこは、俺も行ったことが無いのは認めるよ。でも、うちの息子は、そこで歯医者を開業したんだ。本当に遅れたところなんなら、誰の歯を診《み》るつもりなんだよ？　診療所の賃料だって月に三、四万元もかかるんだ、絶対損ばかりしているじゃないか。

駅員　新荘は、賑やかな街ですよ。ただ、ただ……。

洪牽　ただ、なんだ？　早く言ってくれよ。

駅員　鉄道の線路というものは、まっすぐなもので、曲げることができないんです。それで、新荘のあたりに寄っていくことができなくて……。将来、技術が進歩したら、そこも通ることができるかもしれませんが。

洪牽　本当だ、汽車の線路っていうのはあんなに太いんだもの、曲げることなんてできないよなあ。

吉仔伯　わかったよ、それじゃ、俺はどうやって新荘に行ったらいいんだって？

駅員　まず台北まで汽車で行って、それからリムジンの自動車に乗って新荘まで行くんです。

吉仔伯　新荘は、台北より手前だろ？　それじゃ、行き過ぎてから、また金を払って戻ってこいっていうのか？

洪牽　バカバカしい浪費だ！

駅員　それじゃあ、桃園《トーフン》まで行って、そこから公路局〔道路局〕のバスに乗ったらいいですよ。

吉仔伯　よし、じゃあ、桃園までを一枚くれ。

駅員　どれに乗ります？

洪牽　ああ言えばこう言う！　汽車の駅に来たんだから、汽車に乗るに決まってるだろう！

吉仔伯　笑かしやがる、汽車の仕事をしてるのに、俺が汽車に乗りたいってことがわかんねえのか？

駅員　もちろん知ってますよ、そうじゃなくて、どの車種、莒光号《キーコンホー》、光華号《コンホアーホー》、自強号《ツーキョンホー》、観光《クアンコン》の、復《ホッ》興《ヒン》の、もしくは対号《トゥイホー》〔それぞれ列車の種別〕のに乗りたいのかって訊いているんです。

洪牽　そんなに複雑なのかい、なに爺《コン》さん、なに婆《ポー》さんとまで分けるなんてねえ。

吉仔伯　いくらかかるのかによるなあ。ズバリ言ってくれ、俺はむやみに値切ったりしないから、良心的な値段を言えよ。

駅員　お客さんもはっきり言いますねえ。四百元ちょっとのやつ、三百ちょっとのやつ、二百ちょっとのやつ、どれがいいですか？

洪搴　どう違うんだ？　どれもみんな桃園には行くんだろう？

駅員　早いか遅いかの差なんです。長く乗らなきゃいけないのもありますし、早いやつは一時間ちょっとで着くんですよ。

吉仔伯　わかった、それじゃあ、その一時間で着くやつをくれ。俺は息子のところに行くのであって、汽車の旅を楽しむために行くんじゃないからな。

駅員　はい、それでは、三三三元いただきます。あと三十分で莒光号が来ますからね。

洪搴　二百元のがあるって言わなかったか？

駅員　はい、それは、少し遅い「快車《クァイチャー》」〔「快速」の意〕っていうものなんです。

洪搴　「快車」の方が、遅いのかい！　なんでそんなことが？

駅員　ええ、そうなんですよ。先ほどは早く着くのがいいとおっしゃいませんでしたか？

吉仔伯　長く乗れる方が安いなんて、どうしてそんなことがあるんだ？

駅員　それじゃ、遅い方を買うんですね？　どれくらい遅いのがいいんですか？

後ろには乗客たちが切符を買おうと並んでいる。

乗客　早くしてくれよ、間に合わないじゃないか！

駅員　あれ、遅いのがいいっておっしゃいませんでしたか？

吉仔伯　今のは俺が言ったんじゃないよ。俺は、遅ければ遅いほどいいな。節約にもなるし、長く汽車を楽しめるし。どんなバカだって、どっちがいいかわかるだろうさ。
駅員　それじゃあ、普通車、桃園まで、二百元ですね。二時間後に来ますよ。
洪牽　二百元のは、快速じゃなかったのかい？
駅員　今、快速と普通車は同じ値段なんです。
吉仔伯　普通車が一番いい。同じ値段で長く乗れる。そうだ、もし坐らずに、立ったままなら、さらに割引になるのかい？
乗客　汽車の後ろにぶら下がったら安いよ！
洪牽　それじゃ、入場券も一枚おくれ。
照明が暗転し、音楽「離別的月台票」が始まる。

第四幕「海軍行進曲」

背景幕：公園の木の下
人物：洪牽、吉仔伯、阿火、阿成、獅子舞の人

音楽「迎媽祖之夜」が始まる。木の下で、洪牽、阿火、阿成と人々が、獅子舞を囲んで見ている。

舞が終わり、音楽が終わると、獅子舞の人は去る。他の人々も獅子舞と共に退場する。

阿成　時代は変わったな。獅子舞ですら、適当にやってるんだものなあ。

阿火　水さんは米国へ、吉さんも台北へ。人手不足だなあ。じゃなきゃ、俺たちもチームを組むとこなんだが。きっとあいつらにだって負けないぞ。

洪牽　年を取るっていうのは、残された日々は少ないのに、時を過ごすのが辛いものだな。本当に寂しいことだ。

阿火　吉さんと、水さんは元気にしてるかなあ？

吉仔伯の声　おまえら、俺の蔭口をたたいてるのか～？

一同　吉さん！

吉仔伯、登場する。

洪牽　いつどうして帰ってきたんだい？　全然知らなかったよ！

吉仔伯　今夜はここが賑やかになるんだろう、帰らんわけにはいかないさ。

阿火　何日くらいいるんだい？

吉仔伯はうなだれて、黙っている。

阿成　吉さん、どうしたんだい？　息子さんや嫁さんが、冷たいのかい？

吉仔伯　いいや、俺の方が、耐えられなくなっただけなんだ。

阿火　次男くんは、なんか言ったかい？

洪牽　父親が帰ってきて一緒に住むってのに、文句を言う道理はないだろう。もし何かあるなら、俺と一緒に住んだらいいよ。

吉仔伯　いいや、何も言われてないよ。
阿成　どんなふうに住みづらかったんだい？
吉仔伯　台北人っていうのは、本当におかしいんだ。俺たちのこういう言葉でしゃべると、けっこうなやつが、全然聞いてわからんらしい。全く不便だよ。
阿火　全部外国人なんじゃないか？
吉仔伯　見た感じじゃ、俺たちと同じなんだがなあ。
洪牽　向こうで誰とも喋れないんじゃあ、一日中押し黙ったまんまなのかい。
阿成　息子さんや嫁さんとは話せないのか？　俺たちの言葉だってわかるだろうに。
吉仔伯　それが、俺が話すと嫌がるんだよ。
洪牽　なんて罰当たりな！　何を嫌がるんだ？
吉仔伯　ある日、客が歯を抜きに来たんだけど、なかなか難しくて、十分以上もたってやっと抜けたんだ。その客が痛いって嫌がってね。いくらだって訊くから、うちの息子が三百元ですって言ったら、そいつが高いってごねたのさ。それで、俺が息子の代わりにちょっと話をしてやったわけよ。
阿成　何て言ったんだい？
吉仔伯「俺はこの前別のとこに行って歯を抜いてもらったんだけど、たった一分で抜けたのに、それで同じ三百元だったよ。うちの息子は十分も費やしてこの値段なんだから、高くないだろう」って。
阿火　うん、いい話じゃないか。
吉仔伯　その客が帰ってから、息子のやつは、今後は客の前で口をはさむなって言いやがったんだ。

洪牽　そりゃ息子さんはあんまり薄情だなあ。

阿成　それじゃあ、嫁さんとお喋りしたらいいじゃないか。

吉仔伯　俺もそう思ったんだけどな。ある日嫁さんがご近所さんとお喋りしててね。ある娘さんが、まだ結婚してないのに誰かといい仲になって、腹ぼてになったんだと。それで、その娘さんは貰い手がなくなってしまったっていう話をしてたのさ。

阿火　都会では、女の子はいい加減なもんだって聞いたよ。

吉仔伯　そんなことあるもんかい。それで俺は口をはさんでこう言ったんだ。「腹ぼてなんて大したことないさ、昔俺が嫁をもらったときも、嫁さんは町で孕《はら》んで戻ってきたとこだったんだ。親父は嫌がったけど、俺は『同じ結構な結納金を払うんだ、嫁さんと子供を一緒にもらったら、一人分お得でいいじゃないか』って言ったよ」ってね。

洪牽　そりゃあその通りだ。それじゃあ、その歯医者になった長男くんは、奥さんのお腹にくっついてきたんだねえ。

吉仔伯　なのに、うちの嫁は、俺に向かって、これからは絶対にご近所さんと喋っちゃだめだ、息子の面子《めんつ》を潰すからって言うんだよ。

洪牽　それと面子とどういう関係があるのさ？

吉仔伯　女房が連れてきた息子を、俺は同じように可愛がったよ。田んぼを売って医学院の歯科にも進ませてやった。実の子よりも良くしてやったくらいさ。なんの面子が立たないもんか。

阿火　台北人の考え方っていうのは、本当にヘンテコだなあ。俺らに理解できるもんじゃなさそうだ。もう考えるのはよそうや。

阿成　拳法の先生は、また新しい型をいくつか教えてくれたんだ。明日、俺が教えてやるよ。
洪牽　水さんが米国に行って「肉と一緒にはさむ《ハムバーカッ》」の割包を食べてるから、誰も月琴を弾いてくれなくて、長らく歌を歌ってないよなあ。
吉仔伯　アカペラだっていいじゃないか、歌おう！
阿火　何の歌にしようか？
吉仔伯　子供の頃にならった、あの「軍艦行進曲」にしよう。

音楽「軍艦行進曲」が始まる。

一同　（口を合わせて歌う）

四人とも、軍事訓練のように、音楽に合わせて動く。
出演者はみな舞台上に上がり、観客に礼をし、照明が暗転する。

〈終〉

（近藤　綾訳）

二二八の花嫁——二二八事件五十周年記念作品

【脚本】陳明仁
【監督】陳明仁
【企画】張素華
【プロデューサー】連美満、林忠治
【音響】呉朋奉
【編集】呉朋奉、陳明仁
歌（CD）】陳芬蘭「港辺惜別」、李碧華「満面春風」、胡美紅「心酸酸」「一隻鳥仔哮啾啾」
【人物】春子、正雄、淑美、明仁、千恵、哲夫、林卻、阿喬、阿生、阿明、使用人A、使用人B、ラジオ放送（男性）、ラジオ放送（女性）、物売りの声
【監修・製作・放送】TNT宝島新声広播電台（ラジオ）

第一幕

人物：春子《ツンツー》（ハルコ）、正雄《チンヒョン》（マサオ）

「港辺惜別」の歌が始まる（歌・陳芬蘭）。

一番目の歌詞終了後、音楽はボリュームを絞って小さくする。

春子　〝恋の夢は引き裂かれる。誠の心も誠の愛も、両親の頭は古くって、若者の熱い気持ちをわからない……〟〔「港辺惜別」の歌詞〕

正雄　ハルコ、また悲しみにひたってたの？

春子　マサオさん、来てたのね。……ううん、何を悲しむことがあるの？

正雄　お父さん、どうして君を外に出してくれたんだい？

春子　今、うちの店、商売が大変なことになってるでしょ。オトウサンもニイサンもめちゃくちゃ忙しくて、それでこっそり抜け出てきたの。

正雄　今、市場の物価はめちゃくちゃだってね。米一袋が何百元もするんだろ。

春子　それは昨日のことよ、今日はまた全然違うんだから。

正雄　今日は、米一袋いくらなんだい？

春子　さっき私が出がけに聞いた話では、お米は一斤〔六百グラム〕単位で売ることになったんですって。

正雄　一斤いくら？
春子　お金じゃ売らないそうよ。
正雄　無料ってこと？　なんでそんなうまい話が？
春子　違うわ、一両の金《きん》で、一斤半のお米と交換なの。もう今じゃお金なんて価値がどんどんなくなっていってるから、誰も現金を受け取らないのよ。
正雄　変な話だよなあ、台湾は米作りの国で、総面積の半分以上が田んぼだっていうのに、どうしてそんなに米の値段が高くなっちゃったんだろう？
春子　それは、あのならず者の陳儀〔台湾を接収統治するために派遣された中華民国の政治家〕が、私たちのお米やお砂糖やお茶葉や樟脳《しょうのう》や、色んな生活用品を、全部船でシナへ運んで行っちゃったからよ。それで、産地の方の私たちが、アベコベに食べるものが無くなっちゃったってわけ。
正雄　ハルコ、君は普通の女の子なのに、なんでそんなに色々知っているんだい？
春子　うちは商売やってるでしょう、人の出入りもあるし、情報が早いの。お客さんは陳儀のことになると、みな歯ぎしりしながら、これはそのうち何か起きるぞって言ってるわ。
正雄　阿生《アーシン》、アキラ、ハシもみんな憤慨してるよ。金を集めて誰かに政府に陳情してもらおうって話してるんだ。
春子　あなたのあの勉強会の人たちはみんなとっても気が短いわ、私はちょっと……。
正雄　心配しないで、あいつらはみんなとってもいい人で、情熱的な若者なんだ。やることも慎重だよ、友達を巻きこんだりもしない。どのみち、僕たちの結婚が決まったら、僕はすぐ日本に行くんだから。

春子　京都大学の入学手続きは全部準備できたの？

正雄　うん、できたはできたんだけど、ただ学費がまだ捻出できてなくて……。大圳《トアツン》の下の土地だけど、王坊ちゃんが三千六百斤の籾だけ出すって言ってて……〔貨幣価値が安定せず、籾を土地の売買の対価とすることがあった〕。

春子　三分〔約九百坪〕にもなろうって土地よ。三千斤ちょっとでなんて、売ることないわ。

正雄　僕もそう思うんだ。でも、王坊ちゃんは、「乱世には田畑なんて価値が無い」って言って、それ以上は出してくれないんだよ。

春子　もしあの土地を売ってしまったら、お母様はどうなさるの？

正雄　うちの母が言うには、家には自分と僕の妹だけだから、頼まれ仕事でもして適当に暮らせるよって。

春子　私、帰ったら、オトウサンに相談してみる。先にお金を貸してもらって、後で返すのでいいから。せいぜい、土地を抵当に入れるだけだし、そうしなくてもいいか聞いてみるわ。

正雄　ハルコ、駄目だよ、それは絶対に駄目だ。もともと、君のお父さんは、僕らみたいな農民のことを見下してるからこそ、僕らの交際に反対したんだ。もしここでお父さんにお願い事なんかしたら、きっとますます僕らの結婚はうまくいかなくなるだろう。

春子　昨日、トシ兄さんが、私の代わりにオトウサンと話をしてくれたの。ニイサンが、「正雄君はせっかく京都大学に受かったのに、お金が無くて通えないなんてもったいない。有望な青年を一人失うことになるよ」と言ったら、オトウサンが「うん、正雄という青年はなかなかのものだ。もし金のことなら、私も助けてやれるんだがな」と答えたのよ！

正雄　君のお父さんの援助は必要ないよ。ただ、君との結婚を許してくれさえしたら、それでいいんだ。

春子　マサオさん、私たちがしっかりしていれば、きっと願いが叶うと信じてるわ。

正雄　ハルコ、アリガトウ！

音楽が流れる、「港辺惜別」の二番目。

第二幕

人物：阿明《アービン》（アキラ）、阿生《アーシン》、阿喬《アーキャウ》（ハシ）

風雨の音。

戸を叩く音。

阿明　阿生、阿生！

阿生　誰だ？

阿明　僕だ、アキラだよ！

ドアを開ける音。風雨の音。

阿生　アキラ、どうしてこんなに遅くに？
阿明　事件が起きたんだ！　台北の方で……。
阿生　先に入ってからにしろよ、ハシも居るんだ。
　戸を閉める音、風雨の音は小さくなっていく。
阿喬　阿生、誰が来たんだい？
阿明　僕だ、アキラだよ！
阿喬　台北で民衆が立ち上がったんだって？
阿明　みんな放送を聞いたんだね？
阿生　聞いたよ、大稲埕《トアティウティア》のヤミ煙草取締員が、オバサンを一人死なせたっていう以外は、聞き取れなかったけど。
阿明　この汽車で降りてきた人に聞いたけど、死なせたのはオバサンじゃなくて、全く関係のない通行人だったらしい。混乱が起きてるんだ。
阿喬　もうちょっとちゃんと話してくれ、ごちゃごちゃしててよくわからないよ。
阿生　雨が降りだしているのに、構わず来たんだろう、先によく拭いてから、ゆっくり話してくれよ。
阿明　ありがとう！　……四、五人の取締員が、淡水《タムツィ》に行ったけど誰も捕まえられずに圓環《イークァン》まで来て、天馬さんの開いたあの喫茶店のそばで飯を食ってたんだって。食べ終わって、煙草を売るおばさんを見た。林《リム》というらしいんだけど、その人を絞り上げようとしたらしい。おばさんはそれに従わなかったんで、奴らは恥をかいたことで怒って、おばさんの煙草を全部没収してしまったんだ。おばさんは泣きついたんだけど殴られて、それで周りが憤慨して暴動になったんだって。

阿喬　なんでこんな大ごとになったんだい？
阿明　そいつらシナ人は、囲まれて詰め寄られたことに震えあがって、銃を取り出してデタラメに撃ったんだ。それが第一劇場の近くにいた無関係の人に当たったんで、群衆は頭に来て、奴らをずっと追いかけた。警察局まで追いかけたところで奴らは中に隠れ、警察局の方は引き渡さないと言い張り、それで暴動になったっていうわけさ。
阿生　これからどうなるとかって言ってたか？
阿喬　俺たちはどうしよう？
阿明　台北の方は、どんどん人が増えてるみたいだ。もし円満な回答が得られなかったら、やつらと勝負する準備をしたほうがいいかもしれない。
阿喬　僕は、マサオとも一緒に相談したほうがいいと思うんだけど。
阿生　僕はやめたほうがいいと思う。あいつは京都大学に受かったところだし、ハルコとは命がけの恋愛中だ。もしまたこれに関わったら、ますます面倒なことになる。
阿明　俺も阿生の意見に賛成だ。できるだけマサオには知らせず、何も言わないでおいて、俺たちだけで行動したほうがいい。
阿喬　どんなふうに行動しようか。
阿生　まず台中《タイティオン》に連絡を取って、彼らがどう動くつもりなのか聞いてからにしよう。
阿明　じゃあ、俺はもう少し情報を集めてみる、動きがあったらまた相談するよ。
阿喬　僕は君と一緒に行くよ。
阿生　わかった、それじゃあな。慎重に行こうぜ。

阿喬　うん、それじゃお先に。
阿明　じゃあな。
阿生　気をつけろよ。
門が開く音。風雨の音がどんどん強くなる。

第三幕

人物：春子、千恵《チエンフイ》（春子の母親）、哲夫《ティエッフー》（テッ・春子の父親）、使用人A（男性）

春子、「白牡丹」を歌っている。
千恵が入ってきて、春子を呼ぶ。

千恵　ハルコ、ハルコ、ハルコ！
春子　オカアサン、どうしたのそんなにピリピリして！
千恵　ピリピリ？　外は戦争みたいになってるんだもの、ピリピリもするわよ！
春子　戦争？　どの国が？
千恵　台北で暴動が起きたんですって、別の場所では強奪も起きてるらしいわ。

春子　誰が誰を強奪したの？

千恵　誰もがよ。台湾人がラジオ局や警察局を占拠して、武器を奪い、シナ人の方は会社や大きなお店を占領してるみたいよ。

春子　台北の大稲埕の事件が発端なの？

千恵　オトウサンが聴いた放送によると、誰かが陳儀に談判に行ったそうよ。長官公署〔第二次世界大戦後、中華民国が台湾を接収・統治するために設置した特別行政組織〕は、少し譲歩するみたい。

春子　もしそうなら、いい知らせじゃない？

哲夫　何がいい知らせなもんか！

春子は哲夫が入ってきたのを見て声をかける。

春子　オトウサン！

千恵　テツ、陳儀が譲歩することが、どうして悪いことなの？

哲夫　おまえら女というものは何にもわかっちゃいないな。あのならず者の陳儀は、〝笑顔の虎〟〔腹黒い奴〕だ。劣勢の時は笑顔で対応するが、形勢を立て直したら、すぐ手のひらを返すぞ。

春子　台湾の長官ともあろう人が、約束を守らないなんてことあるの？

千恵　シナ人は本当にわからないわ。「継母の顔と春の天気」〔台湾語の諺《ことわざ》、「女心と秋の空」の意〕って感じで、コロコロ言うことが変わるもの。オトウサンは彼らと接したことがあるから、よくわかってるわ。

哲夫　俺が心配しているのは、陳儀と談判しに行った台湾人たちが、奴らを日本政府のように約束を守る相手と思い込み、言われたことを鵜呑みにして、結局ひどい目に遭ってしまうんじゃないかということだ。
春子　それじゃ、どうしたらいいの？
哲夫　今回は、いい話は無さそうだ。私たちの商品は、トシに使用人たちを連れて別の場所に隠させるつもりだ。まあ、今この話はよしておこう。おまえとマサオ君のことはどうするつもりだ？　マサオ君は日本に行くつもりなのか？
春子　オトウサン……。
千恵　言いたいことがあるなら言いなさい。そしたらオトウサンも何かしてあげられるかもしれないんだから。
哲夫　最初、私はおまえが彼と付き合うことに反対した。おまえのためを思ってのことだ。マサオ君は、人柄はいいが、家柄があまり良くないし、父親もいない。母・息子・妹とで二、三分〔六百〜九百坪〕ぽっちの土地を守っているような状態だ。おまえみたいなお嬢さん育ちは、嫁いでから苦労するんじゃないかと思ってね。トウサンは、別に現金な人間というわけじゃない。要は、子を思う親心なんだ。トウサンを恨まないでおくれ。
千恵　大丈夫ですよ、ハルコだってわかってますから。ハルコ、どうするつもりなのか、早く言っちゃいなさい。
春子　私、私……。
哲夫　今、外は滅茶苦茶なことになってるんだ。私は忙しい。ゴニョゴニョ言うのはよしなさい。その方が私もやりやすい。
春子　もう知ってるくせに……もう一度聞かなくても……。

哲夫　後になって恨み言を言われても困るからな。オカアサンの前で、もう一度正式に言ってみなさい。
千恵　今は恥ずかしがっているときじゃないわ。ねえ、はっきり言ってみてごらんなさい。
春子　彼は……私と結婚したいって。
哲夫　おまえは、彼を好いているのかい？
春子　……そうみたい。
哲夫　それは、好いてるってことか、そうじゃないのか？
千恵　テツ、女の子がこんな風に言うときは、〝本当に好き〟ってことなのよ。
哲夫　全く面倒なもんだ。わかったよ、それじゃあ、おまえたちの結婚を認めよう。
春子　（感動して）オトウサン!!
哲夫　彼が日本へ行く費用は私が出そう。安心して学業に専念できるようにね。ただ一つ、ある条件を彼が飲んでくれれば、万事ＯＫだ。
春子　（心配して）まだ条件があるの？
哲夫　ふむ、おまえたちは先に結婚してから、一緒に日本へ行くんだ。
千恵　まだ婚約式もしていないのに、なんでそんな急に？
哲夫　私だってそうしたくはない。でもこんな乱れた世の中だ、家の中に女の子を置いておくのは危険だと思う。ハルコは特に美人だからな。台湾から遠く離れたほうが安全だろう。
千恵　まあ、親バカなんだからもう。
春子　私、マサオさんに伝えるわ。

千恵　さっきまで恥ずかしがってたのに、もう面《つら》の皮が厚くなっちゃって。
春子　オカアサンったら！
哲夫　マサオ君に来てもらう方がよかろう、直接聞いてみよう。

外で使用人が叫ぶ。

使用人Ａ　旦那様、旦那様！
哲夫　何事だ？
使用人Ａ　警察が、何人かこっちに来ます!!

第四幕

人物：正雄、淑美《ショクビー》（正雄の妹）、林卻《リムキョク》（正雄の母親）

正雄がドアから入ってくる。

正雄　母さん、ただいま。
淑美　兄さん！
林卻　正雄《チンヒョン》、張《ティウ》〔哲夫〕さんに会ってたんじゃなかったかい？

正雄　うん、そうだよ。淑美、おまえ今日は会社に行かなくていいのかい？
淑美　それが、朝、家を出ようとしたときに、給仕〔原文は「給事」〕の陳《タン》さんに出会って、この二日間はどうも風向きが悪いから、会社がお休みになるって聞いたの。
林卻　張さんは、おまえに何と言ったんだい、正雄？　私は前から言ってるだろう、私たちみたいな年中裸足の貧乏人は、高い靴を履いてるような人種とは釣り合わないって。それなのに、おまえは言うことを聞かずに、春子《ツンツー》ちゃんと付き合おうなんてして！
淑美　母さん、ハルコさんはいい人だわ！
林卻　私は彼女を悪く言ってるんじゃないさ。ただ、私たちみたいなのからすると、家柄が釣り合わない、付き合ってもうまくいかないんじゃないかって言ってるんだよ。
正雄　腹が減ったよ。何か食べるものある？
林卻　食べることしか知らないのかい！　あんたの妹が、三合分の米を持って帰ってきてくれたよ。でなきゃ、番薯簽《ハンチーチアム》〔さつまいもを細切りにして干したもの〕しかなかったとこさ。
正雄　米が食べられるなんて、ラッキーだなあ！
淑美　これ、陳さんがくれたのよ。
林卻　今、米は金《きん》より貴重なんだよ？　陳さんっていうのはただの給仕職だろう、どうしてうちらに米をくれるような余裕があるのかい？
正雄　明仁《アキヒト》くんは、君を好いているんだって？
淑美　私たち、ただの同僚よ。ヘンなこと言わないで！
正雄　〝私たち（阮《グン》）〟、ねえ……。〝私たち〟なんて言っといて、ただの同僚、とはなあ。いいじゃないか、明仁くんは前途有望な青年だよ、もし他の人に取られたらおまえ困るぞ？

淑美　お母さん、お兄ちゃん何とかしてよ！

正雄　僕がどうかしたって？

淑美　もう知らない、私ご飯作ってくる。

林卻　はいよ、行ってきな。兄妹ってのは顔を合わせりゃケンカして。みっともないねえ。ところで、丸半日もかけて話したんだろ、張さんはあんたに何と言ってたんだい？

正雄　僕の京都での学費の問題について話してたんだ。

林卻　学費と言えば、王坊ちゃんが、仲介人を通じて、もう少し、千斤ほど足してもいいって言ってくれたんだよ。

正雄　（ビクリとして）承諾しちゃったの？

林卻　いいや、ちょうどあんたと相談しようと思ってたとこだよ。私は、こんないい条件は他にないと思うよ。ねえ、あんたは他に何かいい手立てがあるのかい？

正雄　ハルコのお父さんが、僕の日本行きの費用を出してくれるって。

林卻　貸してくれるの？

正雄　本当に〝くれる〟んだって。

林卻　そんなうまい話があるはずないよ！　春子が父親に頼みこんだんじゃないの？　私はやめたほうがいいと思う、こんな情けをかけられたって、うちらはお返しできないよ！

正雄　大丈夫だ、ある条件つきでくれたんだから。

林卻　は、そりゃそうだろうね。で、その条件って？

正雄　僕に、ハルコをお嫁さんにしてくれって。
林卻　嫁にする？　正雄、あんた、あの子に何かしてしまったんじゃないかい？　まさか……。
正雄　違うよ、母さん、変な想像するなよ。彼は僕を高く買ってくれていて、早くハルコを嫁にして、一緒に日本に連れて行ってほしいんだそうだ。
林卻　ああ、神様仏様、ありがたや、ありがたや、お父さんのご加護があったねえ！
正雄　そうだね。あ、そうだ、阿生が僕を捜してたって？
林卻　あら忘れるとこだった！　時間があるとき、自分の家に来てくれって言ってたよ。

淑美が中から叫ぶ。

淑美　柴が無くなっちゃったわ。お兄ちゃん、一抱え持ってきてくれない？

第五幕

人物：阿生、阿明、阿喬、正雄、明仁《ビンジン》（アキヒト）、ラジオ放送（男性）、ラジオ放送（女性）

ラジオのチャンネルを合わせる音が、ガーガー鳴っている。

ラジオ放送（男性）（中国語で）「親愛なる同胞の皆様、冷静になってください。政府は皆さんのご意見を誠意をもって受け入れ、問題を解決する所存です」

ラジオ放送（女性）（台湾語で）「親愛なる同胞の皆様、もしご意見があるなら冷静に話をして下さい。政府は百％絶対の誠意をもっております。共産党に利用させることはありません。陳儀長官は、みなさんの抱える全ての問題を解決してさしあげます。みなさん、無茶なことをしないでください。そうすれば、悪いことにはなりません」

阿喬　また、ホラ吹いちゃあデタラメを言ってらあ。

阿生　アキラ、別のチャンネルに替えてみてくれ。

ラジオチャンネルを変えるも、どれも同じ放送をしている。

放送（男性）（中国語で）「政府は皆さんのご意見を誠意をもって受け入れ、問題を解決する所存です」

ラジオが切られる。

阿明　やめよう、聞けば聞くほど腹が立ってくる。

正雄（外で叫ぶ）阿生、阿生！

阿生　誰か開けてくれと言ってる。たぶんマサオが来たんだ。俺開けてくるよ。

阿明　マサオは呼ぶなと言っただろ？

阿喬　あいつは大丈夫だよ。僕とあいつは、股割れズボン穿いてた頃から一緒なんだぜ〔幼馴染みの意〕。

阿明　信用できないってわけじゃないよ。それより、ハルコの父さんは、あいつとハルコと結婚させようとしてるんだぜ。だから今あいつを巻き込んじゃいけないと思ってるんだ。

阿喬　マサオは、自分の考えに従って行動する奴なんだ。僕だって一番の親友だけど、それでも彼を止めるのは難しいよ。
阿明　やめよう、来たよ。
阿生　〝太子様〟も一緒じゃないか！
正雄　道でばったり明仁くんに会ったんだ。ちょうど行きたいと言ってたから一緒に来たよ。
明仁　アキラさん、ハシさん、そちらのほうが早かったんですね。
阿明　ご無沙汰だね、太子様！
阿喬　アキラ、アキヒト、みんな、もう少し近くに寄って話そう。
明仁　からかわないでくださいよ。僕がもし日本皇太子のアキヒトだったら、皆ひざまずいて拝まないとダメですよ。
阿生　よし、それじゃ、会議を始めよう。
正雄　今現在の情勢はどうなってるんだ？　ハシ、君は情報通だろう、先に説明してくれ。
阿喬　大体の経過は、ほぼみんなも知ってる通りさ。僕たちの今日の目的は、彰化《チョンホア》地区の組織と行動をどうするかを話し合うことだ。
明仁　謝雪紅《チャースワッホン》さんを招いて一緒に相談するんじゃなかったんですか？
阿生　雪紅さんは、台中へ行って二十七部隊に参加したんだ。
正雄　「二十七部隊」って、どんな部隊なんだい？
阿生　二月二十七日に大稲埕で発生した事件に対処するために、台中で臨時に結成された義勇軍で、二十七部隊っていうんだ。隊長は、呉《ンゴー》校長だそうだ。
阿明　呉振武《ンゴーチンブー》校長は足を負傷して引退して、今は鍾《チョン》さんって人がリーダーになったんだ。

明仁　その鍾さんは知ってます！　彼、よく彰化に来てましたね。
阿喬　僕たちも二十七部隊に参加しようか？
阿明　俺たちには俺たちの任務があると思う。台南《タイラム》や高雄《コーヒョン》のように、どこも何かしら行動を起こしてる。俺たちも後れを取っちゃいけないな。
阿喬　先に、大事なことを話し合っておかなきゃ。ここに五人いるけれど、全員が活動に参加するのかい？　また誰か他の人を誘ってみるかい？
阿生　他の人も誘うのは絶対だね。ここにいる数人だけじゃ、何ができるんだい？
阿明　まず、この五人について話し合おう。本当に全員参加するのか？
明仁　僕は、それぞれが自分で決めるべきじゃないかと思います。
正雄　明仁くん、僕は、君はやめておいた方がいいんじゃないかと思う。
明仁　マサオさん、それはどういう意味ですか？
正雄　それは、あの、ええと……。
明仁　わかりました、はっきり言いましょう。ええ、僕はあなたの妹さん、淑美さんのことが好きです。彼女も、憎からず思ってくれてる。でもこれは、別の問題です。僕は以前淑美さんに相談したことがあるんです。彼女は、私が自分で決めたらいい、やるべきことをやればいいって言ってくれました。だから、僕は絶対に参加します！
阿喬　マサオ、僕たちはみな親友だろう。君も、慎重に考えなよ。日本に勉強に行くんだろ。もし事が起きたら、学業に差し障るんじゃないか。
正雄　僕は、僕も参加すると決めてるよ。でなきゃ、少なくとも、うちの妹に対して言い訳のしようが無い……。それに、僕らの友情を無下《むげ》にすることになってしまう。
阿喬　よし、じゃあ、小さい頃から今まで一緒だった縁を無駄にしないよう、みんなで参加するか！
阿生　待てよ、マサオ、やっぱりもう一度ちゃんと考えてみたほうがいいよ。君はハルコと結婚するんだろう？　本当に参加できるのかい？
正雄　僕が心底ハルコさんを愛しているのは本当だ。でもこんな事態に出遭っては、僕だって一人の台湾人、一人の男だ。指をくわえて君たちの行動を見てるなんてこと、できるわけないだろう！ハルコさんは、すごく道理のわかる人だから、きっとわかってくれると思う。
阿明　そうはいっても、マサオ、おまえ家のことも考えてみろよ。おまえんとこは、男手がおまえだけだろう。もし何かあったら、お母さんと妹さんは誰を頼るんだよ？
明仁　淑美さんとおばさんのため、僕の個人的感情も含めて、お願いだからもう少し考えてくれませんか？
阿喬　マサオ、思うに、君はいったん帰ったほうがいいんじゃないかな。家でゆっくり考えて、それでも参加すると決めたんなら、また来たらいいよ。僕らはいつでも歓迎するからね。
阿生　よし、じゃあ、マサオはとりあえず、数に入れないでおこう。俺たちは会議を始めよう。
阿明　おい、マサオ、おまえ今回は会議に参加しない方がいいと思うぜ。
正雄　アキラ！　君は、僕を信用しないのか？
明仁　そういうわけじゃなくて、あんまり色々知りすぎない方が、進退を考えやすいんじゃないかってことですよ。
阿喬　組織と行動は、知る人が少ないほど安全なんだよ。

正雄　それなら、先に帰ることにするよ。僕は、自分がきっとまた戻ってきて参加すると信じてる。
阿明　よし、じゃあ、阿生、マサオを見送ってやって。ついでにしっかり戸締りしてくれよ。
正雄　ミナサン、お先に失礼するよ。
他の全員　気をつけろよ。

第六幕

人物：正雄、春子

音楽「満面春風」。一番目が終わると、音が小さくなる。

正雄　ハルコ、疲れたかい？　花嫁になった感じはどう？
春子　うん、ちょっと緊張したけど、疲れてはないわ。
正雄　こんな混乱した時に当たって、式をおざなりに挙げることになるなんてなあ。食べ物もろくに無いし、こんなに綺麗な花嫁さんに対して、申し訳ない気持ちだよ。
春子　時期が悪いんだもの、誰もお料理がどうとか言わないはずよ。お客さんだってたくさん来てくれたじゃない。あ、でも、あなたのあの勉強会のお友達だけ、見えなかったみたいだけど？

正雄　彼らは……、彼らは、きっと、忙しかったんだろう。
春子　どんなに忙しかったって来てくれるはずでしょう。もしかして、何かしてるんじゃないの？
正雄　いいや、何もしてるはずがないじゃないか！
銃声、爆発音、爆竹の音が、遠くから入り乱れてごちゃごちゃ聞こえてくる。
春子　あれは何の音？　何が起きたのかしら？
正雄　ハルコ、そんなにあれこれ心配するなよ。あれは、誰かが爆竹を鳴らしてる音だよ。
春子　お客さんはみんな帰ってしまったもの、今更また爆竹を鳴らすはずないわ。誤魔化そうとしないで。
正雄　今日結婚したのは僕たちだけじゃないだろう。あれはきっと別の村の誰かがお嫁さんに行くときのお祝いの爆竹さ。
春子　マサオ、私に何か隠してるんじゃないの？
正雄　いいや、僕たちが夫婦の契りを結べたのは、これ以上ない幸せだよ。嬉しくて仕方がないんだ。何を君に隠すことがあるのさ。
春子　私があなたに嫁いだのは、いい時も悪い時も、一生あなたについて行くっていうことなのよ。男の人には、男の人の選ぶべき道があるでしょう。私のために取るべき道を見誤ってほしくないの。
正雄　ハルコ、君は何でそんなおかしなことを言うんだい。何を言っているんだか全然わからないよ。
春子　二二八のこと、考えたの。あの勉強会の人たちは、こういう状況を指をくわえて見ていることができない性質《たち》でしょう。きっと何か行動を起こそうとするはず。そうしたら、私、自分の夫が人に軽蔑されるのなんて嫌だわ。

正雄　君はそんなにあれこれ考えなくてもいいんだよ。あと十日ちょっとで日本へ行く船が出るじゃないか。京都へ着いたら、煩わされることもないよ。僕は今、学業を全うすることと、円満で幸せな家庭を築くことだけを考えているんだ。

春子　私たちが日本へ行った後、お母様の生活は大丈夫なのかしら。

正雄　それは僕も心配しているんだ。何にせよ、幸い、家にはまだ淑美がいてくれるから、母さんのことも面倒見てくれると思うよ。

春子　でも義妹さんだって、やっぱりご結婚しなくちゃいけないし。私、うちのオカアサンに、ちょくちょくお母様の様子を見に行ってくれるよう頼んでおくわ。

正雄　「うちのオカアサン」？　誰のことだい？

春子　ごめんなさい、「私たちのオカアサン」、よね。

音楽「満面春風」、また始まる。それに交じって、銃声や爆発音、大砲の音がする。

第七幕

人物：淑美、明仁

音楽「心酸酸」が流れる。

淑美　明仁さん、何をそんなにうろたえているの？　何が起きたの？

明仁　淑美さん、今日は本当にごめんね、急に呼び出したりして。迷惑だよね。

淑美　明仁さん、そんな水臭いこと言わないでちょうだい。いつも会社ではお世話になりっぱなしで、どうお礼を言ったらいいかわからないくらいなのに。

明仁　そんな風に言わないでくれよ。会社の中では、僕は一番新米の給仕に過ぎないんだ、君を少しは守ってあげられるとはいえ、限界があるんだよ……。

淑美　会社はまだ行っていないのね。いつ始まるの？

明仁　淑美さん……。

淑美　明仁さん、「淑美」でいいわ。

明仁　淑美、それじゃあ、ぶしつけながら、名前で呼ばせてもらうよ。……君はたぶん別の仕事を探した方がいいだろう。

淑美　うちの会社に何か問題が起きたのね？

明仁　ボスは、台北に行って、二二八の請願に参加したんだ。結果、陳儀が約束に背《そむ》いて、今は彼らを逮捕しようとしてるらしい。うちのボスの名前もその中にあったそうだ。だから会社は閉めることになったんだよ。

淑美　私は正社員じゃなくて臨時の小間使いに過ぎないわ。どこに行っても仕事は見つかる。その気になればどんな仕事だってできるもの。それより、明仁さん、あなたはどうするの？

明仁　淑美さん、いや、淑美！　ごめん、こんなときに、ちょっとくどいよね。今日呼び出したのは、他にお願いがあるからなんだ。
淑美　お願いだなんて！　何か私にできることがあるなら何でも言いつけて。
明仁　今回、僕たちは失敗した。あの盗人の党政府は、僕たちを捕まえに来る……。
淑美　失敗？　なんでそんなことに？
明仁　話せば長くなるんだけど、とにかく、僕ら台湾人は経験が浅かったんだ。特に僕ら若者は、計画が周到じゃなかった、それで失敗したんだ。これは全面的な失敗だ。僕らは烏牛欄《オグラン》〔南投県埔里鎮愛蘭里。二二八事件時の激戦地〕に行って、二十七部隊に会おうと思うが、今は情勢が厳しくて、まずは隠れることにしたんだ。
淑美　どこに隠れるつもりなの？
明仁　君の義姉さんの実家には、人目に付かない別荘があって、君の兄さんと義姉さんが日本に行く前に住むことになってたの、知ってるだろう？
淑美　ええ、でも兄さんたちは、もう台湾にいるのも数日だけだから、お母さんと離れたくないと言って、そこには住んでいないわ。
明仁　あそこは、人にあまり知られていないだろ。お願いだから、君からマサオとハルコさんに、あそこを僕らに貸して、匿ってくれるよう聞いてみてもらえないか？
淑美　きっと問題ないはずよ、兄さんも義姉さんも理解のある人だから。明仁さん、私、一つ指輪を持ってるの。小さいころ、父さんがくれたもの。これ、もしかしたら役に立つかもしれないわ。持っていって。
明仁　淑美、それはダメだよ。これはオジサンが君にくれた大切な記念の品じゃないか。受け取れないよ。

淑美　今、お金なんて機能してないわ。こういう金《きん》の方が手堅いでしょ。うちの父さんも、この指輪がこういう風に使われると知ったら、きっと喜ぶはずよ。台湾人のために貢献することになるって。

明仁　それなら、僕も断りづらいな。それじゃあ、有難く受け取るよ。これを、これを……。

淑美　これを、何?

明仁　今から、正直な心の内を言うよ。笑わないでおくれね。

淑美　明仁さん、遠慮なく言って。

明仁　うん、あのね、僕はこの指輪を、淑美さんと僕の、愛を誓った記念としておきたい。

淑美　明仁さん、私、怒るわよ。

明仁　淑美さん、ごめん、ちょっと焦りすぎたよ。失言だった。

淑美　明仁さん、その前にも失言してるわ、また私のこと「淑美さん」なんて呼ぶんだから!

明仁　ほんとだ、またやっちゃった、ごめん、淑美さん。あ、いや、また忘れてた、淑美!

淑美　言い換えるの、やっぱり難しい?

明仁　まあね。それじゃあ、色々よろしくお願いします。

淑美　私も……色々よろしくお願いします。

明仁　（感動して）淑美さん!

第八幕

人物：正雄、阿明、阿生
音楽：「一隻鳥仔哮啾啾」

正雄　阿生、アキラ、先に着いてたのか。
阿生　マサオ、すまなかった、君の結婚式に行けなくて。
正雄　いや、僕らが間違ったときに結婚したんだ。
阿明　マサオくん、言わなきゃいけないことがある。ハシが死んだんだ。
正雄　アキラ、何だって？　ハシが……？
阿明　死んだ。
阿生　マサオ、ハシが死んだのは、心が弱すぎたからだ。僕たちは議会を占領した後、警察局を占領しに行った。そこのシナ警察は、震えあがって、武器を全部受け渡すって言ったんだ。阿添《アーティアム》たちは、警察のやつらを全て処刑しようと言ったんだが、俺は、やつらをまずは閉じ込めるだけでいいと主張したんだ。
阿明　あいつら警察は、我々はすでに投降した、反抗や無茶はしないと言ったんだ。ハシは、「警察は公務員だから、命令を聞いて任務を執行するものだ、僕たちも人道的に扱うべきだ」って俺らを説得したんだ。

正雄　それも正論じゃないか。

阿生　君もハシと同じで、シナ根性を知らないものな。俺たちが踵《きびす》を返した途端、やつらは跡をつけてきたんだ。ハシは一人でしんがりを務めてたとこを撃たれて殺された。話もできなかったよ。

阿明　一言も発せずに逝ったんだ。

正雄　ハシ、ハシ、一番の親友だったのに……。

阿生　悲しんでても仕方ない。今この時も、二十一師団の部隊が北から下ってきてる。大勢が撃たれて死んでるんだ。あちこちから、俺らを捕まえようとしてるって噂を聞いた。俺たちはしばらく身を隠さなきゃいけない。

正雄　明仁くんが妹を通じて頼んできたよ、君たちはうちの義父さんの別荘に隠れるんだろう？　明仁くんはどうした？

阿明　太子様は、夜に紛れて烏牛欄に行ったよ、行きつけたかどうかもわからないが。彼は、先に行って、情勢と方針を見定め、時期が来たら俺たちに連絡して、また全員で落ち合おうと言っていた。

阿生　マサオ、今、俺たち十数人は逃げ場がないんだ。あちこち手当たり次第に隠れても、たぶん遅かれ早かれ捕まっちまうだろう。やはりまずあの別荘に隠れたほうがいいと思うんだ。

正雄　それが、あの別荘も、そんなに安全じゃないんだ。何人もの人が、あそこを知っている。もしものことがあったら、僕は責任を持てないよ。

阿生　あそこを知っているのって、みんな台湾人だろ？　俺らを売り渡すことはないんじゃないか。

阿明　おい、マサオ、おまえあれもダメこれもダメって、それでも台湾人か？　おまえの一番の親友のハシだって、大義のために犠牲になったんだぞ。この期に及んでまだ躊躇してるのかよ！

正雄　僕が台湾人じゃないって？　僕だって最初は参加すると言ったのに、入れてくれなかったのは
そっちじゃないか！　今になって、僕に全部責任をなすりつけるつもりなのか？

阿明　誰も絶対参加するなとは言わなかっただろ。おまえのためを思って、「よく考えろ」とは言っ
たさ。それで参加しないと決めたのは自分だろ。それこそ責任転嫁するなよな！

阿生　アキラ、そんなに大声出すなよ。言いたいことがあるならゆっくり話してくれ、マサオはそん
なに薄情な奴じゃないだろ。彼には彼の考えがあるんだよ。マサオ、君はいつ日本へ行くんだい？
船は決まったのか？

正雄　来週なんだ。正直に言うと、僕もアキラを責められない。僕が同じ立場だったら、きっと気分
が悪いと思う。あの日、僕は家に帰って、よくよく考えてみたんだ。

阿生　それで、どうしようと思ったんだい？

正雄　台湾の抱えてる問題は、そんな短期間で、または僕たち数人で解決できるようなものじゃない。
僕が日本で勉強したいと思うのも、長い目で見れば、台湾のために貢献したいという気持ちからな
んだ。でも、もっと言うと、別の考え方もある。

阿明　どんな考えだよ？

正雄　僕は、ずっと、人生の問題を考えてきた。人は何のために生きるのか。台湾人は、昔から、人
生の意義を自分で説明する習慣が無かっただろう。

阿明　こんな緊急事態に、人生哲学を語るのか。そんなんで間に合うのかよ？

阿生　アキラ、まぜっかえすな、言わせてやろうよ。

正雄　人生は、色々探求すべき道がある。幸福の追求も人によって違うだろう。

阿明　はいよ、じゃあ、おまえの幸福ってなんだよ？　社会がひどい状態で、国家も体をなしてない状態だったら、個人の幸福も何も追求できないだろうが！

正雄　僕は、ハルコさんと知り合ったのち、辛く苦しい恋愛をしてた時期があった。その時、僕たちは、一緒に夢を見た。いつか、僕たちの恋が叶ったら、それだけでいい。僕たちは、生涯、命を懸けて、僕たちの関係と愛を守り抜こうって。

阿生　君とハルコの堅い愛情には、俺たちもみな感心してるんだ。君たちがいい結果を得られたのなら、俺たちも嬉しい。マサオ、よくわかったよ。それじゃあ、俺たちは、他に何か方法を探すだけだ。君は心を痛めなくていいよ。

阿明　わかったよ、おまえはおまえの愛情やら幸福やらにかまけてりゃいいよ。俺たちが捕まって殺されたら、化けて出ておまえのご加護を願うだろうさ。

阿生　アキラ、そういう言い方すんなよ！

正雄　いいよ、僕が悪いんだ。

阿生　わかった、それじゃ、俺たちは急いで皆に別の隠れ場所を探すように伝えなきゃ。

阿明　〝災難の時はわが身が大事〟か。みんなに雲隠れさせることの方が重要だな。

第九幕

人物：淑美、林卻、春子、物売りの声

音楽「収酒研」。外では、屑鉄収集の声がする。

物売りの声　屑鉄、古新聞はないかね～？　屑鉄、古新聞はないかね～？
淑美　お母さん、帰ってきたのね！
林卻　こごみや野草を取りに行ってきたんだよ。おまえの義姉さんが好きだからね。
淑美　義姉さんと兄さんは、義姉さんの実家に帰ったわ。日本で借りる家の相談をするんだって。
林卻　隣の水《ツィ》おばさんが、さっきうちに見知らぬ人が来たって言ってたけど？
淑美　それは、陳さんのお友達よ。
林卻　陳さんと言えば、最近全然見かけないけど、もしやおまえとケンカしたんじゃないだろうね？　女の子はね、男の人の気持ちを分かってあげなきゃダメだよ。何かにつけ譲ってあげるものさ、それでも損はないものだよ。
淑美　母さんたら、見当違いなこと言っちゃって。陳さんは、出張に行ってるの。それで、何か話があると、お友達に言づけてくれるのよ。
林卻　出張？　会社もやってないのに、何の出張があるんだい？
淑美　それは、あの、私はただの小間使いだから、上の人たちのことはわからないわ。
林卻　陳さんは、何て言ってきたんだい？

淑美　阿明、阿生、阿添たちが、捕まったって。
林卻　捕まった？　なんで？
淑美　全部あの二二八の事件のためよ。
林卻　不注意すぎるじゃないか！
淑美　全部、うちの兄さんのせいだわ。
林卻　正雄《チンヒョン》に何の関係が？
淑美　いいえ、何の関係もないわ。
林卻　何の事だか、私にはさっぱりだよ。

春子、入ってくる。

淑美　義姉さん！
春子　お義母さん、淑美ちゃん、大変よ！
林卻　春子《ツンツー》、何をそんな慌てふためいて。
春子　マサオ、いえ正雄《チンヒョン》が、連れて行かれてしまったの！
淑美　兄さんは、何にも関わってないはずだわ、なんでそんなことが！
春子　さっき警察と兵隊がうちの店に来て、正雄を連れて行っちゃったの。
林卻　正雄は何をやったんだい？　どうしてこんなことに!?
淑美　兄さんは、ちゃんと事情を話したんでしょう？
春子　話したわ。正雄も、「勉強会の人達が匿《かくま》ってくれって頼んできたけど断った」「本当に何も関係が無いんだ」って話したの。

林郃　ひどい！　それなのになんで？
春子　警察が言うには、正雄は、彼らが反乱分子だって知ってたのに通報しなかったって。それは、
　情報隠匿で、反乱分子と同罪なんですって。
林郃　そんな滅茶苦茶な話があるもんですか！
淑美　これからどうしたらいいのかしら？
春子　うちのオトウサンが、どうしたら助けられるのか、人を頼って聞いてみるって。
林郃　仏様ご先祖様、うちのお父さん、どうかどうかお守り下さい。

第十幕

人物：哲夫、千恵、使用人B（男性）

千恵が入ってくる。

哲夫　マサオ君のお母さんは帰ったのか。
千恵　ええ、マサオに面会に行こうとしたんだけど、彼は台北に送られているところなんですって。
哲夫　ウソつけ！

千恵　なんですって？
哲夫　君のことを言ってるんじゃないよ。朝、林《リム》参議員が見に行ったけど、彼はまだ彰化に捕らわれているそうだ。
千恵　じゃあ、どうしたらいいの？
哲夫　大変なことだぞ。シナ人は本当にしつこくてめちゃくちゃだからな。林先生が言うには、人の力で何とかしようとしても全部無駄で、「銭子《チェンツ》」〔中国語〕だけが助けられるんだそうだ。
千恵　「チェンツ」？　それ一体どんな代物？
哲夫　「銭子」はオカネのことだ。
千恵　それじゃ、お金って言えばいいじゃないの。私さっぱりわかんないわよ。
哲夫　これは今、お上の間でちょっと流行ってる言い方なんだ。まあいい、この話はよそう。ハルコは大丈夫か？
千恵　私もよくわからないんだけど、嫁いでいった娘のことですもの、心配してもしきれないわ。マサオ君のお母さんが言うには、ハルコは丸一日何も食べないし、誰とも口をきかないんですって。
哲夫　ずっと泣いているわけじゃないんだな？
千恵　泣けるならまだいいわ。声も出さないし、誰とも顔を合わせないんですって。
哲夫　本当に、こんなに早く結婚させるんじゃなかったな。
千恵　こんな風になるなんて、誰が予想できた？　あと二日だけだったのよ。もうちょっと遅かったら、あの子たちは船に乗って日本へ行って、こんなことにならなかったのに。
哲夫　マサオもよくないよ。ただのインテリなのに、なぜこんなことをやってしまったんだろうな。

千恵　今回のことで、うちのお婿さんを責めるのは無理があるわ。マサオは、結婚してから、すぐあ
あいったことには関わらなくなったのよ。だからこそ、あの勉強会の人たちは、マサオに、台湾人
としての気概がない、とまで言ったそうよ。

哲夫　あの日、マサオは、警察に、勉強会の人達が訪ねてきたことを言うべきじゃなかったな。

千恵　マサオは正直な人だもの。本当に彼らをかばわなかったし、確かに何の関係もなかったのよ。

哲夫　言おうが言うまいが同じことだろう。奴らは、しっかり調べあげたうえでやってきたんだ。そうでなきゃ、なんでマサオを捜しに来るんだ、しかもうちの婿だってことも知ってたからこそ、ここに来て捕まえたわけだからな。

千恵　ここまでの事態になってしまったんだもの、弁護士を雇ったほうがいいんじゃないかしら。

哲夫　私はもともとはそんなに大事になるとは思ってなかったんだ。でも、今回の二二八事件の処理では、民間に影響力がある人は、みな隙を突かれて銃殺されてしまった。うちの婿みたいにあまりコネのない者は、この機会に乗じて金を巻き上げられるんだよ。金を取られりゃ、命までは取られない。弁護士を雇っても、何の意味もないよ。

千恵　じゃあ、早くお金を準備しなくっちゃ。

哲夫　台湾元は、やつらは受け取らないよ。金《きん》とか、骨董品が一番いい。さっき、うちのトシに闇市で金を買い付けるよう言いつけたよ。大勢が買いに行っていて、本当にすごい売れ行きだったそうだ。

千恵　私たちは、人助けのために買うんですもの、事情をちょっと話せば、売ってくれるものじゃないの？

哲夫　今、金を買いに行く人っていうのは、誰もかれも人助けのためなのさ。
千恵　今、お店は開けていないのに、トシはどうして見当たらないの？
哲夫　二人の使用人が、やっぱり例の活動に参加して、まだ逃亡中なんだ。トシは彼らの家に給料を届けに行ったのさ。
千恵　トシとマサオは、義兄と妹婿の関係よ。あんまりトシを表に出さないで。でないと、奴らがいちゃもんをつけて、トシまで関係してたんじゃないかと濡れ衣を着せられかねないわ。そしたらもっと大変なことになるわよ。
哲夫　そこまでは考えが及ばなかった。トシが帰ってきたら、あんまり関わらないように良く言い聞かせよう。
千恵　ハルコのことはどうしましょう？
哲夫　嫁いだ娘のことだ。心配だが、僕らもちょっと手を出しづらいな。諺《ことわざ》でも、「女の運命は菜種のごとし」というだろう。嫁いだら、どこへ行こうとも、そこに根を生やすものだ。これもまたあの子の運命というやつだろう。
千恵　そうはいっても、私たちはハルコの親なんですよ！　これが心配せずにいられますか！

その時、使用人の一人が、大声で叫ぶ。

使用人B　旦那様、奥様！
哲夫　しばらく店は開けないと言っただろう、何で来たんだね？
使用人B　あることを聞いたんで、一つ旦那様にお知らせしようと思ってきたんでやんす。
哲夫　ふむ、坐って話しなさい。

使用人B　あっしには、古くからのご近所さんがいまして、そいつが、市長さんの専属運転手をしてるんでさ。そいつと朝出会いまして、言いますには……。
哲夫　市長って、王一容のことか？
使用人B　へえ、その、王の一容めのことでやんす。
千恵　うちの店に来たことあったんじゃない？
哲夫　あったよ、あいつめは、市長だからってふんぞりかえって、何回も来ては、因縁を付けてうまい汁を吸おうとしやがった。私はてんで相手にしなかったけどな。
千恵　あなた、話を続けさせてあげなさいな。
哲夫　おまえが口をはさんだんだろう。
使用人B　すみません、それで、あっしのご近所さんが言うには、市長と警察局長が、あの青年と学生たちにしてやられて、恥をかいたって怒り心頭で、あちこち色んな人に八つ当たりしてるんですって。そんで、そいつが言うには、市長と警察局長の二人が、前にうちの店に来た時、旦那様はあんまりいいお顔をしなかったってんで、一つ悪だくみをして、旦那様に恥をかかせてやろうって、そう話していたそうです。
千恵　ほら、もう、前から言ってるでしょ、私たち商売人は、ちょっとしたことですぐカッとなるようじゃだめよ、皆に愛想よくしなさいって。あなた全然聞かないんだから。
哲夫　女のおまえに何がわかるっていうんだ。あいつらシナ人はすぐ絡んでくるんだ、もしいい顔をし過ぎたら、ちょくちょく来ては粗探しをされるに決まってる。
使用人B　旦那様、それで、あの、それで……。

哲夫　言いたいことがあるならはっきり言いたまえ。言いよどむ必要はない。

使用人B　うちの近所のやつが言うには、やつらの話では、わざわざうちのお婿様を選んで八つ当たりしたんで。そのうえ、もし機会があれば、今度は旦那様に〝いい目〟を見せてやるぞ、って言ってたんだそうです。

哲夫　わかった、ありがとう。ちゃんと気をつけているよ。腕まくりして奴らを待つことにしてやろう。

使用人B　それじゃあ、あっしはお先に失礼しやす。

千恵　ちょっと待って。前にあなたのオクサンにこの編み物の試作品を差し上げるって言ったの。ついでに持って帰ってちょうだい。

使用人B　あっしは、まだ他に行くところがあるんで、また別の日に取りに伺いやす。それじゃ失礼いたしやす。

千恵　それじゃ、気をつけてね。

使用人B　はい、失礼しやす。

哲夫　さてと、これでもう「銭子」とやらも効かなくなったってわけだ。

千恵　あなたのせいじゃないの！　ああ、私たちのハルコ、どうしましょう？

最終幕

人物：ナレーション、春子の歌声

ナレーション　結局、マサオと阿生、アキラはみな火焼島〔政治犯を収容する刑務所があった小島〕に送られた。それからというもの、ハルコは、一日中、花嫁衣裳を着て微笑《ほほえ》んでいた。誰かに会うと、歌を歌うのでなければ、「今日は、愛するマサオと結婚するのよ、みなお祝いのお酒を飲んでいって」と語りかけるのだった。彼女は、悩みも苦しみもない、一人の無垢な少女に戻ってしまったのである。

春子、「白牡丹」を歌う。

歌声は空虚で、歌詞は支離滅裂である。

〈終幕〉

（近藤　綾訳）

夕焼けを待つ日々

【脚本】陳明仁
【監督】宝児（張美恵）
【プロデューサー】張素華
【監修】台湾教授協会
【出品】TNT宝島新声広播電台（ラジオ）
【人物】
陳文（四十歳）：第一幕、第二幕
阿明（七歳）：第一幕、第三幕、最終幕
美子（四十歳手前）：第一幕、第三幕、第四幕、最終幕
石炭売りの松（三十五歳）：第二幕、第三幕
福州さん〔中国福建省北部福州出身。戦前台湾に来た人が多かった〕（五十歳）：第二幕
密売取締員（四十歳、中山服着用）：第二幕
肉粽売り（ゲスト出演の俳優）：第三幕
占いの清水先生：第四幕

舞台裏の声：第四幕
【音楽】
「売肉粽」、「雨中鳥」、「卜卦調」（呉普淮、亜洲）、銃声、人々の叫び声
【道具】
第一幕：紙袋一山、糊、刷毛、急須、茶碗二つ、麺茶売りの屋台車一台
第二幕：十個のお碗、ひしゃく、菓子を入れてある缶三つ
第三幕：自転車、肉粽売りの箱、白湯を入れてある茶碗
第四幕：机、占いの布の看板、御神籤の入った筒
【服装】終戦時に台北の人が着ていた服装、中山服一式
【背景】陳家の戸口、大木の下、街角の占い机、夕焼け空、夜中の星空
【初演】一九九九年二月二十八日　二二八記念館広場

第一幕「夕焼けを見に」

人物：陳文《タンブン》（四十歳）、阿明《アービン》（七歳）、美子《ビーツー》（ミコ・四十歳手前）
場面：陳家の門、そばに一台の麺茶を売る屋台が置いてある
道具：紙袋一山、糊、刷毛、急須、茶碗二つ、麺茶売りの屋台車一台、銃声、人々の叫び

阿明の声　あの日、父さんは、戸口のところで紙袋を作っていて、僕はそばで手伝っていた。暗くなろうというとき、空に夕焼けが現れた。父さんは母さんを呼んで、「美子《ミコ》、早く出ておいでよ、夕焼け《アンヘー》（紅霞）だ、綺麗だぞ」と言った。

幕が開き、陳文と阿明が紙袋を作っており、美子はお茶をもって、中（舞台中央）から出てくる。

美子　のどが渇いているのはわかっているけど、お茶葉なんてとうにないのよ、白湯でも飲めるだけいいわ、紅茶《アンテー》なんてあるわけないでしょう！
陳文　俺は、夕焼け《アンヘー》を見なよ、と言っただけだよ。ほら、綺麗だろう。

美子は一杯の白湯を注いで夫（陳文）に渡し、もう一杯を息子の阿明に渡す。空の果てに目をやり、暫くの間眺めている。

美子　夕焼け、確かに綺麗だわ。
陳文　変だな、朝はまだ霧が重く立ち込めて、空も灰色だったのに、どうして暗くなる時分に、夕焼けが出るんだろう？
美子　今朝、清水《チンツィ》先生に会ったんだけど、先生が暦の本をめくってみたら、今日はとても悪い日だったから、家の中にこもって外出しない方がいいですよって。
陳文　暦本なんかの言うことが当たるもんか！　いっぺんなんか、暦本が「交易に悪し」っていった日に、俺は麺茶《ミーテー》「はったい粉と砂糖を湯で練った液状のもの」を三桶も売ったんだぞ。悪い日なんだったら、どうしてあんなに夕焼けが綺麗なもんか。

美子　あなたって人は、まったく強情なんだから……。人が何か言ったら、少しくらいは話を聞いても悪いことないでしょうに。
陳文　悪いって言やあ、景気が悪いじゃないか。紙幣なんか、今俺らが作ってる紙袋ほどの値打ちすらない。俺が見たとこ、もう限界に達してるよ。これ以上何か悪いことが起きるとは思えんね。
美子　あなた、外ではあんまり変なこと言わないでよ。今度の政府は、あの四本足政府〔日本植民地政府のこと。日本人を四ツ足の犬に喩えて罵っていた〕とは比べ物にならないんだから。
陳文　小便もらしが糞ったれに変わって、暴れ牛めが、残飯桶〔米のとぎ汁や残飯をためた桶〕突き上げを連れてきた、何のいいこともありゃしねえ。
阿明　「暴れ牛」ってなあに?「残飯桶突き上げ」って何のこと?
陳文　暴れ牛ってのは、陳儀めのことよ！　豚〔中国人のこと〕なら残飯桶を突き上げるじゃないか。
美子　阿明、子供は大人の言うことに口をはさまないの、よそでは父さんの言ったことマネしちゃダメよ。紙袋、早く貼っちゃって。すぐ引き取りに来るわよ。お米と取り換えてもらえるかもしれないわ。

遠くで銃声がする。

阿明　あれ、何の音?
美子　何でもないわ。誰か爆竹でも鳴らしてるんじゃないの。
陳文　そうじゃなさそうだ、爆竹なら連続してパンパン聞こえるはずだもの。二、三発で止んだりしないだろう。

人の叫び声が遠くから伝わってくる。

美子　夕焼けって、本当に綺麗だわ。
陳文　あれはどこから聞こえてくる声かな。なんて叫んでるんだろう。
美子　そんな声しないわ。
阿明　するよ！　なんか、大稲埕の方から聞こえてくるみたい。
陳文　俺、行って見てくるよ。
阿明　僕も行きたい。
美子　時間がないわ、もうすぐ貼り終わった紙袋を引き取りに来るもの。
陳文　夕焼けが綺麗だし、俺はちょっと散歩してくるよ。すぐ戻る。

陳文はすぐ出かける、阿明が後を追おうとする。

美子　阿明、あなたは行っちゃいけません。母さんと一緒に紙袋貼るのを手伝って。夕飯は、麺線《ミースアー》〔にゅうめんの一種〕を茹でてあげるから。

幕が徐々に下りてくる。

阿明の声　暦本には、悪い日は、出かけない方がいいと書かれていた。あの日、父さんは大稲埕へ出かけて行って、戻ってこなかった。それからというもの、夕方に夕焼けが出ると、母さんはいつも戸口で、父さんが帰ってくるのを待つようになった。

第二幕「密輸してない杏仁茶」

人物：陳文、石炭売りの松《ション》（三十五歳）、福州《ホッチウ》さん（五十歳）、密売取締員（中山服着用）
背景：道端の木の下
道具：麺茶の屋台、十個のお碗、ひしゃく、菓子を入れてある缶三つ
音楽：「売肉粽」

陳文の声、物売りの売り声　麺茶《ミーテー》、杏仁茶《ヒンジンテー》、酥餅《ソーピャー》〔パイに似た菓子〕、鹹光餅《キャムクンピャー》〔小麦粉から作られる菓子〕、らっしゃーい！

音楽「売肉粽」が流れる。
幕が開き、陳文が屋台を押して売り歩いている。屋台の上には漢字で「麺茶、杏仁茶」と書いてある。
陳文は屋台を押して舞台を一回りし、木の根元に来ると、そこで休む。
福州さんと石炭売りの松が現れ、木の根元の屋台の方へ向かう。着いたところで音楽が止む。

陳文　石炭の松さん、どこへ行くんだい？　こちらさんは、もしかして、包丁作りの福州さんじゃないかね？
福州　（福州訛《なま》りの台湾語で）そうです、アタシ、包丁作りを専門にやってる福州人です。
松　文兄さん、今日の商売はどうですか？
陳文　このご時世さ、今日はこの時間になっても、まだ麺茶が丸半桶も残ってるんだ。前だったら、もうこの時間には三桶を売り切って、とっくに帰ってキュウケイしてるんだがなあ。

松　それじゃあ、二杯買いますよ、一杯は福州さんへのおごりです。

福州　そんな水臭いですヨ！　アタシが自分でお金出すのでいいです。アタシ、杏仁茶好きなんです。

陳文　それじゃ、麵茶一杯に、杏仁茶一杯だね。お茶うけに、酥餅や鹹光餅はいらないかい？

松　いや、これだけで大丈夫だよ。

　　陳文は、二つ菓子を持ち、それぞれに差し出す。

陳文　松っさんにはいつもお世話になってるから、この菓子は俺からのサービスだよ。

福州　アタシ、松さんのオカケでよかったヨ。じゃあ遠慮しないヨ。

　　陳文、お椀を手に持ち、麵茶を入れながら、話しかける。

陳文　石炭を配送してきたところなのかい？

松　去年から、誰も石炭を買ってくれないんだ。お金は、どんどん価値が薄くなって……まるで牛車《ぎっしゃ》が崖を転がり落ちるみたいに、どんどん落ちていくんだ。お金の価値ときたら、もうアサリの貝殻みたいに薄くなっちゃったよ。景気がこんなに悪くっちゃ、みんな、一度埋めちまった昔のかまどを掘り起こして、枝やら柴やらを集めてきて燃やしてるのさ。

福州　アタシは、長いこと包丁を売ってるけど、今まで特に何も問題なかったのヨ。でも、何日か前、警察が来て、「包丁だって刀だ、武器に相当する」って、没収したのヨ。持って帰って検査するんだって。アタシ返してもらいに行ったけど、これは管制品だって言って、返してくれないのヨ……。

松　誰かが、栄町の方で包丁を買ったって聞いてさ。あそこには包丁職人はいなかったから、もしかして福州さんのじゃないかと思ってね。さっき一緒に確認しに行ったら、やっぱりどれも福州さんの印が入ってたよ。話を聞いてみてやっと、警察が売っ払ったものだって気づいたわけさ。

陳文　あいつらは、本当にありとあらゆるところで、めちゃくちゃやりやがる。俺も麺茶を食っておきながら金を払わないヤツに何回も当たったよ。その上、店の衛生状態が悪いから役所に引っぱってくぞって脅すヤツまでいる。俺の店を汚いとか言いながら、ぺろっと一杯たいらげやがって。盗人もいいとこだ！

松　この手の話は、いくら話したって尽きないよ！　歩きすぎて足が痛くなっちまった、あそこに坐って食べよう。

陳文は、お客に二つの碗を持っていく。二人は、木の根元に持って行って食べ始める。

密売取締員が登場、木の根元に人がいるのを見て、近づいてくる。

密売取締員は、屋台の看板の漢字をじっと見る。陳文は、気づかぬふりをしている。

密売取締員　（強い訛りのある中国語で）「麺茶《ミエンチャー》、おまえはメンとチャを売っているのか？」

陳文　俺は麺茶《ミーテー》を売ってるんだ。なにが「免柴《ベンツァー》（柴はいらない）」だ？　柴がなけりゃ、どうやってお湯を沸かすんだい？　それじゃ、松っさんから石炭を買えばいいだろう。

密売取締員　（中国語で）「何を言っているんだ？」、（下手な台湾語で）「ワタシ　ワカラナイ《ワー・ティアーボー》」。

陳文　居間《ワー・ティアー》の近く？　居間の近くにはないよ、台所に行かなきゃ柴は燃えてないって。俺は「チンプンカンプン」だよ。

密売取締員　「つべこべ言うんじゃない！　とにかく一杯麺《ミエン》をくれ」

陳文　免《ベン》（いらない）？　いらないなら、やめときな。俺だって、あんたに無理に買わせようなんて思っちゃいないよ。

福州と松が食べ終わったお碗を持って戻ってくる。松が代金を陳文に支払う。

陳文　まいどどうも！　ところでこのモニャモニャ言ってるヤツ、何がしたいのかな？

密売取締員　「私は麺を茹でろと言っているんだ、わからないのか？」

福州　彼は、麺が食べたいと言っているんですョ。（密売取締員に向かって中国語で）「ここでは麺は売ってませんよ」

密売取締員　「ここにははっきり『麺』と書いてあるじゃないか。さらに『茶』とも書いてある。私は麺を食べ、茶を飲みたいのだ、別に金を払わんわけじゃない。私はれっきとした緝私員《チースーユェン》（密売取締員）だ。お前は私が字が読めないとでも思ったか？」

陳文　何が「チースーユェン」だって？　「気死人《チースーレン》（死ぬほど頭くる）！」ってか？

松　違うよ、専門に密売を取り締まる人なんだってさ。頭来てるわけじゃないよ。

福州　（中国語で）「おまえさま、麺茶っていうのは、麺でも茶でもなくて……、何と言ったらいいのかな……」

密売取締員　「それは羊頭狗肉というものじゃないか！　麺・茶と書いておきながら、麺も茶も無いなんて！　それなら、杏仁茶も杏仁が入っていないんじゃないか？」

福州　「彼の杏仁茶は、本当に味が確かですよ。私もさっき一杯食べたところなんですが、味がしっかり濃くて。この杏仁というのは、風味のことなので、当然、食べても杏仁（アーモンド）は出てきませんよ」

密売取締員　「そのアーモンドというのは、台湾では生産していない物だろう。きっと密輸したものに違いないチェンツァ（＝検査）する必要がある」

陳文　福州さんよ、このヒト何て言ってるの？　松っさんよ、あんたわかる？

松　うーんと、「煎茶《チェンツァー》を少し」って。たぶん、あんたがお茶を売ってると思って、煎茶をくれって言ってるんじゃないかな？

福州　違いますよ、説明させてください。彼はですね、あなたの杏仁は密輸したものではないかと疑ってて、それで検査したいと言っているんですよ。

陳文　俺の杏仁が密輸品だって!? デタラメ言ってんじゃねえよ、ゴチャゴチャわめきやがって！ 俺のは三橋町のあの食品店から仕入れた物よ。もし密売人を捕まえたけりゃ、あの店に行ってみたらいいさ。

密売取締員　（福州さんに）「こいつは何と言っているのだ」

福州　「いいえ、違います、と」。（陳文に向かって）もうこの人に関わらない方がいいョ、麺茶を一杯あげなさい、そしたらもうここでグダグダしないだろうから。

陳文　こいつにおごるって!? 俺はしょっちゅうこういうタカリ屋連中に出くわしてるんだ。豚に残飯汁出すくらいなら構わねえ、でもこいつら地獄の亡者に食わしてやるのは御免さ！

松　僕が金を出すからさ、ね。文兄さん、一杯出してあげてよ。

陳文　なんでまたお前に散財させなきゃいけないんだよ！ 別に俺はドケチのしみったれじゃあない。しょっちゅうコイツらにひどくあしらわれるのが本当に我慢できないだけなんだ。俺がここでまた一杯おごってやるなんて、飼豬《チーティー》、豚にエサやるのも同然だよ。

密売取締員　「チーティー？ こいつは『豚に食わせる』って言ったな？ 俺が台湾語を全く分からないと思うなよ。こいつは俺のことを豚扱いしやがった、すぐに引っ捕らえてやる！」

福州　「い、いえ、彼は『試甜《チーティー》』って言ったんです、『甘いかどうか試してください』っていう意味ですよ。彼は、あなた様に一杯サービスしようとしてるんです」

密売取締員　「それならまだ話は分かるな。このうすらバカめが！　官員《クァンユェン》〔政府の役人〕を敬うということを知らんな」

陳文　何が「クァンユェン」なのさ、あんたは肝癌《クァーギャム》なのかい？　この碗を触らせてやったら、もう使えなくなっちまうな。ほら、これ食って肝癌になるといいさ。

陳文は、麺茶を密売取締員に手渡す。

密売取締員　「おまえが私を役人だとわかったならまあよかろう」。（一口食べて）「私は密売取締員だ。舌は誰より鋭い。一口食べれば、この杏仁茶は、密輸品ではないことがわかるぞ」

陳文　うるせえなあ《カウヤウ》！　これは麺茶だっつーの！

密売取締員　「今何と言った？」

福州　「彼は、『早く食べてしまえば、腹が減る《ヤウ》ことはありませんよ』と言ってるのです」

密売取締員　「そういえば、少し腹が減ったな。菓子も出せ」

松　僕でもわかったぞ、きっと菓子を催促してるんだ。

陳文　悪党なら菓子なんか食うなよな！　豚のクセに菓子まで食うのかよ。持ってけ！

密売取締員は、お碗も菓子も持って行ってしまい、遠ざかる。舞台からはける。

他のものは、密売取締員が去って行くのを見ている。

陳文　醤油をつけさせてやったら、醤油皿まで持っていかれた〔台湾語の諺。「軒を貸して母屋を取られた」の意〕！　クソッタレ！

松　さあ、僕らも早く帰ろう。

陳文　松っさん、福州さん、ありがとうな。
福州　アナタの杏仁茶、アタシとても好きョ。さ、行きましょ。
福州さんと松はその場を去る。
陳文が屋台を押して売り歩いている。
陳文　麺茶、杏仁茶、酥餅、鹹光餅、買った買った〜。密輸品じゃない杏仁茶だよ〜。
音楽「売肉粽」が流れる。
幕が下りる。

第三幕「夕焼けは希望か血の色か」

人物：美子、阿明、石炭売りの松、肉粽売り（ゲスト出演の俳優）
場面：陳家の戸口
道具：自転車、肉粽売りの箱、麺茶の屋台車、白湯の入った湯呑一つ
音楽：「雨中鳥」

物売りの声　肉粽《バーツァン》、ちまき、ちまきだよ〜。

幕が開き、肉粽売りの自転車が舞台を一回りし、去る。
麺茶の屋台車のそばで阿明が、目を見開いて、肉粽売りが去っていくのを見ている。
美子が、家の中（舞台中央）から出てくる。

美子　阿明、お父さん、帰ってきた？
阿明　ううん、肉粽売りだったよ。
美子　肉粽売りが来るなんて、十時過ぎてるってことだわ。お父さんが出かけてから、もう何時間にもなる。散歩に行くって言ってたけど、夕焼けなんてとっくに消えてるし。永楽町から馬場町の方まで歩いて行ったんじゃないかしら。夕飯に帰る時間だってわからないはずないのに……。祖師《ツオスー》廟《ビョー》のとこで誰かと将棋でも指してるのかしら。

石炭売りの松が登場、走ってくる。

松　文兄の奥さん、阿明……（あえぐ）。
美子　松さん、どうなさったの、そんなに大慌てで。明や、おじさんに挨拶なさい。
阿明　おじさん、こんにちは。
松　奥さん、悪い知らせなんだ！
美子　まずお坐りになって。ゆっくりお話ししてちょうだい。明や、お茶を淹れて差し上げて。
阿明　わかった！（中に入ろうとする）
松　いや、いい、阿明、入らないで、僕はまだほかに行かなきゃいけないとこがあるんだ。文兄さんは……。
阿明　父さんがどうしたの？

美子　明、急かしたりしないの。ゆっくり話をさせてあげて。
松　文兄が、連れて行かれた！
美子　連れて行かれたですって！　なんでそんなことが！　散歩してただけでしょ⁉
阿明　僕の父さんは、夕焼けを見に散歩に出たんだよ！
松　僕もわからないんだ、僕は圓環のあたりで文兄と出会って、文兄も銃声を聞いたっていうから、慌てて出てきたと……（口が乾いて言葉か続かず）、明や、やっぱり水を一杯くれ。
阿明は家に入る。松の息が落ち着くのを待っている。
美子　今、あの人はどこに？
松　最初は公売局に居たんだけど、最後は警察局に送られるって言ってた。それからあちこち聞き回ってみたけど、東本願寺に捕らわれてるっていう人もいた。
阿明、水を持って出てきて、松に渡す。松、すぐに飲む。
美子　あの人何か罪を犯したの？
松　僕は、大稲埕のあの喫茶店のあたりで事件が起きたって聞いて急いで行ってみたら、圓環のあたりで文兄と出会ったんだ。文兄は、銃声を聞いて心配になったから来たって言ってた。喫茶店に行ってみたら、もうあまり人は残ってなかった。公売局の取締員がヤミ煙草売りの女の人に酷いことをして、見てた人たちはみんな激怒したって。もともとあいつら中国人には皆散々な目に遭ってたから、その煙草売りを捕まえたシナ人を出せって騒ぎで沸き返っていたそうだ。
美子　大稲埕の喫茶店って？　もしかしてあの永楽座の弁士の天馬《ティエンマ》先生が開いたあのお店？
阿明　父さんが、「あの詹《チャム》さん、とっても麺茶が好きで、うちのお得意様だ」って言ってたよ。

松　そう、それで、僕と文兄は後壁《アウピア》の方から追いかけて行ったんだけど、そのシナ人が追われていることにびびって銃を撃ったんで、あの、お宅のお隣で親しい陳文渓《タンブンケー》さんに当たって死んだって聞いて……。

美子　文渓さん？　死んだって？　あんなに良い人が！

松　そう、それで、文兄はますます狂ったようになって、どんどん激しく走りだしたんだ。公売局の入口に着くと、みんなが取り囲んでて、あの人殺しを突き出せって要求してた。もともと文兄さんと僕は群衆の後ろに付いてただけだったんだ。でも、公売局から一人銃を持って出てきたやつがいて、周りに向かって「おまえら皆まだ消え失せないんなら、撃ってやるぞ！」って脅したんだ。そしたら、文兄は、気が違ったみたいに、人を押し分けて前に進み出たんだ。

美子　なんだってうちの人はそんなことを……！

松　それが、その出てきたやつが、あの、前に文兄から色々たかったヤツだったんだよ。

阿明　父さんが言ってた、麺茶もお菓子も食い逃げしたうえ、お碗まで持っていったあいつか！

美子　そうだったの。どうりで、あの日は、一つお碗が減ったくらいで、ずーっと腹を立てて悪態ついてたわけだわ。

松　それで、文兄は前に進み出て、そいつを豚野郎、長ッ鼻、残飯桶かつぎめ！　なんて延々罵るもんだから、周りは拍手喝采で、文兄を勇敢だって褒めたたえたんだ。文兄は、大胆になればなるほど、どんどん前に出て行って、ちょうど警察隊が出てきたところにぶつかってしまった。文兄は逃げ損なって、棒で何度もぶたれて、公売局に引きずり込まれてしまったんだ。

美子　そんなにたくさん人がいて、みんなポカンとうちの人が捕まるのを見てたってわけ？

松　もちろんみんな文兄を助けようとしたさ、でも警察と銃がどんどん増えてきて、まずは逃げるしかなかったんだ。僕一人だけ残っても救うだけの力はないし、それで彼らと一緒に長官公署の陳儀のところまで行ってきたのさ。
美子　捕まったのは一人だけなの？
松　それで思い出した！　逃げ遅れたのは他に何人もいたんだよ、僕はまた一人一人の家を訪ねて知らせなきゃいけない。それじゃ、失礼するよ。
美子　松さん、わざわざ教えてくれてありがとう。さ、もう行って。
松　阿明、じゃあな。お母さんを支えてあげなよ。
阿明　わかった。
松、その場を離れる。舞台から去る。
阿明　母さん、それじゃ、父さんはいつ帰ってこられるの？
美子　とても遅くよ。あなたは寝なくちゃいけないわ。寝て、目が覚めたら、父さんはうちに居るからね。
阿明　本当？　それじゃ早く寝なくっちゃ。早起きして父さんに会うんだ！　母さん、オヤスミナサイ！
美子　よく休んでね。
阿明、舞台中央からはける。
美子は空の星を見上げ、独り言をいう。
美子　清水先生の言うことは本当に当たったわ、悪い日には出かけない方がいいって。

夕焼けは綺麗は綺麗だけれど、夕焼けが綺麗なほど、天気は変わりやすいもの。
音楽「雨中鳥」の楽曲が流れ、幕が下りてくる。

第四幕「台湾人に命があるかどうか占ってみる」

人物：美子、清水先生、舞台裏の声
場面：清水先生の占い机の前
道具：机、占いの布の看板、御神籤の入った筒
音楽：「卜卦調」（呉晋淮の歌）

音楽「雨中鳥」の演奏が終わる。

清水先生の声　御神籤占い、おみくじの～占い、運勢をみるよ～、結婚運・風水、ついでに運勢も見ちゃうよ～！

音楽「卜卦調」の演奏が始まる。
幕が開いて、清水が、御神籤の筒を持って、壇上にいる。筒を振って、踊る。
一分後、音楽が止まる。

清水　俺の名を知ってるか～？
舞台裏の声　うんにゃ！
清水　おまえらが俺を知らないんだったら、本当に困っちまうよ。俺は北部じゃ名声があり、南部じゃ有名な占い師様なんだ、人は俺を「清水先生」って呼ぶんだぞ。その名声は「みやこ」まで通ってる（透京城《タウ・キャーシャー》）のさ！
舞台裏の声　名声の臭いのがぷーんと漂う《ツァウ・キャーキャー》ってか？
清水　〝みやこまで通る〟、だ！　〝ぷーんと漂う〟んじゃない！　俺の文鳥占いは本当に当たるんだぞ！
舞台裏の声　その文鳥が見えないのはどうしてだい？
清水　クソッたれ！　環境汚染がひどすぎるんだか何だか知らんが、病気になっちまって、何にも教えてくれなくなっちまった。でも俺は文鳥占いが当たるだけじゃないぞ、ある日、一人のお嬢さんが婚姻関係の運勢を見てくれって来たんだけど、もう当たりすぎてまともじゃないって言ってたんだぜ。
舞台裏の声　ん？　それじゃあ、どんなふうに〝当たって〟たのよ？
清水　俺は、すぐにハッキリと、「今はまだ結婚してないね」って言い当てたのさ。
舞台裏の声　そりゃそうだ、結婚してるんなら、なんで結婚関係の運勢を見てもらいに来るんだよ！
清水　それで、俺はその娘さんに、「もしあなたが三十過ぎても結婚できないならそれは……」（言いさして止める）
舞台裏の声　なんで早く言わないんだ？

清水　「もしあなたが三十過ぎても結婚できないならそれは、『遅婚《ちこん》（慢婚《バンフン》）』っていうんだ」って。

舞台裏の声　アホか！　汽車なら「遅刻《ちこく》（慢分《バンフン》）」するけど、年くってからも結婚できないことは「嫁き遅れ（晏婚《ワーフン》）」っていうんだよ！

清水　イキオクレでもチコンでもいいんだよ。とにかく、その娘さんは、俺を褒めて、清水先生はまるでマイケル・ジョーダンがボールを投げるみたいねって言ってくれたんだぜ。

舞台裏の声　そりゃどういう意味だい？

清水　バッチリ当たるってことさ！　お客の方から道に迷って、ここに辿りついたみたいだ。きっとまた儲けられるぞ！

美子が現れる、占い師の机へ向かう。

清水　お嬢さん、（はっきりと見えて）失礼、文さんとこの奥さん！

美子　清水先生、うちの文が、捕らえられてしまったんです！

清水　福州のダンナが話してくれたよ。あの日、私は言ったよね、外出しない方が平穏だって。文さんに伝えなかったのかい？

美子　伝えましたとも、でもご存知のように、彼は昔から頑固で……。とにかく、今こんなことを言っても遅いわ！

清水　今、どこに捕らわれているんだい？　会うことはできたのかい？

美子　会うことはできなかったわ……。あちこち訊いて回って、やっぱり東本願寺に捕らわれているってわかったの。たくさんの人がみんなあそこに閉じ込められているんですって。行ってみたんだけど、兵隊や警察が厳重に見張っていて、近寄っただけでも、銃を掲げて突こうとするものだから、誰もそれ以上近づけないの。

清水　陳儀とその一味は、本当に滅茶苦茶だ。豚（中国人）にやられ、犬（日本人）にやられ、台湾はやられっぱなしで、もうメチャクチャになりそうだ。麺売りの玉英は、元は「豬肝麺《ティークァーミー》」（豚の肝臓麺）を売ってたんだが、「陳儀麺」に改名したってさ。

美子　陳儀は本当に「豬官《ティークァー》（ブタ官吏）」ね！　私、大稲埕の議員に、文を解放してもらうよう頼んだんだけど、その議員さんまで捕まってしまったんですって。なんでも、その方が、うちの文をそそのかして、公売局に行くよう焚き付けたとか言って……。

清水　文さんは、本当に性根がまっすぐすぎるからなあ。私たち庶民は、本来は、お上の言うことに従うものでね、国には国の法律が、日本政府には日本の規定が、中国政府には当然また別の法律があるっていうものでさ。私ら庶民は、お上の機嫌を損ねないようにしなきゃ、釣りあげられて牢に入れられちまうに決まってるのさ。

美子　しかたないのよ。私だって何回も言ったわ。でも私の忠告を聞くような人じゃないのよ。私が来たのはね、あなたに、うちの文を救う方法が無いか、教えてほしいからなの。私に、一筋の光を示してくださらないかしら？

清水　こういうことに関しちゃ、私の占いは役に立たないよ。それより、その筋に誰かツテのある中国人を探し出して、金を集めて賄賂を贈った方が、まだ効果があるんじゃないかね。

美子　あなたにもどうすることもできないんですか……！　私、実家に頼んで、少しお金を集めてもらったんです。でも、それを誰にどうやって渡せばいいのかもわからなくて……。

清水　わかった、ちょっと探してみるよ。あんた自身も大事にな。阿明はいい子にしてるのかい？

美子　ええ。……そうだ、文が危なくないか、それだけ占って下さらない？
清水　安心しなさい、もうとっくに文さんの人相は占ってるよ。あれは長寿の相だね、いい晩年になるよ。もし今回のことをうまく切り抜けたら、万事順調さ。
美子　清水先生、ありがとうございます。これ、お茶代にでもなさって。
清水　いやいや、ご自身のためにとっておきなさい。
美子　お金を払うのは当たり前のことですわ。それじゃ、私、誰か力のありそうな人を探してみます。
清水　それじゃ、遠慮なくいただいておくよ。神様に文さんがご加護を得られるよう祈ってみるからね。

美子、離れ、舞台上からはける。
清水は、美子が去るのを見届け、空の果てを見ている。

清水　また夕焼けが出ている！　これは幸運か、それとも災厄か……。天気が変わるぞ！

幕が下り、音楽「雨中鳥」の楽曲が流れる。

最終幕「夕焼けを待つ日々」

人物：美子、阿明の声

場面：陳家の戸口
音楽：「雨中鳥」

音楽「雨中鳥」の楽曲が、前の幕から引き続き流れてくる。幕が開き、美子が、戸口のところに立って、空の果てを見ている。ぼんやりとし、うつろな目をしている。

音楽がだんだん小さくなる。

阿明の声　それから数日して、僕の父さんは、銃殺された。母さんは、それでも、暗くなる時分に夕焼けが出ると、いつも戸口で父さんの帰りを待っていた。

美子　夕焼けがきれいだわ。ほら、文、見えた？　夕焼けって本当に綺麗ねえ。

音楽がだんだん大きくなり、幕がだんだんと下りてゆく。

〈終〉

（近藤　綾訳）

解説　台湾語およびその文学の歴史

酒井 亨

台湾語文学初の邦訳

本書は台湾語で書かれた小説及び詩、戯曲を翻訳した日本で初めての本である。本来は台湾という「国」の文学は台湾語で書かれていても不思議ではないが、今のところまだまだマイナーである。それはなぜか。台湾の特殊な事情があるためだ。

現在台湾で事実上の唯一の公用語とされているものは、「国語《クオユー》」と呼ばれる標準中国語である。俗に「北京語」と呼ばれ、歴史的に「北京官話」と呼ばれたものである。以下では主に「北京官話」と呼ぶことにする。

ところが、台湾は本来、多言語社会であり、「国語」もまた数多くの言語のひとつでしかない。

世界の多言語社会

教育が普及し、津々浦々で日本語が通じる日本の状況に慣れている日本人には、こうした多言語の状況が理解できない傾向がある。だが、世界的にはむしろ「一つの国でただ一つの言語だけが通じる」というのはかなり特殊なことである。

中華人民共和国でも、実は「普通話」と呼ばれる標準中国語＝北京官話の通用度は、全人口の七三％（二〇一五年の公式統計）で、二〇〇〇年の五三％から急激に増えたとされるが、この中には流暢ではない人もいるし、逆にいえば四分の一あまりができないということを意味する。近年の経済成長と教育普及により、急速にその数字は上昇していると言われるが、それでも九〇％は超えないであろう。

マレーシアは国語となっているマレーシア語（マレー語）のほか、北京官話は「華語」と呼ばれ、インド系のタミル語、さらに英語など様々な言語が共存している。インドやロシアは、広い国土で言うまでもなく多言語である。

欧州では、スイス、ベルギー、フィンランドなどで複数の公用語が使われているし、各州の自治が広く認められているスペインでは、たとえば独立運動もくすぶっているカタルーニャ州ではカタルーニャ語が州内公用語になっており、ほかにもバスク語（エウスカラ）、ガリシア語も州の公用語に制定されている。アイルランドは英語が主流だが、父祖の言語であるアイルランド・ゲール語も、国語、公用語となっている。英国もウェールズ地方では、ウェールズ語は地方公用語であり、活発に使われている。フランスでも、かつては地方で広く使われていたオック諸語、フランス語以外のオイル諸語、ブレイス語（ブルトン語）などが認知を求めている。

北米でも、カナダでは、英語とともにフランス語も公用語となっており、フランス系住民が多いケベック州では唯一の公用語である。またアメリカ合衆国においては、実は英語以外でもスペイン語などの勢力が拡大している。

ほかにも例を挙げればキリがないが、日本人にとって比較的なじみがある国々も、実際には多言語社会なのである。

台湾多言語の歴史

台湾もそうした数ある多言語社会の一つである。

世界の言語人口について集めたサイト「エスノローグ」の最新版によると、台湾では消滅したものも含めれば二十六言語、さらに現在でも話者がいるものが二十言語とされている。この中には日本統治時代から継承された「台湾自然手話」も含まれている。

本来、多言語社会では、単一の公用語や国語が制定されるのではなく、この二十言語すべてとは言わないまでも有力な二〜三言語がともに公用語として流通するのが望ましい姿である。ところが台湾では、歴史的にそうならなかった。

台湾はもともとは一つのまとまりでなく、様々な言葉を話し、慣習も異なるオーストロネシア系原住民族（日本では一般に先住民族と呼ぶが台湾の名称に従うことにする）が生活していた。しかし十七世紀の世界的「大航海時代」に、西欧帝国主義勢力が台湾の一部に侵入した。現在の台南周辺を占領したのがオランダ（一六二四－六二年）、基隆《キールン》あたりを占領したのがスペイン（一六二六－四二年）だ。スペインはまもなくオランダに駆逐されてしまう。さらにオランダも三十八年あまりで中国からやってきた鄭氏政権（日本では国姓爺として知られる鄭成功が建立）によって駆逐されてしまう（一六六二年）。オランダと鄭氏政権が労働力として中国から漢人を導入した。これが台湾と中国大陸が関係を持った始まりである。

鄭氏政権もわずか二十一年後には、清国に敗れ、台湾は清国に支配されることになる。だが、清国の支配もそれでも一部だけで、中央山脈から東部にかけては高い山に阻まれて、支配は及ばなかった。徐々に支配地域は広げたが、支配地域ですらも近代国家とは違い、かなりルーズなものだった。つまり台湾住民は中国から連れてこられた漢人移民も、もとからいた原住民族も自治を享受していた。

それが変化したのは、日本による植民地統治であった。一八九五年日清戦争で清国を破った大日本帝国は同年の下関条約で台湾を割譲され、そして台湾全土をはじめて一元的に支配した。日本統治については、近代化が促進されたことで、その後の国民党支配より肯定的に評価される傾向が強い。しかし、やはりかなり過酷な統治であり、台湾土着の言語が抑圧され始めた。とはいえ、台湾語は様々な教材や辞書も出され、原住民族の言語や習慣も盛んに研究された。日本植民地時代、あるいは日本統治時代と呼ばれ、五十年間続いた。

その状況がさらに悪化したのは、一九四五年に日本が敗戦により台湾から撤退し、代わりに連合国の命令で台湾を占領した中華民国国民政府（国民党独裁体制であったので、以下国民党政権と呼ぶ）が、一時占領のはずがそのまま居座って台湾を支配したからである。国民党政権は最初の十年間は、日本語を敵視していたので、台湾語や客家語《ハッカ》をむしろ活用する姿勢を見せたが、一九五六年からは台湾語や客家語を抑圧し始める。そのやり方は日本統治時代よりも徹底しており、ラジオやテレビで台湾語の時間を制限し、学校教育でも台湾語などを「方言」と決めつけて、「方言」を話したものを処罰するなどして、台湾語や客家語が衰退することになった。

だが、台湾が経済発展して市民社会も台頭したことから、一九八〇年代から民主化が始まった。その過程で、土着言語である台湾語、客家語などの復権を求める声が台頭した。台湾語、客家語、原住民族諸語で、演説したり、文学創作を行う試みが起こった。

戦後長らく北京官話が唯一の公用語として強制されてきたために、台湾土着の台湾語、客家語、原住民族諸語は衰退の一途をたどっている。しかし、それでももともと最大人口だった台湾語は商売や生活言語、テレビドラマでよく使われてきた。特に台湾中南部の地方ではそうである。客家語や原住民族諸語も、復興させようという運動が展開されている。

長らく抑圧されてきた言語は、政府による正書法や文字表記というものは制定されていない。各言語による文字表記や創作は、まだまだ萌芽段階である。

とはいえ、ここでもやはり最大話者を抱える台湾語に関しては、民主化が始まった一九八六年から本格的に創作活動が起こり、それから三十年あまりの間に、それなりの量と質が確保されつつある。もちろんそれは「知る人ぞ知る」段階であり、一般的に認知されているわけではないが、少しずつではあるが広がっている。

二〇一八年十二月、台湾の多言語を政府の力で保存・復興させることを目指す「国家語言（言語）発展法」が立法院（国会）で可決され、施行された。さらに国営の客家語専門チャンネル、原住民族諸語のニュースも含む原住民族チャンネル、そして二〇一九年七月には国営の台湾語専門チャンネルも開局し、本放送を始めた。国営テレビでは、文字の標準化もなされるであろう。今後は同発展法を支柱にして、徐々に台湾語などによる文学・文化が発展していくと思われる。

台湾語とは何か

ここで、台湾語をはじめとする各言語の説明をしておきたい。

本書の元となった台湾語がもともと最大の母語人口（七〇%あまり）を擁していた。

台湾語は、言語系統としては、シナ諸語閩《ビン》語閩南語台湾方言に属するものである。閩南語は福建省厦門などを中心とした地域にあり、俗に「中国語方言」と言われることもあるが、北京官話とは改めて勉強しなければまったく通じないほど大きくかけ離れている。基礎語彙だけの比較では、ドイツ語と英語ほども離れているとされる。しかも、およそ中国語や漢字起源と思われない系統不明の単語が目立つ。「sui2（数字は声調符号）（美しい）」「bai2（醜い）」「gau5（賢い）」「gong7（愚かな）」「ke7（低い）」「bah（肉）」「lam3（かかとで蹴る）」「la7-li2（センザンコウ）」「ka7-choah8（ゴキブリ）」（声調は本来はダイアクリティカルマークである声調記号で表記されるが、文字化けの懸念と可読性を考えて数字表記としている）など、日常的な語彙のうち二割とも三割ともいわれるものが、およそ漢語らしくない単語である。その意味では、きわめて独特の響きや味わいがある言葉である。それが福建系台湾人の父系祖先が福建省から移住してきた際に持ち込まれ、台湾で発展した。

「台湾語」という名称は、日本統治時代（一八九五－一九四五年）に名付けられたもので、台湾で最大人口なのでそう命名された。ただし現在では衰退しつつあるのと、台湾が多言語社会であることにかんがみて、台湾ホーロー語、台湾閩南語、台湾福建語などの言い方もなされる。いずれの名称も難がある。ホーローも「福佬」「鶴佬」をはじめ様々な漢字が当てられるが、筆者はおそらく漢語起源ではないと考える。また「台湾語」というと、台湾で使われている言葉すべて（つまり先に挙げた二十言語）が含まれる時もある。そこで筆者は学術論文ではこれを「台湾ホーロー語」とカタカナで書くことが多い。ただし、一般的には台湾語となっているので、本書でも台湾語と呼ぶことにしている。

「国語」の侵入以前に、台湾語の次に多かったのが、客家語である。これは中国福建省と広東省の境界のやや山がちなところにいる漢人の一支族「客家人」を起源とする。そのうちの父系が台湾に渡って広がったものである。一九五〇年代には二割以上、一九八〇年代には一三%くらいの話者がいたが、「国語」支配によって衰退して、現在で流暢に話せる人は八%を切っていると思われる。

その次に合計で話者が二%程度しかいないが、台湾独自の言葉であるのが、原住民族諸語と呼ばれているものだ。この言語が先ほどの二十言語のうち北京官話、台湾語、客家語と手話を除いた十六言語を占める。系統的には台湾のすぐ南隣にあるフィリピンやマレーシア、インドネシアなどと同じオーストロネシア語族に属する言語群だ。オーストロネシア語族の言語は東はイースター島、北はハワイ、南はニュージーランド、西はアフリカ東部のマダガスカルまで、太平洋からインド洋にかけて海洋沿いに分布している。ただ面白いことに拡散の年代が新しいようで、台湾以外の言語どうし（例えば、ハワイ語とマダガスカル語）の差異は少ないが、台湾の原住民族諸語はお互いに通じないほど違う。

そこで言語のルーツは台湾であると考えられている。その意味では全体で二%であるとはいえ、台湾にとって大きな意味を持つ言語群である。

台湾語（ホーロー語）が七〇％あまり、客家語が一三％、原住民族諸語が二％。残る一五％弱が戦後中国大陸からやってきて「外省人」の共通語で、第二次世界大戦後台湾で強制されてきた北京官話ということになる（ただし外省人も出身地は多様で、ミャオ族やウイグル族など少数民族も含まれている）。

台湾語文学の歴史

日本統治時代まで

本書は台湾語文学作品のはじめての邦訳書であり、台湾語文学そのものが、日本ではあまり紹介されてこなかったと思われるため、ここで台湾語文学の発展について簡単に説明しておきたい。

近代的な意味での文学、特に小説が台湾において始まるのは、初めて台湾全土を統治し、印刷技術も発展した日本統治時代である。

それ以前は民謡を含む口伝文学や、当て字の漢字を多用した歌仔冊《コアーツェ》であった。歌仔冊は国民党時代までを含めて合計三千本が出た。刮目すべき多さとは言えないが、庶民文学としてその後に続く台湾文学の基礎を築いたといえる。

日本統治時代（一八九五－一九四五年）には、それまで埋もれていた「白話字《ペーウェージー》（peh8-oe7-ji7）文学」がそれなりの発展を見せた。白話字文学とは、十九世紀半ばから台湾で宣教を行った台湾基督教長老教会が宣教用に利用したいわゆる教会ローマ字のみによる文学を指す。その中には小説だけでなく、散文

（随筆）や記録文・報道文もあった。

長老教会は清朝末期の一八八五年に台南で新聞を創刊した。『台湾府城教会報』で、白話字だけを使ったものだった。発行当初は地震などの時事や台湾の事物などの紹介という記録文学作品が多かった。一九二四年に頼仁声による最初の白話字小説『sip8-ji7-ke3 e5 ki3-ho7（十字架の記号）』が登場し、翌年一九二五年には、蔡培火の論説『chap8-hang7 koan2-kian3（十項目に対する見方）』、林茂生の戯曲『loo7-tek kai2-kau3（ルターの宗教改革）』、頼仁声の小説『an2-nia2 e5 bak8-sai2（お母さんの涙）』の三作が続けざまに出版された。

「白話字」による文学の歴史は、長らく顧みられなかった。それは国民党政権の大中華史観から見れば、漢字こそが中華民族唯一の正統な文字表記であり、ローマ字は西欧の宣教師という外来勢力が一部で推し進めたものだと考えられたからであった。だが一九八〇年代から始まった台湾語文学運動の中で、国民党政権への抵抗・反抗、さらには大中国思想が覆されるようになった。そして一九九〇年代後半から日本統治時代の白話字文学が発見され、二〇〇四年から台湾内部で一部学者が注目するようになったことから徐々に認知されてきた。

日本統治時代の「白話字」文学については、「教会内部だけで、主流はやはり漢文だった」との見方がある。だが日本統治時代の白話字文学は随筆なども含めると一万篇、字数にして百万字以上とかなりの数である。また一九二〇年代には白話字の識字人口は五万人と推定され、これは当時の台湾全体の二％だという。時代背景を考えれば、これをマイナーなものとして排除することはできないと思われる。

漢字による台湾語文学も一九三〇年代に登場した。「言文一致」が提唱され、「台湾白話文」と呼ばれる漢字表記台湾語による小説の試作がいくつか発表された。もっとも、古典漢文、中国白話文、台湾語が混在した書き方が多く、表記としてはこなれたものではなかった。比較的純粋な漢字表記台湾語文学としては、左翼作家で（台湾白話文の）提唱者でもある黄石輝が一九三一年に著した短篇小説「以其自殺、不如殺敵」、一九三五年十二月に発表された頼和の短篇小説「一個同志的批信」があるのみである。その後日本の戦争突入や国民党政権の抑圧政策など台湾語に不利な状況が続いたため、漢字による台湾語文学も発展することはなかった。

国民党政権下の展開

第二次世界大戦後、日本が敗れて台湾から撤退し、中国国民党政権が台湾を支配することになり、台湾語は客家語や、系統が異なる原住民族諸語とともに「方言」とされて抑圧の対象となった。

一九四九年には戒厳令施行、一九五〇年代には白色テロによる多数の政治犯の逮捕・処刑、一九五五年には学校における「方言」使用制限、一九六三年には学校での「方言」使用禁止令、一九六九年には教会ローマ字全面禁止、一九七三年には新聞局による「方言」番組の厳しい制限などである。ただし、一九五〇〜六〇年代には、厳しい制限にもかかわらず、まだ民衆には北京官話が浸透していなかったことから、台湾語の映画や歌謡、答嘴鼓（掛け合い漫才）などの台湾語の娯楽作品が作られた。また歌詞や答嘴鼓には漢字による台湾語表記が付されていた。

一九七〇年代に入ると、国民党の抑圧的な政策も徐々に緩和され始めた。社会主義的な思想も一部流入し、民衆生活を写実的に描こうという動きが起こった。それは「郷土文学」運動と呼ばれた。北京官話の文章の中に一部台湾語特有の語彙を挿入したものだった。黄春明が一九六七年に発表した

「看海的日子」を嚆矢として、王拓が一九七五年に発表した「金水嬸」はさらに多くの台湾語語彙や語法が取り入れられた。

ただしこの段階では、あくまでも登場人物の会話セリフに少しだけ台湾語らしい表現を挿入する、というものであった。しかし小説以外の詩作においては、一九七〇年代には「方言詩」という名前でほぼ純粋な台湾語を漢字で表記した韻文が登場した。文学史では一般的に韻文が散文に先行するとされるが、台湾語の詩は、歌の歌詞が連綿と存在した下地があったからこそだと思われる。

一九七〇年代、台湾が台湾であるという意識に目覚めた作家たちは、北京官話を主体にしつつも台湾語を混ぜた「北京官話的な台湾語」によって民衆の生活を描こうとした。

この「郷土文学」と、その中で育まれた「方言詩」は、日本統治時代の台湾白話文の伝統と国民党への反感を基盤にして、台湾の独自性の表現へと一歩踏み出したものであった。

「美麗島事件」のインパクト

そして一九七九年十二月に起こった反国民党勢力によるデモ「美麗島事件」と、その後の国民党批判勢力「党外」の発展は、「郷土文学」や「方言詩」に大きなインパクトを与えた。

そして、一九八〇年代初頭に「方言」と呼ばれた台湾語は「台湾民族を象徴する言語」という意識へと昇華した。

一九八一年に詹宏志が「両種文学心霊」と題した文学評論文において、「(台湾語も加味した)台湾文学は中国文学史の末章であり、辺境文学に過ぎない」と貶める主張を展開した。これによって台湾文学ないし台語(台湾語)文学とは何かという論争に火がついた。

まだ戒厳令時代であったが、美麗島事件後、党外政治家や在外台湾人は国民党への反抗の象徴として台湾語を演説などで多用するようになっていた。その台湾語を含む詩や台湾文学全体を貶めるような詹宏志の議論によって、むしろ台湾文学を言語によって定義するという意識が触発された。そうして一九八六年ごろから「方言詩」に代わって「台語詩」、それから「台語文学」という名称が使われるようになった。ここでいう「台語」とは台湾語のことであり、現在でも台湾語を指す台湾における一般的呼称となっている。

その先駆けは、林宗源が一九八二年に文学雑誌『笠』誌上で「台湾人が本土母語で書かなければ本土に属する文化を建設できないし、偉大な作品も書けない」と主張したことだった。林宗源はそうした主張をさらに強めていく。一九八七年になると、文学的言語として「母語」で書く正当性を主張し、一九八八年には「台語文学こそが台湾文学」とも主張するようになった。

台湾民族論の登場

一九八九年になると、文学雑誌『台湾文芸』が国民党政権による北京官話中心の言語政策に対する批判を展開しはじめた。

台湾語文学運動と台湾民族論ないし台湾ナショナリズムを結び付ける主張も勃興した。最初に主張したのは、在米台湾人の胡民祥が米国において一九八四年に発表、台湾でも一九八七年に発表したものであった。これに台湾の作家、宋沢莱、林央敏も同調した。

戦前にも「台湾民族論」は存在していたが、それは当時非合法だった台湾共産党が、血統を基盤とした主張であった。だが、一九八〇年代後半に発展してきた「台湾民族論」は、原住民、ホーロー、客家、新住民（当時は外省人を指していた）の「四つの族群（エスニックグループ）」により構成される多民族論であり、要件としては血統ではなく、アイデンティティ、つまり台湾に愛着を持ちさえすれば、台湾民族であると定義された。この考え方は、今日では主流になりつつある「台湾人アイデンティティ」の考え方にも受け継がれている。

台湾民族論にとっての反抗すべき対象は、国民党政府とそれに代表される中国文化であった。国民党政権は日本と同じ植民地政権とみなされた。「台湾」が象徴するものは、新しく、開放的で、躍動的な海洋文化であり、「中国」が象徴するものは、古く、封建的で、硬直化した大陸文化とされた。

さらに台湾語文学運動の思想的基盤を強固にしたのは、二回にわたる「台語文学論争」であった。

第一次論争は一九八九年六月十六日に廖咸浩が『自立晩報』に投稿した文章「需要多養分的革命——『台語文学』運動理論的盲点与囿限」で、台湾意識の急進化による準民族主義は「正統心理」「覇権心理」であり、台湾語文学は偏狭な文学だと批判したものだった。これに対して台湾語文学運動の理論家が一斉に反論した。

第二次論争は「台湾民族論」派内部の対立である。一九九一年八月十五日『蕃薯詩刊』において林央敏が「回帰台湾文学的面腔」と題した文章で「台語文学こそが台湾文学」としたことに同じ台湾ナショナリストの客家人がかみついたものだ。これによって、台湾文学は台湾語以外にも客家語なども包摂するという思想が定着した。

戦後初めて母語による詩作を主張するだけでなく、自らも一九六〇年代に実践したのが台南在住の林宗源である。続いて向陽が一九七六年に台湾語による詩作を始めた。一九八〇年代初期には宋沢莱、林央敏、黄勁連、胡民祥、陳雷、李勤岸、荘柏林、路寒袖ら、また本書の陳明仁も台湾語による詩作および小説や随筆を発表するようになった。

そうして、台湾語で創作する詩人・作家は一九九一年五月二十五日に「母語による創作（特に詩作）」を標榜する最初の団体「蕃薯詩社」を結成した。結成の趣旨では「本団体は台湾本土言語を用いて正統な台湾文学を創造することを主張する」と謳った。これは、「母語復権」という社会運動を創作活動と結びつけた最初の団体でもあり、さらにその後登場する様々な母語復権運動団体や新世代の母語作家の源流ともなった。しかも詩だけに限らず、小説、戯曲、随筆、ルポルタージュなど様々なジャンルに及んでいった。

台湾語で表現する動機について、多作の作家・陳雷は次のように指摘する。

「もし『帰仁阿媽』を中国語で書いたら、その味わいは半分ほど消えるでしょう。そもそも題名すら中国語に訳したならその味わいはかなり大きな割合で減じてしまうでしょう。つまりこう言えます。『帰仁阿媽』の特色は『台湾味』にある。その人物、場所、人情、物語、対話、文化などすべてが台湾味であり、台湾土着のものなのです」

陳雷はまた一九九四年に「日本語あるいは中国語で台湾ないし台湾人の事象を描こうとすることは、実質的には翻訳あるいは半分翻訳の文学創作である」と指摘している。

一九八七年は、そうした台湾語文学の実践としての短篇小説が立て続けに登場した年であった。胡民祥の「華府牽猴」、宋沢莱の「抗暴的打貓市」、陳雷の「美麗 e5 樟脳林」である。

また、台湾語の文学に特化した雑誌が生まれた。そのうち特に重要なものは、前記、蕃薯詩社が一九九一年に創刊した『蕃薯詩刊』および在米台湾人が同年に創刊した『台文通訊』である。

二〇〇〇年代以降の発展

次の二〇〇〇年代は「豊作期」であり、作品量も作者もさらなる充実を見た。新人がさらに増加し、量は質の向上を生み、佳作の比率も高まった。文体形式もそれまで多かった東アジアの伝統的伝奇風でなく、現代的な技巧を凝らし、さらに政治性が強いテーマも、多様化した。

新たに参入した作家としては、六十代ながら崔根源が二〇〇〇年に創作を開始。質量ともに高いのは一九七三年生まれと比較的若手ながら、胡長松も同じく二〇〇〇年から台湾語の創作を開始した。また女性作家として、王貞文、清文（本名・朱素枝）も佳作を発表している。

ベテラン作家の陳雷は、二〇〇八年に長篇大河小説の『郷史補記』を発表した。これは十八世紀末から一九九七年の二百年間にいたる平埔《へいほ》族、シラヤ族の架空の家族の物語で、台湾語小説としての一つの最高峰を示している。

台湾語文学は、中央政府、地方政府、民間団体などの文学賞の対象となるなど、公的な認知が進んだ。

また台湾語の作家らが、台湾筆会（台湾ペンクラブ）とは別に二〇〇九年十一月二十一日、「台文筆会（台湾語ペンクラブ）」を結成した。本書はこの団体との連携によって生まれたものである。

表記法の収斂

台湾語は長らく抑圧された言語であったため、もともと表記法が統一されておらず、一九九〇年代には各種表記が乱立する傾向があった。漢字かローマ字か。そして漢字も様々な流儀、ローマ字にも様々な系統が乱立した。だが創作量が増えるにつれて、二〇〇六年ごろからいわゆる「漢羅」（漢字ローマ字混ぜ書き）が主流となった。黄文達の調査では、一九八六～二〇〇八年に公刊された三九九本の台湾語小説のうち、全漢字が八二篇（約二割）、全ローマ字は六篇に対して、「漢羅」は三一一篇、七八％を占めている。

漢羅のローマ字部分については、一九九〇年代には様々な方式が提案されたが、ほとんど姿を消し、現在では次の二系統に収斂しつつある。一つは、十九世紀からの「白話字（Peh8-oe7-ji7、POJ）」＝「教会ローマ字（教羅）」。もう一つはその「改良版」である、台湾政府教育部（文科省）が二〇〇六年十月十四日に公布した「台湾閩南語羅馬字拼音方案（Tai5-uan5 Ban5-lam5-gi2 Lo5-ma2-ji7 Phing-im Hong-an3）」（以下略称「台羅」〔TL〕）である。ただし両者の差はほとんどない。現状では歴史が古い白話字のほうが辞書や文献の蓄積面で軍配が上がるが、政府が制定した台羅は最近の台湾語の学校教材や定期刊行物で採用されている。

漢羅の漢字部分についても教育部が二〇〇九年十月に公布、二〇一四年十二月に改定した推薦用字に依拠する人が増えている。もちろん、人によってどの漢字を使うか、あるいはローマ字を使うかばらつきはある。だが、それは日本人が漢字かひらがなにするか（例えば、「ただし」か「但し」かなど）にばらつきがあるのと同じことである。

二〇一九年四月時点で、継続して刊行されている台湾語文学雑誌は次の四種類である。

・『海翁台語文学』（二〇〇一年二月隔月刊として創刊、二〇〇三月一月から月刊）

・『台文戦線』（二〇〇五年十二月創刊の季刊）
・『台江台語文学季刊』（台南市文化局発行、二〇一二年三月創刊）
・『台文通訊 BONG 報』（一九九一年七月に米国で創刊の『台文通訊』と一九九六年十月に台北で創刊の『台文 BONG 報』が二〇一二年二月に合併、月刊）

また文学ではなく台湾語に関する学術論文を掲載する年二回刊学術誌として『台語研究』が、二〇〇九年から成功大学台湾語文測験中心によって発行されている。

黄文達は「全体を見ると台湾語文学は現時点ではまだ周辺で戦っているに過ぎないが、少しずつ中心に向かって進んでいる。そして漢羅が表記法の主流となったといえる」と評している。

原作者・陳明仁について

陳明仁の位置づけ

今回、台湾語文学作品の初めての邦訳として、陳明仁という作家を選んだ。その理由は、陳明仁の作品が、質量ともに評価が高いからである（たまたま上皇陛下と同じ名前だが、それは理由ではない）。もと学者・方耀乾が（小説だけとは限定されないが）質と量を基準にした評価ランキングを作成している。もとになったのは、台湾語作家としても有名な林央敏、施俊州、陳金順の三名による点数であり、それを方が集計したものである。二〇〇八年二〜三月と二〇〇九年五〜六月の二回にわたって実施し、ここにそれぞれ上位十人を挙げよう。

二〇〇八年：林央敏・陳雷、陳明仁、方耀乾、胡民祥・宋沢萊、胡長松、林宗源、李勤岸、陳金順

（朱素枝）

二〇〇九年：陳雷、林央敏、胡長松、陳明仁、方耀乾、林宗源・胡民祥、宋沢萊、李勤岸、清文

陳明仁は二〇〇八年から二〇〇九年にかけて若干順位を落としているものの、質量ともに五本指に入ることは間違いない。

さらに他の文学史作家たちも「一九九〇年以来、陳雷と陳明仁がともに量と質ともにリードしてきた」「一九九〇年代の創作量は陳雷が最多、次が陳明仁」、陳明仁は「代表的作家」などと評価している。

陳明仁の生い立ち

陳明仁（ちん・めいじん、Tan5 Beng5-jin5、タン・ビンジン）は、一九五四年九月十三日、台湾中部の農村地帯、彰化県二林鎮原斗竹囲仔《テクウィアー》（集落）に生まれた。中部に広く分布していた平埔族、バブザ族にアイデンティティを持つ。同地区は客家人も半分いたことから、ホーロー系には珍しく客家語も理解できるという（本書の「二二八事件」に反映されている）。

中学高校は中部最大都市の台中に出た。中学生時代から、学校図書館の文芸書を次々に読破した

（本書の「青春謡」にも反映されている）。大学は台北にある中国文化大学中国文学科、大学院は哲学修士課程中退。

あまり裕福な家ではなかったために、中学校以降はバイトなどをして稼いだ。大学時代には映画の脚本や助監督を経験している。つまり、映画畑の作家である。

一九八五年から台湾語による詩の創作を始める。一九八八年海外ブラックリスト人士を助けたとして政治犯として逮捕、投獄された。獄中で同房となったキリスト教徒の蔡有全から台湾語ローマ字「白話字」を学び、それを創作に採用した。もともとは仏教に関心を寄せていたが、出獄後にキリスト教の洗礼を受け、敬虔なキリスト教徒となった（本書「イエス栄さんの結婚」をはじめいたるところに反映されている）。

一九九〇年笠詩社に参加、また一九九一年結成された蕃薯詩社発起人の一人にもなった。翌九二年に最初の台湾語詩集『走找流浪 e5（の）台湾』を出版、一九九六年には台湾語文学専門雑誌『台文BONG報』を設立、編集長を務めた。

一九九八年台湾語小説集『A-chhun5（アーツン）』（本書に収める「アーツン」その他による短篇小説集）、二〇〇二年『陳明仁台語文学選』（本書の原書）、二〇〇七年小説『路樹下 e5 too7-peh-a2』を出版した。ほかにも多数未発表の作品があるが、本人はそれほど発表することに関心を持っていないという。

陳明仁作品の特色

出身地の二林は中部の農村だが、日本統治時代の一九二三〜二五年には「二林甘蔗農家事件」、国民党時代の一九八七年には葡萄農家の抗争が起こるなど、時の権力に反抗する風土があった。陳明仁自身もそうした風土に育ったため、国民党政権への批判意識を持ったようだ。

本書に出てくる小説の多くは、出身地の竹囲仔村ないしはその周辺の集落における少年時代を舞台にしたもので、農民の苦労を描いている。人名は実在の人物も多いが、話の中身はもちろん創作である。

その作品の特色としては、次のようなものがあげられる（楊斯顕〔二〇〇四〕、鄭清鴻〔二〇一三〕などによる）。

- 徹底した口語的な文体
- フィールドワークの結果による農村描写（故郷の人間関係、田園風景を丹念に描写する）
- 台湾語データベース（台湾語自体の地域方言の差、動物名の地域差などもふんだんに取り入れる）
- 言語の音楽性や戯曲性を重視している
- 登場人物は名もない庶民が多い

農民、漁民、宝くじ売り、運転手、尪姨（ang-î5、霊媒）、風水地理師、楽団、映画の弁士、乞食、やくざ、売春婦などの庶民を善良な存在とする一方で、学校の校長などの上位の公務員、外省人、商売人は中国文化に毒され腐敗した人物として描く。もっとも、もちろん台湾人庶民もただ善良なだけでなく、頑迷な封建的価値観にとらわれているマイナス面を指摘することもある。

本書の収録作品について

ここで、収録作品について少し解説しておきたい。

頁数にして七頁前後の超短篇小説、二〇〜四〇頁程度の短篇小説、詩、戯曲を収録した。

このうち超短篇小説と短篇小説は場所、時代、登場人物が重複して登場している。ここに作者が生まれ育った農村に対する強い思い入れが現れている。時代としてはほとんどが一九六〇年代で、作者の幼児・少年期の実在人物と実際の話を脚色して小説にしたものだ。ただし「番婆殺人事件」は、語り部の元警官が「現在」（執筆された一九九〇年代）に作者の分身である「小説家」に事件を語る作品となっている。時代設定はやはり作者の子供のころである。また、「菜の花」だけは、執筆当時の一九九〇年代を背景とし、他の作品における登場人物の多くが登場し、「その後の人生」を描くものにもなっていて、いわば小説全体のエピローグ的な作品であろう。

場所の設定については、「青春謡」だけが昔の台中市街地で、残りは作者が生まれ育った二林鎮の各村である。翻訳では「村」と訳したが、厳密にいえば集落ないし字というべきだが、日本でも農村では「わが村」「隣の村」といえば、自治体としての「村」のことではなく、集落を意味するので、村と訳した。

実際、作者が生まれ育った彰化県二林鎮は、今でも田園が広がる農村地帯であり、一番の「田舎」である。都市化が進むにつれて本来は台湾語が優勢だった台湾中南部でも北京官話が浸透する中で、その一帯は台湾語が根強く使われているところでもある。作者が生まれ故郷を舞台とすることにこだわるのは、まさに台湾語が最も保存されているからでもある。

これは、古今東西、世界の弱小言語を使う人たちの文学作品においても同様の傾向があり、「一番開発が進んでいない農村・田舎」が背景に選ばれることが多い。フランス南部でフランス語に圧迫されて少数派に追い込まれたオック語で小説を書いてノーベル文学賞（一九〇四年）を受賞したこともあるフレデリック・ミストラルもそうした「田舎の田園風景」を舞台にした。十九世紀のチェコ、スロバキア、バルト地方、また現代のアイルランド、カタルーニャなどでも、多数派言語に押されがちな弱小言語を使った小説や詩は、農村や漁村を謳いあげることが多い。

その意味では、陳明仁の作品群が台湾中部の農村地帯を舞台にするのは、そうした世界の民族主義文学と同一線上にあると言える。

作者によると、最も会心の作は、「二二八事件」であるという。確かに訳者としてもそう思う。とはいえ、「二二八事件」を頂点に、本書収録作品に使われている台湾語はきわめて深いものであり、日本語訳は全体的に非常に苦心した。使われている単語や語法が、実際に台湾語だけを使う農村地帯特有の観念や事物とともに表現されているので、今の都市部の若者が読んでも理解できないものが多いからだ。作者も、台湾語の豊かさを保存する目的もあって、わざと使った、と言っていた。ただし、筆致やストーリーは軽妙であり、台湾人社会の温かさや緩さもあって、本来は悲壮なはずの物語も、それほどの悲壮感はない、すがすがしいものになっている。

日本人読者としては見逃せないもう一つの特徴がある。それは、作品の中にしばしば登場する日本語借用語や日本の歌謡曲などだ。

台湾は日本統治を五十年間も経験している。これを「植民地侵略」と呼ぶのはたやすいが、日本統治を経験した台湾人およびその子孫にとっては、日本統治時代というのは、近代化や「台湾というまとまり」を意識させた最初の時代でもあった。「台湾が台湾である」というときには、日本統治時代の記憶や遺産が大きな意味を持っているのである。特に、戦後中国からやってきた国民党政権の支配がお世辞にも褒められたものではなかったこともあって、日本統治時代が時には強く美化されることも含めて、相対的にはマシな時代だったという評価が現在の台湾社会では一般的である。

作者はそうした意味もあって、日本統治時代にもたらされた単語や概念、あるいは戦前から戦後に至っても台湾人に親しまれてきた日本の歌に言及するのである。

台湾語文学は、マイナー言語文学であることから、長らく日本では注目されてこなかった。戦後支配的になった中国語（北京官話）による文学だけがこれまで紹介されてきた。だが中国語文学になくて台湾語文学にある特徴は、日本統治時代の遺産がより深く強く表現されていることだ。言語は思考や精神を規定するところがあるが、戦後日本を否定してきた中華民国の公用語である北京官話による作品よりも、日本統治の記憶や中華民国への批判が根底にある台湾語によるもののほうが、日本への親近感が現れやすい。特に陳明仁の作品はそうである。台湾語文学の初めての本格的日本語訳として陳明仁の作品を最初に選んだのは、そういう意味もある。

台湾人は「親日的」だと言われることが多い。それはなぜなのか。本書の作品で描かれている台湾の「田舎」の情感、そして日本統治時代とのつながりが、そうした台湾人の心性、情念を知る上での大きな手掛かりであると考える。

またそれこそが、台湾語文学作品の中で最初の日本語訳書として、陳明仁および本書を選んだ所以でもある。

監訳者あとがき

本書は、台湾語作家として代表的な陳明仁の文学作品の翻訳である。底本としたのは、陳明仁『陳明仁台語文学選』（台南：真平企業、二〇〇二）である。〈台語文学大系〉という全十四作家十四巻シリーズの六巻目にあたる。この真平企業というのは、会社の本体は金安といって、主に学習参考書を出版する台南市の出版社であるが、社長が台湾語の普及に熱心で、台湾語文学作品を数多く出版している。日本語版の題名は、『台湾語で歌え日本の歌』とした。原書が単に「文学選」とあって、味気ないためであるが、かといって収録作品の中に標題に適当なものがなかった。そこで全体を見渡して共通するものが「日本の歌」の台湾語替え歌であることから、これを題名とした。これはもちろん丸谷才一『裏声で歌へ君が代』のオマージュである。『裏声で』はそもそも台湾で国民党独裁政権時代に日本を本拠としていた台湾独立運動をモデルにしたものなので、台湾独立運動に携わってきた作者とも親和性がある。ここでいう台湾独立運動とは、中華人民共和国からの独立ではなく、戦後中国からやってきた「中華民国」の体制から、台湾自前の国を作るという意味での独立である。

そして「日本の歌」というのは、日本統治時代の戦前の日本の歌だけではない。むしろ戦後の日本の歌が常に台湾にも伝えられ、台湾語の歌詞をつけられて、人口に膾炙していたのである。もちろんそれは著作権の同意を得ていない海賊版の形であった。だが戦後「中華民国」体制に違和感を抱き、日本統治が相対的に良いと考えた台湾人にとって、心の拠り所であった。その意味で、作者が日本の台湾語替え歌を好んで取り上げることは、「中華民国」および一党独裁体制を敷いてきた国民党政権への「抵抗」の意味をはらんでいる。

原書の台湾語の表記は、いわゆる漢羅（漢字ローマ字混じり）という、最近の台湾語作家の多くが採用する表記法による。またローマ字部分は政府教育部が制定した「台羅」が多いが、この作品は伝統的な白話字（教会ローマ字）による。

解説にも書いた通り、台湾では本来の住民最多数派の母語である台湾語が抑圧されてきたために、ほとんどの出版物は「国語」と呼ばれる北京官話、いわゆる狭義の中国語で書かれている。従来は教育言語とされていなかったことから、台湾語を読める人は少ない。その中で原書が五千部印刷される（販売もほぼ同数）というのは、台湾の人口からも、台湾語の識字率からも驚異的な記録だろう。

それは、台湾らしい田園風景が残る中部の農村地帯を舞台にし、ユーモアあふれる筆致で、面白く描かれているからでもある。実際、校正の段階で舞台となった彰化県二林鎮の集落をいくつか回った。作品に登場する小字名である橋仔頭、竹囲仔、丈八堵（現在の地名表示で旧・丈八斗）、十三甲などといった地名が見られ、懐かしい感じがした。ただ、原書と異なっていると思われたのは、ほとんどすべての道路が舗装されており、鉄筋コンクリート多層階の建物も多く、二十四時間営業のコンビニまであったことだ。ただし、台湾の農村独特ののんびりとした雰囲気は作品に描かれている通りであった。

今回、助成金の関係で時間的に限られていたため、別に台湾語ができる日本語ネイティヴの三人に翻訳の分担をお願いした。台湾語が理解でき、かつ読みやすい日本語に訳すことができる人は限られているが、今回の三人はとても良い共訳者であった。

ただし翻訳そのものは楽しい作業であったが、難航を極めた。それは原文が台湾語としてもきわめてこなれていて、今の都市部の人たちが使わない深い表現がたくさん出てくるためであった。訳者陣はそれぞれ、原作者陳明仁氏本人、国立成功大学台湾文学科教授の蔣為文氏、同研究室の穆伊莉氏、国立台湾師範大学台湾文学科教員の呂美親氏（一橋大学留学経験者）、国立台湾文学館の周華斌氏、台湾語随筆家・王壬辰氏らに質問を繰り返した。丁寧に回答をくださったこれらの方々に感謝したい。

本書の出版は、台湾政府文化部（文化省）の翻訳出版助成金を得た。謝意を表したい。

また刊行にあたって不足分を台湾語文学界に呼び掛け、出版支援金（カンパ）をお願いした。出資者を巻末にリストとして掲げた。カンパのとりまとめにあたっては、前述の蔣為文教授とその研究室のメンバー、および台文筆会（台湾語ペンクラブ）、台湾羅馬字協会にひとかたならぬ努力を賜った。感謝に堪えない。

今後時間や資金が許せば、他の台湾語作家の作品も紹介できればと考えている。

元号が令和になった二〇一九年八月吉日

酒井 亨

酒井亨《さかい・とおる》

公立小松大学国際文化交流学部准教授。1966年石川県金沢市生まれ。1989年早稲田大学政治経済学部卒業、2005年台湾大学法学研究科修士課程修了。1989-2001年共同通信社記者、2001-12年台湾・新境界文教基金会専門研究員。2012-18年金沢学院大学准教授、2018年より現職。主な著書に、『台湾入門　増補改訂版』（日中出版）、『中韓以外、みーんな親日――クールジャパンが世界を席巻中』（ワニブックスPLUS新書）、『アジア　反日と親日の正体』（イースト・プレス）等。訳書に李筱峯『台湾・クロスロード』（日中出版）、傅虹霖著『張学良――その数奇なる運命』（共訳、連合出版）等。

近藤綾《こんどう・あや》

NPO「台湾を応援する会」事務局長、台湾語学者・王育徳の孫。1979年東京都生まれ。2002年慶應義塾大学卒業、2004年早稲田大学大学院国際関係学修了。専門は台湾先住民族近代史。2004-08年台北駐日経済文化代表処（大使館）勤務。2013年より現職。キャラクター「タイワンダー☆」を通じ、台湾への認識を深める活動を展開。主な著書に、『すぐ使える！　トラベル台湾語』（日中出版）。編著に『昭和を生きた「台湾青年」』（草思社）、『王育徳の台湾語講座』（東方書店）等。

小川俊和《おがわ・としかず》

貿易業、翻訳家。1968年東京都生まれ。弦楽器の貿易業に従事し、20年以上に渡り欧米・アジアマーケットのフロントラインを経験。訳書に、台語（台湾語）と日本語の両文併記による無聊室老人（王壬辰）『一滴涼日記』（邦題『涼感日記』、萬人出版社）。高雄・八掛寮国小の台語授業の講師経験や、『台文通訊BONG報』への台語による寄稿がある。Violin Society of America（VSA）、台湾羅馬字協会の各会員。

吉田真悟《よしだ・しんご》

上智大学非常勤講師、日本学術振興会特別研究員（DC2）。1984年東京都生まれ。2008年東京外国語大学（中国語専攻）を卒業後、海運会社に勤務。2015年退職し、一橋大学大学院言語社会研究科に入学、現在博士後期課程在籍。

陳明仁

ちん・めいじん、Tan Beng-jin、タン・ビンジン

台湾語詩人・作家、台湾独立運動家。ペンネームにBabuja A. Sidaia、Asia Jilimpo、懐沙など。1954年台湾中部彰化県二林鎮原斗竹囲仔生まれ。中国文化大学中国文学科卒業、同大学哲学修士。1985年より台湾語による創作を開始。1990年詩作団体「笠詩社」に参加、1991年初めての台湾語詩作団体「蕃薯詩社」結成。1996年台湾語雑誌『台文BONG報』創刊、編集長。2009年台文筆会（台湾語ペンクラブ）創立、理事長。2013年台湾語雑誌『台湾文芸咱的冊』創刊、編集長。主な著書に、詩集『走找流浪的台湾（流浪の台湾を探し求めて）』『流浪記事（流浪の記録）』『陳明仁台語歌詩』、小説集『A-chhun5（アーツン）』『拋荒的故事（荒れ果てた村の物語）』等。

Sponsored by Minitstry of Culture, Republic of China (Taiwan)

＊本書刊行に出版支援金をお寄せいただいた方々

Chhòa Pôe-goân（蔡培元）
Chiú^{n} Ûi-bûn
Kang Éng-goân
Luā bûn liông
Lûi Bênghàn
Tâi-oân Lô-má-jī Hia̍p-hōe
（台湾羅馬字協会）
毛秋紅
王華東
朱仙衣
何朝棟
余玉娥
呉玉祥
呉佩宜
呉淑華
林武憲
林洪権
林修澈（LIM Siu-theh）
邱蔡銘蘭
侯淑真
徐栄辰

「做伙来講台語、sńg kah 烏
mà-mà 好無？協会」
張昭正
張復聚
荘陳清美
荘恵平
荘憲雄
莫渝
許春梅
郭淑卿
陳文徳
陳金花
陳金泉
陳智豊
陳豊恵
彭豊美
游勝栄
黄哲永
黄錦霞
楊允言
葉芸青

趙素珠
楽安病院
潘怡
蔡天享
蔡文旭
蔡金安
蔡秋桂
蔡恵芬
蔡詠淯
蔣日盈
蔣為志
鄭吉棠
鄭明益
鄭淑真
頼文樹
戴可靠
韓満
藍春瑞
陳正雄

台湾語《たいわんご》で歌《うた》え日本《にほん》の歌《うた》

2019年9月20日　初版第1刷発行

著者　陳明仁

監訳　酒井亨

発行者　佐藤今朝夫

発行所　株式会社国書刊行会

〒174-0056 東京都板橋区志村1-13-15

Tel.03-5970-7421　Fax.03-5970-7427

https://www.kokusho.co.jp

印刷・製本所　三松堂株式会社

装幀　コバヤシタケシ

ISBN978-4-336-06458-5

台北ストーリー

張系国、張大春、朱天文 他／山口守編

四六判／二八六頁／二〇〇〇円

〈新しい台湾の文学〉

張系国「ノクターン」、張大春「将軍の記念碑」、朱天文「エデンはもはや」、黄凡「総統の自動販売機」他、朱天心、白先勇など。現代台湾文学を代表する中短篇を収録した、都市の文学のアンソロジー。

古都

朱天心／清水賢一郎訳

四六判／三二四頁／二四〇〇円

〈新しい台湾の文学〉

学生時代の親友に京都まで呼び出された女性が、異国の古都を歩きまわるうちに青春を過ごした昔日の台北へと回帰していく。川端の名作を元に京都と台北が結びつき、そこに映される心の遍歴を描いた魂の物語。

鹿港からきた男

王禎和、宋沢萊、王拓、黄春明／山口守編

四六判／三六〇頁／二四〇〇円

〈新しい台湾の文学〉

台湾の現実をリアルに描いた黄春明。自らの郷土を舞台にした王禎和。台湾の変貌する農村を描いた宋沢萊。七〇年代の「郷土文学」全盛期に本格的活動を始め、確かなリアリズムが評価されている作家たちの作品集。

客家の女たち

鍾理和、李喬、彭小妍、呉錦発 他／松浦恆雄監訳

四六判／二九二頁／二二〇〇円

〈新しい台湾の文学〉

故国を離れてもその独特の習俗・言語を守り続けて生きる民族集団「客家」。鍾理和の「貧民夫妻」をはじめ、客家における女性たちに焦点をあてた異色の短篇小説九篇。

荒人手記

朱天文／池上貞子訳

四六判／二六九頁／二四〇〇円

〈新しい台湾の文学〉

フェリーニ、小津、成瀬、レヴィ＝ストロースなど、様々なテキストを援用しながら紡がれる現代版地下室の手記。侯孝賢監督の脚本家として知られる女性作家が現代の孤独を描いた代表作。

星雲組曲

張系国／山口守、三木直大訳

四六判／三一二頁／二四〇〇円

〈新しい台湾の文学〉

タイムマシン、人工生命体、異星間通訳などＳＦ的設定と幻想の中に人類の未来や社会批評までを盛り込んだ連作「星雲組曲」「星塵組曲」を収録。台湾ＳＦ小説を初めて本格的に紹介する。

台北人

白先勇／山口守訳

四六判／二七二頁／二四〇〇円

〈新しい台湾の文学〉

失われた時間と場所への追想が生み出す哀愁のノスタルジア……。歴史の大河に呑み込まれながらも、台湾の現実を生きていく人々を描き出す、戦後台湾文学の最高峰。

棗と石榴

尉天驄／葉蓁蓁、伊藤龍平訳

四六判／三〇四頁／二二〇〇円

時代のうねりに翻弄される中国の庶民の姿を、温かなユーモアと冷徹な現実の厳しさを交えてノスタルジックな筆遣いの中に描きだす、現代台湾文学のオピニオン・リーダー、「写実文学」「郷土文学」の旗手。

税別価格。価格は改定することがあります。

JR

ウィリアム・ギャディス／木原善彦訳

A5判／九四〇頁／八〇〇〇円

十一歳の少年JRが巨大コングロマリットを立ち上げて株式市場に参入、世界経済に大波乱を巻き起こす――!? 世界文学史上の超弩級最高傑作×爆笑必至の金融ブラックコメディ。〈第五回日本翻訳大賞受賞〉

蝶を飼う男　シャルル・バルバラ幻想作品集

シャルル・バルバラ／亀谷乃里訳

四六判／三〇四頁／二七〇〇円

親友ボードレールにエドガー・ポーと音楽の世界を教えた影の男、シャルル・バルバラ。《知られざる鬼才》による、哲学的思考と音楽的文体、科学的着想、幻想的題材が重奏をなす、全五篇の物語。

最後に鴉がやってくる

〈短篇小説の快楽〉

イタロ・カルヴィーノ／関口英子訳

四六変判／三三六頁／二四〇〇円

死にゆく者はあらゆる種類の鳥が飛ぶのを見るだろう――。自身のパルチザン体験や故郷の生活風景を描いた《文学の魔術師》カルヴィーノの輝かしき原点となる第一短篇集。瑞々しい傑作揃いの全二十三篇収録。

教師人生

フランク・マコート／豊田淳訳

四六変判／三六〇頁／二四〇〇円

『アンジェラの灰』でピューリッツァー賞を得たフランク・マコートが、多感な米国のティーンエージャーを相手に奮闘した三十年の教師人生を、ユーモアを失わず、悲喜こもごも交えて綴った感動の名作。